LEONA R. WOLF

URTEIL DES BLUTES

© privat

Leona R. Wolf, geboren im Juni 1990, wuchs in Ascheberg im Münsterland auf. Nach ihrer Ausbildung zur Buchhändlerin ging sie für ein Jahr als Au-Pair-Mädchen nach Nizza, Frankreich, wo sie sich in die Stadt und die Sprache verliebte. Sie hat eine Schwäche für Notizbücher, Schokolade und ist ein großer Fan von Happy Ends.

I

Gefangen zwischen Lethargie und Euphorie streckte Alexis die Hand nach der Türklinke aus. Doch sie war zu langsam – jemand anderes kam ihr zuvor. Leider kannte sie diesen Jemand nur zu gut.

»Ich kann die Tür selbst öffnen«, fauchte sie.

»Oh, Verzeihung. War ich zu schnell für dich?«

Genervt warf sie dem Mann hinter sich einen finsteren Blick zu und konnte gerade noch an sich halten, ihn nicht anzuschreien. Diese Genugtuung wollte sie ihrem Begleiter nicht geben, also zog sie ihre Hand zurück und drückte den Rücken durch.

»Öffnest du sie dann heute noch, oder was?«

Zane Vaughns einzige Reaktion auf ihren bissigen Kommentar war ein herablassendes Grinsen, das sie nur noch mehr zur Weißglut brachte. Nach einer gefühlten Ewigkeit drückte er die Klinke hinunter und stieß die Tür auf.

»Sturer Hund«, grummelte sie und betrat den Hörsaal.

Zane folgte ihr auf dem Fuß.

Ihre Kommilitonen blickten auf, wenig verwundert über ihre Verspätung. Vermutlich waren sie am ehesten überrascht, dass sie überhaupt zum Seminar erschien.

Die Crown University war eine der teuersten und besten Privatuniversitäten in England und niemand durfte ohne triftigen Grund einer Vorlesung fernbleiben. Besonders nicht, wenn man im ersten Semester war. Für Alexis jedoch galten andere Regeln.

»Ein Hund würde Männchen machen und zu allem Ja und Amen sagen«, meinte Zane hinter ihr. »Wir wissen beide, dass ich das niemals tun würde.«

»Ein Mädchen wird ja wohl noch träumen dürfen.«

»Entschuldigen Sie bitte!«, empörte sich der ihr unbekannte Mann am Pult. Er hielt einen langen Stock in der Hand, mit dem er auf einen Text auf dem Whiteboard zeigte.

Ungerührt lief Alexis zu ihrem Platz in der vorletzten Reihe, ließ ihre Tasche neben den Tisch fallen und setzte sich hin. Zane verschwand wie immer hinter ihr; sie wusste, dass er sich dort auf einen Stuhl in die Ecke pflanzte und sie nicht eine Sekunde aus den Augen ließ. Mit etwas Glück würde der Tag ruhig verlaufen und sie die Müdigkeit, die sie jedes Mal nach dem Nähren ereilte, schnellstmöglich abschütteln können. Noch immer schmeckte sie das üppige Aroma auf der Zunge, ihr Bauch war angenehm voll und warm.

»Miss!« Mit in die Hüften gestemmten Händen kam der Dozent auf sie zu und baute sich vor ihrem Tisch auf. »Sie sind eine Stunde zu spät! Ich könnte Sie von der heutigen Vorlesung ausschließen, ist Ihnen das klar?« Er warf einen Blick zu Zane. »Dasselbe gilt für Sie, junger Mann. Kennen Sie denn die Vorschriften der Crown nicht? Was, bitte, ist Ihre Entschuldigung?«

Mit gerunzelter Stirn betrachtete Alexis den Mann, der schrecklicherweise eine altmodische Tweedjacke und eine Fliege trug. Als wären seine Hornbrille und die mit zu viel Gel gestylten Haare nicht schon schlimm genug.

»Wer sind Sie?«, wollte Alexis genervt wissen.

Entrüstet schnappte der Mann nach Luft. »Ich bin Mr Lewis, ich vertrete Ihre Englischprofessorin. Erweisen Sie mir gefälligst Respekt oder ich suspendiere Sie auf der Stelle.«

Aus den Augenwinkeln bemerkte Alexis, dass ihre Kommilitonen die Köpfe einzogen. Niemand sprach so mit ihr, niemand drohte ihr – aber dieser Mensch schien wirklich nicht zu wissen, wen er vor sich hatte.

War er mutig oder lebensmüde?

Sie konnte es beim besten Willen nicht sagen.

Er mochte vielleicht nicht wissen, wer ihr Vater war, aber als Vampirin unterstand sie einer anderen Gerichtsbarkeit, ganz besonders an der von ihrer Großmutter – der Mutter des aktuellen Vampirkönigs – gegründeten Privatuniversität.

Und dass Alexis eine geborene Vampirin war, dürften ihre Augen verraten:

Die hellgrünen Iriden, die von dunklen Ringen umrahmt wurden, hatten keine Pupillen.

Schwer zu übersehen.

Seufzend kippte sie den Stuhl zurück und legte ein Bein auf die Tischplatte. »Bitte entschuldigen Sie die Unpünktlichkeit, Sir, aber gestern Nacht ist es spät geworden.«

Mr Lewis' Ohren färbten sich bei ihrer offensichtlich unaufrichtigen Entschuldigung rot, er schien kurz vorm Platzen.

»Sie gehen mitten in der Woche aus und verkaufen mir das als Erklärung? Das ... Das ist unerhört!«

Alexis verkniff sich ein Gähnen, die Müdigkeit durchdrang ihre Knochen, machte sie schwerfällig. »Man kann Queen Elizabeth ja schlecht sagen, dass sie sich das Dessert verkneifen muss, nur weil ich am nächsten Morgen eine Vorlesung habe.« Wie sie diese offiziellen Dinner beim menschlichen Adel und seinen Würdenträgern hasste. »Und von London fährt man halt ein Weilchen zurück nach Liverpool.«

Sie zuckte mit den Schultern.

Mr Lewis bekam Schnappatmung. »Die Queen? Das ... ist ja ... Jetzt reicht es!«

Unvermittelt schlug der Professor mit seinem Stock auf ihren Tisch und verfehlte ihr Bein dabei nur knapp. Alexis zuckte zusammen und starrte ungläubig auf das Stück Holz. Ihr Herz schlug wie wild.

Das hatte er nicht wirklich getan. So dumm konnte er nicht sein. Oder doch?

Alle anderen hielten vor Entsetzen den Atem an, die Stille dröhnte durch den Raum. Einen Moment lang regte sich niemand, als stünde die Zeit still. Dann erklang ein Knurren, so bedrohlich, dass selbst Alexis ein Schauer über den Rücken lief.

Im nächsten Augenblick stand Mr Lewis nicht mehr vor ihrem Tisch, sondern wurde von Zane an die gegenüberliegende Wand gedrückt, seine Beine zappelten unkoordiniert, die Füße hingen einige Zentimeter über dem Boden in der Luft. Zane hielt ihn am Hals gepackt und quetschte dem Mann die Luftzufuhr ab.

Alexis' nebelumwölktes Gehirn brauchte einen Moment, um zu begreifen, was ihre Augen sahen. Hastig sprang sie auf.

»Shit, Vaughn. Lass ihn los!« Natürlich hörte er nicht auf sie – als hätte er das je getan. Also eilte sie nach vorn und schlug Zane auf seinen muskulösen Rücken. »Hörst du schlecht? Lass ihn los. Du bringst ihn noch um!«

Schiefergraue Augen sahen sie ohne jegliche Gefühlsregung an, Zane rührte sich nicht einen Millimeter.

Doch auch Alexis konnte hartnäckig sein. Sie starrte zurück, wild entschlossen, diesen unausgesprochenen Disput zu gewinnen.

Aber als sich Mr Lewis' Haut gräulich verfärbte und seine Bewegungen schwächer wurden, befürchtete sie, dass der Professor dem Tode geweiht war. Schließlich wandte Zane den Blick von ihr ab, sah den Menschen wieder an und ließ ihn los. Wie eine Puppe fiel Mr Lewis zu Boden, sein verzweifeltes Röcheln war laut zu vernehmen.

Dieses Mal schlug Alexis Zane auf den Arm. »Was sollte der Mist?«

»Dafür werde ich bezahlt.«

Seine tiefe Stimme klang heiser und ging ihr durch und durch. Was sie wahnsinnig machte.

»Du wirst dafür bezahlt, mich zu beschützen. Nicht dafür, die Profs umzubringen.«

Sie sprachen Russisch miteinander, die ursprüngliche Muttersprache der Vampire, wobei sie einen solch alten Dialekt benutzten, den selbst gebürtige Russen nicht verstanden. Die Anwesenden brauchten nicht alles mitzubekommen und zum Glück war sie die einzige Vampirin in ihrem Studiengang – auf Wunsch ihres Vaters, verstand sich.

»Wie genau meine Aufgaben aussehen, weißt du doch gar nicht, Prinzesschen. Ich arbeite nicht für dich.«

»Leider nur zu wahr. Denn dann hätte ich dich schon längst gefeuert.«

Wenn es nach ihr ginge, würde er jemand anderem das Leben versauen. Vorzugsweise am Ende der Welt.

Bevor Zane eine passende Erwiderung einfiel, kam der Mensch wieder auf die Beine – die Hand an seiner Kehle, die Augen riesig und blutunterlaufen.

»Ich werde Sie anzeigen.« Sein Keuchen klang wie der Laut eines Esels. »Das war versuchter Mord!«

Zane verschränkte die Arme vor der Brust, sein dunkles Shirt spannte über seinen Muskeln. Da er einen Kopf größer und deutlich breiter und durchtrainierter war als Mr Lewis, wirkte er trotz seiner hellen Haut und der blonden Haare wie ein dunkler Gott.

»Versuchen Sie es ruhig«, forderte Zane ihn gelangweilt auf. »Mal schauen, was die Polizei dazu sagt, wenn sie erfährt, dass Sie Grigoris Tochter beinahe mit einem Stock geschlagen haben.«

Die Haut des Lehrers, durch die Attacke immer noch erschreckend bleich, wurde nun fast transparent.

»Grigo... Grigoris Tochter?«, stotterte er.

Sein Blick fiel auf Alexis und zum ersten Mal schien er sie richtig wahrzunehmen.

Mit einem Mal völlig erschöpft strich sie sich die dunklen Strähnen ihres Bobs hinter die Ohren und ließ ihre Fänge beim Grinsen aufblitzen.

»Alexandrina Victoria Crown, Sir. Nett, Sie kennenzulernen.«

Bei dem Sarkasmus in ihrer Stimme verdrehte Zane die Augen und wandte sich von ihr ab.

»Sie sind ...« Mr Lewis schluckte. »Sie sind wirklich die Tochter von Grigori? König Grigori Crown?«

»Natürlich ist sie das!« Zane stand plötzlich wieder neben Alexis, er hielt ihre Jacke und Umhängetasche, in der all ihre Studienunterlagen verstaut waren, in der Hand. »Warum sollte sie sich das ausdenken, Sie Idiot?«

Angefressen sah Alexis zu Zane auf. Ja, es war kein Vergnügen, die Tochter des Vampirkönigs zu sein, aber musste er das auch noch in aller Öffentlichkeit so deutlich zum Ausdruck bringen? Na, vielen Dank auch.

»Hier.« Auffordernd drückte Zane ihr die Sachen in die Hände. »Wir gehen.«

Alexis runzelte die Stirn. »Wie bitte?«

Sofort wechselte er wieder ins VampRuss, wie die jungen Menschen diese veraltete Sprache nannten. »Du warst fast jede Nacht diese Woche unterwegs und sogar heute Morgen dazu gezwungen, dich außerhalb des Wochenendes zu nähren. Du bist völlig am Ende und klappst mir gleich zusammen. Also Abmarsch, wir gehen nach Hause.«

»Du hast mir gar nichts zu sagen«, zischte sie zurück und hob trotzig ihr Kinn.

»Dann willst du also vor aller Augen zusammenbrechen und deinen Vater damit in Verlegenheit bringen?«

Einen Augenblick lang überlegte Alexis, ob sie wohl Straferlass bekommen würde, wenn sie Zane umbrächte. Ihr Vater hätte sicherlich Verständnis dafür und würde garantiert ein Auge zudrücken.

Nur leider hatte Zane vollkommen recht. Bereits diese Aufregung hatte sie ausgepowert und durch das Blut, das frisch durch ihre Adern rann, war ihr Kreislauf zur Gänze runtergefahren.

Doch anstatt einfach zuzugeben, dass sie ihm zustimmte, schulterte sie ihre Tasche, legte sich die Jacke über den Arm und hob auf königliche Manier ihr Kinn.

»Weißt du was? Ich habe keine Lust mehr auf die Vorlesungen heute. Also sei ein braver Leibwächter und bring mich gefälligst nach Hause«, gab sie schnippisch zurück und verließ, ohne noch mal einen Blick auf den Prof oder ihre Kommilitonen zu werfen, den Raum.

Kindisch? Ein wenig. Aber wozu war sie eine Prinzessin, wenn sie das in solchen Situationen nicht ab und zu heraushängen lassen konnte? Sie wusste, dass Zane ihr folgte, auch wenn sie ihn nicht hörte; der Mann bewegte sich lautlos wie eine Katze. Aber sie spürte seinen eisigen Blick im Rücken und seine machtvolle Ausstrahlung.

»Wieso wurden wir nicht informiert, dass heute ein Ersatzprofessor kommen würde?«

Alexis zuckte mit den Schultern. »Woher soll ich das wissen? Es ist deine Aufgabe, dich um solche Dinge zu kümmern.«

Ein leises Knurren erklang hinter ihr, was ihr eine Gänsehaut bescherte. Sofort unterdrückte sie diese körperliche Reaktion.

»Knurr mich nicht an! Was bist du, ein Wolf?«

»Aber nein, Mylady. Ich bin ein Vampir, genau wie Eure Königliche Hoheit. Und jetzt beeil dich gefälligst.«

»Hat dir schon mal jemand gesagt, dass du ein riesiges Arschloch bist? Benimm dich nicht wie ein Drill Sergeant!«

»Ich bin dein Bodyguard«, gab Zane zurück. »Sozialkompetenz war nie Teil der Stellenbeschreibung.«

Diesmal konnte sie sich nicht zurückhalten und fauchte ihn an. »Leck mich.«

»Verzeihung, Prinzesschen, aber auch das steht nicht in meinem Arbeitsvertrag.«

So ging das schon, seit er ihr vor acht Wochen an die Seite gestellt worden war. Es war Feindschaft auf den ersten Blick gewesen. Es lag noch nicht mal daran, dass sie ein geborener und er ein geschaffener Vampir war – im Gegensatz zu den meisten Vampiren des Hochadels hatte Alexis nichts gegen die sogenannten Creatures.

Aber es war von Anfang an klar gewesen, dass er nicht ihr Bodyguard sein *wollte*, und sie hatte nicht eingesehen, wieso sie plötzlich einen brauchte.

»Ich bin über neunzehn Jahre lang ohne Leibwächter ausgekommen«, zischte sie. »Ich kann sehr gut auf dich verzichten.«

»Du bist auch nicht mein wahr gewordener Traumjob, Lady.«

Alexis schnaubte. Immerhin waren sie sich in ihrer Ablehnung füreinander einig. Er war ihr wie aus dem Nichts zugewiesen worden und natürlich hatte ihr Vater es nicht für nötig empfunden, ihr einen triftigen Grund zu nennen. Sie hatte sich damit abzufinden und basta.

Einige Creatures kamen ihnen im Eingangsbereich entgegen. Bei Alexis' Anblick begannen ihre Gesichter zu strahlen und sie neigten ehrfürchtig die Köpfe. Einer ging sogar auf die Knie.

»Königliche Hoheit«, murmelten sie fast unisono.

Milde lächelnd nickte Alexis den Creatures zu und huschte an ihnen vorbei. Zum Glück ließ Zane diese Szene unkommentiert; vermutlich kannte er den Namen jedes Einzelnen von ihnen und zusätzlich deren Hintergrundgeschichten. Sie konnte ihm vieles vorwerfen, aber nicht, seinen Job unsauber zu erledigen.

Gegen die Erschöpfung ankämpfend, zog sich Alexis umständlich ihre Jacke über und verließ endlich das Gebäude.

Kühler Nieselregen fiel auf sie hinab, der eiskalte Wind brannte in ihrer Lunge. Gott, wie sie den Winter hasste. Was hatte sie sich nur dabei gedacht, überhaupt zur Uni zu gehen?

»Sieh mal einer an, die Crown. Genießt du mal wieder Sonderrechte?«

Der verbitterte Ruf hallte über den fast leeren Vorplatz der Uni zu ihr herüber. Sie seufzte und sah in die Richtung, aus der die Gehässigkeit kam.

Eine Gruppe Adelsvampire stand rauchend im entsprechenden Bereich und musterte sie verächtlich. Auch wenn Alexis keinen von ihnen kannte, sie alle kannten *sie*. Und keiner von ihnen war ein Fan von ihr. Bei der ganzen Missbilligung zog sich alles in ihr zusammen und sie fühlte sich selbst in ihren Designerklamotten unzulänglich. Die dunklen Jeans, der schwarze Kaschmirpullover und die Boots, die sicherlich ein Vermögen gekostet hatten – alles diente nur dazu, den Schein zu wahren. Niemand verstand, dass das nur eine Art Rüstung war, die sie nicht selbst gewählt hatte. All das sollte dafür sorgen, dass sie aussah, als würde sie dazugehören. Doch das tat sie nicht und würde es auch nie tun.

»Was ist, hat es dir die Sprache verschlagen? Darf das verwöhnte Mädchen im Gegensatz zum Rest der Welt auf die von seinen eigenen Vorfahren erstellten Regeln scheißen? Du bist so ein Miststück«, ging das Geläster weiter.

Alexis schluckte schwer und wusste nicht, was sie darauf erwidern sollte. Sie wünschte sich, sie würde wieder in dem kleinen Haus ihrer Kindheit leben, das etwas abseits der Stadt stand, und hätte dieses Leben in der Öffentlichkeit nie kennengelernt.

Eine Hand schlang sich um ihre, bevor Zane sie auch gleich wieder losließ.

»Hör auf damit«, murmelte er leise. »So zeigst du nur, dass sie dir unter die Haut gehen.«

Erst verstand sie nicht, was er meinte. Doch dann warf sie einen Blick auf ihr anderes Handgelenk und bemerkte, dass sie sich gekratzt hatte.

Mist!

Diese Angewohnheit hatte sie schon lange abgelegt, wieso fing sie nun wieder damit an? Hastig zog sie den Ärmel ihres Mantels länger und verbarg die blutigen Striemen.

Nebenbei vernahm sie das weitere Gequatsche der Adligen, konnte es durch das Rauschen in ihren Ohren aber nicht gut verstehen. War bestimmt auch besser so. Dennoch schnürte es ihr die Kehle zu und ihre Brust wurde eng.

»Einfach weitergehen«, brummte Zane, während er sie am Oberarm packte und mit sich zog. »Ignoriere diese Idioten.«

»Ohh, das Prinzesschen versteckt sich hinter ihrem Schoßhund. Erbärmlich, dass ausgerechnet ein Creature auf dich aufpasst, nicht wahr, Herzchen? Schon scheiße, wenn man nur ein Bastard ist.«

Trotz ihrer Bemühungen war sie heute zu dünnhäutig, um die Sticheleien nicht an sich heranzulassen. Schmerzhaft zog sich ihr Herz zusammen und ihre Augen brannten.

Die Adligen verstanden sie nicht, würden es auch nie begreifen. Alexis hatte sich ihre Eltern nicht ausgesucht und ihren wackeligen Status schon gar nicht.

Endlich waren sie bei Zanes SUV angekommen, der auf dem nahen Parkplatz der Uni, den eigentlich nur die Professoren nutzen durften, geparkt war. Sie riss die Tür auf, sprang etwas ungelenk auf den Beifahrersitz und schloss sie entschieden wieder.

Als Zane neben ihr Platz nahm, wandte sie den Kopf ab und sah aus dem Fenster, in der Hoffnung, er würde ihre Tränen nicht bemerken.

***

Kaum hatte Zane Alexis in ihre Gemächer gebracht, war sie aufs Sofa gefallen und mehr oder weniger sofort eingeschlafen.

Was war er doch für ein Idiot gewesen, sie heute zur Uni gehen zu lassen. Nach einer langen Nacht wie der gestrigen und dem Nähren heute Morgen hätte er ihren Zusammenbruch vorhersehen müssen. Als ob sie stark genug wäre, den Nährungsschlaf bis nach der Uni zu unterdrücken. Aber sie hatte darauf bestanden, zur Vorlesung zu gehen – da Englisch ihr Lieblingsfach sei, wie sie behauptet hatte. Dass sie ihrem Vater gefallen und dem Adel keinen weiteren Anlass geben wollte, sie zu diskreditieren, hatte damit natürlich überhaupt nichts zu tun.

Beim nächsten Mal würde sich Zane einfach über sie hinwegsetzen und die Prinzessin zwingen zu Hause zu bleiben. Er war ihr Leibwächter, er hatte das Recht dazu. Eins der wenigen Rechte, die einem Creature wie ihm zustanden – und auch das verdankte er nur seiner Position. Oder anders ausgedrückt: seinem Schöpfer.

Er warf einen letzten Blick auf die schlafende Alexis; ihre dunklen Haare verdeckten einen Teil ihres herzförmigen Gesichts. Sie hatte sich gerade mal die Mühe gemacht, ihre Jacke auszuziehen, und lag ansonsten voll bekleidet, sogar noch mit den Schuhen, auf dem Bauch und atmete gleichmäßig. Dass sie der Vormittag mehr mitgenommen hatte, als sie zugeben wollte, war ihm auf der Rückfahrt aufgefallen. Normalerweise stritten sie sich in einer Tour. Es ging dabei oft nur um so etwas Banales wie seinen Fahrstil oder die Route, die er für den Tag gewählt hatte. Um für ihre Sicherheit zu sorgen, fuhr er ständig neue Strecken. Möglicherweise ein wenig zu oft, aber dass er das hauptsächlich deshalb tat, um sie auf die Palme zu bringen, würde er niemals zugeben.

Diesmal hatte sie nicht ein Wort gesagt und er war sich ziemlich sicher, Tränenspuren auf ihren Wangen entdeckt zu haben, als sie endlich am Palast angekommen waren. Das passte nicht zu der sonst so streitlustigen, arroganten Prinzessin und ein wenig beunruhigte ihn ihr Verhalten von heute. Nichts davon passte zu dem, was er in den letzten Wochen von ihr zu sehen bekommen hatte.

Leise schloss er die Tür und bezog daneben Stellung. Es dauerte keine Minute, da klingelte sein Smartphone. Mit einer bösen Vorahnung zog Zane es aus seiner Hosentasche und – Überraschung, Überraschung! – es war eine Nachricht von seinem Schöpfer, in der stand, dass er vom König erwartet wurde.

Wenig begeistert, da er wusste, was auf ihn zukam, verstaute er das schmale Gerät und machte sich auf den Weg zum Thronsaal, wobei er sich absichtlich Zeit ließ.

Ohne etwas von der Einrichtung des hinteren Hauses, in dem die Familie und ihre engsten Vertrauten lebten, zu registrieren, marschierte er durch die endlosen Flure. Als er das neoklassizistische Gebäude das erste Mal betreten hatte, hatten ihn die Marmorböden mit den Seidenteppichen in Königsblau und die goldenen Stuckbögen an den Wänden überwältigt. Überall hingen wertvolle Gemälde, unersetzbare Porzellanvasen standen herum. Die Angst, etwas zu beschädigen, war sein ständiger Begleiter gewesen. Mittlerweile war er abgestumpft und sah diese Dinge nicht mehr.

Schließlich erreichte er das Haupthaus und ging schnurstracks zum Thronsaal. Er hielt seinen Kopf geradeaus gerichtet, wollte keine der Wachen in ihren blau-goldenen Uniformen ansehen.

Die Wachen waren allesamt geborene Vampire, meist die zweiten Söhne einer Adelsfamilie, für die es eine Ehre war, dem König zu Diensten zu sein. Daher war ihnen ein Creature, der als Leibwächter der Prinzessin fungierte, ein Dorn im Auge.

Zane verstand ihren Ärger durchaus, dennoch frustrierte ihn seine Situation nicht minder. Es war nicht *seine* Entscheidung gewesen, Alexis an die Seite gestellt zu werden. Oder gar gewandelt zu werden.

»Zane, da bist du ja endlich.«

Der leichte Vorwurf in der rauen Stimme wie auch die pupillenlosen braunen Augen gehörten zu Vladimir. Selbst nach all der Zeit am Königshof empfand Zane sie als unheimlich. Die Iriden wirkten irgendwie falsch in den weißen Augäpfeln und traten auf gruselige Weise deutlich hervor.

»Jetzt bin ich ja da.«

Man konnte von ihm sagen, was man wollte, aber Höflichkeit war wie sein zweiter Vorname: nicht existent.

Vladimir runzelte die Stirn, entgegnete jedoch nichts. Stattdessen fragte er leise: »Gibt es etwas Neues zu berichten?«

Zane schüttelte den Kopf. »Nein.«

Die rechte Hand des Königs sah ihn skeptisch an, er glaubte ihm kein Wort. Obwohl Zane dankbar war, nicht als einfacher Diener arbeiten zu müssen, war ihm das Spionieren für seinen Schöpfer zuwider. Er mochte die Prinzessin nicht, aber er würde nie etwas über ihr Privatleben ausplaudern. Niemand hatte das verdient, selbst sie nicht.

Zwar war er bis heute immer davon ausgegangen, dass sie ein verwöhntes Gör war, das auf die Meinung anderer nichts gab, doch nun kam ihm der leise Verdacht, dass ihr Getue nur gespielt war.

»Ich klebe ihr die ganze Zeit an den Fersen, sie hat kaum Freunde und geht selten aus.« Wann auch? Das Mädchen wurde wie eine Schaufensterpuppe vom König von einem Event zum nächsten geschleift. »Was soll in ihrem Leben bitte schön groß passieren?«

»Fein.« Obwohl deutlich zu erkennen war, dass Vlad ihm das nicht abnahm, wandte er sich nun den großen Türen zu. »Der König wartet schon, lass uns endlich zu ihm gehen.«

Er winkte den Wachen, ihm die großen Flügeltüren zum Thronsaal zu öffnen.

Pflichtbewusst kamen die beiden Männer Vladimirs Aufforderung nach. Zane würdigten sie dabei keines Blickes.

Als Stellvertreter des Königs gehörte Vladimir zu den mächtigsten Vampiren am Hof und hatte eine Menge Einfluss. Als *seine* Kreatur zählte Zane daher zu den stärksten unter seinesgleichen und war dadurch mehr oder weniger an den Thron gefesselt.

Am Hof zu arbeiten, war bestimmt nicht das schlechteste Leben. Aber gewiss auch nicht das beste. Und frei war er schon gar nicht.

Hinter seinem Schöpfer herlaufend betrat Zane den riesigen Thronsaal. Sofort stach ihm der Geruch von Lavendel in die Nase. Auch wenn es unsinnig war, da es nur wenige Krankheiten innerhalb der Vampirrasse gab, so wurde der Saal doch mindestens dreimal täglich desinfiziert und mit Duftwasser gereinigt. Seit dem Verlust seiner Geliebten hatte der König seltsame Rituale eingeführt. Nicht zum ersten Mal wunderte sich Zane, wie die Leute es in diesem Raum nur aushielten. Entweder waren ihre Geruchsnerven abgestorben oder man gewöhnte sich mit der Zeit daran. Wobei Zane sich das beim besten Willen nicht vorstellen konnte.

Selbstverständlich zeichnete sich der Saal durch die typischen Farben des Vampirreiches aus. Blaue Tapeten mit goldenen Ornamenten, güldene Säulen und azurfarbene Teppiche.

Auch Grigori war entsprechend gekleidet, wobei sich Zane bei dem Anblick fragte, wie der Mann in dem Raum überhaupt noch auffiel. Zumal Zane die goldene Hose und das blaue Jackett, das der König heute trug, deutlich übertrieben fand.

Wenigstens waren die Kronleuchter aus Silber und brachten so ein bisschen Abwechslung ins Spiel.

Grigori saß auf dem Thron und klopfte permanent mit der Rückseite seines Zeigefingers auf die Armlehne – ein eindeutiges Anzeichen für seine Ungeduld. Wobei man es ihm auch problemlos vom Gesicht ablesen konnte. Seine Tochter hatte ihre Emotionen deutlich besser im Griff.

Grigori Crown war ein durchaus stattlicher Mann, groß gewachsen und von kräftiger Statur. Er strahlte das gewisse Etwas aus, sodass man immer ein wenig Ehrfurcht vor ihm hatte. Wenn man bedachte, dass er eigentlich nur der Zweite in der Thronfolge gewesen und erst nach dem Tod seines älteren Bruders – er war während der Flucht aus Russland dem damaligen Zaren zum Opfer gefallen – in die Kunst des Regierens eingeführt worden war, machte er sich erstaunlich gut als Herrscher. Natürlich war das mittlerweile auch schon einige Jahrhunderte her, doch die meisten Adligen aus dieser Zeit lehnten es strikt ab, etwas Neues zu lernen, und zogen es vor, in der Vergangenheit zu leben.

Der König schnaubte laut, als Zane und Vlad endlich vor ihn traten. Neben ihm stand seine Gattin, die hellen Haare zu einem strengen Dutt gefasst und wie immer adrett gekleidet. Ihr ausladendes Kleid hätte bestimmt gut auf einen Ball des 16. Jahrhunderts gepasst. Am liebsten hätte Zane bei ihrem Anblick die Augen verdreht; diese Frau hatte den Schuss nicht gehört.

»Wurde auch Zeit«, grummelte der König, nachdem sich Zane anständig verneigt hatte.

»Entschuldigt die Verspätung, Eure Hoheit.« Nicht seine Schuld, dass der verdammte Thronsaal so weit von Alexis' Gemächern entfernt war.

Grigori schnalzte sichtlich entnervt mit der Zunge und winkte ab; das Licht des Kronleuchters ließ seine rotblonden Haare glänzen.

»Ich hörte, meine Tochter ist heute schon nach kürzester Zeit von der Universität heimgekehrt. Was war los? Ist etwas vorgefallen?«

Ja, dachte Zane zähneknirschend. *Hättest du deine Tochter diese Woche nicht ständig bis spät nachts zu zig Veranstaltungen mitgeschleppt, hätte sie mit dem Nähren noch bis zum Wochenende warten können und wäre jetzt nicht so fertig.*

Doch er würde den Teufel tun, den Gedanken laut auszusprechen. Er hing an seinem Leben.

»Es gab einen Zwischenfall mit einem Professor, mein König.«

Hey, wer hätte das gedacht? Das war immerhin nicht gelogen.

Sofort richtete sich Grigori in seinem Thron auf, seine hellgrünen Augen, die ihn zweifellos als Alexis' Vater verrieten, wurden eine Spur dunkler.

»Was für einen Zwischenfall? Erkläre dich, Vaughn! Geht es meiner Tochter gut?«

»Beruhige dich, Liebster. Dem Kind geht es bestimmt bestens. Deine Sorge ist überflüssig.«

Königin Josephina beugte sich zu ihrem Mann vor und legte beschwichtigend eine Hand auf seinen Arm. Wären da nicht der eiskalte Blick und der herablassende Tonfall gewesen, hätte man denken können, sie wollte ihren Gemahl beruhigen. Josephina hielt nichts von ihrer unerwünschten Stieftochter und alle Anwesenden wussten das.

Ohne seine Frau eines Blickes zu würdigen, schüttelte Grigori ihre Hand ab und schnalzte erneut mit der Zunge.

»Ich mache mir Sorgen, wie es mir gefällt, und ich beruhige mich auch erst, wenn ich endlich eine Antwort habe. Du hast es nach all den Jahren unserer Ehe nicht geschafft, mir einen Nachfolger zu gebären. Wenn es dir also nicht passt, dass ich mich um meine einzige Tochter sorge, kannst du gern gehen.«

Die Luft im Raum war urplötzlich schneidend dick. Betreten wechselten

Zane und Vladimir einen Blick und betrachteten dann hoch konzentriert ihre Schuhspitzen. Darauf, die Eheprobleme des Königspaars live mitzuerleben, konnte Zane gut und gern verzichten.

»Wie du willst«, gab die Königin bissig zurück und entfernte sich mit stampfenden Schritten.

Jaaa, das war peinlich.

»Nun rede endlich, Vaughn!«

Um den König nicht noch mehr zu verärgern, erstattete Zane Bericht. Dabei ließ er die Übermüdung und den Schrecken der Prinzessin, den sie vor ihm zu verbergen versucht hatte, aus. Auch die Konfrontation vor der Uni mit den Adelssprösslingen erwähnte er nicht. Grigori liebte seine Tochter über alles, doch war der Mann für ihre Lebenssituation blind und schien auch die Verachtung der meisten Adligen ihr gegenüber nicht wahrzunehmen.

Vermutlich lag es daran, dass Alexis erst im Alter von acht Jahren zu ihm gezogen war. Es könnte aber auch sein, dass sich Grigori einfach nicht vorstellen konnte, wie schwer es für sie war, ein uneheliches Kind zu sein. Das arme Mädchen stand zwischen den Stühlen und kaum einer unterstützte es.

Wow, Sekunde! Seit wann hatte er denn so viel Verständnis für die Prinzessin?

Schnell schüttelte Zane diesen Gedanken ab. Das würde sich bestimmt direkt wieder legen, sobald Alexis wach war und mit ihm stritt. Zum Glück konnte er sich darauf verlassen; Zoff zwischen ihnen beiden war wie ein Naturgesetz.

»Also gab es kein Sicherheitsleck?«, erkundigte sich Grigori mit Nachdruck und drehte ungeduldig den königlichen Siegelring, den er am Mittelfinger seiner rechten Hand trug. Der Drache, der dort abgebildet war, war seit Jahrhunderten mit der Königsfamilie verbunden, während auf den Erbstücken der anderen Adelsfamilien andere Tiere und Fabelwesen abgebildet waren. Alte Vampire hingen an ihren Statussymbolen, was Zane einfach nur lächerlich fand.

»Nein, mein König«, beantwortete er Grigoris Frage.

Erleichtert sank der Herrscher der Vampire in seinen Thron zurück. Sein lautes Seufzen hallte durch den Raum. Es eilte direkt ein Diener herbei und überreichte ihm einen altmodischen Kelch.

Als der Kupfergeruch in Zanes Nase drang, musste er sich zusammenreißen, um nicht zu knurren. Mist, er würde sich ebenfalls bald nähren müssen. Im Gegensatz zu den Creatures gab es für die Geborenen einen unerschöpflichen Vorrat an freiwilligen Spendern. Dass sich der König nun einen Kelch voll Blut genehmigte, als wäre es Wasser, bewies nur, wie wenige Gedanken er sich um die angestellten Creatures machte. Blut war teuer, für die Geschaffenen sowieso. Doch Grigori saß hier, trank es in Seelenruhe und schwenkte seinen Kelch wie bei einem guten Wein.

Zane ballte unauffällig die Fäuste, um seinen Frust und seinen Hunger zu unterdrücken.

Jedoch schien beides dem Diener nicht entgangen zu sein, der Kopf des anderen geschaffenen Vampirs fuhr zu Zane herum. Als er ihn erkannte, verzog sich seine Miene verächtlich.

Dieses Benehmen war Zane nicht fremd. Während der Adel in ihm einen Emporkömmling sah, der ihnen eine hohe Stellung weggeschnappt hatte, neideten die Creatures ihm seinen Job und betrachteten ihn als Verräter.

Ob sie das immer noch tun würden, wenn sie wüssten, wie es zu seiner Wandlung gekommen war?

»Alexis weiß also immer noch nichts von der Drohung?«, erkundigte sich Grigori mit scharfem Unterton, als der Diener wieder verschwunden war.

»Nicht von mir«, gab Zane schnippisch zurück. Er fand diese Geheimhaltung unsinnig und hatte dies von Anfang an klar zum Ausdruck gebracht. Aber er hielt sich an Befehle. »Ich empfehle trotzdem erneut, die Prinzessin einzuweihen.«

Vielleicht wäre sie dann etwas kooperativer, was seine Anwesenheit anging.

»Auf gar keinen Fall!«

Wieso überraschte ihn Grigoris Antwort nicht?

»Ich möchte nicht, dass Alexis in Angst lebt. Das Mädchen hat schon genug durchmachen müssen. Und wir wissen ja auch nicht, wie ernst diese Drohung ist.«

Wenn du die Morddrohung gegen deine Tochter nicht ernst nehmen würdest, hättest du mich nicht eingestellt.

»Aber wenn sie davon wüsste, könnte ich ihr zeigen, auf was sie achten muss, und ihr vielleicht auch einige Selbstverteidigungstaktiken beibringen.«

Grigori lachte auf. »Das ist doch Blödsinn! Meine Tochter ist eine geborene Vampirin und schon aus diesem Grund stärker als ein Creature. Da mach dir mal keine Gedanken.«

Beinahe hätte Zane den König einen Narren genannt, er konnte sich aber gerade noch auf die Zunge beißen. Möglicherweise war Alexis in der Lage, einen oder zwei geborene Vampire zu überwältigen, doch ungeschult wie sie war, würde es für sie nicht leicht werden. Und der Drohung zufolge handelte es sich nicht nur um einen Einzeltäter, sondern um eine ganze Gruppe Creatures, die es auf die Prinzessin abgesehen hatte.

Und die hatte nur ein Ziel: den König zum Abdanken zu zwingen. Dafür – und dies hatten sie deutlich gemacht – schreckten sie auch nicht davor zurück, seine Achillesferse zu treffen. Und jeder wusste, dass diese nicht Grigoris Gemahlin war, sondern seine Tochter. Alexis' Tod würde den Herrscher der Vampire vernichten und zu einem leichten Ziel machen.

»Der Prinzessin wird nichts mitgeteilt!«, befahl der König laut, seine Stimme klang hart. »Haben wir uns verstanden, Junge?«

Zane knirschte mit den Zähnen. »Ja, mein König.«

An ihrem Champagner nippend nickte Alexis pflichtbewusst, obwohl sie schon längst abgeschaltet hatte. Die Leiterin des Waisenhauses redete in einer Tour und ließ Alexis nicht zu Wort kommen. Worüber sie nicht traurig war, sie hätte sowieso nicht gewusst, was sie antworten sollte.

Da sie den ganzen Donnerstag wie im Koma verbracht hatte, hatte sie eigentlich auch den Freitag zu Hause verbringen und sich vernünftig erholen wollen. Die Woche hatte ihr ganz schön zugesetzt.

Leider hatte ihr Vater davon Wind bekommen und ihre ganzen Pläne über den Haufen geworfen, indem er sie zu diesem Spendenbrunch mitgenommen hatte.

»Euer Kleid ist ja umwerfend, mein Kind«, sprach sie eine Adlige in einem schicken hellrosa Hosenanzug mit Rüschenbluse an und unterbrach dadurch den hitzigen Redefluss der Menschenfrau.

Schnell sah Alexis an sich hinab, unsicher darüber, was sie heute trug. Die Kleider dieser Woche verschwammen vor ihrem geistigen Auge. Das heutige war ein bodenlanges dunkelgrünes Chiffonkleid mit Spitzenärmeln und Kristallen an der Taille. Der Rock bestand aus mehreren Schichten Stoff und wirbelte bei jeder Drehung um ihren Körper. Ach ja, dieses Meisterstück hatte Mattheus, der Hofschneider, erst vorigen Monat für sie entworfen. Trotzdem fühlte sie sich darin äußerst unwohl; Kleider waren einfach nicht ihr Ding, sie passten nicht zu ihr. Das Kompliment der Vampirin half auch nicht gerade dabei, sich besser zu fühlen. Sie wusste, dass sie in diesen Kleidern auffiel, dabei wollte sie einfach nur in der Masse der Gäste verschwinden und nicht weiter auffallen. Sie selbst hielt nicht viel von Designerkleidung; Gespräche über Schnitte und Stoffe ließen sie schnell ermüden. Eine einfache Jeans und ein Pullover reichten aus. Einzig und allein bei Turnschuhen achtete Alexis auf Qualität und kein Preis war ihr dabei zu hoch.

Als ihre Mutter noch lebte, hatte sie sich nie Gedanken um solche Dinge machen müssen, zumal sich ihre Mutter teure Klamotten kaum hatte leisten können. Wobei – das stimmte nicht ganz. Ihr Vater hatte sie finanziell stets sehr großzügig unterstützt, doch Miranda hatte das Geld auf die Seite gelegt, um ihrer Tochter später einen guten Start ins Leben zu ermöglichen.

Das einzig Hochwertige, das ihre Mutter besessen hatte, waren ein Paar wunderschöne Perlenohrringe: ein Geschenk des Königs zu Alexis' Geburt. Miranda hatte sie geliebt und jeden Tag getragen. Nun schmückten sie Alexis' Ohrläppchen. Als Andenken. Und obwohl ihr der ganze Schmuck aus der königlichen Schatzkammer zur Verfügung stand und ihr Vater ihr öfter ein Diadem oder eine Halskette aufdrängte, verstand er sehr wohl, wieso sie niemals anderen Ohrschmuck trug. So einige Male hatte sie ihn dabei erwischt, wie er wehmütig die Perlen betrachtete.

Um sich von der Erinnerung an ihre Mutter abzulenken und sich wieder auf das Kompliment der Vampirin zu konzentrieren, nahm sie einen Schluck Champagner. Sie musste sich zwingen, nicht den Mund zu verziehen. Wieso zum Henker gab es auf solchen Veranstaltungen nur immer dieses eklige Zeug?

»Danke schön, Lady …?«

»Oh, verzeiht, wie unhöflich von mir.« Theatralisch fasste sich die dunkelhaarige Vampirin ans Herz. »Ein wunderschönes Kleid und ich vergesse mich selbst.« Sie lachte gekünstelt auf. »Königliche Hoheit, mein Name ist Lady Elizabeth. Mein Mann Gilbert hat den Regierungsvorsitz im Parlament Seiner Majestät.«

Höflich nickte Alexis. »Ich kenne Euren Mann.« Leider. »Er scheint meinem Vater gute Dienste zu leisten.«

Vermutete sie. Woher zum Teufel sollte sie das wissen? Aber immerhin erklärte das, wieso nicht ein einziger gewandelter Vampir in diesem Haushalt anzutreffen war.

Von Zane mal abgesehen.

Vor lauter Stolz strahlte die Lady übers ganze Gesicht.

»Oh, gewiss. Mein Gilbert ist ein brillanter Mann. Und als wir hörten, dass der König das Waisenhaus von Mrs Johnson«, damit meinte sie die nun stillschweigende Frau neben ihnen, »unterstützen wollte, entschlossen wir uns, unser Stadthaus dafür zur Verfügung zu stellen.«

»Ah.« Alexis sah sich in dem riesigen Wintergarten um, dessen Einrichtung es gut und gern mit dem Palast selbst aufnehmen konnte. Einzig der penetrante Mix aus den verschiedenen Parfums der anwesenden Damen, der ihre Sinne benebelte, unterschied sich von der Residenz des Königs. Selbst die exotischen Blumen hatten keine Chance, diese Düfte zu übertünchen. Es war einfach alles … zu viel des Guten. Da war ihr der Lavendelgeruch im Thronsaal doch lieber. Lavendel war der Lieblingsduft ihrer Mutter gewesen und auch sie mochte ihn sehr.

»Dieses wunderschöne Haus gehört also Euch.« Ein wenig wunderte sie das. Der ausgestellte Prunk wirkte widersprüchlich zu dem zwar mit Sicherheit kostspieligen, aber dezenten Kostüm der Gastgeberin. »Ihr wohnt hier also ohne Euren Gatten?«

Nun war auch klar, wieso Alexis die Frau noch nie getroffen hatte. Einige Damen der Adelswelt zogen es vor, außerhalb des Palastes zu leben, während ihre Männer dort residierten und dem König zu Diensten waren.

»Es freut mich sehr, dass Euch mein Haus gefällt. In der Tat bin ich, bis auf die Wochenenden, nur in der Gesellschaft meines Hausstaates hier. Gilbert ist zu wichtig, um dem König nicht jederzeit zur Verfügung zu stehen.«

»Aber natürlich.« Alexis zwang sich zu einem verständnisvollen Lächeln. Dass Gilbert fürchtete, etwas Wichtiges zu verpassen und nicht rechtzeitig an Grigoris Seite zu sein, wenn er bei seiner Frau bliebe, spielte dabei natürlich überhaupt keine Rolle. Wie konnte eine Frau damit leben, nur die zweite Geige im Leben ihres Mannes zu spielen? Alexis verstand es nicht. Hatte es bei ihrer Mutter schon nicht verstanden.

»Wie ich der Prinzessin schon sagte«, mischte sich nun Mrs Johnson ein und richtete ihre Brille, »sind wir überaus dankbar, dass wir Euer Haus für die Spenden nutzen dürfen, Mylady. Die armen Waisenkinder werden es Euch danken.«

Während die beiden Frauen versuchten, sich mit Komplimenten und heuchlerischer Bescheidenheit zu übertrumpfen, betrachtete Alexis ihre Umgebung. Überall stolzierten hochgeschätzte Würdenträger des Königshauses herum, auch wichtige und berühmte Menschen entdeckte sie. Alle genossen teure Getränke, aßen die von Kellnern gereichten Horsd'œuvre und stellten durch ihre Kleidung ihren Reichtum zur Schau. Wie so oft empfand Alexis es als schwachsinnig, so viel Geld auszugeben, um Spenden zu sammeln. Würde das Geld gleich in das Waisenhaus fließen, wäre den Kindern mit Sicherheit schneller geholfen.

Unvermittelt stand Zane neben ihr und hielt ihr ein neues Glas hin.

»Mylady.«

Misstrauisch betrachtete sie erst den Inhalt des Gefäßes und dann den Überbringer. »Danke.«

Sie tauschten die Gläser. Ihr altes stellte Zane auf dem Tablett eines vorbeieilenden menschlichen Dieners ab. Vorsichtig nahm Alexis einen Schluck und unterdrückte ein Grinsen. Er hatte ihr doch glatt hellen, süßen Traubensaft besorgt, der ihr deutlich besser schmeckte. Schon blöd, wenn der Bodyguard einen ständig im Auge behielt. Er kannte ihre Vorlieben einfach zu gut.

»Vielen Dank, das war sehr aufmerksam, Vaughn.«

Spöttisch verneigte sich Zane leicht. Die Bewegungen seiner Muskeln waren durch das schwarze Hemd zu erkennen. Dank seines Berufs war er stets gut angezogen. Da er sie oft in der Öffentlichkeit begleitete, wurde seine Kleidung wie ihre maßgeschneidert. Auch die dunkle Hose saß wie angegossen. Unsinnigerweise fragte sich Alexis, ob sich Zane darüber freute, einer der wenigen Creatures zu sein, die solche Privilegien genossen.

Irgendwie konnte sie sich das nicht vorstellen.

»Es ist mir eine wahre Freude, Euch zu dienen. Kann ich sonst noch etwas für Euch tun, Prinzessin?«

Sie rückte näher an ihn heran, vermeintlich, um etwas Diskretion zu wahren. Zane runzelte die Stirn und kam ihr entgegen, sodass sie in sein Ohr flüstern konnte:

»Du könntest tot umfallen. Damit würdest du mir einen riesigen Gefallen tun.«

Seine Schultern bebten, sie spürte förmlich, dass er alles in seiner Macht Stehende tat, um nicht laut aufzulachen. An seiner Zungenspitze, die zwischen seinen geschwungenen Lippen auftauchte, erkannte sie es ebenfalls klar und deutlich. Das tat er häufig, wenn er in gewissen Situationen nicht laut lachen konnte oder sich einen bissigen Kommentar verkniff. Sie war sich sicher, dass er sich dabei kräftig auf die Zunge biss.

Letztlich zog er sich zurück, neigte leicht den Kopf und verließ sie wieder. Doch sein Blick versprach Rache.

Erheitert stellte Alexis fest, dass sie sich darauf freute. Alles war besser als diese Veranstaltung hier. Sie sah ihm nach – und dabei einen ihr höchst unwillkommenen Vampir in den Wintergarten treten, dessen hellblaue Augen sich sofort auf sie richteten. Schnell wandte sie den Blick ab.

»Ist es nicht wunderbar, dass sich Euer Vater so fürsorglich um die Menschen kümmert?«, fragte Elizabeth in diesem Moment und lenkte sie wenig erfolgreich von dem Neuankömmling ab.

»Ja, meinem Vater ist es sehr wichtig, sich besonders für die ärmeren Menschen einzusetzen.«

»Erst letzte Woche hat er wieder ein Jugendzentrum und eine Drogenentzugsklinik eröffnet.« Elizabeth seufzte. »Er ist fast ein Heiliger.«

Wohl kaum, dachte Alexis.

»Ich denke, es kommt allen zugute«, warf sie etwas abgelenkt ein. »Immerhin sind die Menschenkinder von heute die Blutspender von morgen, nicht wahr?«

Entsetzt sahen Elizabeth und Mrs Johnson sie an. Beinahe hätte Alexis die Augen verdreht. Ihnen allen war klar, warum Grigori die Menschen unterstützte, doch niemand traute sich, es laut auszusprechen. Lieber versteckten sie sich hinter aufgesetzter Freundlichkeit und Großzügigkeit und genossen die Aufmerksamkeit, die ihnen durch diese Aktionen zuteilwurde. Dass der Tod ihrer Mutter durch einen drogensüchtigen Spender den König zu diesen Maßnahmen antrieb, um zumindest ihre gemeinsame Tochter zu schützen, wurde von den Adligen weitestgehend ignoriert.

Gott, sie war das alles so leid.

In diesem Augenblick stellten sich ihr die Nackenhaare auf und sie wusste, wer hinter ihr stand.

»Meine Damen. Dürfte ich die Königliche Hoheit wohl kurz entführen?«

»Aber natürlich, Michail.« Elizabeth strahlte und sah von einem zum anderen. »Wir haben die Prinzessin schon viel zu lange in Anspruch genommen.«

Am liebsten hätte sich Alexis an den anderen Frauen festgekrallt, um bloß nicht wegzumüssen. Stattdessen rang sie sich ein Lächeln auf die Lippen. »Entschuldigen Sie mich, meine Damen.«

Betont lässig drehte sie sich um, ignorierte dabei erfolgreich den ihr dargebotenen Arm und ging um eine Gruppe Politiker herum.

»Lord Oleg-Howard, Lord Reagan«, grüßte sie höflich einige Staatsmänner, die ihre Geste eher widerstrebend mit einer angedeuteten Verbeugung erwiderten.

Sie war sich vollkommen bewusst, dass eine Menge Leute sie beobachteten, als sie sich dazu entschied, sich in einiger Entfernung vor einem bodentiefen Fenster zu positionieren. Michail stellte sich direkt neben sie.

»Michail.«

»Alexandrina.«

Wie sie es hasste, wenn er sie mit ihrem Geburtsnamen ansprach. Auch wenn ihre Namensgeberin, die englische Königin Victoria, eine gute Freundin ihres Vaters gewesen war, zog sie doch die von ihrer Mutter genutzte moderne Version vor.

»Gut siehst du aus.«

Sie beäugte Michail von oben bis unten. Der dunkelblaue Anzug betonte seine hellen Augen, sein weißes Hemd war blütenrein. Rein äußerlich betrachtet sah er gut aus. Er hatte ein ovales Gesicht, eine reine, gebräunte Haut und wenn er lächelte, erschien ein Grübchen auf seiner Wange.

Kein Wunder, dass sie auf sein Äußeres reingefallen war.

»Das Kompliment kann ich zurückgeben.«

Auch wenn ihre Beziehung unschön geendet hatte, war sie freundlich geblieben. Alles andere hätte ihren Vater verärgert.

Michail warf einen Blick auf einen Punkt links von ihr, sein oberflächliches Lächeln wurde herablassend.

»Dann hat man dir tatsächlich einen Creature an die Seite gestellt.« Er schüttelte den Kopf. »Ich hätte gedacht, der König würde mehr auf dein Leben geben.«

Wohl wissend, dass Zane sie hören konnte – sie hatte den Platz mit Absicht in seiner Nähe gewählt –, gab sie betont ruhig Kontra.

»Mein Vater will nur das Beste für mich. Selbst wenn es ein Leibwächter in Form eines Creatures ist.«

Verblüfft riss Michail die Augen weit auf. »Das ist nicht dein Ernst, oder? Wie kann eine solch niedere Kreatur dich besser beschützen als ich?«

Und da war er: der eigentliche Grund, wieso er ihre Gesellschaft suchte.

Amüsiert sah sie ihn an. »Hattest du etwa gehofft, ich würde den König bitten, *dich* als meinen Bodyguard einzustellen?«

Der männliche Vampir beugte sich näher zu ihr hinab, seine Hand legte sich auf ihren Unterarm. »Alexandrina, sei doch vernünftig. Ich kenne dich und bin aus gutem Hause. Ein Mann des Adels wäre eine viel bessere Wahl, um dich zu beschützen.«

Als ob dieser Mann je auch nur eine Prügelei ausgetragen hätte. Mit einem zuckersüßen Lächeln klimperte sie mit den Augen. »Und vielleicht auch noch als mein Ehemann?«

Selbstsicher strich sich Michail über das Revers. »Nun, natürlich wäre ich nicht abgeneigt. Und du könntest es deutlich schlechter treffen.«

Angewidert rümpfte sie die Nase und trat demonstrativ einen Schritt von ihm weg. »Jeder Creature ist besser als du, Michail.«

Alles Charmante wich aus seinen Zügen und etwas Fieses schlich sich hinein. »Du solltest vorsichtig sein, Herzchen. Du bist nichts weiter als ein Bastard, unehelich geboren von einer Mätresse. Solltest du jemals den Thron besteigen, wird *das* dein Untergang sein.«

»War das eine Drohung?«, erklang Zanes heisere Stimme direkt hinter Alexis.

»Selbstverständlich nicht.« Unschuldig wie ein Wolf im Schafspelz hob Michail beschwichtigend die Hände. »Ich unterhalte mich doch nur mit einer alten Freundin, nicht wahr, Schatz?«

»Verzieh dich, Michail«, raunte Alexis.

Zane trat noch einen Schritt näher, die Hitze seines Körpers brannte auf Alexis' Rücken. »Da hörst du es. Verschwinde oder ich breche dir jeden Knochen im Leib.«

Erstaunt sah sie zu Zane auf. Sie wusste zwar, dass er seinen Job, so unlieb er ihm auch war, sehr ernst nahm, aber sie hatte nicht damit gerechnet, dass er sie auch vor verbalen Angriffen so vehement verteidigen würde.

Der eiskalte Blick war fest auf ihren Ex-Freund gerichtet, der Körper deutlich angespannt, bereit zum Kampf.

»Was ist hier los?« Ein Mann und eine Frau kamen zu ihnen. Beiden war der Hochmut des Adels förmlich ins Gesicht gemeißelt. »Bedroht dich diese Kreatur etwa, Sohn?«

O Mist. Die hatten ihr gerade noch gefehlt. Lord Ferdinand und Lady Justine, Michails Eltern.

»Es verhält sich gänzlich andersherum«, warf Alexis ein und hoffte, ihr arroganter Tonfall wirkte nicht zu gestelzt. »Michail ist mir auf die Pelle gerückt, Zane hat mich nur verteidigt. Wie es sein Job ist.«

Die Stimmen um sie herum wurden leiser, die Szene war unglücklicherweise nicht unbemerkt geblieben.

Mit gerunzelter Stirn sah Ferdinand auf sie herab und das nicht nur bedingt durch den Größenunterschied. »Es ist eine Schande, dass ein Creature als Leibwächter für die Prinzessin eingesetzt wird, auch wenn sie nur ein Bastard ist. Diese Ehre war immer dem Adel vorbehalten und so sollte es auch weiterhin sein.«

Alexis ignorierte Michails überlegenes Lächeln und hob ihr Kinn. »Wie wäre es, wenn Ihr das dem König einfach mal selbst sagt, anstatt Euch bei mir zu beschweren?«

Diesmal kam ein verächtliches »Tss« von Michails Mutter.

»Der König ist blind, wenn es um seine Tochter geht. Dabei bist du nichts weiter als ein uneheliches Kind, geboren von einer unwürdigen, mittellosen Frau. Du gehörst wohl kaum dem Adel an, du solltest nicht mal hier sein.« Angewidert schüttelte Justine den Kopf. »Es ist eine Beleidigung für unseresgleichen, dass Grigori dich auf solche Veranstaltungen mitnimmt. Josephina, die Königin, sollte hier an seiner Seite sein!«

Beim letzten Teil hätte Alexis ihr normalerweise zugestimmt. Sollte sich Josephina doch mit diesen Leuten abgeben; das würde ihr Leben deutlich erleichtern.

Aber diesmal vermochte sie kaum zu atmen. Ihr war der Hass des Adels durchaus bewusst, sie erlebte ihn unterschwellig jeden Tag im Palast. Doch so unverhohlen angegriffen worden war sie noch nie.

Erst jetzt bemerkte sie, dass es erschreckend still um sie herum geworden war. Innerlich zitternd sah sie sich um. Die Mienen der Gäste schwankten zwischen Irritation, Unglauben und offener Verachtung.

Sie wollte zurückweichen, doch sie stieß nur gegen eine breite Brust. Zane. Immerhin ein kleiner Halt. Er mochte sie zwar auch nicht, aber mit ihm kam sie klar, ihm begegnete sie auf Augenhöhe.

»Wenn du etwas zu sagen hast, Justine«, Grigoris zornige Stimme ließ alle Anwesenden erbleichen, inklusive der drei Adligen vor ihr, »dann sag es mir gefälligst ins Gesicht!«

Mit ausgefahrenen Fangzähnen schritt der König auf Michails Mutter zu; die Gäste sprangen ihm förmlich aus dem Weg. Sein Gesicht war wutverzerrt, die Augen sprühten Funken, als er sich vor Justine und ihrer Familie aufbaute. »Nun, Justine. Würdest du deine Worte noch mal wiederholen?«

Sein typisches Zungenschnalzen ließ Justine laut schlucken. Die Vampirin hielt Grigoris durchdringendem Blick nicht lange stand und sah zu Boden. »Bitte verzeiht, mein König. Ich weiß auch nicht, was in mich gefahren ist.«

Freudlos lachte ihr Vater auf. »Ich sage dir, was in dich gefahren ist, und von mir aus können es alle hören: Josephina ist deine Cousine und daher passt es dir nicht, dass sie nicht so viel Macht hat, wie sie sich das vorstellt.

Denn wenn ich sie machen lassen würde, würde sie dich und deine jämmerliche Familie hofieren und euch Vergünstigungen zukommen lassen, die ihr nicht verdient.«

Seine hellgrünen Augen bohrten sich in Alexis', Wärme stand darin, während ihr Vater sie betrachtete. Zittrig atmete sie tief durch. Auch wenn sie mit vielem aus ihrer Kindheit nicht glücklich war, so war sie sich zumindest bei einer Sache immer sicher: Ihr Vater liebte sie.

»Meine Tochter ist mir teurer als jeder Einzelne von euch. Und dein sich ewig überschätzender Sohn Michail, Justine, wird nie wieder auch nur einen Fuß in meinen Palast setzen. Nicht nach dem, was er sich meiner Tochter gegenüber geleistet hat.«

Ein entsetztes Raunen ging durch die Menge, Fassungslosigkeit zeichnete sich auf den Gesichtern der angesprochenen Familie ab.

Alexis konnte es nachvollziehen. Ihr Vater hatte Michail soeben zu einem Aussätzigen erklärt.

Von nun an würde sich kein Adliger problemlos mit ihm treffen können, wenn er oder sie nicht selbst in Ungnade fallen wollte. Selbst für seine Eltern sah es düster aus.

»Oh, und noch was«, fuhr ihr Vater fort. »Keins von euren verwöhnten Adelskindern ist auch nur ansatzweise gut genug trainiert, um meiner Tochter notfalls beizustehen. Deshalb habe ich Vaughn eingestellt. Er ist der Beste auf diesem Gebiet. Wenn euch das nicht passt, dann braucht ihr mir zukünftig nicht mehr unter die Augen zu treten.«

Mit diesen Worten drehte sich Grigori ganz zu Alexis um. »Komm, mein Kind. Gehen wir nach Hause. Dieses Fest gefällt mir nicht.«

Weiterhin sprachlos nickte Alexis und war zum ersten Mal dankbar, dass Zane sie am Arm fasste und mit sich zog. Von allein hätten sich ihre Füße wohl kaum bewegt.

Sie waren noch keinen Meter weit gekommen, da erhob Ferdinand das Wort: »Wie könnt Ihr Eure Frau nur so geringschätzen? Sie steht Euch seit über zweihundert Jahren treu zur Seite. Josephina hat mehr verdient, als im Palast gefangen zu sein.«

Alexis' Vater machte sich nicht mal die Mühe, sich umzudrehen. »Es steht ihr frei zu gehen, ich sperre sie nicht ein. Sie hatte zweihundert Jahre Zeit, mir ein Kind zu gebären, und hat es nicht vollbracht. Nun ist es zu spät, sie ist zu alt.« Mit eiskaltem Blick sah Grigori über seine Schulter. »Also hat sie es auch nicht verdient, an meiner Seite zu stehen. Meine Tochter dagegen, mein eigen Fleisch und Blut, hat jedes Recht, sich mit mir zu zeigen. Wer ihre Mutter war, spielt dabei keine Rolle.«

Die Leute stolperten regelrecht über ihre eigenen Füße, während sie vor ihnen zurückwichen.

Alexis fühlte sich taub, gleichzeitig war ihr eiskalt. Dieser ganze Aufruhr war nur ihre Schuld.

»Ferdinand, Justine, Michail«, hörte sie wie aus weiter Ferne die Stimme von Elizabeth; der Ton war abfällig. »Ich muss euch bitten, auf der Stelle mein Haus zu verlassen. Ihr seid hier nicht länger willkommen.«

Niedergeschlagen schloss Alexis die Augen und wie von selbst wanderte ihre Hand an das andere Handgelenk; das Kratzen bemerkte sie kaum.

Wäre sie doch nur zur Uni gegangen.

***

Mit dem nächsten Schlag versetzte Zane den Boxsack dermaßen in Schwingungen, dass er aufpassen musste, ihn nicht gegen die Nase zu bekommen.

»Scheiße, Vaughn, was soll das?«

Heftig atmend blickte Zane seinem Trainer entgegen, der gar nicht begeistert aussah.

»Seit wann darfst du ohne Aufsicht in den Trainingsraum?«

»Sorry.« Mehr sagte er nicht, er war zu aufgebracht. Die Szene des heutigen Vormittags ging ihm nicht aus dem Kopf. Am liebsten hätte er diesen arroganten Arschlöchern den Hals umgedreht. Natürlich wusste er, dass der Adel in Alexis' Nähe nicht gerade in Jubel ausbrach, aber das heute war einfach unter aller Sau gewesen. Sie war doch nur ein Mädchen, eine junge Frau. Mit Sicherheit hatte sie sich ihr Leben nicht ausgesucht und diese Idioten machten es ihr nicht gerade angenehmer.

Mit geschultem Auge betrachtete Nathaniel ihn von oben bis unten. »Was ist passiert? Du bist so angespannt, dass ich fürchten muss, du zerbrichst bei der nächsten Berührung wie ein Zahnstocher.«

»Nett wie immer«, brummte Zane und riss mit den Zähnen den Klettverschluss seines Boxhandschuhs auf.

Sein Trainer hob nur eine Augenbraue, die Arme vor der Brust verschränkt, und wartete ab.

Stöhnend gab Zane nach. »Hast du von dem Vorfall beim Spendenbrunch heute gehört?«

»So halbwegs. Scheint das Thema des Tages zu sein, aber du kennst mich. Ich höre bei diesem Mist kaum hin.«

Was würde Zane dafür geben, das auch von sich behaupten zu können. Nur durfte er sich das als Alexis' Bodyguard nicht erlauben. Er ging zur Bank an der Wand, auf der er eine Wasserflasche und ein Handtuch deponiert hatte. Erst wischte er sich den Schweiß aus dem Gesicht, dann trank er ein paar Schlucke.

»Auf dieser Party war nicht ein Creature«, teilte er seinem Trainer mit. »Die Gastgeberin war, allem Anschein nach, die Frau von Gilbert.«

Verächtlich verzog Nate das Gesicht.

»Dieses rassistisches Stück Dreck, das es irgendwie geschafft hat zum Regierungschef der Vampire zu werden? Den sollte man mal so richtig verprügeln.«

Dem konnte Zane nur zustimmen. Gilbert war dafür bekannt, sich offen gegen die Erschaffung der Creatures auszusprechen. Wieso Grigori diesen Mann schalten und walten ließ, wie dieser wollte, verstand Zane beim besten Willen nicht.

»Noch nie habe ich den Adel so sehr gehasst wie heute.«

»Vollkommen verständlich. Die behandeln uns wie Ungeziefer. Dabei sind sie es, die uns verwandeln. Sie brauchen uns als Arbeitskräfte, denken aber nicht darüber nach, was das bedeutet. Sie bräuchten uns nicht zu erschaffen, aber dann müssten sie ja selbst die Drecksarbeit erledigen. Und heute haben sie deinen Schützling attackiert. Dass du da sauer bist, kann ich verstehen. Es war sicherlich hart für sie.«

Schnaubend trank Zane weiter. Er würde Nate bestimmt nicht erklären, dass ihm Alexis am Arsch vorbeiging. Er konnte es nur nicht mehr ertragen, wie die Leute sie behandelten. Als sei *sie* der Feind. Wie entsetzt und verletzt sie ausgesehen hatte. So hilflos und unschuldig … Verdammt, vielleicht war ihm sein Schützling ja doch nicht ganz egal. Diese Seite an ihr war nur so neu für ihn. In den letzten vierundzwanzig Stunden hatte er gleich zweimal einen Blick hinter ihre Maske werfen können und es ärgerte ihn, dass er sie nicht gleich richtig eingeschätzt hatte. Andererseits war Alexis nun bereits über zehn Jahre im Palast und hatte genügend Zeit gehabt, ihre Schauspielkünste zu perfektionieren. Dennoch hätte ihm früher auffallen müssen, dass sie sich verstellte.

»Zum Glück hat dieses Frettchen Michail endlich bekommen, was er verdient hat«, meinte Nate.

Zane hob fragend eine Augenbraue. »Weißt du, was zwischen ihnen vorgefallen ist?«

»Nicht genau. Nur dass er ihr das Herz gebrochen hat.«

Normalerweise würde Zane sagen, dass das kein ausreichender Grund war, aber da Michail sich als Arschloch entpuppt hatte, stimmte er zu. Da fiel ihm noch etwas ein: »Ist es wahr, dass die Königin keine Kinder mehr bekommen kann, selbst wenn sie es denn wollte?«

Verwundert sah Nate ihn an. »Ähm, ja. Geborene Vampirinnen können nur bis zu ihrem vierhundertsten Lebensjahr schwanger werden und die Königin ist bereits älter. Wieso fragst du?«

Nachdenklich trank Zane noch einen Schluck. »Weil der König heute meinte, dass Josephina es deshalb nicht verdient habe, an seiner Seite zu solch blöden Partys zu gehen. Weil sie ihm kein Kind geschenkt hat.«

Lachend fuhr sich sein Trainer mit der Hand über den kahl geschorenen Schädel. »O bitte, das ist doch nur seine offizielle Ausrede. Soweit ich weiß, hat er schon vor über einem Jahrhundert aufgehört, das Bett mit seiner Frau zu teilen.«

Zu der Zeit hatte Grigori Alexis' Mutter kennengelernt.

»So viel dazu, dass du nichts mitbekommst«, murmelte Zane.

Abwehrend hob Nate die Hände. »Glaub mir, auf dieses Wissen kann ich gut verzichten. Meine Frau hat es in den Gemächern der Königin aufgeschnappt.«

Zane ging zur Hantelbank, lehnte sich zurück, suchte nach festem Halt und ergriff die Gewichte.

»Ach ja.« Das hatte er ganz vergessen. Nates Frau, eine Creature wie ihr Mann, war eine der Dienerinnen in Josephinas Gemächern. »Willst du allen Ernstes behaupten, dass die Königin sich ihrer Dienerin anvertraut?«

So wenig, wie die Frau von Creatures hielt, war das eigentlich undenkbar. Sie und Gilbert würden sich prächtig verstehen, würden sie einander nicht so hassen.

Wenig überraschend schnaubte Nate, der ihn beim Stemmen beobachtete. »Natürlich nicht. Aber sie spricht mit ihren Adelsfreundinnen. Und die tun gern alle so, als wären wir Creatures taub oder zu dumm, um den Inhalt ihrer Gespräche zu begreifen.«

Fassungslos schüttelte Zane den Kopf. »Weißt du, was ich nicht verstehe? Die Menschen wissen, wie sehr die geborenen Vampire die geschaffenen verachten. Und doch gibt es jährlich Tausende Sterbliche, die sich freiwillig zur Wandlung melden, obwohl sie als Menschen, als Blutspender, deutlich höher angesehen werden.«

»Du bist doch selbst ein gewandelter Vampir. Noch dazu ein verdammt junger.«

»Ja, aber diese Entscheidung wurde mir von meinen Eltern aus den Händen genommen.« Der bittere Beigeschmack bei den Worten ließ seine Stimme gepresst klingen.

Mit gerunzelter Stirn verschränkte Nate die Arme vor der Brust und schien über seine nächsten Worte nachzudenken. Währenddessen kämpfte sich Zane durch sein Training.

»Manche Menschen lockt das lange Leben«, murmelte Nate leise. »Andere haben keine Wahl. Es geht um ihre Existenz. Wenn man ganz unten ist und nichts mehr zu verlieren hat, dann ist einem das Ansehen in der Gesellschaft egal.«

Verblüfft hielt Zane in seiner Bewegung inne. »War das bei dir der Fall?«

Nate nickte. »Ich war spielsüchtig und arbeitslos. Die Schulden wuchsen mir über den Kopf, vor lauter Angst geriet ich immer weiter in den Sumpf und landete schließlich auf der Straße. Ich war ein guter Fighter, sodass ich zumindest auf der Straße niemanden zu fürchten hatte. Ein Adliger sah mir eines Tages dabei zu, wie ich mit dem Schläger eines Schuldeneintreibers aneinandergeriet. Er war von meinen Fähigkeiten so beeindruckt, dass er mir anbot mich zu wandeln und dadurch von meinen Schulden zu befreien. Ich stimmte zu, machte eine Therapie und kam schließlich hierher.«

Einen Augenblick lang schwieg Zane. »Das wusste ich nicht.«

Nate zuckte nur mit den Achseln. »Woher denn auch? Ich rede nicht gern darüber, das liegt in der Vergangenheit. Auch wenn die Umstände vielleicht nicht die besten waren, so war die Wandlung für mich die Rettung. Ich habe einen tollen Job gefunden und meine Frau hier kennengelernt. Mir ist klar, dass nicht jeder so viel Glück hat, aber verurteile die Leute nicht vorschnell. Sie werden ihre Gründe haben.«

Darüber musste Zane erst mal nachdenken. Er war stets so wütend über seine unfreiwillige Wandlung gewesen, dass er gar nicht daran gedacht hatte, dass auch die anderen Creatures keine Wahl gehabt haben könnten. Wenn man es so betrachtete, hatte er mit Vladimir als Schöpfer einen echten Glücksgriff gelandet. Andererseits hatte dieser ihn so abgeschottet, dass Zane kaum Kontakt zu anderen Creatures hatte aufbauen können – und so war es kein Wunder, dass er deren Lebensgeschichten nicht kannte.

»Natürlich ist es trotzdem nicht richtig, wie abfällig uns die Adligen behandeln«, meinte Nate. »Bei mir geht es noch, sie respektieren meine Fähigkeiten. Meine Frau hat viel mehr unter deren Verhalten zu leiden. Für die meisten sind wir einfach unsichtbar.«

»Alexis ist anders.« Erst als er den ungläubigen Blick seines Trainers bemerkte, wurde ihm klar, was er gesagt hatte. »Das bedeutet nicht, dass ich sie leiden kann«, warf er schnell hinterher, vielleicht ein wenig zu schnell. »Aber mir ist aufgefallen, dass sie Creatures nicht ignoriert. An der Uni gibt es einige Bedienstete und sie kennt jeden beim Vornamen. Sie unterhält sich mit ihnen, interessiert sich für ihr Leben.«

Vermutlich, weil der Adel sie nicht in ihre Reihen lässt.

»Hm.« Nate kratzte sich am Kinn. »Da magst du recht haben. Auch mich grüßt sie immer freundlich. Kein Wunder, dass viele Creatures sie verehren.«

Das hatte Zane auch schon mitbekommen. Dabei kam ihm eine Frage in den Sinn: Wenn die Creatures Alexis verehrten, wieso sollten sie sie dann umbringen wollen?

Andererseits gab es immer Leute mit radikalen Ansichten, die ihre Ziele erreichen wollten. Egal zu welchem Preis. Und dass es Creatures gab, die mit der Monarchie nicht einverstanden waren, verstand sich von selbst.

»Wundert mich, dass du darüber Bescheid weißt«, schnaufte Zane, seine Arme waren vor Anstrengung ganz hart. »Du kommst hier doch nie raus.«

»Hey«, rief der andere Mann empört. »Falls du es vergessen haben solltest, ich wohne hier nicht. Ich fahre jeden Morgen brav zur Arbeit wie jeder andere Angestellte auch. Nur dass meine Arbeitsstelle halt im Palast des Vampirkönigs ist.«

»Und woher weißt du es dann?« Zane biss die Zähne zusammen. Er wollte noch zwei Einheiten schaffen, das hatte er sich zum Ziel gesetzt.

Unterstützend nahm Nate die Hantel in die Hände und half Zane bei den letzten Bewegungen. »Mein Sohn berichtete mir davon.«

Verblüfft hielt Zane in der Bewegung inne. »Du hast einen Sohn?«

Auch gewandelte Vampire konnten Kinder bekommen, diese waren aber immer menschlich.

Mit einem ironischen Lächeln beugte sich sein Trainer zu ihm vor und sagte: »Ja, stell dir vor. Ich habe einen Sohn. Nikolai geht sogar auf die Crown und lebt in einer Wohnung in der Nähe des Campus.«

»Hey, komm runter!« Mit einem Ächzen ließ Zane die Hanteln wieder in ihre Halterung einrasten und setzte sich auf. »Du hast nie von ihm erzählt, wie hätte ich das ahnen können?«

Nate zuckte mit den Schultern.

»Versteh mich nicht falsch, Vaughn, aber ich wusste anfangs nicht, was ich von dir halten soll. Da kommt eines Tages ein schmächtiger sechzehnjähriger Menschenjunge in Begleitung von Vladimir in den Palast und wird mein wichtigstes Projekt. Ich konnte nicht einschätzen, ob du für Vlad spionierst oder ob ich dir wirklich trauen durfte.«

Beleidigt, wenn auch voller Verständnis, stand Zane auf und hüpfte etwas auf und ab, um die Muskeln zu lockern. »Na, vielen Dank auch.«

Der Creature fluchte laut. »Komm schon, Vaughn. Das war nie persönlich gemeint. Aber Vlad ist dafür bekannt, überall seine Spione einzuschleusen. Ich mache diesen Job schon lange und war misstrauisch, ob er mich nicht absägen wollte.«

Brummend musste Zane zugeben, dass da was Wahres dran war. Zudem sollte er ja tatsächlich spionieren – nur eben bei der Prinzessin. »Schon gut.«

Er sollte dankbar sein, dass Nate zu den wenigen Leuten im Palast gehörte, die ihn nicht mit Herablassung betrachteten. Sein Trainer hielt nichts von politischen Ränkespielen. Wie er erklärt hatte, ignorierte er den Tratsch weitestgehend. Er respektierte Stärke und Fleiß und beides war Zane zu eigen.

»Wenn es dich beruhigt, mittlerweile halte ich dich nicht mehr für einen Spion. Dafür verachtest du Vlad einfach zu sehr.« Nate grinste verschlagen. »Und außerdem ... wenn ich das sagen darf, bist du mein bestes Projekt. Noch nie war ich stolzer auf meine Arbeit.«

Einen Moment lang war Zane sprachlos und starrte seinen Mentor mit großen Augen an. Als er die Worte verarbeitet hatte, fing er schallend an zu lachen.

Nate jedoch blieb seriös. »Das ist mein voller Ernst, Vaughn. Ich habe noch nie einen besseren Kämpfer ausgebildet. Du solltest stolz sein, die Prinzessin beschützen zu dürfen. Keinem Creature vor dir ist diese Ehre zuteilgeworden. Du wirst deine Aufgabe gut machen, das weiß ich.«

Mit einem Kloß im Hals konnte Zane den anderen Mann nur anstarren. Mit solchen Worten hatte er nicht gerechnet. Niemand war je stolz auf ihn gewesen, seine Eltern hatten in ihm nur einen Schlüssel zu Macht und Reichtum gesehen und für Vlad war er nur ein weiteres Werkzeug.

»Danke, Mann«, zwang er sich schließlich zu sagen.

Nate nickte knapp. Dann griff er in seine Hosentasche und zog eine Visitenkarte hervor. »Hör zu. Wenn du je in Schwierigkeiten gerätst oder Hilfe brauchst und dich nicht auf den Palast verlassen kannst, ruf meinen Sohn an. Niko wird dir helfen, egal was los ist. Du kannst ihm vertrauen.«

Unsicher, was er von dem Angebot halten sollte, betrachtete Zane das Stück Papier einen Moment lang. Dann ergriff er es und verstaute es in seiner Trainingshose.

»Ich danke dir.«

Erneut nickte sein Mentor.

»Die Prinzessin hat nicht viele Freunde. Aber sie ist eine gute Seele. Beschütze sie mit aller Kraft. Eines Tages wird sie die Welt mit Sicherheit verändern.«

Zane dachte an die Szene von heute Morgen, sofort stieg erneut Zorn in ihm auf. Am liebsten hätte er diesem Michail die Fresse poliert. »Das verspreche ich.«

»Gut.« Nate schlug ihm auf die Schulter. »Und jetzt renn gefälligst hundert Runden. Wir sind nicht zum Vergnügen hier.«

3

Es war Freitagabend und Alexis langweilte sich zu Tode. Sie saß auf der Couch in ihren Gemächern und blätterte ohne großes Interesse in einigen Zeitschriften. Hatte sie dabei ihren Lieblingspyjama mit den tanzenden Pinguinen an? Gut möglich. Aber hey, wer sollte sie in diesem Outfit schon groß zu Gesicht bekommen? Zane zählte nicht, er hatte sie schon in so manch verrückten Klamotten gesehen und seine Meinung über ihr Äußeres interessierte sie nicht sonderlich.

Nachdem sie von diesem blöden Brunch nach Hause gekommen war, hatte sie sich das Kleid vom Leib gerissen, den Pyjama angezogen und sich in ihr Himmelbett gelegt. Dort war sie in Selbstmitleid versunken, während sie die fliederfarbenen Wände angestarrt hatte.

Als sie zu ihrem Vater gezogen war, hatte Grigori seiner trauernden Tochter jeden Wunsch erfüllt, selbst die Wandfarben für ihre Zimmer, obwohl es ihm sichtlich widerstrebt hatte. Vermutlich waren ihre Räumlichkeiten die einzigen im ganzen Palast, die nicht im typischen Gold und Königsblau gehalten waren, aber es hatte Alexis geholfen, sich dadurch in ihren Gemächern etwas wohler zu fühlen. Doch ein Zuhause war es bis heute nicht geworden.

Zane hatte die ganze Zeit über im Wohnzimmer gesessen, bis sie schließlich die Schnauze voll gehabt und ihn zum Training geschickt hatte, um ein wenig Zeit für sich zu haben. Sie war vom Bett zur Couch umgezogen und hatte beschlossen, das ganze Wochenende so zu verbringen. Sie, das Bett und die Couch. Mehr brauchte sie nicht.

Auch die Mahlzeiten nahm sie hier ein, die Einladung ihres Vaters, mit ihr zu speisen, hatte sie ausgeschlagen. Grigori hatte zwar enttäuscht ausgesehen, aber zumindest hatte er diesmal nachgegeben und sie nicht zu einem weiteren peinlichen Dinner gezwungen. Alexis hatte heute einfach keine

Kraft dafür, sich mit ihrem Vater, Josephina und der angespannten Stimmung zwischen den beiden auseinanderzusetzen.

Vielleicht würde sie die Zeit nutzen, um für die nächsten Klausuren zu lernen. Sie durfte den Anschluss nicht verpassen. Ihrem Vater waren gute Noten wichtig und zum Teil gab sie sich auch deshalb so viel Mühe, ihren Notendurchschnitt stetig zu verbessern. Aber vor allem wollte sie einen Grund haben, um zur Uni zu gehen. Sie studierte nicht nur, weil sie es unbedingt wollte, sondern weil sie so dem Palast für einige Stunden entfliehen konnte. Obwohl es ihr erlaubt war, sich überall im Schloss frei zu bewegen, vermied sie ganz bewusst die anderen Anwohner des Palastes. Zur Uni zu gehen, bedeutete für sie ein wenig Freiheit.

In diesem Moment klopfte es. Alexis' Blick huschte zur Tür, von der sie wusste, dass sich Zane dahinter befand, der wie gewohnt Wache hielt. Am späten Nachmittag hatte er sich vom Training zurückgemeldet und draußen Stellung bezogen. Vor einer halben Stunde hatte er ihr das Abendessen gebracht und sich dann wie gewohnt nach draußen verzogen.

Alexis schwieg, wusste sie doch genau, wer um diese Uhrzeit Einlass verlangte und wen Zane ohne Fragen einfach zu ihr durchließ. Leider wurde die Tür trotz mangelnder Einladung geöffnet und einer der ihr am meisten verhassten Vampire des Palastes trat ein.

Vladimir verneigte sich leicht. Steif wie ein Brett stand er mit hinter dem Rücken verschränkten Händen im Rahmen der noch offenen Tür und sah sie mit seinem typisch verkniffenen Gesichtsausdruck an. Wie Zane, seine Schöpfung, konnte auch er sie nicht leiden.

Als sie weiterhin schwieg, räusperte er sich. »Bitte entschuldige, Prinzessin. Hättest du kurz Zeit?«

»Nein, tut mir leid.« Demonstrativ schlug Alexis die Modezeitschrift wieder auf, die sie bei seinem Eintreten geschlossen hatte, und senkte den Blick auf die Seiten. »Ich bin wirklich schwer beschäftigt.«

Offensichtlich sprachlos über ihre Unverschämtheit blieb Vlad einen Moment lang still. Nur hielt das leider nicht an. »Königliche Hoheit, wir müssen dringend die Termine für die nächsten Wochen durchsprechen und sie mit deinen Prüfungen abstimmen. Dein Vater erbittet deine Begleitung zu einigen Banketten.«

Alexis blätterte um. »Darauf habe ich nun wirklich keine Lust.« Sollte Vlad doch von ihr denken, was er wollte, seine Meinung war ihr egal. »Wieso nimmt er nicht einfach die Königin mit? Das wäre für dich und mich deutlich leichter und sie wäre glücklich.«

Vernahm sie da etwa einen leisen Seufzer?

»Gerade wegen des Vorfalls heute solltest du dabei sein. Du musst Stärke beweisen und Geschlossenheit mit deinem Vater demonstrieren. Zudem solltest du diese Gelegenheiten nutzen, um dich auf deine künftige Rolle vorzubereiten.«

»Es wundert mich, dass du so genau über den neuesten Tratsch Bescheid weißt, Vlad. Du warst doch gar nicht anwesend.«

Wieder schwieg Vlad einige Herzschläge lang. »Ich habe meine Quellen, Prinzessin.«

Überrascht blickte Alexis zum Stellvertreter ihres Vaters auf. Vladimir war für sein umfangreiches Spionage-Netzwerk bekannt, obwohl es dafür keinerlei Beweise gab. »Vorsicht, Vlad. Diese Aussage kommt ja schon fast einem Geständnis gleich.«

Er ging nicht auf ihre Stichelei ein, doch an der straffen Haltung seiner Schultern bemerkte sie, dass sie ins Schwarze getroffen hatte.

»Der König hat viel auf sich genommen, als er dich nach dem Tod deiner Mutter bei sich aufnahm und dich offiziell anerkannte«, belehrte Vlad sie nun. Sein Tonfall machte deutlich, was er von Grigoris Handeln hielt. »Dies solltest du würdigen, indem du seinen Bitten nachkommst und dich entsprechend verhältst. Du wirst eines Tages Königin sein und uns alle anführen. Dem kannst du nicht entkommen.«

Zu ihrem Bedauern hatte er recht, auch wenn Alexis es sich anders wünschte. Sich zu verstecken half ihr nicht. Aber ihr konnte leider auch niemand sagen, wie sie eines Tages über eine Spezies herrschen sollte, die sie nicht akzeptierte.

Seufzend lehnte sie sich zurück. »Kannst du mir den Plan nicht einfach mailen und ich schaue mir dann meine Kurse und Prüfungen an? Dann kann ich ihn dir kommentiert zurückschicken.«

Offenkundig gegen diesen Vorschlag runzelte Vladimir die Stirn. »Hoheit …«

Unverhofft klingelte ihr Smartphone und ließ sie zusammenfahren. Dass es neben ihr lag, hatte sie ganz vergessen. Bevor Vladimir sie weiter vollquatschen konnte, ergriff Alexis das Gerät und nahm den Anruf an.

»Einen Moment.« An Vladimir gewandt sagte sie: »Ich warte dann auf deine Mail.«

Mürrisch verneigte sich Vlad erneut und verschwand dann endlich.

Erleichtert sprach sie mit dem Anrufer. »Hallo, Hayley.«

»Hey, Girl. Wie geht es dir?«

Die quietschige Stimme brachte Alexis zum Lächeln. »Hey, du verrücktes Huhn. Bei mir ist alles beim Alten und bei dir?«

»Alles bestens, alles bestens! Wen hast du denn da weggeschickt?«

»Vladimir.«

»Ich frag gar nicht erst, was der Griesgram von dir wollte. Hör zu, Süße. Heute Nacht steigt im *Tusked* ein Rave. Da müssen wir hin!«

Bei der Erwähnung des zurzeit angesagten Clubs verzog Alexis das Gesicht und war froh, dass ihre Freundin sie nicht sehen konnte.

»Zieh bloß keine Grimasse!«, ertönte es aus dem Telefon. »Ich kann es förmlich spüren, wie du dich windest. Keine Ausrede, Lex, wir gehen zu dieser Party!«

Seufzend lehnte sie sich auf ihrer Couch zurück. »Du weißt, dass das für mich nicht so einfach ist.«

»Ach, komm. Es werden nicht nur Adlige dort tanzen gehen und die dürften alle zu jung sein, um den Hass deiner Stiefmutter übernommen zu haben.«

Freudlos lachte Alexis auf. »Es ist ja nicht nur Josephina, der restliche Adel ist nicht besser.«

Dass die meisten Kinder die Missachtung ihrer Eltern übernommen hatten und sie mieden, hatte sie bereits in ihrer Kindheit zu spüren bekommen.

Bis auf Hayley hatte sie keinen einzigen Freund im Palast oder in der Schule gehabt. Und nun lebte auch Hayley nicht mehr im Schloss und sie ging auch nicht zur Uni.

»Es werden doch auch Menschen und Creatures da sein«, versuchte ihre Freundin sie zu begeistern.

Das klappte jedoch nur bedingt.

»Ganz toll. Die eine Seite wird mich hassen, die andere will mich heiligsprechen.«

Obwohl sie bei den Creatures erstaunlicherweise sehr beliebt war, hatte sie keine engen Freundschaften mit den geschaffenen Vampiren zulassen können – das wäre für den Adel nur ein weiteres Indiz für ihre »minderwertige« Herkunft gewesen. Außerdem war die Verehrung der Creatures manchmal schon unheimlich.

»Ach, papperlapapp«, tat Hayley ihren Einwand ab. »Setz dir eine Perücke auf, schmink dich zur Abwechslung und keiner wird dich erkennen, Lex. Komm schon, lass mich nicht hängen.«

Hin- und hergerissen dachte Alexis über das Angebot nach. Tatsächlich hatte sie sich schon öfter mit Perücke rausgeschlichen und war nie erkannt worden. Und sie wollte Hayley wirklich gern wiedersehen; das letzte Treffen war schon einige Zeit her. Die Familie ihrer Freundin gehörte zwar dem Adel an, doch sie setzte sich im Gegensatz zu den anderen *für* die Gleichberechtigung der Creatures ein und war daher weniger hoch angesehen. Anfangs war die Familie noch belächelt worden, schlimmstenfalls hatte es Diskussionen im Parlament gegeben. Doch dann hatte Gilbert den Vorsitz der vampirischen Regierung übernommen und das Ganze war eskaliert. Letztendlich waren Hayleys Eltern und sie deswegen des Palastes verwiesen worden.

Alexis begriff nicht, wieso die Adligen die Creatures so sehr verachteten – obwohl sie sie selbst erschufen –, sich aber dafür mit den Menschen gut stellten. Da die Menschen die Nahrungsquelle der Vampire waren und für ihre Dienste gut bezahlt wurden, sahen die Adligen sie als ebenbürtig an. Alexis' Vater war eng mit der Queen befreundet und pflegte auch zu den anderen menschlichen Staatsoberhäuptern ein gutes Verhältnis. Er unterstützte finanziell viele Waisenhäuser und Kinder- und Jugendzentren, um den jungen Menschen eine gute Zukunft zu sichern und sie von Drogen fernzuhalten. Dass er sich dagegen nie zu den Debatten um die Creatures äußerte, missfiel Alexis sehr.

»Lex?« Hayleys Stimme riss sie aus ihren Gedanken. »Bitte komm mit. Du musst mal wieder unter Leute.«

»Ich will ja …«

»Aber?«

Alexis senkte die Stimme. »Mein Schatten könnte zu einem Problem werden.«

Laute Flüche wurden durch den Hörer transportiert. »Mist, an den hatte ich ja gar nicht gedacht. Zu blöd, dass ich ihn noch nicht kennengelernt habe.«

Gott, war es schon über acht Wochen her, dass sie und Hayley sich das letzte Mal getroffen hatten? Dann wurde es allerhöchste Zeit.

»Ich will ihn auf keinen Fall dabeihaben.« Dann könnte sie auch gleich mit einem leuchtenden Pfeil aus sich aufmerksam machen. Im *Tusked* würde ihr Bodyguard sofort herausstechen. Und das nicht, weil er ein geschaffener Vampir war. »Es dürfte mittlerweile überall bekannt sein, dass er mein Leibwächter ist.«

»O ja. In der Klatschpresse wird ständig davon berichtet. Das ist aber auch ein gefundenes Fressen für die Paparazzi: Ein Creature ist der Bodyguard der unehelichen Prinzessin. Welch ein Skandal!«

»Sag ich doch.«

»Allerdings hast du mir eine Sache verschwiegen und ich bin echt böse mit dir.«

Ach ja?

»Ach ja?«

»Er sieht total heiß aus!« Hayley seufzte sehnsüchtig.

Alexis musste blinzeln. »Wie bitte?«

»Ach, komm schon. Ist dir das etwa nicht aufgefallen? Muss ich mir Sorgen um deine Augen machen?«

Tatsächlich hatte sie Zane noch nie aus diesem Blickwinkel betrachtet. Er war ihr lästig, ihr ständiger Begleiter und er nervte sie bis zum Umfallen. Aber dass er gut aussah ... hatte sie bis jetzt erfolgreich verdrängt.

»Mag sein«, gestand sie ein, als sie an seinen gut gebauten Körper dachte. »Ein bisschen.«

Der frustrierte Aufschrei ihrer Freundin erschreckte sie so sehr, dass sie abrupt ihre Beine einzog, die noch auf dem Couchtisch geruht hatten. Dabei stieß sie das Tablett mit dem Geschirr an und alles fiel krachend zu Boden.

Keine Sekunde später stand das Objekt ihrer Unterhaltung im Zimmer, seine grauen Augen suchten den Raum nach einer Bedrohung ab, sein Körper war angespannt.

Ein wenig überrumpelt konnte Alexis ihn nur anstarren; ihr Herz raste. *Verdammt, ist der Mann schnell.*

»Lex?«, hallte die Stimme ihrer Freundin undeutlich durch den Hörer.

Alexis hatte sich das Handy bei Zanes Eindringen an die Brust gepresst.

»Lex!?«

Schnell hielt sie es sich wieder ans Ohr. »Ja, alles in Ordnung. Hör zu, wir sehen uns später, okay?«

»Okay, Girl. Um elf vor dem *Tusked.* Ich warte auf dich.«

»Bye.«

Sie legte ihr Smartphone zurück auf den Tisch. Wieso wurde das Mistding eigentlich schon wieder so heiß? Sie sollte sich bald ein neues Handy besorgen.

Ihr Bodyguard war anscheinend zu dem Schluss gekommen, dass ihr keine Gefahr drohte, und entspannte sich ein wenig. Trotzdem blieb er wachsam.

Noch Hayleys Worte im Ohr betrachtete sie sein Gesicht. Die ausgeprägten Wangenknochen, die leicht krumme Nase, das kantige Kinn und der finstere Blick machten ihn nicht gerade schön. Aber ... ja ... verflucht attraktiv. Und seine Lippen ... Die wirkten erstaunlich weich. Bei diesem Gedanken schoss Alexis das Blut in die Wangen. Schnell sah sie weg.

»Wer war das?«, fragte er schroff.

Und sofort war ihre Verlegenheit dahin. Halleluja, alles war wie immer.

»Das geht dich nichts an, Vaughn.«

Sie stand hoheitsvoll von ihrer Couch auf – soweit dies mit einem Pinguin-Pyjama möglich war – und sammelte das heruntergefallene Geschirr ein. Der Teller hatte einen kleinen Riss und das Glas war zersprungen.

»Ich bin dein Bodyguard. Ich muss solche Dinge wissen.«

»Einen Scheiß musst du!« Wütend griff sie nach der Scherbe, passte nicht auf und schnitt sich an der scharfen Kante. »Autsch!«

Sofort kniete Zane an ihrer Seite. »Zeig her!«

Sie wollte ihre Hand wegziehen, doch Zane hatte sie bereits gepackt und begutachtete ihre Wunde.

»Das ist nichts«, beteuerte sie. »Das hört gleich auf.«

Neben ihr war Zane erstaunlich still geworden, kein Muskel rührte sich in seinem Körper. Verwundert sah Alexis ihn genauer an und bemerkte den hungrigen Blick, mit dem Zane ihren Finger betrachtete. Ein kleiner Blutstropfen quoll aus der Wunde. Zanes Atem hatte sich geändert, war schwerer geworden und seine Augen glänzten fiebrig.

Eine Sekunde lang stellte Alexis sich vor, wie er ihren Finger in den Mund nahm und daran saugte. Ein Kribbeln zwischen ihren Beinen ließ sie die Schenkel zusammenpressen.

O nein! Auf gar keinen Fall würde sie sich sexuell zu ihm hingezogen fühlen.

So weit kommt's noch!

Mit Gewalt entriss sie ihm ihren Finger und stand auf.

»Du solltest dich schleunigst nähren, Vaughn!«, befahl sie in der besten Adelsmanier. »Nicht, dass du noch einen Fauxpas begehst und es wagst, von der Prinzessin zu trinken.«

Zane zuckte zusammen, seine Miene wurde undurchdringlich und sein Blick hart. Sie beschlich das untrügliche Gefühl, ihn schwer gekränkt zu haben.

Schweigend nahm Vaughn das Tablett in die Hände und stand auf. Ohne hohe Schuhe überragte er sie um einen guten Kopf und normalerweise machte ihr das nichts aus. Doch heute hatte sie das Gefühl, ihm ausgeliefert zu sein. Wenn er es darauf anlegte, könnte er sie plattmachen. Sie mochte eine geborene Vampirin sein und jeder würde meinen, sie sei daher die Stärkere. Nur war Zane ein äußerst talentierter Kämpfer und speziell für seine Stellung geschult worden. Gegen ihn hätte sie keine Chance.

»Ich ziehe mich dann zurück.« Es wunderte Alexis, dass bei der Kälte in seiner Stimme ihre Wände nicht von Eis überzogen wurden. »Gute Nacht, Prinzessin.«

Er verließ ihr Zimmer und schloss die Tür mit ein wenig mehr Wumms als gewöhnlich.

Alexis ließ sich zurück aufs Sofa fallen. Wie war es möglich, dass sie sich jeden zum Feind machte? Sie hatte ihn nicht beleidigen wollen, wirklich nicht. Besonders nicht nach seinem beschützenden Verhalten heute Morgen beim Brunch. Aber ihre Reaktion auf seinen Körper hatte sie verunsichert und sie in eine Zicke verwandelt. Vermutlich hielt er sie – wie alle Adligen auch – für eine verwöhnte Göre, die auf alle anderen herabsah. Weiter von der Wahrheit entfernt konnte man gar nicht sein.

Es machte sie einfach fertig, von Leuten umgeben zu sein, die offensichtlich nichts von ihr hielten. Auch Zane war dabei keine Ausnahme. Wenn man ihr wenigstens sagen würde, wieso sie plötzlich einen Leibwächter brauchte, dann hätte sie sich darum bemüht, sich mit der Situation zu arrangieren. Aber so fühlte sie sich noch mehr gefangen als sonst. Denn auch ein goldener Käfig war nun mal ein Käfig. Gott, wie sehr sie ihre Mutter und ihr ruhiges Leben am Rande Liverpools vermisste. Damals war alles noch so viel leichter gewesen.

Das Piepen einer eingehenden Nachricht war eine willkommene Abwechslung von ihren deprimierenden Gedanken. Sie nahm ihr Handy in die Hand und öffnete den Messenger. Es war eine Nachricht von Hayley.

Freue mich, dich nachher zu sehen! ☺

Alexis atmete tief durch. Zum Glück gab es auf dieser Welt einen Vampir, der sich über ihre Anwesenheit freute. Entschlossen, sich nicht unterkriegen zu lassen, stand sie auf und ging durch ihr Schlafzimmer in den angrenzenden begehbaren Kleiderschrank. Für heute Nacht wollte sie einfach mal nur Lex sein, ein normales Mädchen, das Spaß mit seiner Freundin hatte. Sollte doch nicht so schwer sein, oder?

***

Stinksauer stampfte Zane durch die Flure zur Küche. Dort knallte er das Tablett auf eine freie Fläche und verließ sie wortlos wieder. Die dort gerade anwesenden Creatures bemerkten seine gute Laune und hielten wohlweislich den Mund.

Diese verdammte Göre! Was erlaubte sie sich? Als ob er es nötig hätte, von ihr zu trinken. Von einer Adligen – pah!

So weit kommt's noch.

Fluchend schüttelte er den Kopf und nahm den Weg zurück in den Wohntrakt der Dienerschaft. Er eilte in sein Zimmer, riss sich die Klamotten vom Körper und nahm eine Dusche. In Rekordzeit trocknete er sich ab und zog sich neue Kleidung an. Schon war er wieder unterwegs und marschierte zum nördlichen Flügel, in dem die Blutspender untergebracht waren. Bei der Menge an Vampiren war ein gewisser Vorrat an Blut durchaus sinnvoll und so lebten einige Spender unterm gleichen Dach. Es wäre sonst zu umständlich, immer neue und genügend Spender zu suchen und in den Palast kommen zu lassen. Es erleichterte das Leben enorm und es war höchste Zeit, dass Zane sich endlich nährte.

Der kleine Zwischenfall in Alexis' Räumlichkeiten hätte nie passieren dürfen. Er war für ihre Sicherheit verantwortlich, das bedeutete auch, dass er sie vor sich selbst schützen musste. Beziehungsweise vor seinem Hunger. Wenn er nicht so sauer auf sich selbst wäre, weil er zu lange mit dem Nähren gewartet hatte, hätte er vielleicht erkannt, dass er ihr zu nahe getreten war.

Selbstverständlich durfte er nicht von der Prinzessin trinken – und das nicht nur, weil er ein Creature war. Die Königsfamilie war heilig, niemand durfte sich ihr auf solch eine Weise nähern. Sie hätte ihn allein für die Dreistigkeit, sich ihr Blut voller Gier vorgestellt zu haben, einkerkern lassen können. Oder Schlimmeres. Der Duft ihres Blutes hatte ihn verzaubert und ihn alles andere vergessen lassen. Ihre Reaktion war vollkommen gerechtfertigt gewesen, er hatte sich wie ein ungehobelter Barbar verhalten.

O verdammt. Er würde sich morgen bei ihr entschuldigen müssen, nicht wahr?

»Ach Scheiße!«

Zane stemmte die Hände in die Hüften und legte den Kopf in den Nacken. Er war bei seinem Ziel angekommen, doch er musste ruhiger werden. Wenn er wütend war, würden die Menschen ihn abweisen. Immerhin könnte er ihnen in diesem Gemütszustand unabsichtlich Schaden zufügen und auf diesem Gebiet verstand der König keinen Spaß.

In Zanes Teenagerzeit hatte der Fall einer Vampirin Schlagzeilen gemacht, die – nach einem Streit mit ihrem Ehemann – einen Blutspender aufgesucht hatte. Der arme Mensch war durch die schlimm zugerichteten Wunden verblutet. Keine zwei Stunden später hatte auch die Vampirin ihren Kopf verloren. Bei Gesetzesverstößen und Ungehorsam fackelte Grigori nicht lange. Allein deshalb respektierten ihn die Adligen *und* die Menschen.

»Vaughn?«

Zane drehte sich um und sah einem jungen Mann entgegen, der für die Koordination der Spender zuständig war. Er war mit ihm zusammen aufgewachsen und das einzige Wesen in diesem verfluchten Palast, das er tatsächlich einen Freund nannte.

»Jamie, hey.«

Mit einem Zahnpastalächeln kam sein alter Freund auf ihn zu, seine hellblauen Augen funkelten regelrecht. »Suchst du einen Spender?«

Zane verzog das Gesicht. »Schon, aber ...«

Lachend schlug Jamie ihm auf die Schulter.

»Schon klar, von mir möchtest du nicht trinken.«

»Wir sind Kumpel. Das wäre seltsam.«

Der Mensch nickte. »Ja, damit könntest du recht haben.« Jamie zückte seinen Organizer und öffnete einen Kalender. »Lass mich nachsehen, wer heute Abend Dienst hat und noch frei ist.«

Erleichtert entspannte sich Zane ein wenig. Sich zu nähren hatte mit Menschen nichts Sexuelles an sich, auch wenn sämtliche Filme, Bücher und Serien etwas anderes erzählten. Es war eine Dienstleistung, die gut bezahlt wurde. Unter Partnern dagegen konnte es durchaus erotisch sein, auch wenn das bei Zane schon eine Weile zurücklag.

Sekunde mal!

Er runzelte die Stirn und rief sich den Moment mit Alexis, den er eigentlich hatte verdrängen wollen, noch mal ins Gedächtnis. Als er von ihrem Blut eingenommen gewesen war, hatte er da nicht kurz einen Hauch von Erregung bei ihr gerochen?

Nein, sagte er sich entsetzt. Das konnte nicht sein.

Das hast du dir bloß eingebildet, du Idiot. Du musst dich mal wieder flachlegen lassen.

Aber halt, wenn er sich dabei schon nicht sicher war, hatte er dann auch andere Dinge übersehen oder missachtet? Leichte Panik stieg in ihm auf, er hatte das untrügliche Gefühl, etwas Entscheidendes zu übersehen.

»Du hast Glück«, rief Jamie und strahlte ihn an. »Alexandra ist heute Nacht noch frei. Ihr Blut soll wahnsinnig gut schmecken.«

»Nein!«, schrie Zane beinahe und schüttelte abwehrend den Kopf. »Das geht nicht.«

Auf gar keinen Fall konnte er sich heute von einer Frau nähren, deren Name dem der Prinzessin so sehr ähnelte. Nach dem Vorfall vorhin und seiner verwirrenden Erinnerung brauchte er dringend Abstand zu Alexis.

Verwirrt blinzelte Jamie und hob seinen Organizer wieder vor sein Gesicht. »Okay ... Dann schau ich mal weiter.«

Völlig durch den Wind fuhr sich Zane durchs Haar. Was war nur heute mit ihm los?

Am Rande nahm er wahr, dass Jamie kurz telefonierte; er hörte ihm allerdings nicht wirklich zu. Seine Gedanken drehten sich unablässig.

»Alles klar, dann sehen wir uns später. Bye.«

Da fiel es Zane wie Schuppen von den Augen. Der Anruf! Er hatte das Telefonat, das Alexis geführt hatte, völlig vergessen. Und hatte sie nicht auch dem

Anrufer mitgeteilt, dass sie sich später *sehen* würden?

»Shit!« Ohne eine weitere Sekunde zu vergeuden, rannte Zane los.

»Vaughn?«

Er konnte sich Jamie gegenüber jetzt nicht erklären, er musste auf der Stelle zur Prinzessin. Was war er doch für ein Idiot, er hätte sich nicht von ihrem Blut ablenken lassen dürfen. Und er hatte nicht einmal daran gedacht, jemanden für die Nachtschicht an ihre Tür zu stellen, verflucht noch mal!

Das könnte ihn den Job, wenn nicht sogar das Leben kosten. Hoffentlich irrte er sich und sie war noch da.

Nach einer gefühlten Ewigkeit kam er schlitternd vor ihrer Tür zum Stehen, seine Brust hob und senkte sich heftig. Er klopfte laut an, damit sie sich nicht, falls sie doch da sein sollte, über sein erneutes unaufgefordertes Eindringen beschweren konnte. Dennoch wartete er nicht auf eine Antwort und trat einfach ein.

Er wusste sofort, dass sie den Palast verlassen hatte. Ihr Geruch lag überall in den Räumen, doch so unaufdringlich, dass ihre Abwesenheit erkennbar war. Überflüssigerweise ging er dennoch zu ihrem Schlafzimmer und riss die Tür auf.

Ihr Bett war leer, die Tür zum Bad stand auf, aber das Licht war ausgeschaltet. Zane eilte zum Fenster, nur um festzustellen, dass es nicht abgeschlossen war. Sie war also aus dem Fenster gestiegen und dann durch den angrenzenden Rosengarten entwischt. Durch den Regen und die vereinzelten hartnäckigen, dem Winter trotzenden Blumen würde er ihre Witterung niemals aufnehmen können.

Fluchend schlug er auf die Wand ein.

»Was ist los, Vaughn?«

Zane machte sich gar nicht erst die Mühe, dem schwer atmenden Jamie die Situation zu erklären, sondern fing an, die Räume zu durchsuchen. Irgendwo musste es doch einen Hinweis geben. Ihr Bett sah unbenutzt aus, im Bad stand überall Schminkzeug herum und am Boden des begehbaren Kleiderschranks lagen verstreut mehrere Party-Outfits übereinander.

Sie hatte sich wahrlich rausgeschlichen, um feiern zu gehen. Nur wohin?

»Ist die Prinzessin etwa abgehauen?« Die Fassungslosigkeit in Jamies Stimme ließ Zane schnauben.

»Hast du etwa gedacht, sie bleibt brav in ihrem Zimmer, nur weil es der König so am besten findet?«

»Aber es geht doch um ihre Sicherheit! Sie hätte dich mitnehmen müssen!«

»Freiwillig würde sie mit mir nirgendwo hingehen, mein Freund, glaub mir.«

Im Wohnzimmer fand Zane schließlich ein Indiz. Jedoch eins, das ihm das Blut in den Adern gefrieren ließ. »Das ist doch nicht dein Ernst, Prinzesschen.«

»Was ist los?« Jamie kam auf ihn zugeeilt und bekam riesige Augen, als er das Handy in Zanes Hand sah. »Sie hat es nicht mitgenommen?«

Zähneknirschend nickte Zane. »Offensichtlich. Oder sie hat noch ein zweites, von dem ich nichts weiß.«

Das konnte er sich allerdings nicht vorstellen. Alexis hatte schon so kaum Kontakt zu anderen, wozu sollte sie sich dann auch noch ein zweites Smartphone besorgen? Und seitdem er ihr an die Seite gestellt worden war, hatte sie auch keine Zeit gehabt, sich eins anzuschaffen. Dafür klebte er ihr zu sehr an den Fersen. Und er war sich sicher, dass sie heute das erste Mal seit seinem Amtsantritt abgehauen war.

Der Versuch, das Handy zu entsperren, scheiterte leider an dem Zahlencode.

»Kannst du ihn knacken?«, fragte Jamie leise, er schien sich sichtlich unwohl zu fühlen.

Zane wunderte sich ernsthaft wieso, denn es war *sein* Leben, das hier auf dem Spiel stand, sollte der Prinzessin etwas zustoßen. Verdammt, genau deshalb hatte er Alexis von der Todesdrohung erzählen wollen. Sie wäre niemals ohne ihn ausgegangen, hätte sie davon gewusst, da war er sich sicher. Sie mochte mit seiner Anwesenheit nicht einverstanden sein, aber sie war nicht dumm.

»Zane?«, erkundigte sich Jamie erneut.

»Lass mich nachdenken!«, fuhr er seinen Freund an.

Bestimmt hatte Alexis eine Zahl gewählt, die man nicht so leicht erraten würde. Immerhin gab es genug Schlangen in diesem Nest, die ihr schaden wollten. Ihr Geburtstag wäre zu offensichtlich und die Gründung des Königshauses war ihr sicherlich nicht wichtig genug. Vermutlich war es eine willkürliche Zahlenkombination und Zane kannte sie einfach nicht gut genug, um ihre Lieblingszahlen zu wissen – sollte sie denn welche haben.

Frustriert sah er sich im Zimmer um. Ihre Bücherregale waren bis oben hin vollgestopft, sie las gern und viel. Kein Wunder, da sie am Hof keine Freunde und so wenig Abwechslung hatte. Viele Fotos standen nicht herum. Auf einigen war sie als Kind zusammen mit ihrem Vater zu sehen, beide lachten in die Kamera. Auf zweien erkannte man sie als Teenager und ein weiteres war erst vor zwei Wochen aufgenommen worden, als sie mit dem König auf der Hochzeit der neuen Premierministerin gewesen war. Das dunkelgrüne Kleid ließ ihre hellen Augen regelrecht strahlen, sie sah ... schön aus.

Hastig wandte Zane den Blick ab und ging ins Schlafzimmer. Es musste doch eine Möglichkeit geben, den verdammten Code zu knacken. Zane konnte zwar einigermaßen mit Technik umgehen und hätte ihren Standort via GPS ausfindig machen können, hätte sie ihr Handy dabeigehabt, aber tiefer greifende Fertigkeiten fehlten ihm. Dafür würde er den Techniker des Hofes bemühen müssen und diesen arroganten Mistkerl wollte er nicht wissen lassen, dass er seinen Schützling verloren hatte. Der Techniker war ein Adliger, er würde sofort zum König rennen und Alarm schlagen.

Unter allen Umständen musste Zane das vermeiden.

Da fiel ihm ein Bilderrahmen ins Auge, der, anders als die anderen, nicht an der Wand hing oder auf einem Regalbrett stand. Eine Kante lugte aus der nicht ganz geschlossenen Schublade des Nachtschränkchens hervor.

Es widerstrebte Zane, in den Privatsachen der Prinzessin herumzuwühlen, doch sie ließ ihm keine Wahl. Bevor er es sich anders überlegte, öffnete er die Schublade ganz und nahm das Bild heraus.

Die Frau, die auf dem Bild zu sehen war, war eindeutig Alexis' Mutter. Die Augen hatte die Prinzessin von ihrem Vater, weshalb er die Verwandtschaft auch nie hatte leugnen können, doch das restliche Erbe kam von dieser Frau. Auch sie hatte dunkelbraune Haare, die gleichen feinen Gesichtszüge und das gleiche Lächeln. Nur ihre pupillenlosen Augen waren braun ... und kamen Zane auf seltsame Weise bekannt vor. Dabei hatte er diese Frau noch nie zuvor gesehen, da war er sich sicher. Er schüttelte den Kopf, um dieses vertraute Gefühl abzuschütteln, und betrachtete Alexis' Mutter distanzierter.

Das war sie also – Miranda, die ehemalige Geliebte des Königs. Auf dem Foto hielt sie ihre Tochter in den Armen, da war Alexis vielleicht zwei Jahre alt. Beide sahen so glücklich aus, als könne nichts auf dieser Welt ihnen etwas antun. Bei diesem friedlichen Anblick zog sich Zanes Herz zusammen. Ihnen war das Glück nicht lange vergönnt gewesen.

»Ist das ihre Mutter?«

Beinahe hätte Zane den Bilderrahmen fallen gelassen. Er hatte Jamies Anwesenheit völlig vergessen.

»Ja.« Wieso klang seine Stimme plötzlich so heiser?

»Vielleicht hat die Prinzessin *ihren* Geburtstag als Code genommen?«

Zane schüttelte den Kopf. »Das wäre zu einfach.«

Aber vielleicht ... Schnell rief er sich die wichtigsten Fakten über Alexis in Erinnerung, die er sich vor seinem Amtseintritt hatte einprägen müssen.

Unsicher tippte er sechs Zahlen ein und hoffte, dass er sich nicht irrte. Und gleichzeitig hoffte er, er täte es doch. Wer nahm schon den Todestag seiner Mutter als Zahlencode? Nur jemand, der völlig verzweifelt war.

Der Bildschirm öffnete sich.

»Du hast es geschafft!«, rief Jamie aufgeregt.

Zane seufzte. Jetzt musste er nur noch herausfinden, mit wem sie sich wo traf. Ein Kinderspiel, nicht wahr? Doch er hatte so eine Ahnung, dass sein Schützling es ihm nicht zu leicht machen würde.

4

Ein lautes Kreischen durchschnitt die Nacht und übertönte sogar für einen Augenblick die ohrenbetäubende Techno-Musik, die aus dem Club nach außen drang.

Eine kleine elfengleiche Rothaarige kam auf Alexis zu gehüpft und fiel ihr um den Hals. »Da bist du ja endlich!«

Grinsend schloss Alexis ihre Freundin in die Arme und drückte sie an sich. Obwohl sie selbst schon nicht die Größte war, war Hayley mit ihren ein Meter fünfundfünfzig noch mal eine Spur kleiner. Dabei war sie rank und schlank – bis auf ihre üppige Oberweite, um die Alexis sie mehr als einmal beneidet hatte.

»Ich habe es dir doch versprochen.«

Hayley lehnte sich zurück und sah Alexis mit ihren strahlenden Augen fröhlich an. »Ja, aber du hast auf meine letzten Nachrichten nicht mehr geantwortet. Da habe ich mir Sorgen gemacht.«

Sofort drückte Alexis ihre Freundin noch einmal. »Lieb von dir. Aber ich habe mein Handy mit Absicht zu Hause gelassen. Sollte Vaughn bemerken, dass ich weg bin, kann er mich nicht orten.«

»Clever«, lobte eine männliche Stimme mit leicht indischem Akzent.

Alexis ließ Hayley los und fand sich kurz darauf in der Umarmung wieder, die einem Grizzlybären alle Ehre machte.

»Wie lange ist das schon her, Lex?«, fragte Dinesh und rieb sein Kinn an ihrem Kopf.

»Pass auf, meine Perücke«, nuschelte sie unverständlich in sein blaues T-Shirt, befürchtete aber, dass man sie nicht verstanden hatte.

»Dinesh, pass auf, du erdrückst sie noch.«

Lachend ließ er sie los und strahlte Hayley an. »O bitte. Sie ist eine Adlige, sie könnte mir vermutlich den Rücken brechen, ohne sich groß anzustrengen. Nicht wahr, Lex?«

Verlegen lächelte sie ihre Freunde an und zupfte nervös an den Strähnen ihrer Verkleidung herum. War sie auch nicht verrutscht?

»Hey.« Sanft nahm Hayley ihre Hände in ihre. »Alles ist in Ordnung, du wirst niemandem auffallen.«

»Da hat mein Mädchen recht«, sagte Dinesh und legte seiner Freundin einen Arm um die Schulter. »Du bist kaum wiederzuerkennen. Blond steht dir.«

»Danke.«

Sie selbst hatte sich auch kaum wiedererkannt, als sie sich im Spiegel betrachtet hatte. Die blonde Haarpracht fiel ihr über den Rücken, das paillettenbesetzte Minikleid schmiegte sich eng an ihren Körper. Gemeinsam mit dem raffinierten Make-up würde hoffentlich niemand groß auf ihre Augen achten und sie erkennen.

»Lasst uns endlich reingehen und uns was zu trinken besorgen«, rief Dinesh ausgelassen und schob sie in Richtung Eingang.

Der Türsteher schien Dinesh zu kennen und winkte sie freundlich durch.

»Arbeitest du hier?«, fragte Alexis erstaunt.

»Seit ein paar Wochen, ja. Ist ein guter Nebenverdienst fürs College.«

Hayley zwinkerte ihr zu. »Schon sexy, wenn man einen Typen mit Connections hat, findest du nicht?«

Alexis musste lachen und fühlte sich zum ersten Mal seit langer Zeit richtig wohl. Bei den beiden musste sie sich nicht verstellen, konnte einfach sie selbst sein.

»Ihr habt mir gefehlt!«

»Du uns auch, Süße.« Hayley drückte sie erneut an sich.

Dinesh führte sie schnurstracks zum VIP-Bereich hinauf und ließ sie an einem Tisch Platz nehmen.

»Bleibt ihr hier. Ich besorge uns Drinks.«

Beide Mädchen hoben zustimmend die Daumen. Während Dinesh sich durch die Menge schlängelte, lehnte sich Hayley näher zu Alexis und sah sie mit besorgtem Gesichtsausdruck an.

»Wir dürfen nicht zulassen, dass du in diesem königlichen Schuppen versauerst, Süße. Und wenn wir dich jedes Wochenende raus in die Welt schleifen.«

»Ich bezweifle zwar, dass dies auf Dauer von Vaughn unbemerkt bliebe, aber man kann ja mal hoffen.«

Bei der Erwähnung des Namens zuckte sie leicht zusammen und sah sich um. Die Musik war hier drinnen so laut, dass sie sich anschreien mussten. Hoffentlich war sie auch laut genug, um zu verhindern, dass ihr Gespräch bei den falschen Ohren ankam.

»Voldemort«, schrie Hayley zurück und grinste dabei wie ein Honigkuchenpferd. Ihre pupillenlosen Augen funkelten dabei wie Saphire.

Verwirrt zog Alexis eine Augenbraue hoch. »Hast du was genommen? Was hat Harry Potter damit zu tun?«

Ihre Freundin warf lachend den Kopf zurück. »Nein, ich meinte, um seinen Namen zu umgehen, könnten wir ihn doch Voldemort nennen. Du weißt schon – der, dessen Name nicht genannt werden darf.«

Das brachte auch Alexis zum Lachen, ihre Bauchmuskeln schmerzten ein wenig – sie waren diese Art der Nutzung nicht mehr gewohnt.

»Das finde ich gut! Also hoffen wir mal, dass *Voldemort* nichts von meinem Verschwinden bemerkt.«

Ihre Freundin zwinkerte ihr zu, dann lehnte sie sich über die Brüstung und sah auf die Tanzfläche hinunter. Auch Alexis nahm sich Zeit, das *Tusked* zu begutachten. Die ehemalige Lagerhalle besaß erstaunlicherweise ein rustikales Ambiente, das die Besitzer durch die gezielte Nutzung von Holzmöbeln und Dekoration, die an die 80er-Jahre erinnerten, erzielt hatten. Der VIP-Bereich umfasste fast das ganze obere Stockwerk, sodass die Besucher einen guten Blick auf die Leute unter sich hatten. Hier waren die Möbel durch bequeme Kissen und gemütliche Sofas ergänzt worden, die von einigen Vampiren dazu genutzt wurden, um es sich mit ihren Liebsten oder Blutspendern gemütlich zu machen. Alexis hatte schon in zwei dunklen Ecken Paare entdeckt, die das schummrige Licht zu schätzen wussten. Eine riesige Discokugel schwebte über der ausladenden Tanzfläche, auf der sich eine Menge Vampire und Menschen tummelten. Vor der Theke am anderen Ende standen sich die Leute selbst im Weg und kämpften um ihren Platz auf dem Weg zum Barkeeper.

Ein Glück, dass Dinesh sich für uns dort hineingestürzt hat, befand Alexis voller Dankbarkeit.

Sie mochte keine Menschenmengen. Natürlich war ein Club dann nicht gerade die beste Adresse für sie, aber Hayley und Dinesh waren nicht umsonst ihre Freunde. Keiner von ihnen zwang sie je in die Mitte der Tanzenden, sie blieben brav mit ihr am Rand.

Alexis erblickte einige Adlige, die ausnahmsweise, ohne Ärger zu machen, neben den anwesenden Creatures feierten. Die gewandelten Vampire waren deutlich zu erkennen; auf ihren Hälsen trugen sie alle das typische Tattoo – ein großes *C* in altdeutscher Schrift auf der rechten Seite. Jeder Creature bekam dieses Zeichen nach seiner Wandlung verpasst, damit sie auch ja nie übersehen wurden oder sich gar als Menschen ausgeben konnten.

In solchen Clubs gab es tatsächlich nur selten Streit, zumal Auseinandersetzungen oft mit verletzten Menschen endeten; in solchen Fällen griffen die Wachen des Königshauses ein. Kein Vampir wollte vor den König zitiert werden, also benahmen sie sich in der Öffentlichkeit einigermaßen anständig.

Aus den Augenwinkeln bemerkte Alexis, wie ein Adliger in den VIP-Bereich kam und einen neugierigen Blick in ihre Richtung warf.

»Shit.«

Sie duckte sich ein wenig und mied jeglichen Blickkontakt. Hoffentlich kam der Typ nicht zu ihnen rüber.

»Was ist?«, fragte Hayley und wollte sich umsehen, doch Alexis packte sie am Arm.

»Nicht hinschauen. Den Kerl kenne ich.«

Zu allem Überfluss gehörte er zu den Idioten, die sie die Tage auf dem Unigelände blöd angemacht hatten.

Beruhigend legte Hayley ihr eine Hand auf die Schulter.

»Entspann dich, er wird deine Verkleidung schon nicht durchschauen. Du siehst total anders aus, glaub mir.«

»Hmhm.« Nicht wirklich überzeugt zog Alexis an ihren falschen Haaren und sorgte dafür, dass ihr Gesicht verborgen blieb.

»Du hattest keine farbigen Kontaktlinsen mehr, oder?«, erkundigte sich Hayley und traf damit ins Schwarze.

Niedergeschlagen ließ Alexis ihre Hände in den Schoß fallen. »Wann hätte ich welche besorgen sollen? Voldemort ist die ganze Zeit bei mir und Vater zerrt mich zurzeit auch von einem Event zum nächsten. Dass ich heute mal ausgehen kann, ist schon fast ein Weltwunder.«

»Ich besorg dir welche«, versprach ihre Freundin. »Bei unserem nächsten Treffen spiele ich sie dir zu.«

»Danke. Du bist die beste Freundin, die man sich wünschen kann.«

»Da kann ich nur zustimmen«, rief Dinesh, der gerade an ihrem Tisch ankam und ein Tablett mit drei Gläsern abstellte.

Bei einem Getränk handelte es sich unverkennbar um Bier, doch die anderen beiden waren schön bunt und mit Sicherheit zuckersüß. Alexis' Lieblingsdrink.

Hayley warf ihrem Liebsten eine Kusshand zu und schnappte sich einen Cocktail. »Da ist man drei Jahre mit einem Typen zusammen und er kann immer noch dein Herz zum Schmelzen bringen.«

Seufzend fächelte sie sich Luft zu und schenkte Dinesh ein verschwörerisches Zwinkern.

Alexis lachte leise in sich hinein und griff ebenfalls nach einem Drink. Wenn Hayleys Familie nicht eh schon aus dem Palast hätte ausziehen müssen, wäre es spätestens dann passiert, als Hayley sich zum ersten Mal öffentlich mit ihrem menschlichen Freund gezeigt hatte. Solche Bindungen wurden vom Adel nur toleriert, wenn sie im Verborgenen stattfanden. Immerhin konnten Vampire sich mit ihnen nicht fortpflanzen und Geburten waren so schon selten genug.

Und den Menschen zu wandeln, mit dem man zusammen war? Das käme einem Skandal gleich! Immerhin degradierte man den geliebten Menschen dadurch zu einem missachteten Creature. Spätestens dann würde man vom Adel verstoßen.

Hayley hatte echt Glück, dass ihre Eltern über den Meinungen der anderen standen und sie in allem unterstützten. Sie und Dinesh waren so ein süßes Paar, sie liebten sich aufrichtig. Alexis beneidete sie ein wenig um ihre Bindung, doch sie freute sich auch für ihre Freundin.

»Ladys.« Dinesh hob sein Glas und sah sie mit einem breiten Lächeln an. »Lasst uns heute Abend feiern, Spaß haben und alle Sorgen vergessen. Auf gute Freunde!«

»Hört, hört!«

Alexis und Hayley stießen mit Dinesh an und tranken einige Schlucke von ihren Getränken. Genießerisch ließ Alexis sich den fruchtigen Cocktail schmecken, der Alkohol kitzelte im Rachen. Auch wenn es vermutlich Einbildung war, fühlte sie sich doch augenblicklich entspannter.

Ein neues Lied wurde abgespielt, der Rhythmus ging Alexis direkt ins Blut. Schnell sprang sie auf. »Okay, kommt. Lasst uns ein bisschen das Tanzbein schwingen.«

»Wow, Lex stürzt sich freiwillig ins Getümmel«, witzelte Dinesh. »Ob Schweine jetzt plötzlich fliegen können?«

»Du Blödmann.« Lachend warf Alexis ihm eine Serviette an den Kopf und zog gleichzeitig Hayley auf die Füße.

»Wie könnten wir der Prinzessin diesen Wunsch abschlagen?«

Hayley grinste breit und eilte voraus.

***

»Du hast dich immer noch nicht genährt, Vaughn«, erinnerte Jamie, während er sich panisch am Haltegriff des Wagens festkrallte.

Zane fuhr in einem halsbrecherischen Tempo durch die Stadt, ignorierte die anderen Autofahrer und überholte sie mit einigen riskanten Manövern. Sollten sie ihm doch einen Strafzettel verpassen, es war ihm egal. Er war auf einer Mission und da zählte die Straßenverkehrsordnung nun mal nicht. Zum Glück war der Boden trotz der niedrigen Temperaturen nicht gefroren.

»Vaughn!«

»Ja, ich weiß. Werde ich dann eben morgen früh machen.«

»Das ist doch Irrsinn. Trink von mir, dann bist du schnell wieder bei Kräften.«

Wie gern wäre er diesmal auf das Angebot eingegangen, nur leider gab es dabei einen Haken. »Nach mehreren Stunden Schlaf bestimmt, aber nicht gerade jetzt.«

»Mist, hatte vergessen, dass ihr Vampire immer erst ins Koma fallt, bevor das Blut richtig reinkickt.«

Zane schnaubte. Ein Nebeneffekt des Nährens, auf den er gut und gern verzichten konnte. »Meine Energie wird schon noch reichen. Wir gehen in diesen Club, holen sie raus und fahren heim. Ganz einfach.«

»Wieso habe ich das Gefühl, dass du versuchst, dich selbst zu beruhigen, mein Freund?«

Zane biss die Zähne zusammen. Jamie hatte ja keine Ahnung, *wie* zutreffend seine Vermutung war. Er hatte ein ganz schlechtes Gefühl bei der Sache. Dabei war Alexis eine erwachsene Frau, sie konnte ein paar Stunden ohne ihn überleben, hatte sie bis jetzt schließlich auch getan. Trotzdem musste er zu ihr, musste sichergehen, dass es ihr gut ging. Und danach würde er ihr gehörig den Kopf waschen und ihr die Meinung geigen. Sie wollte feiern gehen? Bitte sehr! Aber nicht ohne ihn. Zum Henker, ihr Leben war in Gefahr! Selbst ohne die Drohung sollte sie doch wissen, dass sie nichts riskieren durfte.

Knurrend riss Zane das Lenkrad herum und schaffte es wie durch ein Wunder, keinen Unfall zu bauen, als er die Kurve so knapp nahm.

»Scheiße, Vaughn! Du bringst uns noch um!«

Widerstrebend drosselte Zane sein Tempo. Jamie hatte recht. Es brachte ihm gar nichts, wenn er jetzt unnötige Risiken einging, dann würde er Alexis erst recht nicht mehr in Sicherheit bringen können. Er atmete tief durch und versuchte sich zu beruhigen.

Bei der nächsten roten Ampel hielt er sogar an und klopfte unruhig mit den Fingern aufs Lenkrad. Wieso dauerte es eigentlich immer so lange, bis die Mistdinger endlich grün wurden?

Sein Blick fiel auf das Tablet, das Jamie auf seinem Schoß balancierte. »Sind sie noch im Club?«

Gott, er hoffte es inständig.

Jamie öffnete die GPS-Tracking-App. »Sie haben sich nicht bewegt. Entspann dich, Z, sie sind doch erst vor Kurzem dort angekommen. Die planen bestimmt eine längere Partynacht und es ist noch nicht mal Mitternacht.«

Zane schnaubte nur und trat das Gaspedal etwas zu heftig durch, als die Ampel endlich umschaltete. Die Reifen quietschten laut.

»Ich hoffe, du hast recht, Jamie.«

Da ihnen die Nachrichten auf Alexis' Handy keinen Hinweis über den Aufenthaltsort geliefert hatten, hatte Zane kurzerhand Hayleys Smartphone gehackt. Er konnte nur beten, dass die Prinzessin zusammen mit ihrer besten Freundin unterwegs war. Da sie sich jedoch seit seinem ersten Arbeitstag nicht mehr gesehen hatten, ging er davon aus.

Hayleys Eltern waren wegen ihrer kontroversen Einstellung den Creatures gegenüber immer wieder mit den anderen Adligen aneinandergeraten und schließlich vor einigen Jahren des Palastes verwiesen worden. Zane kannte Hayleys Familie nicht; er war damals noch nicht gewandelt gewesen und hatte als einfacher Mensch in Vladimirs Residenz gelebt. Er hatte nicht mal gewusst, wie Hayley aussah, doch zum Glück war ihr Kontaktbild auf Alexis' Handy ganz gut, sodass er hoffen konnte, sie zu erkennen. Rote Haare dürften in so einem Club doch auffallen, nicht wahr?

Erneut sah er kurz zum Tablet. »Immer noch da?«

Solange Hayleys Handy sich nicht bewegte, kam er seinem Ziel immer näher.

»Ich sage dir schon Bescheid, sollte sich daran etwas ändern«, beruhigte ihn Jamie. »Hast du Alexis' Handy dabei?«

»Ja, verdammt«, knurrte Zane. »Das werde ich ihr nachher um die Ohren pfeffern.«

»Ein wenig extrem, findest du nicht?«

Er zeigte seinem besten Freund die Fänge und Jamie wandte sich lachend wieder dem Tablet zu.

Es war nicht mehr weit und doch ging es Zane nicht schnell genug. Wie zum Henker war Alexis hierhergekommen? Hatte sie sich ein Taxi genommen?

»Hast du eigentlich in letzter Zeit Willow gesehen?«

Diese absurde Frage riss Zane aus seinen Gedanken. »Wie kommst du denn bitte darauf? Ich will mit diesem Miststück nichts mehr zu tun haben!«

Beschwichtigend hob Jamie die Hände, seine Stimme klang nervös. »Schon gut, schon gut. Ich wollte einfach nur gefragt haben.«

Zähneknirschend lenkte Zane den Wagen um die nächste Kurve und gab sich Mühe runterzukommen. Seinem Freund Angst einzujagen, war das Letzte, was er wollte.

»Du weißt doch, was geschehen ist. Dass sie mich belogen und ausgenutzt hat.«

Neben sich hörte er Jamie laut schlucken.

»Du hast recht. Bitte entschuldige. Verzeih mir.«

Beschwichtigend winkte Zane ab. »Dafür kannst du doch nichts.«

Die nächste Ampel besaß die Frechheit, einfach auf Gelb zu schalten. Da Zane nur die Wahl hatte, eine Vollbremsung hinzulegen oder voll durchzuziehen, entschied er sich für Letzteres und brauste über die Kreuzung. Das Aufleuchten eines Blitzers ignorierte er gekonnt.

»Ich kann kaum glauben, dass die Prinzessin ausgerechnet in *diesen* Club geht«, meinte sein Freund nachdenklich.

Dankbar über den Themenwechsel warf Zane ihm einen kurzen Blick zu. »Wieso nicht? Sie ist fast zwanzig, auf der Uni und will feiern.« Und wurde ansonsten ständig im Palast festgehalten. Kein Wunder, dass sie rebellierte. »Wo sollte sie denn sonst hingehen?«

»Aber sie ist keine normale Studentin«, warf Jamie ein. »Und das *Tusked* ist voll von Adligen *und* Creatures.«

Zanes Griff ums Lenkrad wurde fester. Hoffentlich würde er nicht mitten in einen Tumult geraten. Die Lage war dort bestimmt so schon angespannt und wurde durch den Alkoholkonsum sicherlich nicht besser. Sollte Alexis auffallen ... dann war Chaos vorprogrammiert.

Wütend schlug Zane aufs Armaturenbrett. »Ich hätte daran denken sollen, einen Wachmann abzustellen.«

Vor allem hätte er daran denken sollen, sich rechtzeitig zu nähren. Dann wäre dieses ganze Desaster gar nicht erst passiert.

»Jetzt mach dich nicht fertig«, redete Jamie gut auf ihn ein. »Selbst wenn jemand vor ihrer Tür gestanden hätte, wäre sie durchs Fenster entkommen. Ihre Gemächer sind gut isoliert, das hättest du auch nicht mitbekommen.«

Grummelnd musste Zane ihm zustimmen.

»Allerdings stünde dann jetzt nicht dein Leben auf dem Spiel«, versuchte Jamie zu scherzen.

Zane warf ihm einen bösen Blick zu. Sein Freund hatte noch nie einen besonders guten Sinn für Humor besessen.

Endlich bogen sie in die Straße ein, in der der Club lag. Die Parkplätze waren überfüllt, Autos reihten sich an Autos, standen teilweise so dicht aneinandergedrängt, dass sie ohne Lackschäden niemals wieder herauskämen. Doch das kümmerte Zane wenig, er fuhr direkt beim Eingang über die Bordsteinkante und parkte. Kaum war er ausgestiegen, kam einer der Türsteher auf ihn zu und versuchte bedrohlich auszusehen. Da er ein Mensch war, hatte sein bulliges Auftreten keine große Wirkung auf Zane.

»Sie können da nicht parken!«

Knurrend zückte Zane seinen Palastausweis und hielt ihn dem Mann unter die Nase. »Und ob ich das kann. Wehe, jemand fasst meinen Wagen an; ich werde *dich* dafür verantwortlich machen.«

Die Gesichtsfarbe des Türstehers nahm einen leichten Grünton an. »Natürlich, Sir.«

»Und jetzt lass uns rein. Sofort!«

Nickend beeilte sich der Mann zur Tür zu laufen und sie für sie offen zu halten.

Einige der Leute, die auf Einlass warteten, beschwerten sich lautstark, als Zane und Jamie durchgelotst wurden, doch das interessierte ihn herzlich wenig. Er hatte Wichtigeres zu erledigen.

Kaum waren sie im Club, verzog Zane das Gesicht. Die Musik war höllisch laut, der Bass vibrierte durch seinen ganzen Körper und die Luft war verbraucht und heiß. Durch seine Ausbildung war er nur selten in solche Etablissements gegangen, aber auch schon damals hatte er sich nicht recht damit anfreunden können. Jetzt erinnerte er sich daran wieso. Zu viele Leute quetschten sich auf die Tanzfläche, rieben sich aneinander und versuchten sich irgendwie zur Musik zu bewegen und dabei einigermaßen sexy auszusehen. Durch die flackernden Lichter der Discokugel sahen alle Anwesenden gleich aus.

Hier jemanden zu finden, würde kein Vergnügen werden. Plötzlich erschöpft rieb sich Zane die Stirn. Wie, um alles in der Welt, sollte er Alexis hier aufspüren?

»Lass uns mal oben schauen«, schrie Jamie ihm ins Ohr und wies auf den VIP-Bereich hin.

Eine hervorragende Idee.

Zane nickte und lief los, dabei behielt er die Umgebung im Auge und hoffte, seine Zielperson zu entdecken. Eine blonde Frau fiel ihm auf, die sich am Rande der Tanzfläche aufhielt und ihre Hüften kreisen ließ. Obwohl er dafür keine Zeit hatte, ließ Zane seinen Blick anerkennend über ihren schlanken Körper gleiten. Sie war wohlproportioniert, die Rundungen ihrer kleinen Brüste kamen durch das enge Kleid gut zur Geltung und da es nur knapp unter ihrem hübschen Hintern endete, wirkten ihre langen Beine endlos; die roten High Heels taten ihr Übriges.

Ihre goldene Haut sah weich aus. Würde sie sich unter seinen rauen Händen auch so anfühlen?

Zanes Zahnfleisch kribbelte und seine Fangzähne wollten ausfahren, doch er riss sich zusammen. Solche Gedanken konnte er sich jetzt wirklich nicht erlauben. Schlimm genug, dass er schon zweimal an einem Abend an Sex gedacht hatte, obwohl das seit Monaten kein Thema für ihn gewesen war. Vielleicht hatte er es auch nur erfolgreich verdrängt und der immer stärker werdende Hunger ließ ihn nun wanken.

Er folgte Jamie die Treppe zum VIP-Bereich hoch – er hatte keine Ahnung, wie Jamie sie ohne Ausweis an den Aufpassern vorbeigelotst hatte – und sah sich gründlich um. Er bemerkte mehr als einen Adligen, den er vom Palast her kannte, und hätte beinahe gelacht, als er sogar einige dabei erwischte, wie sie mit Creatures herummachten. Was für Heuchler!

Eine Vampirin in der hintersten Ecke weckte Zanes Aufmerksamkeit. Sie war brünett, hatte sich die Haare hochgesteckt und saß rittlings auf dem Schoß eines Mannes. Eines Adligen. In der Hoffnung, Alexis gefunden zu haben, schritt Zane auf die junge Frau zu. Je näher er kam, desto mehr nahm er wahr. Der Adlige hatte die Fänge im Hals der Frau versenkt, sie hatte ihren Kopf vor Ekstase in den Nacken geschmissen. Ihr blutrotes Kleid war ihr bis zur Taille hochgerutscht und entblößte einen nackten Hintern. Und die Bewegungen, die sie auf dem Schoß des Mannes vollführte, waren eindeutig.

Aus heiterem Himmel kochte eine solche Wut in Zane hoch, dass er rotsah. Mit ausgefahrenen Fängen marschierte er auf das Paar zu, als Jamie ihn am Arm packte.

»Zane, beruhige dich!«

Gerade wollte er sich von seinem Freund losreißen und Alexis von diesem Arschloch herunterziehen, da griff der Mann nach der Klammer in ihren Haaren, löste sie und ... ließ eine unglaubliche Lockenpracht frei, die der Frau bis zum Hintern ging.

Heftig atmend brauchte Zane einen Moment, um das Ganze zu begreifen.

Himmel, das war gar nicht Alexis!

Die Frau war viel größer und ihre manikürten Fingernägel waren dreimal so lang wie die der Prinzessin. Zane taumelte zurück, kniff die Augen zusammen und atmete tief durch.

Herrgott noch mal, was war denn nur in ihn gefahren? Beinahe wäre er auf den Mann losgegangen und hätte ihn windelweich geprügelt.

»Alles klar, Vaughn?«

Jamies besorgte Stimme ließ Zane die Augen öffnen. Sein Kumpel blickte ihn aus großen Augen an, es war ihm anzusehen, dass er sich Zanes Verhalten nicht erklären konnte. Verdammt, das konnte Zane ja selbst nicht.

Er räusperte sich. »Ja, alles in Ordnung. Entschuldige. Ich weiß auch nicht, was da über mich gekommen ist.«

Sein Freund schaute kurz zu dem Paar hinüber, das immer noch bei der Sache war, und sah dann erneut zu Zane.

»Hast du dir noch nie Gedanken darüber gemacht?«

»Worüber?«

»Dass sie mal einen Typen aufreißt.«

Zane runzelte die Stirn. »Nein«, gab er zu. Darüber hatte er noch nie nachgedacht. Wieso auch? Bis heute war sie noch nie ausgegangen.

Verwundert sah Jamie ihm in die Augen. »Sie ist eine schöne Frau, Vaughn. Und sie ist eine gute Partie.«

»Das weiß ich.«

Moment, seit wann empfand er Alexis als schön? Klar, sie sah nicht schlecht aus ... Okay, sie sah sogar sehr gut aus, aber ... Na ja, sie war sein Job. Keine Frau, die sein Interesse wecken durfte. Und dafür ging sie ihm auch viel zu sehr auf die Nerven.

»Ob du es glaubst oder nicht, die Männer stehen nicht gerade Schlange bei ihr.«

Lachend schlug Jamie ihm auf die Schulter. »Ja, seitdem du da bist. Hast du eine Ahnung, wie oft sich davor adlige Sprösslinge im Palast aufgehalten haben, um sie zu umgarnen?«

Nachdenklich kratzte sich Zane am Kinn. Hatte Grigori mit der Wahl des Bodyguards möglicherweise zwei Fliegen mit einer Klappe schlagen wollen?

»Ehrlich gesagt kann ich mir das nicht vorstellen. So wie die meisten Adligen sie behandeln, wundert mich deine Aussage doch sehr.«

Jamie zuckte mit den Schultern. »Was soll ich sagen, Mann? Vermutlich würden die meisten es nicht mal unter Folter zugeben, aber insgeheim will jeder Adlige ihr Gatte werden. Sie mag eine uneheliche Prinzessin sein, aber sie wird eure Königin werden. Und jeder will an ihrer Seite sein.«

Zane dachte an Michail und verzog dabei das Gesicht. Selbst dieser arrogante Lackaffe hatte zugegeben, dass er nicht abgeneigt sei, ihr Ehemann zu werden. Vermutlich würde dieser Mann dann versuchen, sie kleinzuhalten und selbst die Regierungsgeschäfte zu übernehmen. Gott sei Dank war er nun ein Ausgestoßener und somit kein Problem mehr für ihn. Nein, für

Alexis! Wieso sollte er auch eins für Zane sein? Der Gedanke war absurd. Schnell schüttelte Zane ihn ab. »Das kann uns jetzt egal sein. Wir müssen sie finden.«

Dennoch, was würde er machen, wenn er sie wirklich mit einem Mann zusammen sah? Sie zusammen in ihren Gemächern beschützen müsste? Der Gedanke stieß ihm sauer auf und dass er keine klare Antwort auf die Fragen fand, trug auch nicht zur Besserung seiner Laune bei.

Er ging zur Brüstung des VIP-Bereichs und sah auf die tanzende Meute hinab. Er konnte sich kaum vorstellen, dass Alexis sich in der Mitte aufhielt, das sagte ihm sein Bauchgefühl. Also betrachtete er die Leute am Rand genauer. Erneut fiel sein Blick auf die heiße Blondine von vorhin. Sie hatte ihre Arme um eine junge rothaarige Frau geschlungen und wirbelte mit dieser herum. Der Rotschopf lachte, machte sich los, sprang dann einem Mann in die Arme und ließ sich von ihm hochheben, als sei sie eine Ballerina. Zane beugte sich weiter über die Balustrade.

»Jamie.«

»Ja?«

Er wies auf das Trio. »Könnte der Rotschopf dort Hayley sein?«

Sein Freund lehnte sich ebenfalls über die Brüstung und sah sich die Frau genauer an. »Möglich. Lass uns runtergehen und es herausfinden.«

In diesem Moment drehte sich die Blondine in Zanes Richtung und warf lachend den Kopf in den Nacken.

Was zum Henker?

Die Erkenntnis traf ihn wie ein Schlag und sein Herz setzte einen Moment lang aus, nur um dann dreimal so schnell wieder zu schlagen anzufangen.

»Scheiße!«

Diese Frau brachte ihn noch um den Verstand.

In übermenschlicher Geschwindigkeit lief er zur Treppe, ignorierte die genervten Ausrufe der Partygänger, die er zur Seite drängte, und kam nach einer gefühlten Ewigkeit schließlich unten an.

»Prinzessin!«, schrie er aufgebracht und rannte auf seinen Schützling zu.

Natürlich konnte sie ihn bei der lauten Musik nicht hören und so fuhr sie leicht zusammen, als er sie am Handgelenk packte und zu sich zog. Vor Überraschung stolperte sie und fiel ihm in die Arme. Hätte er sie nicht festgehalten, wäre sie hingefallen.

»Nicht so stürmisch, Süßer.« Sie grinste und sah dann zu ihm auf. Ihr Lachen verschwand sofort und ihre Augen wurden groß wie Untertassen, als sie ihn erkannte.

Fassungslos sah er auf sie herab und konnte kaum glauben, dass diese Frau wirklich Alexis war.

Von den langen blonden Haaren abgesehen, hatte sie ihre Wimpern mit Tusche vollgeschmiert und ihre sonst rosigen Lippen mit einem sehr dunklen Lippenstift bemalt. So wurde der Blick der Leute unweigerlich auf ihren Mund gelenkt und ihre Augen fielen weniger auf. Zusammen mit der anderen Haarfarbe käme niemand auf die Idee, dass es sich bei dieser Frau um die Prinzessin handelte. Clever, wirklich clever.

»O Shit. Es ist Voldemort.«

Zanes Blick zuckte zu dem Rotschopf, der aufgeregt neben ihnen auf und ab sprang. Der Mann hinter ihr, ein Mensch, beobachtete die Szene aufmerksam.

»Lass mich los, Vaughn!«

Sofort schenkte er seine Aufmerksamkeit wieder der Frau an seiner Brust. Zorn flackerte in ihm auf und schien sich auch in seinem Gesicht widerzuspiegeln.

Alexis schluckte und zog die Schultern hoch.

»Mitkommen!«

Ohne sich um ihre Verwünschungen zu kümmern, zog er sie mit sich. Dabei war er sich überdeutlich bewusst, dass die anderen ihnen folgten. Hinter einer Säule war es etwas ruhiger, es hielten sich nur wenige Leute hier auf.

Nach einem freundlich geknurrten »Verschwindet!« sahen diese zu, dass sie Land gewannen.

Zane schubste Alexis gegen die Säule und stellte sich breitbeinig vor sie hin. Er griff in seine Hosentasche und warf ihr ihr Handy zu. Reflexartig fing sie es auf.

»Du hast da was vergessen«, knurrte er und beobachtete sie mit Adleraugen.

Einen Moment lang sah Alexis ihn verlegen an, doch dann straffte sie ihre Schultern und ging zum Angriff über.

»Wie hast du mich gefunden, zum Teufel?«

Mit dem Daumen deutete er auf Hayley. »Du magst dein Handy ja vergessen haben, Baby, aber das deiner Freundin war umso einfacher zu hacken.«

Schnell warf Alexis Hayley einen Blick zu, nur um dann noch wütender zu werden. »Wer gibt dir das Recht, meine Freundin auszuspionieren?«

»Du. Indem du einfach ohne ein Wort losgezogen bist.«

»Ich darf mich aufhalten, wo ich will, das hier ist ein freies Land und ich bin eine Prinzessin. Du bist nicht mein Babysitter. Ich bin erwachsen und kann verdammt noch mal auf mich selbst aufpassen!«

»Du bist aus dem Fenster geklettert. So erwachsen kannst du also kaum sein, wenn du etwas heimlich machen musst.«

»Leck mich, Vaughn, ich bin dir keine Rechenschaft schuldig. Du bist nur mein Bodyguard, nicht meine Anstandsdame.«

»Ist dir auch nur für eine Sekunde der Gedanke gekommen, dass es mich meinen Kopf kostet, wenn dir etwas passiert?«

Bei den harten Worten zuckte Alexis deutlich zusammen und sah kurzzeitig verunsichert aus.

Hayley schob sich zwischen sie und sah Zane mit ihren hellen Augen flehentlich an. »Jetzt mal langsam, Leute. Es ist doch nichts passiert und es hat sie niemand erkannt.«

Immerhin. Trotzdem. »Darum geht es nicht, Hayley. Sie ist ohne Schutz abgehauen. Ihr hätte sonst was geschehen können.«

Nun mischte sich Jamie ein. »Aber das ist doch nicht der Fall, Z. Sie hat Vorkehrungen getroffen, um nicht erkannt zu werden.«

Zane schüttelte den Kopf. Sie verstanden es einfach nicht.

»Das hier geht euch gar nichts an. Das ist etwas zwischen der Prinzessin und mir.«

»Ich verstehe dein Problem nicht, Vaughn«, zischte die erwähnte Dame.

»Du hattest Feierabend, ich war für ein paar Stunden nicht mehr dein Problem. Was regst du dich so auf?«

»Weil ich trotzdem immer noch für dich verantwortlich bin. Und jetzt Abmarsch, wir gehen nach Hause.«

Er wollte nach ihr greifen, aber sie entzog sich ihm mit einem wilden Blick.

»Du kannst mich mal, ich gehe nirgendwo hin.«

Höhnisch grinsend kam Zane näher. »Wollen wir wetten?«

»Hey, wenn sie nicht mitkommen will, dann wird sie nicht mitkommen.« Der Mann, der mit den Frauen zusammen hier war, kam nun auf Zane zu und ließ seine Muskeln spielen. »Lex kann selbst entscheiden, ob sie geht oder nicht.«

»Außerdem ist sie doch eh schon hier«, kiekste Hayley. »Wieso lässt du sie nicht einfach bei uns? Du kannst sie doch auch hier beschützen.«

»Auch wenn es euch nicht klar sein sollte, aber *ich* habe hier das Sagen.« Wieso ließen sie ihn nicht einfach in Ruhe? Erkannten sie die Angst nicht, die er um sie ausgestanden hatte? »Und ich sage, dass wir jetzt auf der Stelle verschwinden müssen. Verzieht euch gefälligst und lasst mich meine Arbeit machen!«

»Verdammt, Zane«, zischte Jamie.

Aufgebracht warf Alexis ihre Arme in die Luft. »Nenn mir einen guten Grund, wieso ich nicht einfach heute Nacht hierbleiben kann.«

»Weil es zu gefährlich ist und ich dich hier zum Teufel noch mal nicht vernünftig beschützen kann. Das ist kein Spiel, Prinzessin. Also benimm dich gefälligst nicht wie ein verwöhntes Kind!«

»Jetzt reicht es!«, schrie Alexis. Zorn und Verletzlichkeit blitzten in ihren Augen auf. »Ich habe nie um einen Leibwächter gebeten und du willst es doch offensichtlich auch gar nicht sein. Also geh einfach und lass mich in Frieden!«

»Das kann ich nicht!«, schrie er zurück. Es war ihm egal, ob er ihre Gefühle verletzte, es ging um ihr Leben.

»Wieso nicht, zum Henker?«

Zane platzte der Kragen. »Weil es jemand auf dich abgesehen hat!«

Das war der Moment, in dem die Bombe hochging.

5

Hustend und mit hämmerndem Kopf stemmte sich Zane auf die Unterarme. Das Klingeln in den Ohren drehte ihm den Magen um. Schwach drangen Schreie und Sirenen zu ihm durch.

Scheiße, was war passiert?

Er musste mehrmals blinzeln, um vor lauter Staub und Rauch etwas zu erkennen, bevor er sich umsah. Ihm blieb die Luft weg.

Ein riesiges Loch war in die hintere Wand des Clubs gerissen worden, überall lagen Leute bewegungslos herum, Verletzte liefen orientierungslos durch den Raum.

Allmächtiger. Eine Bombe, jemand hatte eine Bombe gezündet. Mitten im Club, in dem Alexis ...

»Prinzessin«, keuchte er und suchte hektisch die Umgebung ab.

Sie hatte doch genau vor ihm gestanden. Wo war sie?

Gott, bitte! Es musste ihr gut gehen. Sie musste am Leben sein. Er kämpfte sich auf die Füße und unterdrückte einen Schrei. Sein rechtes Knie tat höllisch weh, sobald er auftrat; das half nicht unbedingt dabei, die aufkommende Übelkeit zu ignorieren. Er biss die Zähne zusammen, bezwang den Schwindel und torkelte zur Säule zurück. Die Druckwelle hatte ihn zur Seite geschleudert, doch er hoffte, Alexis dort zu finden. Eine Gestalt lag genau vor der Säule, schnell lief er zu ihr, fiel neben ihr auf die Knie – wobei er den Schmerz ausblendete – und drehte die verschmutzte Person um. Es war nicht Alexis.

»Jamie!«

Er packte seinen Freund an der Schulter, schüttelte ihn leicht, obwohl er wusste, dass es nichts bringen würde. Die hellen Augen waren offen, sahen aber nichts mehr. Die Platzwunde an der Stirn war riesig, Blut hatte sich auf dem sonst immer so fröhlichen Gesicht ausgebreitet ... und ihm das Leben genommen.

»Scheiße, Jamie.«

Zanes Kehle war wie zugeschnürt, als er seinen toten Freund betrachtete. Jedoch gestattete er sich nur einen kurzen Moment der Trauer. Seine Gefühle mussten warten.

Mit zitternden Händen schloss er Jamies Augen und kam erneut auf die Füße. Sein Herz pochte heftig, seine Lunge brannte beim Einatmen und seine Augen tränten, während er weiterhumpelte. Trotz seines beeinträchtigten Gehörs vernahm er ein Husten und wandte sich nach links. Eine blonde Frau saß neben der Treppe und versuchte zitternd aufzustehen.

»Prinzessin!«

So schnell, wie sein verletztes Bein es zuließ, rannte er zu ihr und fiel vor lauter Erleichterung, dass sie es wirklich war, vor ihr auf den Boden. Ihre Perücke war ganz grau vor lauter Schutt und Staub und ein wenig verrutscht. Er schob sie wieder richtig hin – sie war ihr bester Schutz – und strich ihr die Strähnen aus dem Gesicht. Ihre grünen Augen starrten ihn an, waren glasig vor Schock, ihr Gesicht war voller Schmutz und sie hatte eine fies aussehende Schürfwunde an der Wange. Doch sie atmete.

»Geht es dir gut? Bist du verletzt?«

Er fuhr mit den Händen über ihren Körper, darauf bedacht, ihr nicht wehzutun. Ihr Kleid hatte einige Risse und auf ihren Armen und Beinen waren ein paar Schrammen zu sehen, aber es schien nichts Ernstes zu sein.

Alexis öffnete den Mund und versuchte etwas zu sagen, doch es kam nur ein Krächzen heraus. Also schüttelte sie nur den Kopf.

Besorgt nahm Zane ihr Gesicht zwischen die Hände und strich sanft über ihre unverletzte Wange. »Bist du ganz sicher?«

»Ja«, brachte sie schließlich heiser hervor, bevor Tränen in ihre Augen traten und über ihr staubiges Gesicht liefen.

Glücklich, dass ihr nichts geschehen war, und von ihrer Verletzlichkeit getroffen, dachte er nicht lange darüber nach und zog sie in seine Arme. Sie zitterte am ganzen Körper, klammerte sich an ihm fest und ließ ihren Tränen freien Lauf.

»Alles wird gut, Prinzessin. Ich bringe dich hier raus.« Egal wie, er würde nicht zulassen, dass ihr etwas zustieß.

»Da sind sie, Dinesh«, vernahm er eine hohe Stimme, drehte sich kampfbereit um und schob Alexis hinter sich. Aber es waren nur Hayley und ihr Freund.

»Lex!«

Mit Tränen in den Augen warf sich die Vampirin auf ihre Freundin und hielt sie ganz fest. Auch Alexis presste die kleinere Frau an sich und schloss gequält die Augen.

Dinesh sah genauso ramponiert aus, wie Zane sich fühlte. Er hielt Zane eine Hand hin und dieser nahm die Hilfe dankbar an. Leise stöhnte er auf, als er sein Knie belastete.

»Hast du dich verletzt?«, fragte der Mensch und betrachtete ihn kritisch.

»Es geht schon.«

»Was?« Neben ihm erhoben sich die Frauen, Alexis trat vor ihn und sah bestürzt zu ihm auf. »Wo bist du verletzt, Vaughn?«

Beschwichtigend nahm er ihre Hand in seine. »Mach dir keine Sorgen, ich komme schon klar. Jetzt müssen wir dich erst mal hier wegbringen.«

Ihr war anzusehen, dass es ihr widerstrebte, aber sie stand noch zu sehr unter Schock, um sich wie sonst lautstark gegen ihn zur Wehr zu setzen. Normalerweise hätte sie ihm bissig befohlen, sich gefälligst zu setzen und auf die Sanitäter zu warten.

»Draußen kommen die ersten Krankenwagen an, ich habe auch schon Polizeisirenen gehört«, sagte Dinesh. »Es herrscht ein wahnsinniges Durcheinander.«

Das hatte Zane vermutet. Im Club selbst war es schon chaotisch, draußen würde es nicht besser aussehen. Wer wusste schon, wie viele Verletzte es gab?

»Wo ist dein Begleiter?«, fragte Hayley leise und drückte sich fest an die Seite ihres Freundes.

Gequält schloss Zane die Augen, dann schüttelte er den Kopf. Erschüttert schlug sich Alexis die Hand vor den Mund.

»O Gott. Das ist alles meine Schuld.«

»Nein!« Zane packte erneut ihre Hand und drückte sie. »Du hast die Bombe nicht gezündet.«

»Aber vorhin meintest du, jemand hat es auf mich abgesehen.« Alexis schluckte sichtlich. »Meintest du das ernst? Wurde der Anschlag … deshalb verübt?«

O Mann. Genau deshalb hatte Zane es ihr von Anfang sagen wollen. »Es gab eine Drohung gegen deinen Vater, aus der klar hervorgeht, dass sich eine Gruppierung von Creatures auf dich stürzen wird, wenn dein Vater nicht zurücktritt, weil er zulässt, dass die gewandelten Vampire diskriminiert werden. Deshalb hat er mich eingestellt.«

Es dauerte einen Moment, bis die Worte zu ihr durchdrangen. Entsetzen zeichnete sich auf ihrem Gesicht ab, sie wurde noch eine Spur bleicher. »O Gott, das hier ist *wirklich* alles nur wegen mir passiert? All die Leute sind meinetwegen tot oder verletzt.«

Vehement schüttelte Zane den Kopf, während Hayley ihre Freundin in den Arm nahm.

»Hör zu, lass uns erst einmal verschwinden, dann können wir darüber reden. Aber nichts hiervon ist deine Schuld, verstanden? Wir wissen ja nicht mal, ob es hierbei wirklich um dich ging.«

Es war klar zu erkennen, dass Alexis es ihm nicht abnahm, aber zumindest sagte sie nichts mehr. Zane schälte sich aus seiner Jacke und legte sie um ihre Schultern. Im Moment mochte sie die Winterkälte nicht spüren, die durch das Loch in der Wand in den Club drang, doch das würde sich bald ändern. Zudem war ihr Kleid mehr als unzureichend für dieses Wetter.

»Woher sollte überhaupt jemand wissen, dass Lex heute im Club war?«, warf Dinesh fragend ein.

Zane stutzte und sah ihn an. Das war eine verdammt gute Frage. Ihm konnte niemand gefolgt sein, denn immerhin war er nur mit Jamie aufgebrochen. Es wäre schon ein ziemlicher Zufall gewesen, wenn jemand auf gut Glück hinter ihm hergefahren wäre.

»Wo ist dein Handy?«, fragte er, als ihm ein schrecklicher Gedanke kam, und sah sich suchend um.

Auch die anderen begutachteten den Boden. Es war Alexis, die es fand. Es lag an der Treppe, keinen halben Meter von der Stelle entfernt, wo sie gesessen hatte. Mit zitternder Hand reichte sie es ihm.

Schnell entsperrte Zane den Bildschirm und dankte dem Himmel, dass das Gerät heil geblieben war. Hastig durchsuchte er die Einstellungen.

»Verdammt!«

Alexis rückte näher an ihn heran und sah auf ihr Handy.

»Was ist denn?«

Fluchend warf Zane das Handy mit voller Wucht gegen die nächste Wand und sah zufrieden dabei zu, wie es zerbrach. »Eine Spy-App. Jemand hat all deine Telefonate abgehört.« Er fuhr sich durch die verdreckten Haare. »Wer auch immer die App auf dein Handy geladen hat, er wusste, wo du heute Abend hinwolltest.«

Keuchend klammerte sich Hayley an ihren Freund, auch sie war ganz blass.

»Sie wollte gar nicht ausgehen.« Ihre Stimme war vor lauter Verzweiflung noch höher als sonst. »Ich habe sie dazu genötigt. *Ich* bin schuld daran.«

Sie sah zu ihrem Freund auf und wollte etwas sagen, als die ersten Schüsse fielen.

»Runter!«, schrie Zane, packte Alexis und riss sie auf den Boden. Dann schmiss er sich auf sie, schirmte sie mit seinem Körper ab. Neben sich hörte er Dinesh aufschreien, dann Hayley, bevor auch die beiden zu Boden gingen. Er roch Blut, menschliches Blut.

»Babe, o Gott, Dinesh, geht es dir gut?«

»Sei still, Hayley!« Zane konnte ihre Sorge um ihren Freund nachvollziehen, doch sie durfte die Aufmerksamkeit des Schützen nicht auf sich lenken.

Verdammt, erst eine Bombe und dann noch ein Schütze? Da wollte jemand wirklich sichergehen, dass die Prinzessin starb.

»Es ist nicht so schlimm, wie es aussieht, Süße.« Dinesh hatte eindeutig Schmerzen, aber er konnte noch sprechen. Immerhin etwas.

»Kannst du laufen?«, erkundigte er sich bei Alexis, zwang sich zur Ruhe und schätzte die Lage ein.

»Ja, es hat mich nur an der Schulter erwischt.«

»Gut, dann hoch mit dir.« Er packte die Prinzessin und zog sie hinter die Treppe. Dinesh und Hayley folgten.

Das Chaos im Club war noch schlimmer geworden, die Leute rannten durcheinander und schubsten sich aus dem Weg, um sich in Sicherheit zu bringen und aus der Schusslinie zu gelangen.

»Kommt mit, ich habe eine Idee«, rief Dinesh und eilte zur Wand in der Nähe der Treppe.

Zane blieb kaum etwas anderes übrig, als ihm zu folgen. Er nahm Alexis' Hand und lief hinterher. An der Wand öffnete Dinesh eine verborgene Tür und drängte alle hinein. Es schien ein Lager zu sein, was Zane sehr entgegenkam. Er ließ Alexis los und spähte aus der Tür, um sich zu vergewissern, dass ihnen niemand gefolgt war. Als ein weiterer Schuss fiel, konnte er die ungefähre Position des Schützen ausmachen.

»Ihr bleibt hier«, wies er an. »Ich suche den Mistkerl.«

»Was? Nein!« Alexis packte ihn am Arm und zog ihn zurück. »Auf gar keinen Fall.«

Sanft machte er sich los, dann zog er seine Waffe aus dem Schulterholster. »Dafür wurde ich eingestellt, Prinzessin. Jetzt lass mich meinen Job machen und bleib hier!«

Er schloss die Tür hinter sich; der aufgelöste Blick in Alexis' grünen Augen brannte sich in seinen Kopf ein. Er zwang sich zur Konzentration, er musste sie für kurze Zeit allein lassen. Nur so konnte er sie beschützen.

Mit gezückter Waffe lief er zurück zur Treppe und drückte sich ans Außengeländer. Die meisten Besucher waren mittlerweile beim Ausgang angekommen, drückten und quetschten sich durch die Menge. Das Loch in der Wand ignorierten alle, wahrscheinlich befürchteten sie eine zweite Bombe. Zane konnte es ihnen nicht verübeln.

Geduckt schlich er die Treppe hoch, lauschte auf den nächsten Schuss. Sein Knie pochte höllisch, doch darauf durfte er jetzt nicht achten. Wer auch immer da schoss, er pausierte allem Anschein nach zwischendurch, um dann erneut zuzuschlagen. Damit erzeugte er nur noch mehr Angst bei den potenziellen Opfern.

Was für ein Sadist!

Als die nächsten Schüsse fielen, stoben die Besucher auseinander, suchten Schutz hinter Säulen, hinter der Theke. Zane war stehen geblieben und prüfte, ob der Kerl, den er suchte, nach wie vor von derselben Stelle aus agierte wie zuvor. Offensichtlich hatte er sich wirklich nicht bewegt.

Wo blieb die Polizei, zum Teufel? Die Wachen des Vampirkönigs? Kamen die wegen der Flüchtenden nicht durch?

Diese Fragen geisterten Zane durch den Kopf, als er leise weiter nach oben stieg. Auf dem Absatz angekommen, spähte er in alle Richtungen, um sicherzugehen, dass er von seiner Position aus nicht gesehen werden konnte. Ganz schön dumm von dem Täter, ausgerechnet aus dem VIP-Bereich heraus zu feuern. Hier oben hatte er keine Chance zu entkommen.

Die erste Leiche entdeckte Zane hinter einem runden Tisch. Es war eine junge Menschenfrau; den Einstichen an ihrem Hals nach zu urteilen eine Blutspenderin. Etwas weiter hinter ihr lag ein toter Kellner, das Tablett mit den Drinks war neben ihm auf dem Boden aufgeschlagen. Für die Respektlosigkeit um Vergebung bittend stieg Zane über beide hinüber und nutzte die Tische als Schutz. Es gab nicht viel Licht hier oben, was einerseits ein Vorteil war, da Zane so nicht sofort auffiel, andererseits machte es die Suche nach dem Täter auch für ihn nicht leichter.

Trotzdem schlich er weiter, ließ sich nicht entmutigen. Er musste diesem Typen das Handwerk legen, musste dafür sorgen, dass Alexis in Sicherheit war … und Jamie Gerechtigkeit zukommen lassen.

Als er die nächste Leiche entdeckte, verzog er das Gesicht. Es war die Vampirin, die er für Alexis gehalten hatte, und nun erkannte er, dass es sich bei ihr um eine geschaffene Vampirin handelte. Vorhin hatte er ihr Tattoo nicht sehen können, nun prangte es deutlich sichtbar auf ihrem Hals. Sie lag auf dem Boden, ihr Kleid war immer noch über ihre Hüften gezogen. Eine Kugel hatte sie genau in die Stirn getroffen.

Zane zog die Augenbrauen zusammen. Die Kugel hatte die Frau von vorn erwischt, doch so, wie sie dalag, konnte dies nur eins bedeuten: Der Täter musste genau vor ihr gestanden haben. Aber das würde ja heißen ...

Vollkommen konzentriert nahm Zane seine Pistole wieder höher und ging leise weiter. Dort, hinter der nächsten Ecke, musste sich sein Ziel befinden. Mühsam hielt er seinen Atem ruhig, presste sich mit dem Rücken an die Wand und ging in die Hocke. Dann schielte er um die Ecke. Auch dort lag eine Leiche, ebenfalls ein Creature.

Dieses Arschloch hatte hier oben jeden getötet, der bei der Bombe nicht schnell genug gewesen war.

Woah, Moment!

Das passte doch nicht zusammen. Die Creature musste schon tot gewesen sein, als die Bombe hochging, sonst hätte sie nicht genau dort gelegen, wo sie vorhin den Adligen gevögelt hatte. Hatte der Dreckskerl etwa hier oben das Feuer eröffnet, während unten die Bombe hochging? Hatte er einen Komplizen gehabt?

Zane biss die Zähne zusammen. Er würde dem Mistkerl ja so was von wehtun.

In diesem Moment trat ein junger Mann auf der anderen Seite der Säule hervor und beugte sich über die Brüstung. Wie der Blitz kam Zane auf die Füße, rammte den Typen und schaffte es, ihm die Waffe zu entreißen, bevor dieser wusste, wie ihm geschah. Zane hielt die Waffe hoch und richtete sie auf den Mann.

»Keine Bewegung, Arschloch.«

Zwei pupillenlose Augen sahen ihn zornig an. Zane atmete heftig und wollte seinen eigenen Augen kaum trauen.

Von wegen, eine Gruppe von Creatures wäre hinter Alexis her. Dieser Täter hier war ein geborener Vampir. Derselbe Kerl, der vorhin noch die Frau auf seinem Schoß gehabt hatte.

Und er kannte diesen Vampir.

Scheiße!

***

Hätte man Alexis vor acht Wochen – ach, selbst noch vor acht Stunden – gesagt, dass sie sich Zane an ihre Seite wünschen würde, hätte sie demjenigen empfohlen, sich mal gründlich den Kopf untersuchen zu lassen.

Nun kniete sie im Lager des *Tusked,* presste ein Handtuch auf die Wunde an Dinesh' Schulter und konnte an nichts anderes denken als daran, dass Zane sich dort draußen befand. In Gefahr. Ihretwegen. Um sie zu beschützen.

»Wäre ich doch nie ausgegangen«, murmelte sie atemlos.

Es fiel ihr schwer, richtig Luft zu holen, das Atmen tat weh. Ob sie sich wohl doch eine Rippe geprellt hatte?

»Es tut mir so leid!« Die Schluchzer ihrer Freundin rissen sie aus ihrem Selbstmitleid. Tränen liefen in einer Tour über Hayleys Wangen, während sie in der Ecke ein Regal durchstöberte, in der Hoffnung, einen Verbandskasten zu entdecken. »Ich habe dich hierzu überredet, Lex …«

»Quatsch, Hayley.« Dineshs Stimme klang gepresst, er hatte Schweißperlen auf der Stirn. »Das wäre so oder so passiert. Man hat Lex' Handy angezapft und irgendwann hätte der Mistkerl sie erwischt.«

»Genau«, stimmte sie dem Freund zu. »Außerdem habt ihr mir unglaublich gefehlt, ich wäre überall mit euch hingegangen.«

Und der Täter wäre ihr so oder so gefolgt.

Gott, was für ein schrecklicher Gedanke.

»Und so sind wir wenigstens bei dir, du musst das nicht allein durchmachen.«

Dankbar lächelte sie Dinesh an, der trotz seines Zustandes versuchte, ihr Mut zu machen.

Hayley stieß einen Freudenschrei aus, nur um kurz darauf zusammenzuzucken. »Sorry, ich wollte nicht so laut sein.«

Mit einer Box in der Hand kam sie zu ihnen zurück, kniete sich neben Dinesh und öffnete den Verbandskasten. Sie gab Alexis eine Kompresse und nahm für die Austrittswunde ebenfalls eine.

»Bitte lehn dich etwas vor, Babe.«

Mit einem leisen Stöhnen tat Dinesh wie gebeten. Alexis drückte die Kompresse auf die Eintrittswunde, Hayley auf die Austrittsstelle.

»Kannst du beides festhalten, Hayley?«

Als Hayley ihre Hand über Alexis' legte, zog sie ihre zurück und nahm die Mullbinde aus dem Kasten. Vorsichtig, aber mit einem gewissen Druck, verband sie Dineshs Schulter. Ihr Patient verzog vor Schmerzen immer wieder das Gesicht, doch er hielt durch und sagte nichts.

Schließlich war es geschafft. Aufatmend lehnte Alexis sich zurück und als sich ihre Freunde fest umarmten, richtete sie ihren Blick ängstlich zur Tür. Die Sorge um Zane wuchs mit jeder Minute, die er nicht zurückkam. Sie war angespannt, lauschte auf jedes Geräusch von draußen. Was, wenn der Schütze Zane ...? Nein, daran durfte sie nicht denken.

Die Tür zum Lager öffnete sich und Alexis fuhr vor Schreck in die Höhe – nur um dann wieder in sich zusammenzusacken, als sie Zane erkannte.

»Ist bei euch alles in Ordnung?«, fragte er und ging vor ihr in die Hocke.

Sie konnte an dem verkniffenen Mund und den Fältchen an den Augen erkennen, dass er Schmerzen litt, und hätte ihn am liebsten angeschrien, weil er den Helden spielte.

Sein Blick wanderte über ihren Körper und wurde düster, als er ihre Hände sah. Er ergriff sie und hielt sie höher, um sie zu begutachten. Erst da bemerkte Alexis, dass sie voller Blut waren. Der Geruch hatte sich schon in ihre Nase eingebrannt, sie nahm es kaum noch wahr.

»Dinesh verliert Blut, aber es scheint ein glatter Durchschuss zu sein«, beschwichtigte sie ihn. Ihre Stimme zitterte leicht, doch fand sie in den irritierend vertrauten grauen Augen Trost und Halt. »Hayley und ich haben nur Schürfwunden und Prellungen.«

Zane nickte, seine Miene war ernst. »Wir müssen hier raus. Schnell. Könnt ihr laufen?«

Nickend sah Alexis zu ihren Freunden. Dinesh biss die Zähne zusammen und stemmte sich hoch, sein Gesicht war ganz blass und Schweiß stand ihm auf der Stirn. Hayley stützte ihn. Da sie eine Vampirin war, war sein Gewicht für sie kaum relevant.

Zane erhob sich ebenfalls und half Alexis auf. »Wird es gehen, Dinesh?«

»Ja.«

»Gut. Kennst du einen Weg hinaus, wo *keine* Polizei stehen wird?«

Mit gerunzelter Stirn dachte Dinesh nach. »Nun, ja. Es gibt mehrere Hintereingänge, die für den Club nicht genutzt werden und geschickt verborgen sind.«

Etwas irritiert sah Alexis zu Zane auf. »Wieso? Die Polizei kann uns doch am besten helfen. Und da draußen dürften auch einige Wachen meines Vaters sein.«

Hayley schien genauso verwirrt. »Ganz genau. Wir müssen Alexis so schnell wie möglich in den Palast bringen.«

Neben ihr biss Zane die Zähne zusammen. »Auf gar keinen Fall!«

»Ich verstehe nicht ...«

Ruckartig hob Zane den Kopf, sein Blick war wild. »Hört ihr schlecht? Wir kehren nicht in den Palast zurück. Das ist zu gefährlich.«

Am liebsten hätte sie ihn geschüttelt. »Das ergibt doch keinen Sinn, Zane. Der Palast ist eine Festung, niemand kommt dort hinein, der dort nicht ...«

»Alexis, der Schütze war ein Adliger!«

In der plötzlichen Stille konnte Alexis ihrer aller Herzschläge hören. Mit riesigen Augen sah sie zu Zane auf, konnte kaum fassen, was er gerade gesagt hatte.

»Aber meintest du nicht, die Gefahr gehe von einer Gruppe Creatures aus?«, fragte Dinesh schließlich in die Stille hinein.

»Ich verstehe es ja selbst nicht.« Zane fuhr sich durchs Haar, dabei lösten sich einige Staubpartikel. »Nur war der Schütze eindeutig ein Adliger. Erinnerst du dich an den Mann auf dem Campus, der dich die Tage angepöbelt hat?«

Schockiert und mit großen Augen nickte Alexis.

»Erst später ist mir aufgefallen, dass ich ihn schon oft im Palast gesehen hatte – sein Bruder dient dort als Soldat. Da ich vermute, dass jemand anderes für die Bombenzündung zuständig war, waren sie mindestens zu zweit. Und solange ich mir nicht sicher sein kann, dass im Palast niemand auf dich wartet, Prinzessin, um seine Tat zu Ende zu bringen, will ich dich dort nicht haben.«

»Was ist mit dem Schützen?«, fragte Alexis, ihr Mund war ganz trocken.

Zögernd sah Zane sie an, doch seine Stimme klang fest. »Ich habe meinen Job gemacht.«

Das war alles zu viel, Alexis war völlig überfordert. Wer konnte sie nur so sehr hassen, dass er eine Menge Unschuldiger mit ins Verderben riss? Und nun war ihr Leibwächter auch noch gezwungen gewesen, jemandem das Leben zu nehmen.

Mehrmals schluckend presste sie sich ihre Faust gegen den Magen. »Mir wird schlecht.«

Sofort stand Zane neben ihr, drückte ihren Kopf runter und strich ihr mit der anderen Hand über den Rücken. »Tief durchatmen!«

Es half nichts, ihr Magen rebellierte und sie erbrach sich in die Ecke. Die ganze Zeit über blieb Zane an ihrer Seite stehen, rieb ihr weiterhin beruhigend über den Rücken und hielt ihr die Perücke aus dem Gesicht. Wäre die Situation nicht so verfahren und sie selbst nicht so aufgewühlt, wäre sie von dieser zärtlichen Geste überrascht gewesen.

Ach, wem machte sie was vor? Sie hätte sofort einen Streit vom Zaun gebrochen, da war sie sich sicher.

Schließlich kam nichts mehr hoch, nur der beißende Geschmack der Gallenflüssigkeit brannte weiterhin in ihrer Kehle. Ein Taschentuch wurde ihr gereicht, welches sie dankend annahm und mit dem sie sich den Mund abwischte.

»Wir können nicht länger warten.« Zane klang entschlossen. »Jeden Moment werden die Polizei und die Wachen den Laden übernehmen, dann ist eine unauffällige Flucht unmöglich. Also, los jetzt!«

Er griff nach ihrer Hand und zog sie mit sich zur Tür. Leise öffnete er sie, spähte hinaus und gab dann grünes Licht. Als Erstes verließen Dinesh und Hayley den Raum, Zane schob Alexis vor sich her und bildete die Nachhut.

Tatsächlich war immer noch kein Polizist oder Wachmann im Club erschienen, die Anzahl der noch anwesenden Besucher hatte sich stark minimiert. Ihr Bodyguard hatte recht, jede Sekunde würde die Polizei hier einmarschieren.

Eng an der Wand entlang eilten sie Dinesh hinterher, der von seiner Freundin weiterhin gestützt wurde. Der Blutverlust hatte ihn geschwächt, aber er führte sie gezielt zu einer Tür, die hinter einem Samttuch verborgen lag. Hayley ließ ihren Freund los und rüttelte am Griff.

»Mist, abgeschlossen.«

»Lass mich«, forderte Zane sie auf, ließ Alexis los und zog dann mit solcher Gewalt am Türknauf, dass das Schloss nachgab.

Dank des Lärms von draußen war das Knacken dabei kaum zu hören. Mit einem kräftigen Stoß ging die Tür auf und eiskalte Nachtluft empfing sie, als sie hinaustraten.

Hier hielten sich keine Beamten auf und Bäume und Sträucher boten ihnen ein perfektes Versteck. Rasch rannten sie ins Gestrüpp, immer hinter Zane her, und brachten stetig mehr Abstand zwischen sich und das *Tusked*.

Alexis' Lunge brannte – ob der Kälte oder der Anstrengung wegen, das vermochte sie nicht zu sagen. Auch ihre Seite tat weiterhin weh und ihr Verdacht, sich eine Rippe geprellt oder gar gebrochen zu haben, schien immer wahrscheinlicher. Dennoch gab sie keinen Mucks von sich, ging nur immer wieder sicher, dass ihre Freunde ihnen folgten.

Schließlich kamen sie an eine Parallelstraße. Hier standen nur wenige Laternen, die Dunkelheit war allgegenwärtig. Normalerweise kein idealer Ort, um sich mitten in der Nacht aufzuhalten, doch für heute war es perfekt. Sie folgte Zane zu einer kleinen Gasse hinter einem Gebäude, das eine Fabrik sein könnte.

»Ihr wartet hier. Ich suche nach einem Fahrzeug.«

Bevor Alexis widersprechen konnte, war er auch schon verschwunden. Ihr Atem kondensierte, allerdings spürte Alexis die Kälte gar nicht. Ganz hinten in ihrem Kopf schrillten die Alarmglocken, dass das kein gutes Zeichen war, also schmiegte sie sich, so gut es ging, in Zanes Mantel und schlang zusätzlich die Arme um sich.

»Komm her, Lex.« Hayley streckte ihre Hand aus und sie ergriff sie. Zu dritt, dicht aneinander gekuschelt, warteten sie.

»Mein Kopf fühlt sich so leer an«, flüsterte sie. »Eigentlich müssten mir tausend Gedanken gleichzeitig durchs Hirn schießen, aber da ist nichts.«

»Das ist der Schock«, antwortete Dinesh. »Glaub mir, im Moment ist dies das Beste, was dir passieren kann. Sobald du zur Ruhe kommst, wird es über dir zusammenbrechen und dich begraben.«

Heiser lachte sie auf. »Vielen Dank für die aufmunternden Worte.«

»Dafür sind Freunde da.«

Alle drei kicherten leise, erleichtert darüber, in ihrem Geplänkel ein wenig Ablenkung zu finden.

Da fuhr ein Jeep an den Straßenrand. Die Scheinwerfer waren aus, der Motor schien in dieser verlassenen Straße so laut wie ein Presslufthammer. Erst als das Fenster der Beifahrerseite runterfuhr und Zanes Kopf zu erkennen war, eilte Alexis zum Wagen und sprang neben ihn auf den Sitz. Ihre Freunde setzten sich auf die Rückbank.

»Anschnallen!«

Mit diesem Befehl gab er auch schon Gas, fuhr zügig durch die Straßen und ließ den Tatort weit hinter sich. Erst auf einer Hauptstraße schaltete Zane das Licht des Wagens ein.

Nachdem Alexis es endlich geschafft hatte, ihren Gurt zu schließen, sackte sie in sich zusammen. Neben ihr hatte Zane die Hände so fest ums Lenkrad gekrallt, dass die Knöchel weiß hervorstachen. Sie hätte schwören können, dass er sich zusammenriss, um nicht in halsbrecherischer Geschwindigkeit zu fahren. Zwar regnete es nicht mehr, aber die Straßen waren nass und bei den Temperaturen bestand die Gefahr, dass die Fahrbahn vereiste.

»Wo sollen wir nur hin?«, fragte sie leise.

Sie besaß keine Bleibe außerhalb des Palastes, kannte sich in der Stadt kaum noch aus. Es war einfach schon zu lange her, dass sie sich in ihrer Heimat frei hatte bewegen können.

»Lass uns zu mir fahren«, schlug Hayley vor. »Meine Eltern sind verreist, es ist nur das Personal da.«

»Bloß nicht, dann seid ihr auch noch in Gefahr«, rief sie alarmiert.

Alexis würde nicht zulassen, dass ihre Freunde weiter in die Sache hineingezogen wurden. Sie sah zu Zane und flehte ihn stumm an, das Angebot abzulehnen.

Da er jedoch strikt geradeaus auf die Straße sah, konnte er ihren Blick nicht sehen. Oder er ignorierte ihn.

»Gut. Erst mal zu Hayley. Wir müssen unsere Wunden versorgen, danach können wir alles Weitere planen.«

»Zane, das ist zu riskant. Die Attentäter wissen doch, mit wem ich unterwegs bin.«

Sein kurzer, leicht überraschter Blick ließ sie erkennen, dass sie zum ersten Mal seinen Vornamen benutzt hatte. Irgendwie fühlte es sich nicht richtig an, ihn weiterhin nur mit dem Nachnamen anzusprechen. Nicht, nachdem er ihr Leben gerettet und seinen Freund deswegen verloren hatte.

»Aber nicht, dass du ihnen nicht zum Opfer gefallen und aktuell auf der Flucht bist. Und offiziell hat die Polizei keine Ahnung, dass du in dem Club warst, also wird vorerst niemand vermuten, dass *du* das eigentliche Ziel warst.« Mit ruhiger Hand bog er bei der nächsten Kreuzung ab. »Bis die Polizei mein Auto dort wirklich zuordnen kann, wird einige Zeit vergehen. Erst mal müssen die den Tatort sichern und die Zeugen vernehmen. Dein Verschwinden wird frühestens morgen früh auffallen.«

Das klang überzeugend, obwohl ein Rest Skepsis blieb. »Na gut. Okay, dann fahren wir zu Hayley.«

6

Hayleys Eltern lebten etwas außerhalb von Liverpool in einer ruhigen Villengegend.

Während Zane den gestohlenen Wagen loswurde, weigerte sich Alexis, sich auch nur einen Millimeter von der Hintertür wegzubewegen.

»Er ist doch sofort wieder da«, beschwichtigte Hayley sie.

»Mir egal.«

Zögernd blieb ihre Freundin noch einige Sekunden neben ihr stehen, dann nickte sie nur. »Okay. Ich gehe schon mal mit Dinesh in mein Zimmer und schaue, wie ich ihn verarzten kann.«

»Okay.«

Sie hörte, wie ihre Freunde die Treppe erklommen, und verweilte neben der Tür, den Blick starr durch das kleine Fenster auf den Weg hinterm Haus gerichtet.

Es fühlte sich wie eine Ewigkeit an, bis Zane endlich zurückkam, aber sobald sie ihn sah, wich ein Teil ihrer Anspannung.

»Wieso stehst du hier allein im Dunkeln?«, fragte Zane verärgert, als sie ihm öffnete.

»Ich wollte auf dich warten.«

Seufzend kam er rein und schloss die Tür. »Nicht du musst auf mich aufpassen, Prinzessin, schon vergessen? Ich bin mir sicher, dass in meinem Arbeitsvertrag dein Name in der Zeile der zu beschützenden Person steht.«

»Das ist nicht witzig, Zane.«

Seine Gesichtszüge wurden etwas weicher. »Ich weiß. Na, komm, lass uns zusehen, dass wir sauber werden.«

Nickend drehte sie sich um und lief voraus. Es war still im Haus, die Dienerschaft wohnte in einem anderen Teil des Anwesens und musste nachts nicht arbeiten. Alexis führte Zane durch die moderne Küche, dann in den großen Eingangsbereich und weiter zur Treppe, die in den ersten Stock wies. Obwohl Hayleys Familie einem sehr alten Adelsgeschlecht angehörte, stellte sie sich der aktuellen Zeit nicht entgegen und entsprechend war das Haus renoviert und gestaltet worden. Überall war hochmoderne Technik installiert, die Rollläden fuhren von allein rauf und runter und die Türen besaßen automatisch verschließbare Schlösser. Auch die Möbel erinnerten an die neuesten Kataloge; niemand würde darauf kommen, dass Hayleys Eltern einige Jahrhunderte auf dem Buckel hatten.

Im rechten Flügel wohnte ihre Freundin. Sie besaß zwei große Zimmer und ein riesiges Bad mit einem Whirlpool, um den Alexis ihre Freundin oft beneidet hatte. In ihrem Badezimmer im Palast hatte ein solches Ungetüm leider keinen Platz.

Durch die angelehnte Tür zu Hayleys Räumlichkeiten drang Licht in den Flur und leuchtete ihnen den Weg. Alexis stieß die Tür noch weiter auf und betrat Hayleys Wohnzimmer. Auf dem quietschroten Sofa saß Dinesh in einer Jogginghose – seine nassen Haare und die nicht mehr von Staub benetzte Haut deuteten auf eine schnelle Dusche hin – und wurde von einer ebenfalls frisch gewaschenen Hayley neu verarztet. Sie sahen sich dabei immer wieder zärtlich in die Augen, ihr Lächeln sprach Bände über ihre Gefühle füreinander.

Zögerlich blieb Alexis in der Tür stehen, sie fühlte sich wie ein Eindringling in diesen intimen Moment. Nur Zane schien die Stimmung nicht zu bemerken – oder war es ihm egal? – und schob sie in den Raum.

»Worauf wartest du bitte? Eine Einladung?«

Mit hochrotem Kopf schielte Alexis zu ihren Freunden hinüber, die sie nur lächelnd ansahen.

»Da seid ihr ja!« Hayley nahm etwas von einem ihrer Sessel und drückte ihnen dieses Etwas jeweils in die Hand. Es war ganz flauschig. »Ihr solltet dringend duschen. Hier sind Handtücher – und Zane, ich habe dir noch Klamotten von Dinesh beigelegt. Bei dir schauen wir gleich mal, Lex. Du bist leider zu groß für meine Sachen. Erst mal habe ich dir einen Bademantel rausgesucht und ein T-Shirt von Dinesh.«

»Danke sehr.« Alexis sah zu Zane auf. »Willst du zuerst?«

Wie erwartet schüttelte er den Kopf. »Nein, geh du.«

Hastig lief sie ins Bad, legte die Handtücher und den Bademantel auf den Wannenrand und stellte schon mal das Wasser an. Dann zog sie Zanes Mantel aus und schälte sich aus dem engen Kleid, dessen Anblick ihr noch vor wenigen Stunden ein Grinsen entlockt hatte; ihr Höschen folgte. Seufzend fuhr sie sich durch die Haare und stutzte, als sie ihr fast vom Kopf rutschten.

Ihre Perücke. Die hatte sie glatt vergessen. Im gleichen Moment ging die Tür auf und Hayleys Kopf schob sich durch den Spalt. »Hey, soll ich deine Perücke waschen? Zane meint, die könntet ihr noch gebrauchen.«

»Ja, gern. Danke dir.«

»Aber klar doch.« Ihre Freundin schlüpfte hinein und nahm ihr die falschen Haare ab. Dann betrachtete sie sie von oben bis unten und verzog das Gesicht. »Du hast ganz schön was abbekommen. Geht es dir gut?«

Verwundert sah Alexis an sich hinab und musste feststellen, dass ihre Freundin recht hatte. Das Kleid hatte gut verborgen, dass ihre ganze rechte Hälfte verschrammt war – was ihre Schmerzen erklärte – und auch ihre Hände und Knie hatten ihre Unversehrtheit eingebüßt.

»Oh. Ich merke es kaum.« Vermutlich ein Zeichen, dass sie immer noch unter Schock stand. Aber wie sollte sie sich beklagen, wenn es Leute gab, die heute Nacht deutlich mehr verloren hatten als nur etwas Haut? So wie Jamie. »Mach dir keinen Kopf.«

Schließlich war es noch nicht lange her, dass sie sich genährt hatte. Ihre Wunden würden bis zum Morgengrauen verheilt sein.

Mit sanften Händen drehte Hayley sie in Richtung Dusche. »Nun geh schon und mach dich sauber. Nicht dass Zane jeden Moment hier hereinstürmt, um nach dir zu sehen.«

»Bloß nicht!« Leise lachend trat Alexis in die Dusche. Der heiße Wasserstrahl entlockte ihr ein wohliges Seufzen, das leichte Brennen auf ihren Wunden konnte sie nicht davon abhalten, die Wärme zu genießen. Sie gönnte sich noch einige Sekunden unter dem Strahl, dann massierte sie sich eilig

Shampoo und danach noch etwas Spülung in die Haare und seifte sich vorsichtig ein. Kurz darauf hatte sie alles wieder abgewaschen und verließ die Oase.

Hayley hielt ihr die Handtücher hin, bevor sie sich wieder ihrer Aufgabe widmete. Die Farbe der Perücke war durch das Waschen deutlich dunkler geworden, Hayley war bereits dabei, sie zu bürsten.

Schnell rubbelte Alexis sich trocken, schlüpfte in Dineshs T-Shirt und schmiss sich den dicken Bademantel über. Er ging ihr nur bis zu den Knien und an den Armen war er etwas kurz, doch es reichte. Anschließend ging sie zum Spiegel und sah hinein. Sie war blass, ihre Augen ein wenig glasig, doch das wunderte sie nicht. Leider waren die Wimperntusche und der Lippenstift in der Dusche nicht vollständig abgegangen, also nahm sie ein Abschminktuch aus dem Schränkchen unter dem Waschbecken und entfernte die Reste. Danach cremte sie sich das Gesicht noch etwas ein, damit die Haut nicht so spannte. An ihren Schürfwunden war sie dabei besonders vorsichtig.

»So, fertig.« Hayley legte die Kunsthaare auf ein Handtuch. »Lass uns das Bad räumen.«

»Warte.« Alexis griff nach Hayleys Arm. »Habt ihr Schmerztabletten da?«

»Keine Sorge. Dinesh versorgt Zane in diesem Augenblick.«

Vor lauter Dankbarkeit traten Alexis Tränen in die Augen. Hastig blinzelte sie sie weg.

»Hey.« Sofort war Hayley an ihrer Seite und zog sie in ihre Arme. »Alles wird gut, Süße. Das verspreche ich dir.«

»Das kannst du nicht.« Vor lauter unterdrückten Schluchzern klang ihre Stimme ganz rau. »Zurzeit seid ihr durch meine Anwesenheit in Gefahr. Und sollte euch etwas zustoßen ...«

»Zane wird das nicht zulassen. Und Dinesh und ich können gut auf uns selbst aufpassen.«

Zwar war Alexis nicht wirklich überzeugt, musste aber endlich aus dem Bad raus, um Zane Gelegenheit zu geben, ebenfalls zu duschen. Sie ließ ihre Freundin los und trat aus dem Badezimmer hinaus.

Neben dem Sofa lehnte ein ungeduldig aussehender Zane, dessen Unruhe ein wenig nachzulassen schien, als er sie sah. »Alles okay?«

Alexis nickte nur, sie traute ihrer Stimme gerade nicht.

»Wurde auch Zeit, dass ihr fertig werdet.«

»Dann solltest du keine Zeit verschwenden, Vaughn«, meinte Hayley. Das klang weniger wie ein netter Vorschlag, sondern mehr wie ein Befehl und Alexis sah erstaunt zu ihrer Freundin.

Das angespannte Lächeln in ihrem Gesicht beunruhigte Alexis, doch sie fragte erst nach, als Zane grummelnd im Bad verschwand.

»Was hast du denn?«

Die Vampirin seufzte. »Seitdem er dich aus den Augen lassen musste, ist er unausstehlich. Und du scheinst gerade nicht in der Verfassung für seine Laune zu sein.«

»Er macht sich nur Sorgen«, warf Dinesh ein. Er hatte es sich auf der Couch bequem gemacht und hielt sich ein Kühlpack an die Schulter. Seine Augen waren zu, er wirkte müde. »Dieser Vorfall hat auch ihn erschüttert. Vermutlich ging er von einem direkten Angriff auf Lex aus, nicht von so einem feigen Bombenanschlag, bei dem auch noch andere Leute verletzt werden. Von der darauffolgenden Schießerei ganz abgesehen …«

Alexis setzte sich auf den Ohrensessel, ihre Freundin ging aufgebracht auf und ab.

»Trotzdem hat er kein Recht, sich so aufzuführen«, motzte Hayley.

Das brachte Alexis glatt zum Lachen. »Das findest du schlimm? Glaub mir, normalerweise streiten wir auf einem viel höheren Level. Seine passiv-aggressive Art ist mir nicht fremd, nur kann ich es diesmal verstehen.«

»Was für eine Verschwendung seines guten Aussehens.«

»Hayley!«, riefen Alexis und Dinesh wie aus einem Munde.

Die Angesprochene wirkte aufrichtig irritiert. »Was denn?«

Schmunzelnd schüttelte Alexis den Kopf, dann lehnte sie sich gegen die Lehne des Sessels und starrte an die Decke.

»Was sollen wir nur tun? Wo sollen wir hin?«

»Zane scheint einen Plan zu haben«, meinte Dinesh. »Zumindest hat er vorhin leise einige Szenarien vor sich hingemurmelt.«

»Wollen wir hoffen, dass er weiß, was er tut.« Hayley setzte sich neben Dinesh und nahm seine Hand. Sie schwiegen, jeder hing seinen Gedanken nach.

Alexis konnte nicht begreifen, dass es jemand auf sie abgesehen haben sollte. Und vor allem konnte sie nicht glauben, dass ihr Vater ihr nichts davon erzählt hatte. Was hatte er denn erwartet? Dass sie danach so verängstigt wäre, dass sie nie wieder ihre Zimmer verließ? Sie war kein kleines Kind mehr, verdammt. Er sollte ihr mehr zutrauen. Bei diesem Gedanken wurde sie richtig sauer. Sobald das Ganze überstanden war, so nahm sie sich vor, würde sie Grigori gehörig die Meinung geigen. Schluss mit dem Versteckspiel. Sie sollte die Thronfolgerin werden? Bitte sehr. Aber dann zu ihren Bedingungen.

Die Badezimmertür öffnete sich und ein sauberer Zane trat heraus. Seine Haare waren noch feucht, er strich sie sich gerade mit der Hand zurück. Dineshs Jeans passten ihm, auch der graue Pullover stand ihm besser als erwartet. Zumal die Farbe seine Augen betonte.

Als er ihrem Blick begegnete, wurde sein Schritt langsamer und für einen Augenblick schien die Zeit stillzustehen. Alexis Herz machte einen Sprung und ihr Bauch tat seltsame Dinge.

Aber natürlich hielt der Moment nicht lange an.

»Du bist ja noch nicht angezogen.« Vorwurfsvoll sah er Hayley an. »Wolltest du ihr nicht was besorgen? Wir können nicht mehr lange bleiben. Vor Sonnenaufgang müssen wir im Versteck sein.«

Alexis horchte auf. »Du hast schon ein Versteck?«

Ihr Bodyguard nickte. »Vorübergehend, ja. Danach müssen wir weitersehen.«

»Ich regele das mit der Kleidung.« Wie ein Wirbelwind verschwand Hayley aus den Räumlichkeiten.

Auch ihr Freund richtete sich auf.

»Ihr werdet Verpflegung brauchen und Wechselklamotten. Ich hole dir schon mal ein paar Sachen, Zane.«

»Danke, Mann. Das weiß ich zu schätzen.«

Nickend verschwand Dinesh im Schlafzimmer. Er selbst hatte eine Wohnung in der Nähe der Uni, aber er verbrachte jedes Wochenende bei Hayley. Es würde Alexis nicht wundern, wenn er in spätestens einem halben Jahr ganz einzog. Hayley konnte gar nicht aufhören, mit Anspielungen um sich zu schmeißen.

Zum ersten Mal in dieser Nacht waren Alexis und Zane nur zu zweit und irgendwie fühlte es sich seltsam an. Noch gestern war es für sie kein Problem gewesen, mit ihm auf engem Raum – zum Beispiel seinem Wagen – allein zu sein, nun schien sich alles geändert zu haben.

Als die Stille zu schwer wurde, räusperte sie sich. »Wie geht es deiner Verletzung?«

»Besser.« Er setzte sich ihr gegenüber auf die Kante der Couch, seine Unterarme lagen auf seinen Oberschenkeln.

Er sah sie nicht an und knetete seine Hände unablässig. Wenn sie ihn nicht besser kennen würde, hätte sie vermutet, er wäre nervös.

»Die Medikamente helfen.«

»Das ist gut.« Ihr wurde plötzlich bewusst, dass sie unter dem Bademantel und dem Shirt nackt war, und zog den Mantel enger um sich. »Bist du sicher, dass niemand unsere Spuren hierher verfolgt hat?«

»Ja.« Er warf ihr einen kurzen Blick zu. »Niemand im Palast wusste, dass du dich davongeschlichen hast. Nur Jamie und ich.«

Und sein Freund würde nie wieder jemandem etwas sagen können.

»Wenn morgen dein Verschwinden auffällt und mein Wagen vor dem Club bemerkt wurde, werden die Leute Fragen stellen und dein Vater wird eine Suche einleiten.«

»Solltest du nicht besser im Palast wieder auftauchen?«, wollte Alexis wissen.

Fragend sah er sie an.

»Ich meine, wenn sie glauben, ich sei abgehauen, kann dir niemand einen Vorwurf machen. Du hattest gestern Nacht eigentlich frei.«

Sichtlich erschöpft rieb Zane sich übers Gesicht. »Auf gar keinen Fall. So oder so würde dein Vater den Vorfall als mein Versagen abtun. Dann wäre mein Leben keinen Pfifferling mehr wert und du wärst draußen auf dich allein gestellt.«

»Entschuldige, daran habe ich nicht gedacht.« Niedergeschlagen zog Alexis ihre Beine unter den Po und wandte den Blick zu Boden.

Plötzlich hockte Zane vor ihr, erschrocken schnappte sie nach Luft. Sie hatte nicht mitbekommen, wie er sich bewegt hatte. Sein frischer Duft stieg ihr in die Nase, irgendwie fremd und doch vertraut. Es war nicht seine typische Seife, doch sein eigener männlicher Geruch beruhigte sie ungemein. Erst jetzt wurde ihr klar, wie sehr sie sich an ihn gewöhnt hatte.

»Hör zu. Du hast von alledem nichts gewusst und dir nie Gedanken darum machen müssen. Ich bin seit meiner Einstellung schon Hunderte Szenarien durchgegangen und selbst ich bin von der Tatsache überrumpelt worden, dass es doch keine Gruppe Creatures war, die dir nach dem Leben trachtet. Also machen wir jetzt einfach das Beste aus der Situation. Aber wehe, ich höre noch mal Selbstvorwürfe über Dinge, die du nicht kontrollieren konntest, alles klar?«

»Alles klar.« Sie beugte sich ein wenig zu ihm vor. »Mein Vater hat dich also wegen dieser Drohung eingestellt?«

»Genau. Sie ging vor etwa zwölf Wochen im Palast ein. Natürlich musste erst geprüft werden, ob sie ernst zu nehmen war. Gilbert, Josephina und einige andere Adlige hatten sie als Unfug abgetan. Aber dein Vater wollte kein Risiko eingehen und hat mich schließlich geholt.«

Tränen traten in Alexis' Augen, sie konnte es nicht begreifen. »Wieso hat er es mir nicht gesagt? Das frage ich mich schon die ganze Zeit.«

Zanes raue Finger umfassten ihr Kinn und drehten ihren Kopf, sodass sie ihn ansehen musste.

»Dein Vater hat viele Fehler«, sagte er leise. »Aber er liebt dich mehr als alles andere. Er wollte dich doch nur in Sicherheit wissen.«

»Das weiß ich. Trotzdem kann ich es nicht glauben, dass er mir nicht mehr zutraut.« Eine Frage kam ihr: »Wieso hast *du* mir nichts gesagt?«

»Ich durfte nicht.« Offensichtlich angewidert verzog er das Gesicht. »Glaube mir, ich habe deinem Vater mehrfach gesagt, es sei besser, aber er wollte dich nicht beunruhigen, sollte sich die Drohung doch als falsch herausstellen.«

»Tja, und deswegen habe ich mich wie ein Biest aufgeführt.« Sie griff nach seinem Handgelenk. »Tut mir leid.«

Zane schluckte, sein Blick wanderte von einem zum anderen Auge.

»Schon okay. Ich war ja auch nicht gerade der Muster-Bodyguard.«

Leise lachend musste sie ihm zustimmen.

»Du hast mich für ein verwöhntes, sich um nichts scherendes Adelsgör gehalten, nehme ich an?«

Erneut musste sie lachen, als seine Wangen feuerrot wurden.

»Nun«, gab er zähneknirschend zu. »Du hast deine Maske perfektioniert, das muss ich dir lassen.«

»Selbstschutz.«

Zanes Daumen strich ihr übers Kinn. Ob bewusst oder nicht, es sandte ihr Schauer über den Rücken. Für einen Moment verlor sie sich in seinen sturmgrauen Augen. Sie hatten etwas Geheimnisvolles, Undurchdringliches. Als würden sie alles verbergen, was sie ihm anvertraute.

»Dachte ich mir.«

Seine Stimme klang heiser. Oder bildete sie sich das nur ein? Ohne es bemerkt zu haben, waren sie sich näher gekommen. Alexis' Herz schlug deutlich schneller als sonst. Mit ihrer Zunge befeuchtete sie ihre Lippen. Sofort wanderte Zanes Blick zu ihrem Mund.

»Okay. Also ich habe Klamotten für drei Tage eingepackt.« Dineshs Stimme ließ sie hochschrecken, Zane sprang regelrecht von ihr weg und Alexis drückte sich tiefer in den Sessel. »Ich hoffe, das reicht erst mal.«

Der Mann schien von ihrem Unbehagen nichts zu bemerken, er nestelte am Verschluss eines Rucksacks herum. Durch seine verletzte Schulter hatte er mit dem Schließen einige Schwierigkeiten.

»Gib her, Mann, ich mach das.« Zane mied tunlichst ihren Blick, als er Dinesh entgegenging, um ihm den Rucksack abzunehmen.

»Hier.« Dinesh übergab ihm das Gepäckstück. »Ich habe noch Schmerztabletten und einen kleinen Erste-Hilfe-Kasten reingesteckt – nur für den

Fall. Für Lex' Kleidung sollte auch noch genug Platz sein.«

»Super, danke.« Alexis lächelte ihn an und hoffte, dass ihr Herzrasen nicht bemerkt wurde.

Hinter sich hörte sie Schritte und lehnte sich über die Lehne, um Hayley mit voll bepackten Armen eintreten zu sehen. Gefolgt von einer Creature.

»Wer ist das?«, fauchte Zane und stand sofort vor Alexis, bereit für den Kampf.

»Beruhige dich, Rambo, das ist Gwendolyn.«

»O super. Das freut mich aber außerordentlich, in so einer Situation auch noch neue Bekanntschaften zu machen.«

Bei Zanes Sarkasmus verdrehte Hayley die Augen. »Schon verstanden, Scherzkeks. Wir können Gwen vertrauen, glaube mir.«

»Im Moment vertraue ich niemandem, den ich nicht kenne.«

Nun sah Alexis sich gezwungen dazwischenzugehen. Sie stand auf und stellte sich vor Zane hin. Beschwichtigend legte sie eine Hand auf seine Brust.

»Ich kenne Gwendolyn schon lange. Sie würde nie etwas tun, was Hayleys Familie oder mir schaden würde.«

Gwens traurige Geschichte war ihr zwar nicht zur Gänze bekannt, aber sie wusste: Diese Creature würde eher sterben, als die zu verraten, die ihr das Leben gerettet hatten.

»Verzeiht, Sir.« Gwen trat vor, ihre ganze Körperhaltung strahlte Entschlossenheit aus. »Ihr kennt mich nicht und habt keinen Grund, mir zu vertrauen. Aber glaubt mir, wenn ich sage, dass Prinzessin Alexis die einzig wahre Zukunft für die Vampire ist. Ohne sie würde es für uns Creatures nur noch weiter bergab gehen. Ich werde alles tun, um sie zu schützen. Selbst wenn es mich das Leben kostet.«

Obwohl ihm anzusehen war, dass er mit alledem nicht einverstanden war, gab Zane nach. »Na gut.« Er wandte sich wieder an Hayley. »Und wie soll sie uns helfen?«

»Nett, dass du fragst.« Mit hüpfenden Schritten kam Hayley näher und schmiss die Kleidung, die sie im Arm gehalten hatte, auf die Couch. Das meiste war in Schwarz. »Erst einmal hat sie die gleiche Größe wie Lex, kann ihr also Kleidung leihen. Zudem hat sie ein nagelneues Smartphone, das sie euch mitgeben …«

»Nein, keine Handys. Das ist mir zu riskant.«

»Du hast doch selbst eins dabei«, erinnerte Alexis ihn trocken.

»Nein, ich hatte es bereits entsorgt, bevor ich das Auto gestohlen habe.«

»Wieso, zum Henker?«, entrüstete sich Alexis.

»Was denkst du denn? Morgen wird nicht nur dein Verschwinden auffallen, sondern auch meine Abwesenheit. Wenn der Palast meinen Standort nachverfolgt und die Timeline checkt, werden die Leute deines Vaters merken, dass ich zum Club gefahren bin. Und da ich dein Handy dabeihatte, werden sie davon ausgehen, dass auch du dort warst. Nun sind beide GPS-Daten in der Nähe des *Tusked* verschwunden und wenn sie meinen Wagen dort finden, wird hoffentlich niemand vermuten, dass wir zu deinen Freunden geflüchtet sind. Wobei sie hier so oder so nachfragen werden.«

»Mir schwirrt der Kopf.« Hayley massierte sich die Schläfen.

Alexis konnte ihr nur zustimmen. Das war alles so verrückt und verwirrend. Es gab verdammt viel zu beachten. »An die GPS-Ortung deines Handys hatte ich schon gar nicht mehr gedacht.«

»Eben. Und daher möchte ich nicht, dass ein Handy, das zu diesem Haushalt zurückzuverfolgen ist, in den Straßen Liverpools aufgespürt werden kann.«

Gwendolyn räusperte sich, um Zanes Aufmerksamkeit auf sich zu ziehen. »Also würdet Ihr mein Auto auch nicht nehmen wollen?«

»Nein. Das ist ein nettes Angebot, aber auch das ist zu riskant.«

»Und wenn wir es als gestohlen melden?«, schlug Hayley vor.

Selbst Alexis wusste, dass das Unsinn war. »Dann wäre die Aufmerksamkeit der Behörden erst recht auf den Wagen gerichtet und wenn man uns in einem gestohlenen Auto erwischt …«

Den Rest brauchte sie nicht auszusprechen, die Erkenntnis ließ Hayleys Schultern zusammensacken.

»Wir haben jetzt nicht mehr viel Zeit.« Zane wies auf die Kleidung. »Zieh dir was an, Alexis, verstau den Rest im Rucksack und dann müssen wir los.«

»Ich packe noch eine Tasche mit Proviant ein«, bot Gwen an und verließ die Räumlichkeiten wieder.

Wissend, dass die Zeit drängte, griff Alexis nach den Sachen und verschwand erneut im Badezimmer. Die Creature war sogar so nett gewesen, ihr eine noch ungeöffnete Packung mit Slips dazuzulegen. Schnell zog Alexis einen an, nahm die dicken Socken und eine dunkle Jeans. Sie entschied sich gegen einen BH – da Gwendolyn eine deutlich größere Oberweite hatte als sie –, zumal sie eh keinen benötigte. Das Unterhemdchen, das graue Top und der schwarze Hoodie reichten völlig. Ihre Perücke lag noch immer in der Badewanne. Kurzerhand griff sie nach dem Föhn und trocknete erst ihre eigenen Haare, dann die falschen.

Mit geübten Griffen – und einigen Klammern aus Hayleys Sammlung – steckte sie ihren Bob fest und setzte sich die Perücke auf. Damit sie nicht wie eine Vogelscheuche aussah, stylte sich Alexis die blonden Strähnen und voilà: Fertig war ihre Tarnung.

Jetzt konnte sie nur hoffen, dass sich noch Schuhe für sie auftreiben ließen. Mit ihren High Heels wollte sie dieses Versteckspiel nur ungern beginnen.

Es klopfte an der Tür und mit ungeduldiger Stimme rief Zane nach ihr. »Bist du endlich so weit?«

***

Später als geplant waren sie endlich losgekommen. Nachdem Alexis sich aus Hayleys Klammergriff befreit hatte, waren sie zur Hintertür hinausgetreten und durch die Gärten der Anwesen geschlichen.

In einer weit entfernten Parallelstraße hatte Zane einen Wagen – dem Modell und Baujahr nach zu urteilen von einem Creature – aufgebrochen und kurzgeschlossen und so waren sie nun zu einem ärmeren Viertel unterwegs, in dem größtenteils geschaffene Vampire lebten – dem Ghetto.

In dieser Gegend war Zane aufgewachsen, kannte sich dort immer noch gut aus und hatte einige Bekannte, denen er sein Leben anvertrauen würde. Oder in diesem Fall Alexis'.

Sein Schützling saß schweigend neben ihm und kuschelte sich immer tiefer in seinen Mantel, den er ihr weiterhin überlassen hatte. Der Pullover, den er trug, war warm genug und die Heizung des Wagens funktionierte erstaunlich gut. Dass Alexis nun kalt wurde, zeigte ihm, dass der Schock langsam nachließ und die Ereignisse der Nacht sie voll erwischten.

Ehrlich gesagt hatte er damit schon früher gerechnet. Das Haus ihrer Freundin war ihr bekannt und sie hatte sich nach der Dusche auch deutlich entspannt. Aber gut, der Schock saß einfach tief. Er war auf einen Angriff gefasst gewesen, sie nicht. Und dass dieser Anschlag auch noch vom Adel ausgeführt worden war ...

Nach den letzten Tagen war es vermutlich einfach zu viel für sie.

»Was machen deine Schrammen?«, wollte er wissen.

Schon seltsam, noch vor wenigen Tagen hätte er es begrüßt, wenn sie mal bei einer Fahrt still gewesen wäre, jetzt fehlte ihm der Klang ihrer Stimme. Er musste sie einfach hören, musste sichergehen, dass es ihr den Umständen entsprechend gut ging.

Verdammt, er machte sich wirklich Sorgen um sie.

»Sie tun nicht mehr weh«, antwortete sie leise und sah aus dem Beifahrerfenster in die Dunkelheit des frühen Morgens. Die Dämmerung war schon leicht am Horizont zu sehen, sie mussten sich beeilen. Ein Glück, dass Sonnenlicht nur den Vampiren in Filmen und Büchern schadete. Trotzdem wollte er vor Sonnenaufgang im Versteck sein.

»Gut. Hast du auch Schmerztabletten genommen?« Er selbst hatte gleich drei eingeworfen, doch die Schmerzen im Bein wurden einfach nicht besser.

»Nein, das ist nicht nötig. Habe mich ja erst Donnerstagmorgen genährt.«

Mist. Daran hatte er gar nicht gedacht. Er musste Blut zu sich nehmen! Aber wie sollte er das bitte anstellen, wenn er Alexis beschützen musste? Zum Glück kannte er im Ghetto so einige menschliche Blutspender, die ihm zu Diensten sein würden. Aber er konnte die Prinzessin ja schlecht allein lassen, wenn er zu einem Spender ging. Nahm er sie mit, bestand das Risiko, dass sie trotz Perücke erkannt wurde.

Bei dem Gedanken packte er das Lenkrad fester. Hatte er wirklich eine Wahl?

»Was macht dein Knie?«

»Das wird schon«, sagte er vage.

Erst musste er das sichere Versteck erreichen, dann konnte er übers Nähren nachdenken. Auch Alexis würde im Laufe der Woche einen Spender brauchen, aber damit würde er sich befassen, wenn es so weit war. Zur Not konnte sie bei ihm trinken.

Wieso ihn bei der Vorstellung ein heißer Schauer überlief, wollte er gar nicht wissen. Schlimm genug, dass er während ihres kurzen Moments bei Hayley Schmetterlinge im Bauch verspürt hatte. Das durfte einfach nicht sein.

An der Körperhaltung seiner Begleitung bemerkte er, dass sie ihre Umgebung zum ersten Mal richtig wahrnahm. Das Viertel der Creatures gehörte nicht zu den schönsten Stadtteilen von Liverpool, eher im Gegenteil. Die Gegend lag ein wenig außerhalb und es war deutlich erkennbar, dass hier schon lange kein Geld mehr reingesteckt worden war.

Seitdem Gilbert die Regierungsgeschäfte übernommen hatte, um genau zu sein.

Alexis deutete auf eine Telefonzelle, von denen es in diesem Ghetto noch massenhaft gab. »Wolltest du deshalb Hayleys Telefonnummer?«

Er nickte. »Falls wir mal Hilfe brauchen, ist es so am besten. Die Geräte sind uralt, aber funktionieren. Und Telefonate darüber lassen sich kaum zurückverfolgen.« Kurz sah er zu ihr hinüber. »Dir dürfte es nicht schwerfallen, ohne Handy zu leben.«

Es war keine Frage, eher eine Feststellung, dennoch antwortete sie: »Damit habe ich kein Problem. Bis auf Hayley, Vater und zwei Kommilitonen hat niemand meine Nummer. Und du natürlich.«

Das hatte er sich schon gedacht.

»Wieso hast du eigentlich keine Freunde an der Uni?«

Die meisten Mitstudenten in ihren Kursen waren Menschen, selbst der Adel hätte nichts gegen eine Freundschaft mit ihnen einwenden können.

»Obwohl die Crown eine gemischte Uni ist, haben die meisten Erstsemester noch nie einen geborenen Vampir gesehen. Ich bin ihnen einfach unheimlich … und dann auch noch die Prinzessin. Das schreckt sie zusätzlich ab.«

»Verstehe.«

Ihr Leben klang so unglaublich einsam. Wie hatte er das nur übersehen können?

Weil du Idiot nur an dich gedacht hast, darum.

Schließlich kamen sie am Ziel an. Zane parkte den Wagen in einer Seitengasse und ließ ihn einfach stehen. Auf die Diebe in diesem entlegenen Bezirk konnte man sich verlassen. Ein bereits kurzgeschlossenes Auto war für die meisten bereits mit zehn Jahren keine Herausforderung mehr. Und auf die Verschwiegenheit der möglichen Zeugen ebenso. Die Polizei verzweifelte jedes Mal bei Befragungen, teilweise kam sie schon gar nicht mehr hierher. Wenn sie denn überhaupt jemand rief.

Sie stiegen aus und nahmen ihre Rucksäcke. Es war eiskalt, der Wind hatte aufgefrischt und schnitt schmerzhaft in die Haut. Sofort fing Alexis an zu zittern.

»Komm, es ist nicht weit«, sagte Zane.

Mit zügigen Schritten überquerten sie die Straße, Zane führte sie an einem etwas heruntergekommenen Mehrfamilienhaus vorbei durch den Garten und betrat das sich dahinter befindende Grundstück, auf dem ein ehemaliges Pfarrhaus stand, wie Alexis am Schild erkennen konnte. Auf der Rückseite führte eine Treppe zum Keller, die Zane vorsichtig hinunterstieg.

»Achtung, die Stufen sind glatt.«

Er hielt Alexis die Hand hin, um sie im Notfall abzufangen, doch die Prinzessin schien ihr Rückgrat aus Stahl wiederzufinden. Sie richtete sich zu ihrer vollen Größe auf, übersah seine Hilfestellung geflissentlich und schritt hoheitsvoll die Stufen hinab.

»Leck mich.«

Zane konnte sich ein Grinsen gerade noch verkneifen.

Willkommen zurück, Prinzessin.

Ohne zu rutschen, kam sie neben ihm vor der Kellertür an, ergriff die Klinke und rüttelte daran.

»Na toll. Verschlossen.«

Nun musste Zane doch noch grinsen. »Sei doch nicht so ungeduldig. Als ob ich dich hierherführen würde, wenn ich keinen Schlüssel hätte.«

Aufgrund seiner ungewohnten Liebenswürdigkeit beäugte sie ihn misstrauisch. »Wurdest du bei Hayley durch einen Doppelgänger ausgetauscht, der nett tut, aber mich in Wirklichkeit gleich abknallt? Oder hat ein Alien oder ein böser Geist Besitz von dir ergriffen?«

Leise lachend ging Zane in die Hocke, um einen Backstein aus dem alten Gemäuer zu lösen. »Erstens: Wenn das wirklich der Fall wäre, würde ich es dir wohl kaum mitteilen.« Er fand den Schlüssel, zog ihn heraus und steckte den Stein zurück ins Loch. Danach richtete er sich auf. »Und zweitens: Wieso sollte ich dich dann erst in Sicherheit bringen, wenn ich dich hätte töten wollen? Wäre doch bei Hayley oder im Auto viel einfacher gewesen.«

»Mach einfach die Tür auf«, seufzte sie, aber er hatte ihr Schmunzeln bereits entdeckt.

»Jawohl, Königliche Hoheit.«

Schon verrückt, wie sehr er sich nach ihrem Geplänkel gesehnt hatte. Also tat er wie geheißen, drehte den schweren Schlüssel im Schloss um und musste mit seinem ganzen Gewicht nachhelfen, damit die Tür aufging. Mit einem Knatschen gab das Holz endlich nach.

Bei dem Krach zuckte Alexis neben ihm zusammen. »Ob es wohl auch jemanden in der Umgebung gibt, der *das* nicht mitbekommen hat?«

»Glaub mir, selbst wenn sich um diese Uhrzeit ein Schuss löste, würde niemand aus dem Bett steigen.«

»Nette Nachbarschaft.«

Bedacht trat Zane in die Dunkelheit der Räumlichkeiten; ein kalter Hauch wehte ihm entgegen und ließ ihn frösteln. Er schüttelte sich, tastete mit der linken Hand an der Wand entlang und fand den Lichtschalter. Dann sah er sich gründlich um. »Du kannst reinkommen.«

Sobald sie drin war, schloss er die Tür und führte sie zu einer weiteren, die hinter einem Regal verborgen war.

»Los, komm. Dahinter befindet sich ein Zimmer, das direkt neben einem Heizungskeller liegt. Dort ist es immer schön warm.«

Vor lauter Freude leuchteten ihre Augen auf. Mit den von der Kälte geröteten Wangen sah sie wunderschön aus. Diese Erkenntnis brachte Zane völlig aus dem Takt, er starrte sie an, gefangen von diesen außergewöhnlichen Augen. Seit wann sah er die Augen einer geborenen Vampirin nicht mehr als unheimlich an? Wobei, wenn er es recht bedachte, hatte er *ihre* Augen noch nie als befremdlich empfunden. Schon bei ihrer ersten Begegnung nicht.

Alexis schien sein Starren misszuverstehen, ihr Kopf fuhr zur Kellertür zurück, alle Farbe wich aus ihrem Gesicht.

»Ist uns jemand gefolgt?«

Reiß dich zusammen, Mann.

»Nein, alles gut. Die Erschöpfung holt mich langsam ein, entschuldige.«

Verständnis spiegelte sich in ihrer Miene wider. »Kann ich nachvollziehen. Es war eine lange Nacht.«

Nickend betätigte er den Mechanismus und schon schwang das Regal nach vorn und gab den Blick auf einen weiteren Raum frei. Er trat zur Seite und ließ Alexis den Vortritt.

Durch den Heizkörper im Nebenraum war es stickig in dem Zimmer, die Luft war schwer und es roch modrig. Doch das war alles nebensächlich, die Wärme war eine wahre Wohltat.

Auch hier gab es Licht, jedoch nur von einer nackten kleinen Glühbirne, die ihr Bestes gab, die Schatten zu durchdringen. Allerdings war es vergebene Liebesmüh, die Ecken konnte der dumpfe Strahl nicht erreichen. Aber immerhin zeigte er ihr, dass an der hinteren Wand eine alte verstaubte Matratze lag. Ebenso zwei Decken.

»Ist das ein geheimer Unterschlupf?«, erkundigte sich Alexis, als sie das provisorische Lager entdeckte. Sie nahm die Decke in die Hände und befühlte sie. »Ganz weich.«

»Ich sorge dafür, dass die Sachen hier nicht feucht werden, und tausche sie regelmäßig aus.«

Fragend sah sie zu ihm auf und er ahnte, dass er nicht darum herumkam, ihre unausgesprochene Frage zu beantworten.

Räuspernd setzte er den Rucksack ab und mied ihren Blick.

»Das war das Haus meiner Großeltern.« Beide waren im Ghetto aufgewachsen und hatten es für kurze Zeit herausgeschafft. Aufgrund von Geldproblemen hatten sich die Eltern seiner Mutter einige Jahre später jedoch dazu gezwungen gesehen, ins Ghetto zurückzukehren, und hatten das heruntergekommene Pfarrhaus bezogen. Ein Umstand, den Zanes Mutter ihnen nie verziehen hatte. »Es steht zwar leer, gehört aber mir.«

Seine Großeltern hatten dafür gesorgt, dass niemand, nicht einmal der Palast, herausfinden konnte, wer der eigentliche Besitzer des Hauses war.

»Und dieser Keller?«, wollte die Prinzessin wissen.

Es schwang keinerlei Mitleid oder Verurteilung in dieser Frage mit, nur Neugier. Und irgendwie machte es das Ganze einfacher für ihn.

»Als ich noch ein Mensch war und mir das Leben bei Vladimir zu viel wurde, bin ich zwischendurch abgehauen und habe mich hier versteckt. Im Obergeschoss wäre es zu auffällig gewesen. Auch einige Freunde von mir nutzen den Raum als Unterschlupf, wenn sie vor etwas oder jemandem Zuflucht suchen.«

»Das ist sehr lieb von dir.«

Er zuckte die Achseln. »Meine Großeltern haben das schon immer so gehandhabt. In dieser Gegend muss man sich gegenseitig helfen, wenn man nicht in den Abgrund gezogen werden möchte.« Es gab genug Gangs, die einem das Leben hier zur Hölle machen konnten, und auch nicht wenige korrupte Wachleute. »Ich habe es nur übernommen.«

»Und deine Eltern?«

Sofort zog sich sein Magen zusammen, er knirschte mit den Zähnen. »Die nicht.«

Damit schien das Thema erledigt, Zane verschloss die Tür und wies auf die Matratze.

»Wir sollten versuchen, uns auszuruhen. Leg dich ruhig hin.«

Obgleich er ihr ansehen konnte, dass ihr noch einige Fragen unter den Nägeln brannten, beließ sie es dabei. Sie gab ihm eine der Decken, schüttelte die andere aus, entledigte sich ihrer Stiefel und machte es sich auf dem Lager, so gut es ging, bequem.

Zane selbst setzte sich an der ihr gegenüberliegenden Seite auf den Boden und wickelte sich die Decke um den Körper. Der Steinboden war zwar kühl, aber dank des Heizungskellers erträglich. Und von dieser Position aus hatte er sowohl Alexis als auch die Tür im Blick.

Fluchend zerrte sich Alexis die Perücke vom Kopf und kratzte sich die Kopfhaut. Anscheinend juckte dieses Ding.

»Gute Nacht, Zane«, nuschelte sie schließlich, als sie sich wieder hingelegt hatte.

Alexis hatte ihn zum zweiten Mal bei seinem Vornamen genannt und irgendwas an ihre Aussprache bescherte ihm eine Gänsehaut.

»Gute Nacht«, er zögerte kurz, »Alexis.«

Stille senkte sich über den Raum und Zane lauschte ihren Atemzügen.

Seine Gedanken kehrten zu dem Zeitpunkt zurück, als er seinen toten Freund entdeckt hatte. Wie diese hellen Augen, die immer fröhlich gefunkelt hatten, starr ins Leere geblickt hatten … Das würde ihn noch lange Zeit verfolgen. Den Kloß im Hals hinunterschluckend ballte er die Fäuste und lehnte den Kopf an die Wand.

Verdammt, Jamie.

Der beste Mensch, den er je gekannt hatte, und sein einzig richtiger Freund war nun nicht mehr. Wie hatte es nur so weit kommen können? In ihrer Kindheit waren sie so oft um die Häuser gezogen, hatten die engen dunklen Straßen des Ghettos für ihre Abenteuer auserkoren, Geheimgänge und verlassene Gebäude entdeckt. Der vier Jahre ältere Jamie hatte stets auf Zane Acht gegeben, dank ihm war Zanes Kindheit einigermaßen schön gewesen. Bis Zane vierzehn Jahre alt geworden war und seine Eltern eine Entscheidung getroffen hatten.

»Zane?«

Ein Flüstern holte ihn ins Hier und Jetzt zurück. Er hatte gar nicht mitbekommen, dass Alexis immer noch wach war.

»Ja?«

Kurze Stille folgte, als wäre sie unsicher, ob sie ihre Frage wirklich stellen sollte. Als sie dann sprach, stockte ihm der Atem.

»Würdest du ... Würdest du bitte bei mir schlafen?«

Mit wild klopfendem Herzen und plötzlich trockenem Mund stand er kommentarlos auf und ging langsam zu ihr. Er wusste nicht genau, was ihn mehr verstörte: ihre Bitte oder die Reaktion seines Körpers.

Als er bei ihr ankam, rutschte sie ganz an die Wand, um ihm Platz zu machen. Sich selbst gut zuredend, legte er sich neben sie auf den Rücken und breitete die Decke über sich aus. Einen Arm legte er über seinen Bauch, den anderen schob er unter seinen Kopf – dabei war er sich ihrer Nähe die ganze Zeit bewusst. Zufrieden seufzte sie und rückte noch ein bisschen näher an ihn heran.

Sein Körper zog sich zusammen.

Benimm dich gefälligst, Zane Vaughn!

Alexis' Nacht war schlimm genug gewesen, da konnte sie keinen Bodyguard gebrauchen, der sich auf einmal zu ihr hingezogen fühlte.

Vermutlich wird das morgen eh vergehen, dachte er.

Sobald das Adrenalin nachließ, konnten sie wieder zur Normalität, also zum Gezanke, zurückkehren und diese Anziehung war Geschichte.

Mit der Wärme von Alexis' Körper neben sich und diesem beruhigenden Gedanken schloss er die Augen und zwang sich zur Ruhe. Auch wenn in seinem Hinterkopf eine kleine Stimme rief, dass dieser Wunschtraum nicht in Erfüllung gehen würde.

7

Als Zane einige Stunden später die geschwollenen Augen aufschlug, brauchte er einen Moment, um sich zu orientieren. Das letzte Mal hatte er sich kurz vor seiner Wandlung im Keller versteckt. Durch einen kleinen Lüftungsschacht gelangte ein wenig Licht hinein – er konnte sich nicht einmal erinnern, das Licht ausgeschaltet zu haben. Er vernahm ein leises Seufzen, jemand bewegte sich neben ihm.

Alexis …

Noch im Halbschlaf stellte er fest, dass sie sich an ihn gekuschelt hatte, ihr Kopf lag an seiner Halsbeuge und ihre Haare kitzelten ihn leicht. Ihr blumiger Duft drang ihm in die Nase. Erstaunt erkannte er, dass er ihn schon immer als angenehm empfunden hatte. Als er auf sie hinabsah, bemerkte er ihre langen Wimpern, die leichte Schatten auf ihre helle Haut warfen. Alexis' rosigen Lippen waren leicht geöffnet und ihr warmer Atem strich über seine Haut. Seine Beine waren mit ihren verschlungen und er hatte die Arme fest um Alexis gelegt.

Kaum war er sich dieser Nähe bewusst, reagierte sein Körper – er wurde schmerzhaft hart und ein Schauer der Lust durchfuhr ihn. Erschrocken über diese heftige Reaktion löste er sich von ihr – so schnell es ihm möglich war und ohne Alexis zu wecken – und krabbelte rückwärts von der Matratze. Wie ein Presslufthammer schlug sein Herz gegen seine Rippen, seine Atmung hatte sich beschleunigt.

Was zum Henker …?

Die Vampirin rümpfte die Nase, als sei sie mit seinem Verschwinden nicht einverstanden, zudem fuhr ihre Hand über die Stelle, an der er gerade noch gelegen hatte – als suchte sie seine Wärme.

Bei dieser unschuldigen Geste verspürte er ein Ziehen in der Brust, gefährlich nahe an seinem Herzen. Sofort kam er auf die Füße, wobei er einen Schmerzensschrei unterdrückte. Sein verdammtes Bein! Er musste sich bald um einen Spender kümmern.

Mit einem letzten Blick auf seinen schlafenden Schützling schnappte er sich den Rucksack mit den Vorräten, verließ den Raum und nutzte im Vorraum eine weitere verborgene Tür, die ins Haus hinaufführte. Er ließ beide einen Spalt offen, damit Alexis ihm folgen konnte, sollte sie aufwachen, bevor er zu ihr zurückkam.

Im Erdgeschoss angelangt prüfte er schnell und mit geübtem Blick jedes Zimmer. Es wäre nicht das erste Mal, dass er einen ungebetenen Gast vorfand. Zwar hatte er Freunde, die auf das Haus achtgaben, aber die konnten nicht vierundzwanzig Stunden am Tag und sieben Tage die Woche ein Auge darauf werfen.

Erleichterung durchströmte ihn, als er alle Räume leer vorfand. Er gab sich stets die größte Mühe, das Haus nicht zu sehr aufzumotzen, sodass niemand auf den Gedanken kam, es gäbe hier etwas zu stehlen. Gleichzeitig hielt er es gut genug in Schuss, um nicht den Eindruck zu erwecken, es sei komplett unbewohnt. Schon so mancher hatte auf diese Weise neue Bewohner in seinem Haus vorgefunden. Es war ein Drahtseilakt, doch Zane beherrschte ihn seit seiner Kindheit.

In der Küche kramte er als Erstes Geschirr, Tassen und Besteck heraus, die er sogleich spülte. Obwohl er nicht so penibel war, wollte er Alexis zumindest sauberes Geschirr präsentieren.

Über diesen Gedanken stolperte er sogleich. Versuchte er ernsthaft ihr zu gefallen? Diese blöde Schwärmerei sollte doch nach einigen Stunden Schlaf abgeklungen sein.

»Sobald wir uns ankeifen, ist alles wieder in Ordnung«, redete er sich gut zu, trotzdem wusch er weiter.

Wenn er ehrlich war, war auch er nicht scharf darauf, sein Essen von verstaubten Tellern zu essen.

Ein leises Klopfen an der Hintertür ließ ihn nach seiner Waffe greifen. Lautlos ging er zur Tür und spähte durch ein Loch im Vorhang. Beim Anblick der Person, die draußen auf Einlass wartete, verdrehte er die Augen, steckte aber die Waffe weg und öffnete.

»Schnell!« Ursula zögerte nicht und schlüpfte hastig hinein.

»Woher weißt du, dass ich hier bin?«, fragte er die Frau, die dem Aussehen nach in den Vierzigern, in Wahrheit allerdings bereits über sechshundert Jahre alt war.

Ihr wirkliches Alter war ihm auch nur deshalb bekannt, weil er ihre Großnichte gut kannte und das Tattoo an ihrem Hals deutlich machte, welcher Spezies sie angehörte. Sowohl geborene als auch gewandelte Vampire alterten weiter, nur deutlich langsamer. Als Ursula gewandelt worden war, war sie Anfang zwanzig gewesen. So wie Zane.

»Na.« Pikiert schnalzte die Creature mit der Zunge. »Begrüßt man so eine alte Freundin?«

Seine Großmutter war ihre Freundin gewesen, nicht er, doch Zane behielt seine Gedanken wohlweislich für sich und rang sich ein Lächeln ab. »Schön, dich zu sehen.«

»Jaja.« Die gewandelte Vampirin trat weiter in die Küche und sah sich um. »Es hat sich kaum was geändert. Deine Großmutter hat dieses Haus geliebt.«

Zane verschränkte die Arme vor der Brust und lehnte sich an die Spüle. »Ich weiß.«

Dunkelbraune Augen fixierten ihn, bohrten sich förmlich in ihn hinein. »Ich war besorgt, dass dir was zugestoßen ist, doch wie es scheint, geht es dir prächtig.« Ihre Augen wanderten zum trocknenden Geschirr. »Es wundert mich, dass du so ruhig bleibst.«

Irgendwas an ihrem Tonfall alarmierte Zane, doch er ließ sich nichts anmerken. »Wieso sollte ich nicht gelassen sein?«

»Weil dein Schützling verschwunden sein soll.«

Shit!

Überraschung vorheuchelnd stellte er sich gerade hin und runzelte die Stirn. »Was meinst du?«

»Dann weißt du es wirklich nicht?«

»Heute ist mein freier Tag.« Immerhin stimmte das. »Und ich habe die Nacht nicht im Palast verbracht.«

Prüfend fuhr Ursula mit einem Finger über den Tisch und rümpfte beim Anblick des Staubes die Nase.

»Meinen Quellen zufolge gab es wohl gestern Nacht einen Anschlag auf einen Club. Einige meinten, die Prinzessin sei unter den Gästen gewesen. Bis jetzt hat der Palast allerdings noch nichts verlauten lassen.«

So unauffällig wie möglich atmete Zane erleichtert aus.

»Der Palast hat mir noch keine Nachricht geschickt.« Wie auch, sein Handy war weg. »Wenn der Prinzessin etwas passiert wäre, hätten sie mich längst angerufen.«

Ein wenig skeptisch sah Ursula zu ihm herüber.

»Und was genau machst du hier, Zane? Hat dich die Sehnsucht nach dem alten Haus deiner Familie überkommen oder gar nach Willow? Das Mädchen hat die Trennung noch nicht überwunden und wartet sehnsüchtig auf dich. Ihr beide wart so ein tolles Paar, ich verstehe einfach nicht, wieso du sie verlassen hast. Sie vermisst dich sehr.«

Ausgerechnet diesen Moment musste Alexis wählen, um in der Küche aufzutauchen. Beim Anblick von Ursula blieb sie stehen; die Funken in ihren Augen verriet ihm, dass sie zumindest einen Teil ihrer Unterhaltung mitbekommen hatte.

Zane drehte sich der Magen um. Das durfte doch nicht wahr sein.

Immerhin trug sie ihre Perücke und es war zu bezweifeln, dass Ursula sie anhand ihrer Augenfarbe erkennen würde.

Besagte Creature bekam große Augen, dann verzog sich ihr Mund verächtlich.

»Ah, ich verstehe. Willow ist dir wohl nicht mehr gut genug, was? Jetzt bevorzugst du also geborene Vampire. Na, der feine Herr kann sich aber glücklich schätzen, dass dieses Flittchen dich rangelassen hat.«

Knurrend trat er einen Schritt vor. »Pass auf, was du sagst.«

Niemand beleidigte Alexis, egal ob das Gesagte zutraf oder nicht. Jetzt nicht mehr. Nicht, seitdem er gelernt hatte, hinter ihre Maske zu sehen.

Kopfschüttelnd ging Ursula zur Tür. »Es ist traurig, was aus dir geworden ist. Meine Willow hat jemand Besseren verdient.«

Beinahe hätte Zane sich dazu hinreißen lassen, Ursula das wahre Wesen ihrer Urgroßnichte – oder wie viele Urs auch immer davor gehörten – zu offenbaren, doch er hielt sich zurück. Er war fertig mit dieser Frau. Mit ihnen beiden.

Mit einem letzten feindlichen Blick in Richtung Alexis verließ Ursula das Haus und hinterließ eine Mauer des Schweigens.

»Reizende Frau«, meinte Alexis trocken.

»Nicht wahr?« Zane räusperte sich und schielte zu ihr hinüber. »Wie hast du geschlafen?«

Hellgrüne Augen sahen ihn an und ließen sein Herz schneller schlagen.

Hör auf damit, Zane!

»Ganz gut, danke. Und du?«

»Auch. Kaffee?«, fragte er.

»Gern.«

Ach herrje, wie höflich sie plötzlich miteinander umgingen. Es war ja kaum auszuhalten.

Während Zane die Kaffeemaschine einstellte, nahm Alexis das Geschirr von der Ablage und deckte den Tisch.

»Noch wurde dein Verschwinden nicht offiziell gemacht«, berichtete er, weiterhin mit dem Rücken zu ihr stehend. Er fürchtete, diese hellen Augen würden seine innere Zerrissenheit bemerken. »Trotzdem sollten wir nachher auf die Straße gehen, um Gerüchte aufzuschnappen. Lange dürfte der Palast dein Verschwinden nicht mehr geheim halten.«

Dafür war sie ihrem Vater zu wichtig. Bis Grigori seine Tochter nicht in Sicherheit wusste, würde er alle Hebel in Bewegung setzen – zur Not auch die gesamte Menschheit ausrotten. Ein wenig beneidete Zane sie um ihren überbehütenden Vater; seiner hätte sein Verschwinden nur bedauert, weil er ihm – abwesend – kein Geld eingebracht hätte.

»Wieso hast du mit Willow Schluss gemacht?«, riss Alexis ihn aus seinen Gedanken.

Wäre ja auch zu schön gewesen, wenn sie das nicht gehört hätte. »Ich hatte meine Gründe.«

»Die da wären?«

Hatte er sich nicht noch vor wenigen Minuten gewünscht, sie würde ihn wieder nerven? Tja, man sollte definitiv vorsichtig mit seinen Wünschen sein. »Sagen wir so, sie ist nicht halb so engelsgleich, wie ihre Großtante glauben mag.«

Natürlich war er sich dessen immer bewusst gewesen, aber erst nach seiner Wandlung hatte er verstanden, wie manipulativ seine Ex wirklich war.

Einige Augenblicke lang sagte Alexis nichts, kramte nur ein paar Lebensmittel aus dem Rucksack heraus.

»Hat sie dich betrogen?«

Sein Kiefer mahlte. »Nein.«

Aber es kommt dem verflucht nah.

»Warum dann?«

»Verdammt, Prinzessin. Das geht dich nichts an! Das hat nichts mit dir zu tun.«

Herausfordernd hob sie das Kinn. »Du weißt auch jeden Mist über mich.«

»Weil das zu meinem Job gehört. So kann ich besser auf dich aufpassen.«

Nur das mit ihrem Ex hatte er nicht gewusst. Allein beim Gedanken an diesen Scheißkerl ballte er die Fäuste.

»Und wieso ist das mit dir und dem liebenswerten Michail in die Brüche gegangen?«

In bester Prinzessinnenmanier zog sie eine Augenbraue hoch, ihre Augen sprühten Funken.

»Das hat nichts mit dir zu tun und geht dich nichts an.«

Zähneknirschend registrierte er, dass sie ihm seine eigenen Worte um die Ohren haute. Obwohl es ihm nicht gefiel, konnte er wohl kaum von ihr erwarten, offen zu ihm zu sein, wenn er sich ihr verschloss. Nur war das Thema Willow für ihn erledigt und er wollte Alexis gegenüber nicht zugeben, dass er sich an der Nase hatte herumführen lassen.

Gleichzeitig wollte er sich nicht eingestehen, eifersüchtig auf diesen Arsch Michail zu sein.

»Fein«, grummelte er widerstrebend und gesellte sich mit der Kaffeekanne zu ihr.

Das Frühstück wurde schweigend eingenommen, die Anspannung war deutlich spürbar und begleitete sie auch ins Herz des Viertels, welches sie kurz darauf aufsuchten.

Alexis hatte sich die Kapuze ihres Hoodies tief ins Gesicht gezogen, ihre Hände waren in dessen Taschen vergraben und sie beäugte die Gegend misstrauisch. Zane konnte es ihr nicht verübeln.

Solch eine schäbige Umgebung war sie nicht gewohnt und die Bewohner wirkten auch nicht gerade freundlich. Die Leute hier waren zwar nicht grundsätzlich schlecht, aber den wenigsten war das Glück hold gewesen.

Beim Anblick der heruntergekommenen Häuser, der kaputten und verdreckten Straßen befiel Zane ein Gefühl der Beklemmung. Hier war er aufgewachsen und hatte kurz vor der Entscheidung seiner Eltern öfter den Glauben an eine gute Zukunft verloren gehabt. Damals hatte er sich eher als Mitglied einer Gang oder als vollkommen ausgebrannten Blutspender gesehen. Nur Jamie hatte er es zu verdanken, dass er auf dem rechten Pfad geblieben war. Seinem Freund war es nicht besser ergangen als ihm und dennoch hatte er immer daran geglaubt, dass sie es eines Tages aus diesem Loch herausschaffen würden. Zane war nie dieser Meinung gewesen.

Beim Gedanken an seinen Freund musste er schlucken. Es war alles so gekommen, wie Jamie es sich gedacht hatte, und nun war er tot. Seinetwegen. Weil Zane ihn ja unbedingt in diesen Club hatte mitkommen lassen. Natürlich war ihm klar, dass Jamie das anders sehen würde, ihm vermutlich lachend auf die Schulter schlagen und ihn einen Idioten schelten würde. Er hatte ihn nicht gezwungen, ihn zu begleiten, Jamie hatte darauf bestanden. Und nicht er hatte die Bombe gezündet. Trotzdem fiel es Zane schwer, die Schuld nicht bei sich zu suchen. Er konnte noch nicht einmal Jamies Eltern erzählen, was mit ihrem Sohn geschehen war, sie waren schon vor einigen Jahren verstorben.

Zane schüttelte den Kopf. Er musste sich konzentrieren. Aufmerksam beobachtete er die Passanten und hielt nach Ärger Ausschau, während er Alexis nicht von der Seite wich. Zwar warf sie ihm dafür manchmal genervte Blicke zu, widersprach ihm aber wenigstens nicht. Ein Teil von ihm wünschte sich, sie möge zumindest schimpfen. Sie hatten sich immer angefaucht, Schweigen passte nicht zu ihnen. Zumal Alexis ihn förmlich mit Stille strafte, weil er sich vorhin geweigert hatte, offen zu ihr zu sein.

Dieser Zustand setzte ihm mehr zu, als er zugeben wollte.

Je näher sie dem Zentrum kamen, desto seltsamer benahmen sich die Leute. Von allen Seiten wurden ihnen argwöhnische Blicke zugeworfen, auch wenn die meisten zu sehr damit beschäftigt waren, hektisch durch die Straßen zu rennen, um sich wirklich für sie zu interessieren.

Zwar wurde er zwischendurch erkannt und das hielt einige auch bestimmt davon ab, sich auf sie zu fokussieren, doch normalerweise wären sie schon mehrfach angepöbelt oder wegen ihrer guten Kleidung beschimpft worden. Viele missgönnten ihm seinen »Aufstieg« zum Palast-Vampir und wurden nie müde, dies lautstark kundzutun. Aber nichts davon geschah, alle waren mit sich selbst beschäftigt. Und viel zu leise.

Eine greifbare Anspannung lag in der Luft. Zane stellten sich die Nackenhaare auf.

»Bleib dicht bei mir«, wies er Alexis an, die ihm einen vielsagenden Blick zuwarf.

»Etwas ist nicht in Ordnung, nicht wahr?«

Er nickte nur und schärfte seine Sinne. Männer und Frauen liefen ihnen entgegen oder überholten sie und kamen sich mehrfach in die Quere. Was für gewöhnlich zu einem Streit geführt hätte, wurde stillschweigend hingenommen. Man wich einander aus, hielt seine Einkäufe fest und eilte schleunigst davon.

»Ja«, murmelte er. »Hier stimmt etwas ganz und gar nicht.«

***

Wenn Alexis ehrlich zu sich war, hatte sie sich nie groß Gedanken um die

Lebensverhältnisse der Creatures gemacht. Sie kannte nur die aus dem Palast, aus der Uni oder solche, die in Adelshäusern angestellt waren. Und denen ging es wahrlich gut, im Gegensatz zu denen, die sich anderweitig durchkämpfen mussten.

Zu ihrem Entsetzen war der Großteil der hier lebenden Geschaffenen eindeutig älter, es gab nur wenige jung wirkende Creatures. Als ob sie für die Adligen nicht mehr tragbar wären, sobald sie nicht mehr jung aussahen. Diejenigen unter den Bewohnern, die sich in den Zwanzigern oder Dreißigern ihres Lebens befanden, waren Menschen. Auch Kinder hatte sie bis jetzt kaum ausmachen können.

Alexis war sich der Blicke der sich draußen aufhaltenden Leute durchaus bewusst – anscheinend fielen Fremde in dieser Gegend schnell auf. Beziehungsweise Zane fiel auf und allem Anschein nach war seine Anwesenheit hier nicht gerade alltäglich. Dennoch hielt sie keiner an oder sprach mit ihnen.

Dazu kam Zanes ominöse Aussage. Sie wusste nicht, was sie davon halten sollte. Ihr schnürte es die Kehle zu und sie musste sich bewusst entspannen, um nicht zu hyperventilieren. Die letzten paar Stunden waren einfach zu viel gewesen.

Konzentrier dich auf die Umgebung, Alexis. Präge sie dir ein!

Wer wusste schon, ob es ihr nicht mal das Leben retten könnte, sich hier einigermaßen auszukennen. Doch das, was sie erblickte, erschreckte sie maßlos: Die Farbe blätterte überall von den Türen, die Backsteinmauern mussten dringend erneuert werden und auch einige Dächer sahen nicht so aus, als würden sie den nächsten großen Sturm überstehen. Selbst der Straßenbelag wies Risse, teilweise sogar regelrechte Krater, auf und benötigte dringend eine Ausbesserung. Wenn das mal reichte. Er musste wohl eher komplett neu gemacht werden. Die Straßenlaternen waren noch aus dem letzten Jahrhundert und Alexis würde einen Besen fressen, sollte auch nur die Hälfte der Lampen funktionieren. Sie wusste ja, dass sich Gilbert nichts aus den Creatures machte, aber sie so zu vernachlässigen? Das war heftig. Wie konnte ihr Vater das nicht mitbekommen?

Weil er zu sehr damit beschäftigt ist, den Tod meiner Mutter zu bereinigen.

Alexis verfluchte sich selbst dafür, sich bis jetzt nicht intensiver mit der Creature-Politik auseinandergesetzt zu haben.

Sobald sie wieder im Palast war, würde sie ein ernstes Wort mit ihrem Vater sprechen.

An der nächsten Ecke bogen sie rechts ab und erstaunt stellte Alexis fest, dass dort ein Markt abgehalten wurde. Auch wenn sie bezweifelte, dass die Händler eine Lizenz hatten. Wobei – wer sollte das schon kontrollieren?

Mehrere Buden reihten sich aneinander, aber nicht ein Verkäufer pries seine Ware an. Es war beunruhigend leise, die meisten Käufer flüsterten ihre Bestellungen nur. Auch hier sprang sie die Beklemmung der Leute aus jeder Ecke an. Alexis wurde ganz flau im Magen, unwillkürlich rückte sie näher an Zane heran.

»Na, sieh mal einer an. Wen haben wir denn da?«

Erschrocken wich Alexis einen Schritt zur Seite. Sie hatte den Mann nicht bemerkt, der zwischen zwei Ständen hervorgetreten war, sich nun vor ihnen aufbaute und die Muskeln spielen ließ. Sofort lag die Aufmerksamkeit der Umstehenden auf ihnen. Kein Wunder, sprach der Mann im Gegensatz zu den anderen doch deutlich lauter.

»Wenn das mal nicht der gute alte Zane Vaughn ist. Welch Seltenheit, dich in deinem alten Viertel zu sehen. Was verschafft uns denn die Ehre deines Besuchs?«

Anstatt aggressiv zu werden, womit Alexis fest gerechnet hatte, schob Zane nur gelangweilt die Hände in die Hosentaschen und stellte sich ein wenig seitlich. Um sie abzuschirmen, wie ihr schnell klar wurde.

»Damien.« Zanes Stimme war ruhig, fast gelangweilt. »Hätte nicht damit gerechnet, dich noch lebend anzutreffen.«

Ein gemeines Grinsen schlich sich auf das Gesicht des Creatures. »Da muss ich dich enttäuschen. Ich bin wie eine Kakerlake, ich überlebe alles.«

»An deiner Stelle würde ich auf diesen Vergleich jetzt nicht ganz so stolz sein, aber ist ja auch nur meine Meinung.«

»Wie bitte?« Mit finsterem Gesicht baute sich der Mann vor Zane auf, sein Blick versprach nichts Gutes.

Alexis blieb hinter Zane und bemerkte sofort, wie die umstehenden Leute die Köpfe einzogen und so taten, als würden sie nichts sehen. War ja klar, dass sie ausgerechnet einem Typen über den Weg laufen mussten, der Ärger bedeutete.

»Verdammt, Damien, verpiss dich! Du hast hier nichts verloren!«

Eine Menschenfrau kam auf sie zu, sie hatte die Hände wütend in die Hüften gestemmt und funkelte den provozierenden Creature feindselig an.

»Und was willst du dagegen tun, Schätzchen?« Grimmig betrachtete Damien die Frau, die ihm kaum bis zur Brust reichte.

»Oh, natürlich kannst du bleiben. Ich bin sicher, Kyrill wüsste nur zu gern, wo er dich finden kann. Seine Leute haben dich sicherlich schon im Visier.«

Damien warf der Frau einen finsteren Blick zu, sah sich aber deutlich unwohl um. »Das wird ein Nachspiel haben, Camille, das verspreche ich dir«, zischte er hasserfüllt.

»Kann es kaum erwarten«, flötete die Frau.

Verblüfft sah Alexis zu, wie der geschaffene Vampir Reißaus nahm, während Zane und diese Camille ihm nur schweigend hinterhersahen.

»Also hat Kyrill ihn nun doch endlich verstoßen?«, erkundigte sich Zane bei der Menschenfrau.

Diese streckte sich und grinste Zane an. »Aber hallo. Kyrill ist vielleicht nicht der Hellste, aber wenn man es sich einmal mit ihm verscherzt, dann gnade dir Gott.«

»Dann wundert es mich wirklich, dass er noch am Leben ist.«

Camille zuckte mit den Achseln und beäugte Zane voller Neugier. »Ich bin eher überrascht, *dich* hier zu sehen.« Ihr Blick huschte zu Alexis. »Noch dazu in Begleitung einer ... Adligen.«

In der Stimme der Frau klang keinerlei Wertung mit, nur aufrichtiges Interesse.

»Hi«, sagte Alexis und hielt ihr die Hand hin. »Ich bin ... Miranda.« Kaum hatte sie es ausgesprochen, verkrampfte sie sich. Sie sollte doch nicht auffallen!

Camille schien es locker zu nehmen und schüttelte ihre Hand. »Hi. Was führt Euch hierher? Noch dazu in Begleitung dieses Rüpels.«

Alexis wollte gerade eine fadenscheinige Erklärung abliefern, da fiel ihr Zanes warnender Blick auf. Und sofort brannte bei ihr eine Sicherung durch. »Hast du ein Problem, Vaughn?«

»Das einzige Problem, das ich habe, steht neben mir und redet zu viel.«

Alexis hob eine Augenbraue hoch und reckte ihr Kinn. »Seit wann lasse ich mir von dir den Mund verbieten?«

»Jetzt hör mal, Pri…«

Erschrocken riss Alexis die Augen auf, doch Zane konnte sich gerade noch stoppen.

»Püpp… Püppchen. Das hier ist nicht dein Pflaster, du kennst dich hier nicht aus. Also sei lieber vorsichtig mit dem, was du von dir gibst.«

»Musst du gerade sagen«, revanchierte sie sich und spielte auf das fast ausgesprochene »Prinzesschen« an.

An seinen dunkler werdenden Augen und seiner Zungenspitze zwischen den Lippen erkannte sie, dass er sie verstanden hatte. Sichtlich gereizt beugte er sich zu ihr vor.

Ein Räuspern riss sie aus ihrem Wortgefecht, das für sie beide endlich wieder etwas Normalität bedeutete. Zumindest für Alexis.

Sie begegnete dem sowohl amüsierten als auch neugierigen Blick Camilles und wäre am liebsten im Erdboden versunken. Sie hatte die andere Frau doch glatt vergessen!

»Also, ich will euch Turteltäubchen ja nicht stören, aber ich würde wirklich gern wissen, warum es dich hierher verschlagen hat, Vaughn.«

Erneut war Alexis darüber verwundert, wie die meisten auf Zanes Auftauchen reagierten. War es so seltsam, ihn im Ghetto zu sehen? Er kam doch gelegentlich her, das hatte er selbst gesagt. Immerhin besaß er hier ein Haus.

»So selten bin ich nun auch wieder nicht hier«, murmelte der Mann neben ihr und lotste sie zeitgleich hinter einen Stand, um den Blicken der herumstehenden Leute auszuweichen. »Ich zeige mich nur nicht oft.«

»Kann ich dir nicht verdenken, Schätzchen.«

Bei dem Kosewort verzog Alexis den Mund, wenngleich sie ihre abwehrende Reaktion selbst nicht verstand. Zane schien es jedoch kaltzulassen, seine Mimik blieb ausdruckslos.

»Dennoch, wieso ausgerechnet heute?«

Das Drängen in dieser Frage ließ Alexis aufhorchen. Was war denn heute?

»Was läuft hier, Camille? Alle sind schrecklich angespannt.«

Sofort huschte ein Schatten über das Gesicht der blonden Frau. Schnell sah sie sich um, trat näher und sprach mit gesenkter Stimme. »Na, wegen des Massakers im *Tusked*.«

Alexis gefror das Blut in den Adern. Allein bei dem Gedanken an die gestrige Nacht schlug ihr Herz vor Panik hart gegen ihren Brustkorb. Der Qualm, die schreienden Leute, der Geruch von Blut und Tod … Augenblicklich fühlte sie sich in den Club zurückversetzt. Unauffällig griff sie nach Zanes Pullover, hielt sich daran fest; auch um sich zu erden und im Jetzt zu bleiben. Da er sich wieder halbwegs vor ihr positioniert hatte, konnte die Menschenfrau ihre Geste nicht sehen.

»Wieso?«, hakte Zane nach, auch er sprach deutlich leiser. »Camille, was erzählt man sich?«

»Es ist nichts Genaues bekannt. Nur dass es viele Opfer gab. Bei den Adligen, den Geschaffenen und den Menschen.«

Stirnrunzelnd mischte sich Alexis ein. »Das erklärt noch nicht das Verhalten der Leute hier.«

Erneut warf Zane ihr einen warnenden Blick zu, fuhr ihr diesmal jedoch nicht über den Mund. »Sie hat recht. Du verschweigst mir was.«

Nun sah man auch Camille die Nervosität an, zittrig atmete sie aus. »Es wird gemunkelt, die Attentäter seien Creatures.«

Fassungslos sah Alexis die Menschenfrau an. Wieso um alles in der Welt sollte das jemand behaupten?

Was hatte der Palast davon, die Wahrheit zu verschleiern? Ein schlimmer Gedanke ließ Alexis erzittern. Und wenn nun jemand den Tatort gekonnt manipuliert hatte und es nach einem Anschlag von Geschaffenen aussehen ließ?

Dann müssten mächtige Leute aus dem Palast involviert sein. Bei der Überlegung wurde ihr schlecht.

8

In diesem Moment sprang klackernd der große, längst veraltete Monitor gegenüber dem Marktplatz an, den Alexis bis dahin für eine Werbetafel gehalten hatte. Zu ihrem Erstaunen war dort nun eine Palastsprecherin zu sehen, die sich allem Anschein nach vor dem *Tusked* befand.

Alle Anwesenden des Marktes, einschließlich Camille und Zane, verharrten still, niemand regte einen Muskel, alle Blicke waren auf die Leinwand gerichtet.

Alexis' Magen zog sich zusammen. Eine solche Sondermeldung schien wahrlich nicht alltäglich. Noch dazu versprach die Körpersprache von Hatice, der Vampirin vor der Kamera, nichts Gutes.

»Meine Damen und Herren, ich stehe hier vor dem *Tusked*, einem beliebten Tanzclub aller drei Spezies.«

Neben ihr schnaubte Zane leise. Sie konnte es ihm nicht verübeln. Als ob geborene und geschaffene Vampire sich so großartig voneinander unterschieden.

»Gestern Nacht ereignete sich hier ein Bombenattentat, das viele Opfer forderte. Einige Schwerverletzte liegen derzeit im Krankenhaus und kämpfen um ihr Leben. Eine genaue Zahl der Toten ist noch nicht bekannt. Die menschliche Polizei und die Vasallen des Vampirkönigs ermitteln gemeinsam in diesem Fall und sind bestrebt, den oder die Täter schnellstmöglich zu finden. Noch gab es kein Bekennerschreiben und ob der oder die Täter unter den Toten sind, ist ebenfalls unbekannt.«

Eine Gänsehaut befiel Alexis' Körper und sie zupfte leicht an Zanes Pullover, den sie nach wie vor festhielt.

»Sie erwähnen den Schützen nicht«, flüsterte sie so leise, dass nur er sie vernehmen konnte.

Ihr Begleiter nickte nur grimmig, er hatte die Hände zu Fäusten geballt und schien auf weitere schlechte Nachrichten zu warten. Als ob die aktuellen Ereignisse nicht schon schlimm genug waren.

Die Kamera zoomte näher zum Club und zeigte die Einsatzkräfte, die dabei waren, die Trümmer beiseitezuschaffen und Leichensäcke aus dem Gebäude zu tragen. Bei dem Anblick musste Alexis schlucken, Tränen sammelten sich in ihren Augen. So viele Opfer. Nur weil ein Irrer es auf sie abgesehen hatte.

Stopp!, rief sie sich zur Raison.

Sie hatte Zane versprochen, sich nicht für den Anschlag verantwortlich zu fühlen. Zwar war das leichter gesagt als getan, doch sie musste es versuchen. Nicht sie hatte die Bombe gezündet, nicht sie hatte in einen Raum voller Leute geschossen.

Schnell wischte sie sich die Augen trocken und drückte den Rücken durch. Und sah ein Foto von sich selbst, das soeben in der Ecke des Bildschirms eingeblendet wurde.

»Der Palast bestätigte vor wenigen Minuten, dass die Prinzessin, Alexandrina Crown, unter den Gästen des Clubs war.«

Bei Hatices Aussage ging ein Raunen durch die Menge am Markt, viele sahen sich fassungslos an, hielten sich erschrocken die Hände vor den Mund. Auf diese Reaktion war Alexis nicht gefasst gewesen, ein Kloß bildete sich in ihrem Hals. Eine solche Betroffenheit ihretwegen hatte sie nicht erwartet.

»Bis jetzt wurde ihre Leiche noch nicht gefunden. Sie gilt derzeit als vermisst. Das Königshaus bittet um Hinweise. Sollten Sie Prinzessin Alexandrina gesehen haben, melden Sie sich bitte bei der Polizei, der Wache oder unter der unten eingeblendeten Hotline-Nummer, die extra vom Palast eingerichtet wurde.«

Am liebsten hätte Alexis ihren Vater direkt angerufen, doch sie wusste, sollte sich Zanes Verdacht bestätigen, würde sie den Tätern nur in die Karten spielen. Ihr Vater musste noch etwas länger in Angst um sie leben.

»Wieso erwähnen sie dich nicht?«

Immerhin musste dem Palast mittlerweile aufgefallen sein, dass Zane ebenfalls nicht da war. Bestimmt wussten sie um seinen Aufenthaltsort in der vergangenen Nacht.

»Entweder bin ich nicht wichtig genug oder sie haben einfach noch nicht nach mir gesucht«, gab Zane flüsternd zu bedenken, auch wenn Alexis sich Letzteres nicht vorstellen konnte.

Vlad hatte unter Garantie bereits mehrfach versucht, seinen Schützling zu kontaktieren.

»Die Ermittlungen laufen auf Hochtouren«, fuhr Hatice fort, als Alexis' Bild verschwand und die Kamera auf eine Gruppe Creatures zoomte. »Bislang ging kein Bekennerschreiben ein, auch eine mögliche Lösegeldforderung liegt nicht vor.«

»Diese Wichser«, murmelte Camille neben ihnen und Alexis konnte ihr nur beipflichten.

Was auf den ersten Blick harmlos wirkte, verstand jeder gewandelte Vampir als Drohung. Die Creatures auf dem Monitor waren von Wachen und Polizisten umzingelt und wurden offenkundig verhört. Ein klares Zeichen: *Ihr seid alle verdächtig.*

»Sag mal, Vaughn.« Ein älterer Creature hatte sich zu ihnen umgedreht und sah ihren Bodyguard misstrauisch an. »Bist du nicht der Aufpasser der Prinzessin?«

»Ja.«

Mehrere Anwesende wandten sich nun ebenfalls vom Monitor ab und blickten zu ihnen in die Gasse.

»Wie kommt es, dass du nicht bei ihr bist?«

Die Stimmung auf dem Platz gefiel Alexis überhaupt nicht. Sie drängte sich näher an Zane heran.

»Ich hatte gestern Abend frei«, gab dieser zu ihrer Überraschung preis.

Seine Stimme klang fest, doch sie konnte die Anspannung seiner Schultern sehen.

»Mir war nicht bewusst, dass die Prinzessin verschwunden ist. Der Palast hat mich nicht kontaktiert.«

»Und warum nicht?«

»Woher soll ich das wissen?«

»Trauen sie dir etwas nicht zu, die Prinzessin zu finden? Scheinst ein toller Bodyguard zu sein.«

Das klang gar nicht gut, befand Alexis. Die Menschen- Creature-Menge und wurde immer größer und kam näher. Vor Furcht schlug ihr das Herz bis zum Hals. Sie würden doch nicht über Zane herfallen, oder?

»Gott, seht euch das an.«

Die fassungslose Stimme einer Frau lenkte die Blicke aller wieder auf den Bildschirm. Dort wurden gerade weitere Teile der Zerstörung gezeigt, die die Bombe am Gebäude verursacht hatte.

Dabei stach Alexis etwas neben dem Loch an der Außenfassade ins Auge.

»Scheiße«, fluchte Zane.

Da stand er. Sein Wagen!

»Dort hast du ihn nicht geparkt, nicht wahr?«, vermutete Alexis.

Zähneknirschend gab ihr Zane die erwartete Antwort: »Nein.«

Die Stimmen auf dem Markt wurden lauter und auch wenn Alexis nicht alles hörte, glaubte sie doch »Vaughns Auto?« verstanden zu haben.

Bevor sie sich fragen konnte, wieso Zanes Wagen den Bewohnern des Ghettos bekannt war, packte Camille sie an den Armen und zog sie beide in eine schmale Gasse.

»Ihr müsst verschwinden«, zischte sie und lief los.

Alexis hatte keine Zeit, darüber nachzudenken, ob man ihr trauen konnte oder nicht, denn Zane hatte sie schon an die Hand genommen und hastete der Menschenfrau hinterher.

Alexis verlor nach kürzester Zeit die Orientierung, so oft bogen sie ab, schlichen durch Hintertüren und Gärten. Auch das Zeitgefühl kam ihr abhanden; ob sie nun fünf oder dreißig Minuten durch die verschnörkelten engen Gassen gelaufen waren, konnte sie beim besten Willen nicht sagen. Ihre Beine wurden schwer und ihre Lunge brannte. Wie sehr sie es doch bereute, in der letzten Zeit ihre sportlichen Aktivitäten eingestellt zu haben.

Letztlich hielten sie heftig atmend in einer Sackgasse an. Oder war nur sie so außer Puste? Zane wirkte nicht im Geringsten angestrengt und auch Camille sah man nichts an.

Ein wenig hasste sie die beiden in diesem Augenblick dafür. Ihr lautes Japsen trug auch nicht gerade dazu bei, sich nicht minderwertig zu fühlen.

Camille ging weiter in die Straße hinein, eine alte Holzpalette lehnte an der Backsteinmauer. Entschlossen griff die Menschenfrau danach und schob sie beiseite. Dahinter befand sich eine Tür, die sie mit einem Knarzen öffnete.

»Los, rein da!«

Ohne Umschweife folgte Zane der Anweisung, dabei ließ er Alexis nicht eine Sekunde los. Also musste sie ihm zwangsweise hinterherlaufen. Dass Zane Camille blind vertraute, beunruhigte Alexis ein wenig. Wie gut kannte er die Blondine?

Sie landeten in einer kleinen Waschküche, deren Einrichtung auch schon bessere Tage gesehen hatte. Vor den Fenstern waren sporadisch Bretter befestigt, da das Glas an einigen Stellen Risse oder gar Löcher hatte. Ein Hahn tropfte, der darunter stehende Eimer war bereits dabei überzulaufen, der Gestank von Schimmel schlug ihnen entgegen und man konnte das Pfeifen eines undichten Rohres hören.

»Hier sind wir erst einmal sicher. Dieses Versteck kennt keiner«, verkündete Camille ein wenig stolz.

»Gut«, war alles, was Zane darauf erwiderte.

»Kann mir bitte jemand erklären, was hier los ist?«, verlangte Alexis zu wissen. Sie hatte den Grund der plötzlichen Flucht nicht ganz verstanden. Klar war der Wagen dort mit Absicht platziert worden, aber wozu?

»Wer hat dich schon alles gesehen?«, wollte Camille von Zane wissen und ignorierte Alexis' Frage.

»Zu viele«, war die knurrende Antwort.

Wie ein Tier im Käfig ging Zane in dem kleinen Raum auf und ab.

»Hallo? Kann mir bitte jemand antworten?« Alexis wurde leicht ungeduldig.

»Du musst untertauchen. Lass mich die Adlige aus dem Ghetto bringen und verkriech dich, bis man die Prinzessin gefunden hat.«

Moment, was?

»Ich bleibe hier!« Empört stemmte Alexis die Hände in die Hüften, wurde jedoch erneut überhört.

»Das geht nicht«, grummelte Zane, er hatte die Stirn in Falten gelegt und dachte anscheinend scharf nach.

»Ach, und warum nicht? Es gibt so viele Möglichkeiten, unbemerkt aus dem Viertel herauszukommen. Überlass das einfach mir. Du wirst ja wohl ein paar Tage auf deine Liebste verzichten können«, meinte Camille.

»Sie ist nicht meine Liebste.«

Hatte sich Alexis das kurze Zögern vor seiner Antwort nur eingebildet?

»Wie auch immer. Dir wird ganz klar gedroht. Hier bist du nicht sicher.«

»Es reicht!«

***

Erschrocken über Alexis' plötzlichen Ausbruch blieb Zane stehen und sah die Prinzessin mit großen Augen an.

Er konnte sich nicht erinnern, dass sie jemals so gebieterisch geklungen hatte. Arrogant, überheblich und verärgert? Klar, das stand bei ihnen an der Tagesordnung. Aber das war das erste Mal, dass er sie sich als Herrscherin wirklich vorstellen konnte.

Du Idiot. Sie wird eines Tages deine Königin sein.

Ein Grund mehr, diese seltsame Schwärmerei schnellstmöglich wieder loszuwerden.

Auch Camille wirkte überrascht, sie zog eine Augenbraue hoch.

»Oho, ist da eine Adlige angepikst?«

»Camille«, mahnte Zane sie.

Die Blondine winkte ab. »Jaja, schon gut, tut mir leid. Dennoch müssen wir sie wegbringen.«

»Gar nichts werdet ihr tun«, machte Alexis deutlich. »Ich bleibe. Ich weiche Zane nicht eine Sekunde von der Seite.«

Säuerlich sah Camille sie an.

»Deine Loyalität – oder was auch immer – in allen Ehren. Aber die Prinzessin ist verschwunden. Wenn bekannt wird, dass *noch* eine Adlige fehlt, könnte das für Zane echt gefährlich werden.«

Beinahe hätte Zane gelacht. Als ob es nicht jetzt schon brenzlig für ihn war.

»Mich wird niemand vermissen«, gab Alexis zurück.

Ihre Stimme klang hart, unnachgiebig. So hatte Zane sie wirklich noch nie erlebt. Stolz erfüllte ihn. Das war sein Mädchen.

»Ach bitte«, seufzte Camille. »Was soll das? Wem willst du was beweisen, Miranda?«

»Genug«, mischte er sich nun ein. Beim Namen ihrer verstorbenen Mutter brach ihm fast das Herz. »Sie bleibt und damit basta.«

»Aber …«

»Ich sagte: basta.«

Schmollend verzog Camille den Mund. »Fein. Deine Entscheidung. Aber heul mir nachher nicht die Ohren voll, wenn es schiefgeht.«

Er verdrehte die Augen, ging aber nicht darauf ein.

»Kann mir dann jetzt jemand erklären, inwiefern Zanes Auto als Drohung zu verstehen ist?«, fragte Alexis, der es offensichtlich gar nicht gefiel, von Camille nicht ernst genommen zu werden.

Zwar stand Camille Adligen nicht ganz so abweisend gegenüber wie manch anderer, doch sie sah Alexis als unwissende, verwöhnte Tussi an, die von einem harten Leben nichts verstand. Wenn die Frau nur wüsste.

»Damit wollen sie den Creatures klarmachen, dass ich in dem Club war. Bei der Prinzessin.«

Was sie damit genau bezweckten, konnte Zane sich auch nicht erklären.

»Und? Du könntest genauso gut tot sein!«, echauffierte sich Alexis.

»Aber sie haben meine Leiche nicht gefunden. Und dass ich hier bin, wissen nun einige Bewohner des Ghettos. Der Palast hofft wahrscheinlich darauf, dass man mich meldet.«

Er konnte es dem König nicht verübeln. In seinen Augen hatte er seine Tochter weder beschützt noch unbeschadet nach Hause gebracht. Nur sein Tod wäre die perfekte Entschuldigung.

»Seid ihr beide blöd?«, fragte Camille.

Genervt wandte Zane den Blick der anderen Frau im Raum zu.

»Wie bitte?«

»Schon mal auf die Idee gekommen, dass sie mit Absicht nichts von dir erzählen?«

»Natürlich. Deshalb mein Wagen im Bild.«

Camille schüttelte den Kopf. »Nein, du Dummkopf. Was ist, wenn sie zusätzlich noch jemand anderem drohen wollen?«

»Ich kann dir nicht folgen.«

»Es geht nicht umsonst das Gerücht um, Creatures hätten den Anschlag verübt. Da man die Leiche der Prinzessin nicht gefunden hat, wird sicher bald die Nachricht kommen, man gehe von einer Entführung aus.«

»Das mag ja sein, aber was hat das mit mir zu tun?«

Normalerweise war Zane gut darin, strategisch zu denken, doch die letzten vierundzwanzig Stunden forderten langsam ihren Tribut. Und dazu noch das dringende Bedürfnis nach Blut ...

»Denk doch mal nach. Du bist ihr Bodyguard. Entweder denken sie, du seist tot, oder sie gehen davon aus, man hätte dich mit ihr entfüh...«

»Was unwahrscheinlich ist, denn was hätten sie davon?«

»Genau. Also bleibt nur die letzte Möglichkeit.«

Entsetzt schnappte Alexis nach Luft. »Sie denken, *du* hättest die Prinzessin entführt?«

»Oder wollen es so aussehen lassen.«

»Ganz recht.« Camille klatschte in die Hände. »Ihr habt es endlich kapiert. Wie kann man es den Creatures besser in die Schuhe schieben? Indem man den Leibwächter mit ins Verderben stürzt.«

»Shit. Und ausgerechnet Damien hat mich gesehen.«

Beschwichtigend hob die Menschenfrau die Hände. »Okay, langsam. Lasst uns erst mal einen Plan austüfteln. Ihr bleibt vorerst hier und ich erkunde die Lage da draußen. Mal sehen, was diese Mitteilung im Ghetto angerichtet hat. Dann schaue ich nach, welche Verstecke für euch infrage kommen.«

Das gefiel Zane gar nicht. »Wir können nicht hierbleiben.«

»Ach nein? Willst du etwa in das Haus deiner Großeltern? Das kennen zu viele Leute und du weißt nicht, wer von deinen möglichen Verbündeten dich nun hintergehen wird. Die Prinzessin ist hier ein zu großes Symbol des Wandels und niemand wird sein Leben für dich riskieren, wenn sie denken, du könntest in ihr Verschwinden involviert sein.«

Shit. Vor Frust ballte Zane die Hände zu Fäusten und war versucht, gegen die nächstbeste Wand zu schlagen.

Da ergriff eine kleinere warme Hand seine rechte Faust. Ruckartig sah er auf und begegnete Alexis' ruhigen Augen. In diesem unglaublichen Grün könnte er sich verlieren.

»Sie hat recht. Bis wir nicht wissen, wie die Stimmung auf der Straße ist, wäre eine Rückkehr in das Haus zu riskant. Lass uns hierbleiben und Camille sich darum kümmern«, meinte sie leise, aber bestimmt.

»Aber ...«

Die Prinzessin schüttelte den Kopf. Sie wusste, was er sagen wollte. Dass er nicht untätig sein konnte ... Dass *er* sie beschützen musste. Das war seine Aufgabe.

»Du bist ihr hierher gefolgt, ohne zu zögern. Du vertraust ihr.« Alexis sah zu Camille und hielt ihren Blick fest. »Also vertraue auch ich ihr.«

Camille wich fast einen Schritt zurück, so sehr schien sie von Alexis' Entschlossenheit überrumpelt zu sein. Zane konnte es nachvollziehen. Wenn diese Frau einen erst mal in ihren Bann zog, dann richtig.

Wobei er nicht sagen konnte, ob er Camille vertraute. Er kannte sie, das ja. Wusste, dass sie keine großen Ambitionen hatte und ihr kleines Schmugglerleben genoss. Und dass sie mehr Kontakte zu allen Gangs hatte als irgendjemand sonst. Aber vertrauen? Das wäre doch etwas weit gegriffen. Tatsächlich wunderte es Zane, dass Camille ihn als unschuldig betrachtete.

Nur konnte er dieser jungen Frau, dieser Monarchin, nichts entgegensetzen. Seufzend gab er nach. »Fein. Wir bleiben hier.«

Er öffnete seine Faust und ergriff Alexis' Hand. Auch wenn es nicht sein durfte, benötigte er den Kontakt in diesem Moment.

Entschlossen blickte er zu Camille, die ihn – wenig überraschend – ansah, als hätte er den Verstand verloren. Verübeln konnte er es ihr nicht. Selbst Willow hatte nie so einen Einfluss auf ihn gehabt.

»Versuch so viel wie möglich in Erfahrung zu bringen. Aber geh dabei unauffällig vor.«

Beleidigt bekam Camille rote Flecken im Gesicht. »Ich weiß, was ich tue! In meinem Geschäft überlebt man nicht so lange, wenn man sich dumm anstellt!«

Sie ging zur Tür und öffnete sie. Dann schien ihr noch etwas einzufallen, sie drehte sich zu Zane um. »Nur zur Warnung: Dein Vater ist wieder im Ghetto gesehen worden.«

Zane durchlief es eiskalt und einen Moment lang war er gewillt, alles stehen und liegen zu lassen und diesen Dreckskerl aufzuspüren. Und ihn in Stücke zu reißen, diesen Rabenvater ...

Doch er riss sich zusammen. Dieses Leben lag hinter ihm und es brachte nichts, sich über verschüttete Suppe zu ärgern. Nicht, wenn man jemanden zu beschützen hatte. Im Gegensatz zu seinen Eltern würde er diese Aufgabe ernst nehmen.

Er nickte Camille dankend zu. »Ist notiert.«

Mit einem letzten Blick auf Alexis verschwand die Menschenfrau. Kurz vernahm man noch das Geräusch der Palette, die wieder an ihren alten Platz gestellt wurde, dann war es still.

Schon fast unangenehm still, denn wenn Zane ehrlich war, wusste er nicht, was er sagen sollte. Fast schon erwartete er nun einen Schwall von Fragen, die seinen Vater oder seine Eltern allgemein betrafen, doch Alexis sagte nichts. Ein wenig nahm dieser Umstand etwas von seiner Anspannung.

Auch hatte er nach wie vor nicht das Bedürfnis, Alexis' Hand loszulassen, selbst wenn er es tun sollte. Alles, was er tun konnte, war, die Prinzessin anzustarren – oder eher auf sie herab, war sie doch einen Kopf kleiner als er.

Sie wirkte konzentriert, auch wenn er das nicht hundertprozentig sagen konnte. Blonde Strähnen umrahmten ihr Gesicht, versperrten ihr teilweise die Sicht. Die Perücke irritierte ihn, sie passte so gar nicht zu der Frau, die ihn für gewöhnlich in den Wahnsinn trieb.

Mit der freien Hand wollte er gerade eine der langen künstlichen Strähnen zur Seite schieben, um ihr zumindest besser ins Gesicht sehen zu können, da straffte die geborene Vampirin ihre Schultern, löste sich von ihm und trat einen Schritt in Richtung Tür.

»Okay. Gehen wir!«

Verdattert beobachtete er, wie sie zur Tür spazierte, hinter der Camille erst vor wenigen Minuten verschwunden war.

»Bitte was?«

Alexis war bereits dabei, die Palette zur Seite zu schieben, als es ihn endlich aus der Schockstarre riss. Keinen Wimpernschlag später stand er bei ihr und zog sie zurück in den winzigen Raum.

»Wo zum Teufel willst du hin?«

Ihre ausdrucksstarken Augen sahen ihn vielsagend an. »Na, weg.«

Zuckte da seine Vene an der Stirn, die sich nur meldete, wenn er so richtig genervt war? O ja, das tat sie.

»Hast du mir nicht erst vor wenigen Augenblicken eine Predigt gehalten, dass ich Camille vertrauen soll und wir hier auf sie warten würden? Oder haben mir meine Ohren einen Streich gespielt und ich halluziniere schon?«

»Sind wir heute etwas überdramatisch? Komm schon, hast du wirklich geglaubt, ich würde einer völlig Fremden unsere Leben anvertrauen? Du zweifelst doch an ihrer Glaubwürdigkeit, oder?«

»Woher …?«

»Bitte!« Aufgebracht warf sie die Hände in die Luft. »Langsam kenne ich dich, Vaughn. Hättest du ihr von Anfang an vertraut, wärst du ganz anders mit ihr umgegangen. So wie mit Nate oder Jamie.« Bei der Erwähnung seines besten Freundes zuckte sie leicht zusammen, fing sich jedoch schnell wieder.

Zane konnte sie nur bewundern. Er hatte ihr zwar gesagt, sie solle sich das Ganze nicht zu Herzen nehmen und die Schuld nicht bei sich suchen, doch das war alles andere als einfach. Dass sie sich zumindest jetzt in dieser prekären Lage zusammenriss, war unglaublich.

»So sehr hast du also auf mich geachtet, ja?«

Gut möglich, dass er gerade einen sehr selbstzufriedenen Eindruck machte und seine Stimme etwas schmeichlerisch klang, doch er konnte es nicht unterdrücken. Sein blödes Herz machte glatt Freudensprünge bei dem Gedanken.

Nun wurde die Prinzessin doch tatsächlich rot, schnell wandte sie sich von ihm ab und packte die Palette erneut.

»Musste ich doch, wenn ich dir entkommen wollte.«

Lachend folgte er ihr ins Freie, nachdem sie das Stück Holz beiseitegeschafft hatte, und half ihr dabei, es wieder an die entsprechende Stelle zu rücken.

Ihm wurde klar, dass er gar keinen richtigen Plan hatte; Alexis hatte ihn überrumpelt. Er ging alle Möglichkeiten durch und wählte die hirnrissigste. Die Frau an seiner Seite würde ihm das schon nicht verübeln, sie schien ja genauso wagemutig zu sein wie er.

»Wie oft bist du denn schon abgehauen?«, erkundigte er sich leise, als er sie durch die Gassen lotste und auf alle möglichen Bewegungen achtete.

»Um ehrlich zu sein, nur zweimal.«

Ungläubig sah Zane über die Schulter zu ihr.

»Zweimal?« Das war ihm völlig entgangen. »Mit oder ohne die Aktion von gestern?«

Oder war es schon vorgestern gewesen? Die Zeit verging so schnell, wenn man auf der Flucht war.

»Ohne.«

»Verdammt!«

Aufgebracht schlug er mit der Faust gegen eine Mauer.

»Spinnst du?«, schrie Alexis auf und war sofort an seiner Seite.

»Sei leise!«

»Jaja, zeig schon her!«

Um einen Streit zu vermeiden, überließ er ihr seine Hand. Sie pochte zwar heftig, aber es war nichts gebrochen. Das konnte er problemlos erkennen.

Alexis prüfte jeden Knöchel, jeden Finger, streckte sie und strich über die aufgeschürfte Haut. Bei ihren sanften Berührungen bekam Zane eine Gänsehaut und Schmetterlinge flatterten in seinem Bauch umher.

»Wann bist du mir entwischt?«, fragte er mit rauer Stimme. Er war sich sehr wohl darüber im Klaren, dass sie noch lange nicht in Sicherheit war. Nur konnte er sich auch nicht dazu bringen, sich von ihr zu lösen. Was stimmte nur in letzter Zeit nicht mit ihm? Keine Frau hatte je so eine Wirkung auf ihn gehabt. Und ausgerechnet die Prinzessin durfte diese Wirkung nicht haben!

»Genau genommen bin ich dir gar nicht entkommen, wenn es dich beruhigt«, murmelte sie, während sie immer noch dabei war, seine Schürfwunde zu inspizieren, die langsamer heilte, als sie sollte. »Du hattest jedes Mal frei und es war immer spät abends.«

Ruckartig entzog er ihr seine Hand und starrte sie an. Irritiert erwiderte sie seinen Blick.

»Spät abends, ja? Und das soll mich beruhigen? Verdammt, Prinzesschen, da hätte dir sonst was passieren können!«

Aufmüpfig zog sie eine Augenbraue hoch. »Ach ja? Im Wintergarten?«

»Nach allem, was wir jetzt wissen, war das vermutlich sogar der schlechtmöglichste Ort, um sich ungeschützt aufzuhalten.«

Sie winkte ab und brachte ihn damit wieder auf die Palme. Bei der emotionalen Achterbahn bekam er noch ein Schleudertrauma.

»Aber es ist doch nichts passiert.«

»Es hätte …«

»Stopp!«

Sie legte ihre Hand auf seine Lippen und brachte ihn somit zum Schweigen.

»Du musst einiges bedenken, okay? Ich wusste nichts von der Drohung und dem möglichen Attentat. Ihr habt mich nicht eingeweiht, weder Vater noch du.«

Das schlechte Gewissen durchfuhr ihn wie ein Messerstich.

»Das ist nicht deine Schuld«, fuhr sie fort. »Und mit dem heutigen Wissen würde ich es auch nicht mehr machen, aber ich kann die Zeit nicht mehr zurückdrehen. Ich wollte einfach nur ein wenig von der Freiheit zurückhaben, die mir durch deine Anwesenheit genommen worden war. Mehr wollte ich nicht, nur etwas Zeit für mich. Außerhalb meiner vier Wände.«

Darauf wusste er nichts zu erwidern. Er konnte es ihr ja nicht einmal verübeln. Niemand ließ sich gern bevormunden, auch eine Prinzessin nicht. Das war ihm schon bei seiner Einstellung klar gewesen, aber damals war er zu zornig gewesen, um es aus Alexis' Perspektive zu betrachten.

»Ich schätze, ich hätte genauso gehandelt wie du«, gab er widerstrebend zu.

»Da bin ich ja froh.«

Ihr Lächeln war so ehrlich, so voller Freude, dass es ihm den Atem raubte.

»Wollen wir dann weiter?«

Zanes Gehirn brauchte ein paar Herzschläge, um die Bedeutung der Worte zu begreifen.

»Ja.« Er räusperte sich. »Ja, lass uns losgehen.«

Er ermahnte sich selbst, sich ja zusammenzureißen, und schlich weiter. Zane lauschte auf jedes Geräusch, umging die stärker frequentierten Straßen und brach sogar in Häuser ein, um ihre Fährte zu verwischen.

Dabei war er sich jede Sekunde lang bewusst, dass Alexis hinter ihm war und darauf vertraute, dass er auf sie aufpasste, sie vor allem Unheil bewahrte. Er würde sie nicht enttäuschen. Auch Nate nicht. Sein Ausbilder hatte es ihm selbst gesagt: Er sei sein bestes Werk. Und zum ersten Mal seit seiner Wandlung nahm er diese Verantwortung an, sah sie nicht nur als Bürde oder Pflicht. Es war so viel mehr als das.

***

Es dämmerte bereits, als sie endlich – und auf vielen, vielen Umwegen – am Ziel ankamen.

»Zane.« Eine müde, verschwitzte Alexis stand neben ihm und sah ihn skeptisch an.

»Ja?«

»Dir ist klar, dass das dein Haus ist, oder?«

»Natürlich.«

»*Das* ist deine tolle Idee? Uns am offensichtlichsten Ort zu verstecken? Wirklich?«

Zane zuckte mit den Schultern. »Mach dir keinen Kopf, wir bleiben ja nicht lange hier.«

»Du hast recht, das besänftigt mich natürlich.«

Schmunzelnd verdrehte Zane die Augen. »Wir haben den ganzen Tag gebraucht, um hierherzukommen. Mittlerweile sollte Camille schon längst gemerkt haben, dass wir nicht mehr in der Waschküche sitzen. Sollte sie uns – und davon gehe ich ganz stark aus – an Kyrill verraten haben, werden seine Leute bereits hier gewesen sein.«

Wenig überzeugt stemmte Alexis ihre Hände in die Hüften.

»Meinst du nicht, dass er hier jemanden abgestellt hat, um uns zu fassen?«

Zane schüttelte den Kopf und ging um das Haus herum zur Kellertreppe. »Glaub es oder glaub es nicht, aber Kyrill ist nicht halb so clever, wie er die Leute gern glauben lässt.«

Widerstrebend folgte Alexis ihm ins Innere. »Ernsthaft? Ich hatte eher den Eindruck, als wollte Camille uns denken lassen, er sei dümmer, als er ist.«

Kichernd öffnete Zane die Tür zum Heizungskeller und ließ sie durch. Ihr Duft stieg ihm in die Nase und stellte seltsame Dinge mit seinem Inneren an.

»Bei ihm ist es ein schmaler Grat. Er ist tatsächlich kein Idiot, jedoch auch kein Genie. Seine Gegner fürchten ihn und seine eigenen Leute respektieren ihn schon fast bis zur Verehrung, doch genau das ist sein größter Schwachpunkt.«

»Erleuchte mich, ich kann dir nicht folgen.« Sichtlich ausgebrannt zog Alexis sich die Perücke vom Kopf, schmiss sie auf die Matratze und folgte ihr augenblicklich.

»Kyrill ist einer der wenigen jungen Creatures hier im Ghetto und ein sehr starker noch dazu. Jedoch hat er von Strategien und Kriegsführung nicht allzu viel Ahnung. Ist hier im Viertel auch nicht unbedingt nötig. Er geht einfach davon aus, dass ich – so wie fast alle anderen auch – zu viel Angst vor ihm habe, um mich noch einmal in meinem eigenen Haus zu verstecken.«

»Deine Überzeugung kann ganz schnell nach hinten losgehen, Zane.«

Dessen war er sich bewusst. Leider war er zu erschöpft, um sich gerade etwas Besseres einfallen zu lassen. Natürlich hatte er noch andere Verstecke, doch ohne Proviant würden sie dort nicht lange bleiben können.

»Lass uns etwas essen, duschen und dann ein paar Stunden schlafen«, sagte er. »Noch vor Sonnenaufgang werden wir von hier verschwinden und uns einen anderen Unterschlupf suchen.«

»Einverstanden«, murmelte Alexis, bereits im Halbschlaf.

Lächelnd hob er sie hoch und legte sie richtig hin.

Er zog ihr die Schuhe aus, löste ihre Haare aus dem festen Zopf und deckte sie zu. Von ihr kam keine Reaktion mehr, so tief war sie bereits im Land der Träume. Seufzend kuschelte sie sich in die Laken und zog leicht ihre Nase kraus.

Aus einer Laune der Zärtlichkeit heraus strich Zane ihr die Haare aus dem Gesicht und betrachtete sie einige Augenblicke lang.

»Schlaf schön, Prinzessin.«

9

»Alexandrina!«

Die freudige Stimme ihres Vaters, die voller Liebe ihren Namen rief, ließ Alexis innehalten. Sie war gerade im Begriff gewesen, in die Bibliothek zu gehen, um dort an ihrem Geschichtsaufsatz weiterzuarbeiten.

Wenn man schon nach der ehemaligen englischen Königin Victoria benannt worden war, sollte man diese Epoche zum Aufsatzthema machen, befand sie. Außerdem hatte sie so nicht lange grübeln müssen und kannte durch ihren Vater immerhin einen Zeitzeugen und jemanden, der der Königin recht nahe gestanden hatte. Angeblich hatte ihr Vater sogar nach Prinz Alberts Tod eine Liebschaft mit Victoria gehabt, doch diesem Gerücht würde sie nur unter Folter nachgehen. Und selbst dann vermutlich nicht.

Schlimm genug, dass ihre Mutter nur eine Mätresse gewesen war, sie wollte sich ihren Vater nicht noch mit anderen Frauen vorstellen.

»Ja, Vater?«

Beim Gedanken an ihre Mutter schmerzte ihre Brust. Mirandas Todestag stand bald an. Egal wie viel Zeit verging, es würde immer wehtun.

Grigori kam auf sie zu, seine Augen strahlten bei ihrem Anblick. Hinter ihm lief Vladimir, bei dem Alexis schon aus Prinzip in Abwehrhaltung ging. Sie durchbohrte die rechte Hand des Königs mit ihren Blicken, weshalb sie den jungen dunkelblonden Mann hinter ihm erst bemerkte, als die drei bei ihr ankamen.

Sturmgraue Augen musterten sie, sein Gesicht ließ nicht erkennen, was er dachte. Er war groß, muskulös und sein Gesicht trotz der Kanten und der eindeutig schon einmal gebrochenen Nase irgendwie attraktiv. Hayley würde sogar sagen: heiß.

Bevor ihre Wangen noch zu glühen anfingen, wandte Alexis schnell den Blick ab und richtete ihn auf ihren Vater.

»Hast du mich gesucht?«

Liebevoll strich er mit der Hand über ihre Wange, eine Geste, die er bereits seit ihrer Kindheit ausübte. Ein Teil von ihr wollte dabei immer weinen, doch das verängstigte Kind, das seine Mutter schmerzlich vermisste, musste hinter einer Mauer des Selbstschutzes bleiben und durfte niemals Schwäche zeigen.

»Allerdings. Ich dachte mir schon, dass du zur Bibliothek wolltest. Wie kommst du mit dem Geschichtsaufsatz voran?«

Es war ungewöhnlich, dass Grigori sich nach ihren Seminararbeiten erkundigte und somit offensichtlich um den heißen Brei herumredete, weshalb Alexis ein wenig flau im Magen wurde.

»Gut …«

Händereibend nickte der König, schien ihr aber gar nicht zuzuhören.

»Das ist toll, wirklich toll, Kind. Lass uns reingehen, dort sind wir ungestört.«

Alexis' Unbehagen stieg weiter an, dennoch folgte sie ihrem Vater schweigend. Vladimir ging ebenfalls voraus, als rechte Hand des Königs stand ihm das gegenüber einem Bastard zu.

Normalerweise rief ihr Vater ihn zur Räson, dass er sie gefälligst als amtliche Prinzessin anzusehen hatte, doch heute schien er mit den Gedanken völlig woanders zu sein.

Der blonde Mann lief nun neben Alexis her, schweigsam wie ein Grab. Verwirrt über seine Anwesenheit sah sie zu ihm auf und musste erneut feststellen, wie gut er aussah. Das C zierte seinen kräftigen Hals und wies ihn ganz klar als Creature aus, doch solche Nebensächlichkeiten kümmerten sie nicht.

Als er ihr Starren bemerkte, senkte er den Kopf und ihre Blicke trafen sich. Ihr Herz setzte einen Schlag aus und begann dann heftig zu pochen.

Ja, er war definitiv attraktiv, wenn auch total undurchsichtig.

Errötend packte sie ihre Habseligkeiten fester und sah schnell wieder nach vorn.

Endlich kamen sie bei der Bibliothek an. Ihr gegenüber thronte das Gemälde von Genadij, dem älteren Bruder ihres Vaters. Sie hatte ihn nie kennengelernt, war er doch bei der Vertreibung der Vampire während der Zarenkämpfe getötet worden. Der König blieb kurz stehen und neigte vor dem Bildnis seines Bruders respektvoll den Kopf, bevor er in die Bibliothek eintrat.

Schmunzelnd knickste Alexis vor der Ölzeichnung. »Onkel.«

Dann folgte sie Grigori, legte ihre Sachen auf ihren üblichen Arbeitsplatz und setzte sich. Ihr Vater ließ sich ihr gegenüber nieder und machte sie nur noch nervöser, indem er mit seinen Fingerknöcheln auf die Tischplatte trommelte. Selbst sein geliebter Siegelring litt dieses Mal unter dieser Marotte. Was auch immer sie zu besprechen hatten, es würde ihr nicht gefallen.

Währenddessen durchschritten Vladimir und der blonde Mann zügig die Regalreihen, um zu prüfen, ob sich noch jemand hier befand. Anschließend stellten sich beide hinter Grigori.

»Alexis, ich möchte dir Zane Vaughn vorstellen.«

Überrascht sah sie zu dem erwähnten Mann auf und lächelte ihn zögerlich an. »Hi.«

Zane verbeugte sich, war also definitiv in der Etikette unterwiesen worden. Wie lange er wohl schon unter Vladimir diente?

Eigentlich sollte sie diese Tatsache ja abschrecken, aber leider tat es seiner Attraktivität keinen Abbruch.

Ihre Trennung von Michail war schon eine Weile her und Zane der erste Mann, der sie seither ansprach.

Doch als er sich aus seiner Verbeugung wieder aufrichtete, war sein Blick eiskalt und voll von unterdrückter Wut.

Fast wäre Alexis vor ihm zurückgewichen und dieses Mal schlug ihr Herz aus anderen Gründen wie verrückt.

»... er wird ab heute stets an deiner Seite sein.«

Das Ende des Satzes holte Alexis aus der Trance. Sie riss den Kopf zu ihrem Vater herum.

»Wie bitte?«

»Ich weiß, dass es dir nicht gefällt, aber es geht um deine Sicherheit. Vaughn gehört zu Vladimirs stärksten Schöpfungen und wurde die letzten Jahre von Nathaniel ausgebildet. Er ist der beste Bodyguard, den ...«

Mit einem Ruck erhob sich Alexis und konnte ihren Vater nur ungläubig anstarren. »Du setzt mir einen Aufpasser vor die Nase?« Nun war es an ihr, wütend zu werden. »Das ist doch bestimmt auf deinem Mist gewachsen, nicht wahr, Vlad?«

Der Angesprochene straffte die Schultern und hob sein Haupt noch etwas höher.

Oh, wie gern er auf sie herabsah. Wie weit wollte er sie bitte noch unter Kontrolle bringen?

»Pflanz mir doch gleich einen Peilsender ein. Erspart dir bestimmt Zeit und Geld.«

»Liebes, bitte, beruhige dich«, warf Grigori ein. Auch er stand nun auf. »Mir ist klar, dass es dir nicht gefällt, aber es ist zu deinem Besten.«

Freudlos lachte sie auf.

»Klar. Auf Schritt und Tritt verfolgt zu werden, ist ein wahr gewordener Traum.«

»Alexis, bitte.«

»Wieso, Vater? Wieso brauche ich auf einmal einen Bodyguard? Erkläre es mir!«

Wenn es wenigstens einen vernünftigen Grund gab, würde sie sich vielleicht damit anfreunden können. Sollte es aber wirklich nur auf Vladimirs Wunsch hin geschehen … Das wäre ein Albtraum.

»Die Kinder und Enkel der Queen haben ebenfalls Wachleute. Ich bin nur um deine Sicherheit besorgt.«

Kopfschüttelnd wich sie zurück. »Das ist doch nicht erst seit gestern so. Und ich kann mich im Gegenzug zu den menschlichen Königskindern viel besser zur Wehr setzen.«

Sie war zwar noch jung und auch nicht besonders sportlich, aber sie war eine Vampirin, verdammt!

»Du bist keine Kämpferin, Prinzessin«, mischte sich nun der ihr verhasste Berater des Königs ein. »Und dass wir deinen Schutz so lange vernachlässigt haben, ist ein schreckliches Versäumnis unsererseits, das durch nichts zu entschuldigen ist.«

Vlads braune pupillenlose Augen sahen sie unbarmherzig an. Und als Alexis sich ihrem Vater zuwandte, erkannte sie, dass sie diesen Kampf nicht gewinnen würde. Wieder einmal hatte Vlad ihr das Leben erschwert.

Angewidert wandte sie sich an diesen Vaughn. »Glückwunsch zum neuen Job, Creature.«

Mit diesen bissigen Worten packte sie ihre Sachen und verließ wutentbrannt den Raum. Jegliches Gefühl der Anziehung, das sie für diesen Fremden empfunden hatte, war hiermit im Keim erstickt worden.

Mit klopfendem Herzen erwachte Alexis aus dem Schlaf und brauchte einen Moment, um sich zu orientieren.

Dieser Traum war eher eine Erinnerung gewesen, die sie erfolgreich verdrängt hatte. Dass sie sich bei ihrer ersten Begegnung zu Zane hingezogen gefühlt hatte, war ihr völlig entfallen. Sie drehte sich um und entdeckte, dass er genau wie gestern neben ihr schlief.

Mit dem Traum noch frisch im Kopf gestattete sie sich einen Moment lang, sein Gesicht zu betrachten. An der Attraktivität hatte sich nichts geändert, wenn überhaupt war er noch heißer geworden. Noch muskulöser, rauer ... seine Kanten ausgeprägter. Zu Michails Milchbubigesicht und dem stets gestriegelten, aalglatten Aussehen war das absolut kein Vergleich.

Ihr Blick fiel auf Zanes weich aussehende Lippen und sie musste schlucken. Dass sie ihre Finger bereits nach ihnen ausgestreckt hatte, bemerkte sie erst, als er sich grummelnd regte. Hastig zog sie die Hand zurück, ihre Wangen brannten.

Gott, was denkst du dir nur dabei? Wenn er dich erwischt hätte ...

Erneut grummelte er, doch dieses Mal hörte es sich an, als täte ihm etwas weh. Alarmiert richtete sie sich auf und betrachtete ihn genauer. Zanes Haut war blass, die Furche auf seiner Stirn tiefer als gewöhnlich und auch seine Kieferpartie war angespannt. Er hatte eindeutig Schmerzen.

Sie hatte sein Knie ganz vergessen. Mist! Wie hatte sie das nur übersehen können? Es war doch kein Wunder, dass es ihm nicht gut ging. Seit der Explosion hatte er immer noch keine Chance gehabt, sich zu nähren. Und das war dringend nötig. Sie mussten schnellstmöglich einen Spender für ihn finden. Hoffentlich würde das klappen, wenn man bedachte, dass er im Ghetto gerade nicht sonderlich beliebt war. Im Notfall würde sie ihn zwingen, von ihr zu trinken. Bei der Ironie musste sie beinahe lachen, wenn sie daran dachte, wie sie ihn noch vor wenigen Tagen belehrt hatte, warum er auf gar keinen Fall *ihr* Blut begehren durfte.

Bei der Erinnerung an seinen brennenden Blick damals wurde ihr ganz heiß und bei der Vorstellung, wie er seine Fänge in ihre Vene schlagen und an ihr saugen würde, richteten sich ihre Brustwarzen auf und es begann zwischen ihren Beinen zu pochen.

Ein seltsames Geräusch ließ sie aufschrecken, doch bevor Alexis irgendetwas tun konnte, lag schon eine Hand auf ihrem Mund und sie wurde an eine breite Brust gezogen.

»Shht!«

Ihr Herz schlug wie verrückt und ihre Gedanken rasten, während Zane sich mit ihr eng an die Wand presste.

Was ging hier bloß vor?

Da erklang das Geräusch erneut und sie zuckte heftig zusammen. Ein Wimmern konnte sie gerade noch so unterdrücken. Zanes freie Hand strich ihr beruhigend über den Arm. Das war nett gemeint, half nur nicht besonders.

Sie zwang sich zur Ruhe und atmete mehrfach tief durch, um zumindest das Rauschen in ihren Ohren loszuwerden. Dann lauschte sie angestrengt.

Waren das Schritte über ihnen? Ein wenig hörte es sich so an, als würde jemand einen Raum, vielleicht die Küche, durchwühlen.

Am liebsten hätte sie Zane getreten. So viel dazu, dass Kyrill niemanden zur Kontrolle herschicken würde. Nur leider konnte sie diesem Drang nicht nachgeben, durch seinen Klammergriff konnte sie sich kaum bewegen. Die Geräusche wurden lauter, als würde jemand ungeduldig werden und keine Rücksicht mehr darauf nehmen, bemerkt zu werden.

Alexis runzelte die Stirn. Wären Kyrills Leute denn wirklich so unvorsichtig? Oder wollten sie Zane damit aus der Reserve locken?

Zanes Griff wurde lockerer, er ließ sie frei und rutschte von der Matratze. Fragend sah Alexis ihn an und verdrehte die Augen, als er einen Finger an die Lippen hielt. Als ob sie jetzt einfach losbrüllen würde.

Als Antwort verdrehte auch er die Augen und winkte sie dann zu sich. So leise wie möglich kam Alexis auf die Beine, schlich über das Nachtlager und stellte sich neben Zane. Dieser drückte ihr einen ihrer Rucksäcke in die Hand und stülpte ihr mehr schlecht als recht die Perücke über.

Er selbst nahm die andere Tasche und ihre Schuhe. Sie schlichen zur Tür, die Zane vorsichtig öffnete. Er lugte durch einen Spalt hinaus, schob die Tür weiter auf und betrat den Heizungsraum. Alexis hängte sich an seine Fersen. Die gleiche Prozedur erfolgte beim Zugang zur Treppe und auch hier lief alles reibungslos.

Fast schon *zu* reibungslos, fand Alexis. Das Ganze gefiel ihr nicht. Eilig hechteten sie die Treppe hoch und rannten zwischen die nahe gelegenen Bäume.

»Du wartest hier!«, befahl Zane im Flüsterton und ließ sie mit allen Habseligkeiten zurück.

Am liebsten hätte sie ihm eine gescheuert, aber da war er schon weg. Sie zitterte wie Espenlaub – ob vor Kälte oder Furcht vermochte sie nicht zu sagen – und wartete darauf, dass Zane zurückkam. Wie gebannt starrte sie auf das Haus, achtete auf jede Bewegung und zuckte bei jedem Geräusch zusammen. Bildete sie sich das nur ein oder war da eine Silhouette hinterm Fenster?

O Gott. Da war wirklich jemand im Haus!

Natürlich ist da jemand im Haus, Alexis! Was dachtest du denn, was die Geräusche verursacht hat? Die Geister der Vergangenheit?

Immer noch dabei, sich selbst zu kritisieren, bemerkte sie Zane erst, als er wieder vor ihr stand. Mit all der ihr möglichen Willenskraft schaffte sie es, nicht laut aufzuschreien.

»Lass uns abhauen.«

»Aber natürlich, Darling. Wie kann ich einer solch netten Einladung widerstehen?«

Wenn Blicke töten könnten, wäre sie auf der Stelle umgefallen. Natürlich war ihr klar, dass er sie nur beschützen wollte, trotzdem wäre sie nicht sie selbst, wenn sie sich plötzlich einfach von ihm herumkommandieren ließe. Na ja, gut. Sie ließ sich Befehle erteilen, sie war ja nicht lebensmüde, aber sie würde einen Teufel tun und dieses Gebaren stillschweigend akzeptieren.

Nachdem sie das Wäldchen fast durchquert hatten, hielt Zane an und drückte ihr ihre Schuhe in die Hand, in die sie augenblicklich schlüpfte. Trotz vor Kälte zitternder Hände bekam sie das irgendwie hin und schon liefen sie über die Straße in Richtung Norden.

Das Schweigen machte Alexis kirre, doch das war ganz eindeutig ihren aufgeriebenen Nerven zuzuschreiben.

Es war immer noch mitten in der Nacht und fast stockdunkel. Einzig der Sichelmond erleuchtete die Gegend, die Straßenlaternen waren, wie sie vermutet hatte, fast alle defekt oder wurden im Ghetto einfach nicht mit Strom versorgt. Über das wenige Licht war Alexis äußerst dankbar, denn auch wenn die Menschen dachten, Vampire hätten eine klasse Nachtsicht, so war das ein Ammenmärchen.

Okay, gut, sie sahen in der Dunkelheit bestimmt besser als Menschen, aber doch nicht so fantastisch, wie es in Film und Fernsehen dargestellt wurde.

Sie konnte nicht sagen, wie lange sie unterwegs waren, als Zane endlich bei einer verkommenen Bushaltestelle anhielt.

»Okay«, flüsterte er. »Hier dürften wir weit genug weg sein.«

»Ach, findest du?«

Klang sie sarkastisch? Vielleicht. Sturmgraue Augen sahen sie wenig begeistert an.

»Ich weiß, dass das gerade alles nicht ideal ist, aber was bleibt uns denn übrig?«

Alexis winkte ab. »Schon klar, schon klar. Ich weiß es doch. Tut mir leid, ich bin nur …«

Ja, was? Müde? Erschöpft? Verängstigt? Alles zusammen.

»Ich weiß«, war Zanes leise Antwort.

Dass er ihr besänftigend über den Kopf strich, half ihr ein wenig, wobei es andere Gefühle in ihr auslöste. Gefühle, die sie definitiv nicht haben durfte. Nur war sie zu erledigt, um auch noch *dagegen* anzukämpfen.

»War es jemand von Kyrills Männern?«

Schnaubend schüttelte Zane den Kopf. »Nein. Damien.«

Das überraschte Alexis. »Der Creature vom Markt?«

»Ja. Er gehörte mal zu Kyrill, hat allerdings zu viel angestellt und sich seinem Boss nicht vollkommen unterworfen. Anscheinend versucht er, sich wieder bei Kyrill beliebt zu machen.«

Indem er Zane auslieferte. Netter Typ.

***

»Was machen wir jetzt?«

An den Furchen auf Zanes Stirn konnte Alexis sehen, wie scharf er nachdachte. Diese ganze Situation hatte nicht nur sie überrumpelt, stellte sie fest. Ihr Bodyguard war nicht darauf vorbereitet gewesen, sie vor Adligen schützen zu müssen, geschweige auf ein Komplott, das ihn als Täter darstellte.

Wer konnte schon auf so etwas vorbereitet sein? Wenn überhaupt, dann Liam Neeson oder Bruce Willis, vermutete Alexis, sie hatte deren Actionfilme nie gesehen.

In der Hoffnung, irgendetwas Hilfreiches zu finden, sah sie sich um. Zuerst nahm sie das Münztelefon nur am Rande wahr, doch als ihr Blick zum wiederholten Mal darüber glitt, kam ihr ein Gedanke.

»Wir haben doch Hayleys Telefonnummer.«

Zanes Kopf fuhr herum und folgte ihrem Finger, mit dem sie auf das Telefon wies. »Hayley wird uns hierbei nicht helfen können«, meinte er, ging aber mit schnellen Schritten auf den Apparat zu.

Natürlich war ihr das klar gewesen, aber was anderes war ihr nicht eingefallen. Als ob Hayley und Dinesh einfach plötzlich mitten in der Nacht vor dem Ghetto vorfahren und sie einsammeln könnten. Dann wären sie ebenfalls in Gefahr und hätten gleich zusammen mit Zane und Alexis flüchten können.

»Aber?«, hakte sie nach und folgte ihm.

»Du kennst doch Nathaniel.« Zane nahm den Hörer ab und kramte gleichzeitig in der Hosentasche nach seiner Geldbörse.

»Deinen Trainer, natürlich.«

Einen der wenigen Männer Vladimirs, den sie mochte. Lag vermutlich an ihrer beider offensichtlichen Abneigung gegen diesen Adligen.

»Er gab mir die Nummer seines Sohnes für den Fall, dass ich mich mal in Not befinden würde.«

Das ließ Alexis aufhorchen. »Und inwiefern kann er uns helfen?«

»Keine Ahnung.« Endlich schien Zane die passenden Münzen gefunden zu haben. »Aber es kann auch nicht schaden. Vielleicht hat er Infos, wie es im Palast aussieht.«

Leise Hoffnung wollte sich in Alexis breitmachen, doch unterdrückte sie sie mit aller Macht. Nates Sohn war gerade mal drei, vier Jahre älter als sie.

Was sollte ein Student schon aus dem Palast in Erfahrung bringen können? Noch dazu einer, der gar nicht am Hofe lebte.

»Und wie willst du ihn erreichen? Du hast kein Handy mehr, schon vergessen?«

Zane grinste sie leicht herablassend an, bevor er eine Abfolge von Zahlen eintippte. »Was wäre ich für ein Bodyguard, wenn ich mir solch wichtige Informationen nicht merken könnte?«

Alexis verdrehte die Augen. »Verzeihung, der Herr.«

Sie stellte sich ganz dicht neben Zane, um mitzubekommen, was am anderen Ende der Leitung geschah. Um ihr entgegenzukommen, lehnte sich Zane etwas nach vorn. Dabei stieg ihr sein Duft in die Nase. Allem Anschein nach hatte er, bevor er sich schlafen gelegt hatte, noch eine Dusche genossen; er roch leicht nach Seife und seinem typisch herben Touch.

Schweig still, dummes Herz, rief sie das blöde Organ zur Ordnung, das mit einem Mal sein Tempo verdoppelt hatte.

Und dann fiel ihr ein, dass sie sich selbst nicht gewaschen hatte. Diesmal errötete sie vor Scham.

Hoffentlich rieche ich nicht zu streng.

Zanes Hand an ihrem Ohr erschreckte sie, doch sie blieb still. Mit der Zeit gelang ihr das immer besser, wie sie fand.

»Wo sind deine Ohrringe?«

»Oh.« Verlegen strich sie sich über die nun leeren Ohrlöcher. »Die habe ich im Rucksack verstaut. Sie sind zu wertvoll.« Sie schüttelte den Kopf. »Nein, eigentlich hatte ich nur Angst, sie zu verlieren. Sie gehörten meiner Mutter.«

Eine Sekunde lang schwieg ihr Gegenüber und streichelte sanft ihr Ohr.

»Kluges Mädchen«, lobte er mit einem liebevollen Lächeln, das ihre Knie ein wenig weich werden ließ.

Würde er immer so lächeln, würden ihm sämtliche Frauen zu Füßen liegen. Der Gedanke stieß ihr etwas sauer auf. Niemand sollte ihn so zu Gesicht bekommen, nur sie.

Endlich wurde das Tuten unterbrochen und riss sie aus ihrer Schwärmerei.

»Hallo?«

Die Stimme klang heiser, als wäre ihr Besitzer gerade erst aufgewacht – was angesichts der Uhrzeit kein Wunder war.

»Hallo … Spreche ich mit Nikolai?«

»Wer will das wissen?«

Ungläubig starrte Alexis den daraufhin schweigenden Zane an. Versuchte er allen Ernstes seinen Gesprächspartner mit bloßer Willenskraft zum Sprechen zu bewegen?

»Dann lege ich jetzt auf«, kam es blechern aus der Leitung.

»Um Himmels willen!« Mit ihrer angeborenen Geschwindigkeit entriss sie Zane den Hörer und hielt ihn sich selbst ans Ohr; Zanes Proteste überhörte sie geflissentlich.

»Hi. Hier spricht … Miranda. Dein Vater Nate gab uns diese Nummer für Notfälle.«

»Miranda, huh? Dann nehme ich mal an, der vorige Sprecher war Vaughn?«

»Gib her, verdammt!«

Sofort wurde ihr der Hörer wieder entwendet. Missmutig sah sie ihren Bodyguard an, trat dann aber erneut dichter zu ihm, um das Gespräch genauer verfolgen zu können.

»Hallo? Jemand da?«

»Vaughn hier. Nate meinte, du könntest uns helfen.«

»Nun, bestimmt. Dafür bräuchte ich nur ein paar Infos. Wo seid ihr?«

»In Sicherheit.«

»Hilfreich.«

»Mehr brauchst du nicht zu wissen.«

Am liebsten hätte Alexis den Kopf gegen die nächste Wand geschlagen. Bei so viel Misstrauen auf beiden Seiten würden sie nie vorankommen.

Gerade wollte sie ihrem Begleiter gehörig die Meinung geigen, da erklang schallendes Gelächter aus dem Lautsprecher. »O Gott. Mann, Alter. Mein Vater hat nicht übertrieben, als er meinte, du seist stur.«

Bei Zanes angefressenem Gesichtsausdruck musste Alexis kichern, schnell wandte sie sich ab. Der vermutlich maßregelnde, leichte Klaps auf ihren Hinterkopf half auch nicht wirklich, eher im Gegenteil. Nun sprudelte das Lachen nur so aus ihr heraus. Schnell hielt sie sich die Hände vor den Mund, um nicht allzu laut zu werden. Wer wusste schon, wer sich von ihnen gestört fühlen könnte? Nicht, dass noch jemand auf sie aufmerksam wurde.

»Wie schön, dass ich euch erheitere.«

Alexis winkte ab und gab ihr Bestes, sich zusammenzureißen.

»Entschuldige, aber das war einfach zu köstlich.«

Glucksend näherte sie sich ihm wieder. Sie sah ihm mit Absicht nicht ins Gesicht, um nicht erneut losprusten zu müssen. »Okay, ich bin wieder ernst.«

»Na, das freut mich doch außerordentlich.« Zanes Stimme triefte vor Sarkasmus. »Ist ja nicht so, als wäre die Situation brenzlig oder so.«

Schuldgefühle zerstörten ihr Amüsement. Augenblicklich war sie wieder bei der Sache und sah ihm entschuldigend in die Augen. »Du hast recht. Tut mir leid.«

Zane runzelte die Stirn und es wirkte so, als wollte er etwas erwidern, doch Nikolais Stimme unterbrach ihr Gespräch: »Okay, wenn das dann so weit geklärt ist, können wir ja mal zur Sache kommen. Wie kann ich euch helfen?«

Seufzend fuhr sich Zane mit der Hand übers Gesicht.

»Ehrlich gesagt habe ich keine Ahnung. Uns blieb nur die Möglichkeit unterzutauchen.«

»Ich nehme an, das hat etwas mit der angeblichen Beteiligung von Creatures beim Attentat zu tun?«

Das ließ Alexis aufhorchen. »Woher weißt du …?«

»Nicht jeder glaubt blindlings alles, was Gilberts Leute veröffentlichen. #Fakenews und so.«

Unter normalen Umständen, da war sich Alexis sicher, wären sie und Nikolai bestimmt gut miteinander ausgekommen.

»Sieht es der restliche Palast denn auch so wie du?«, erkundigte sich ihr Bodyguard.

Er schien ihr Zittern zu bemerken, legte einen Arm um sie und zog sie näher an seinen warmen Körper. Dass ihr seine Berührung dabei eine Gänsehaut verpasste, würde sie selbst dann nicht zugeben, wenn ihr jemand eine Waffe an den Kopf hielte.

»Ich befürchte, dass es nur wenige sind, die meine Ansicht teilen«, erklärte ihr Informant offen und ehrlich. »Der König ist außer sich und lässt zurzeit niemanden an sich ran. Geschweige denn mit sich reden, so heißt es.«

Schuldgefühle fraßen sich durch ihren Bauch, ihre Augen begannen zu brennen.

Bitte verzeih mir, Vater.

Zane drückte sie fester an sich und einen Moment lang erlaubte sie sich, sich an ihn zu lehnen und den Trost anzunehmen.

»Nicht mal Gilbert selbst?«, fragte Zane. »Oder die Königin?«

»Nicht mal Vladimir.«

Alexis erstarrte. Das war gar kein gutes Zeichen, wenn nicht mal die rechte Hand zu ihrem Vater durfte.

»Er hat den Tod meiner Mutter kaum verkraftet«, flüsterte sie. »Meinen würde er nicht überleben.«

»Darauf haben es die Attentäter leider abgesehen, Alexis.«

Ihren Namen aus seinem Mund zu hören, war immer noch ungewohnt. Dennoch fühlte es sich gut an, intimer. Richtig.

Als würden sie sich endlich auf Augenhöhe begegnen.

»Ich weiß.«

»Was murmelt ihr da?«

»Nicht so wichtig«, giftete Zane den Sohn seines Mentors an. »Meinst du, du kannst mehr herausbekommen? Wer etwas davon hätte, die Prinzessin loszuwerden und es den Creatures in die Schuhe zu schieben?«

Ein freudloses Lachen erklang durch den Hörer. »Sonst noch was? Da wäre es einfacher, eine Liste mit denen zu erstellen, die *nichts* gegen die Prinzessin und die Creatures haben.«

»Dein Vater meinte, du könntest uns helfen«, knurrte Zane, was Alexis mehr beruhigte, als sie zugeben wollte.

Resigniert atmete Nikolai laut aus. »Okay. Ich schaue, was ich tun kann. Könnt ihr in, sagen wir, vier Stunden noch mal anrufen?«

»Kann ich nicht versprechen, aber wir werden es versuchen.«

»Gut. Bis später.« Ein leichtes Zögern. »Und gebt auf euch acht. Der Prinzessin darf nichts passieren. Sie ist die Zukunft der Vampire.«

»Schon klar.«

Damit legten sie auf.

Zu Alexis' Verwunderung schlang Zane nun auch seinen anderen Arm um sie und umschloss sie mit seiner Körperwärme. »Tja, das war nicht sehr hilfreich.«

»Es ist mitten in der Nacht«, gab sie zu bedenken. »Er wird schon noch was herausfinden.«

Hoffte sie. Ansonsten sah es schlecht aus.

»Und jetzt? Hast du eine Idee, wo wir unterkommen können?«

Ihr Begleiter schnaubte leise, löste sich etwas von ihr und fuhr sich mit einer Hand durch die Haare. »Viele. Nur bin ich nicht sicher, ob alle verlässlich sind.«

»Wo würden sie am allerwenigsten suchen?«

»Bei meinen Eltern«, war die nüchterne Antwort.

Da fiel ihr wieder ein, dass Camille etwas von Zanes Vater gesagt hatte.

»Da willst du aber nicht hin?«, vermutete sie.

Sie wusste nicht, was zwischen ihnen vorgefallen war, aber es schien hässlich gewesen zu sein. Ihre Familienverhältnisse waren alles andere als perfekt, aber immerhin war sie sich der Liebe ihrer Eltern immer sicher gewesen. Etwas anderes konnte und wollte sie sich nicht vorstellen.

»Nur über meine Leiche«, bestätigte Zane auch prompt.

Nach einigen Minuten löste sich Zane schließlich von ihr und ging zu ihren Rucksäcken, die er beide schulterte.

»Auch wenn es nicht ideal ist, ich denke, ich weiß, wo wir vorerst sicher sind. Zumindest für die nächsten vier Stunden.«

»Und wo?«

Bei dem schmerzerfüllten Ausdruck, der kurz über Zanes Gesicht huschte, zog sich Alexis' Herz zusammen und sie wusste bereits, welchen Namen ihr Bodyguard nennen würde, noch bevor er ihn aussprach.

»Bei Jamie.«

10

Es war erstaunlich, wie schnell die Zeit vergehen konnte, wenn man Spaß hatte, und wie langsam sie voranschritt, wenn man verzweifelt auf etwas wartete.

Allerdings war Zane selbst daran schuld, immerhin kauerten er und Alexis bereits seit einer gefühlten Ewigkeit vor Jamies Haus hinter einem Müllcontainer. Wobei Haus etwas übertrieben war für die kleine Gartenhütte, die schon bessere Tage gesehen hatte. Dennoch tat der Anblick unglaublich weh.

»Wieso gehen wir nicht rein?«, flüsterte Alexis neben ihm ein wenig ungehalten, was er ihr wirklich nicht verübeln konnte.

»Psst«, zischte er ihr zu und spitzte die Ohren.

Auch wenn sich nichts bewegte und er nichts hörte, wurde er das Gefühl nicht los, dass hier jemand war und das Gebäude beobachtete. Ob die Leute schon wussten, dass Jamie nicht mehr lebte?

»Ich spüre meine Füße nicht mehr«, beschwerte sich Alexis und auch Zane musste zugeben, dass sich seine eigenen bereits in Eisklumpen verwandelt hatten. Vor wenigen Minuten hatte es zu schneien begonnen und die Kälte drang immer tiefer in die Kleidung.

Sie hatten definitiv das falsche Schuhwerk für diese Jahreszeit an. Vielleicht sollte er ihnen morgen passendere Bekleidung besorgen. Dass sie vorhin eine Zeit lang ohne Schuhe gewesen waren, war bestimmt auch nicht hilfreich.

Trotz des unguten Gefühls sah er sich gezwungen, ihre Stellung aufzugeben.

»Okay.«

Er bedeutete der Prinzessin, ihm zu folgen. Vorsichtig schlichen sie vorwärts, bis sie bei der Haustür ankamen. Unter einem der Holzscheite, die unordentlich neben der Hütte gestapelt waren, fischte Zane den Ersatzschlüssel hervor und schloss auf.

Bevor er die Tür wieder verriegelte, ließ er erneut den Blick durch die Gegend wandern. Konnte er seinem Gefühl vertrauen oder wurde er einfach nur paranoid? Selbst ihn holte der Schlafmangel langsam ein, es würde ihn also nicht wundern, wenn es nur Einbildung gewesen war.

»Wow!« Alexis stieß einen Pfiff aus und entledigte sich ihrer Jacke. »Es ist so schön warm hier drinnen.«

Allerdings. Allgemein machte die Hütte mehr her, als sie von außen vermuten ließ.

»Die Wände sind gedämmt und die Heizung relativ neu«, murmelte Zane – sein Herz schmerzte.

Er war hin- und hergerissen zwischen Trauer und Stolz auf seinen Freund, der diese kleine Hütte über alles geliebt hatte.

»Ich schätze, in dieser Gegend ist das auch nötig.«

Er nickte nur, zwang sich dazu, die melancholischen Gedanken abzuschütteln, und streckte die Hand nach dem Wecker aus, der in den Herd integriert war. Mit einem Seitenblick prüfte er die Uhrzeit, rechnete aus, wie viel Zeit sie mit dem Rückweg noch hatten, und stellte den Timer entsprechend ein. Danach öffnete er ein paar Schränke.

»Hier gibt es noch einiges an Lebensmitteln, die wir nutzen können. Du kannst gern duschen gehen.«

Das freudige Stöhnen, das Alexis ausstieß, ließ ihn schmunzeln. Er konnte sich gut vorstellen, dass ihr die Aussicht auf warmes Wasser gefiel. Immerhin war sie am Vorabend nach dem anstrengenden Tag einfach stumpf ins Bett gefallen.

»Ich nehme an, das Bad ist dort?«, fragte sie und deutete auf die einzige andere Tür in diesem Einzimmerapartment.

Zane hob eine Augenbraue hoch, verkniff sich aber einen Kommentar.

»Hm«, machte Alexis. »Blöde Frage.«

»Handtücher sind im Bad«, erklärte Zane, während er die Lebensmittel auf die Küchenzeile stellte und abwägte, welche sich gut transportieren ließen.

»Gut.«

Die Prinzessin schnappte sich ihren Rucksack und verschwand. Keine fünf Minuten später hörte er den Boiler arbeiten und das Wasser rauschen.

Völlig erschöpft, körperlich und emotional, lehnte sich Zane an den Ofen und legte den Kopf in den Nacken. Hier zu sein war alles andere als leicht. Allein bei dem Geruch kamen so viele Bilder hoch, die ihm die Luft abschnürten.

Er erinnerte sich noch, als wäre es gestern gewesen, wie er hier zum ersten Mal gestanden hatte – zweifelnd, skeptisch hatte er seinen Freund angestarrt, als hätte dieser den Verstand verloren. Dennoch war er jeden Tag mit ihm hergekommen und hatte dabei geholfen, die Hütte zu renovieren und sie Stück für Stück in das Zuhause zu verwandeln, das Jamie sich so sehnlichst gewünscht hatte.

Er zwang sich, die Hütte zu begutachten, sie sich genau einzuprägen. Er glaubte kaum, dass er noch einmal herkommen würde.

Links stand das Bett, welches durch ein Bücherregal vom Rest der Behausung abgetrennt war. Vor der kleinen Einbauküche befand sich ein runder Tisch mit zwei Stühlen, bei denen schon die Farbe abblätterte, und rechts daneben gab es ein kleines rotes Sofa, dem gegenüber ein winziger Röhrenfernseher stand. Die Tapete an den Wänden war eher beige als weiß und wies hie und da Risse auf. Auch die Couch hatte schon bessere Tage gesehen; der Stoff war abgenutzt, einige der Nähte bereits aufgegangen. Obwohl alles so alt und verbraucht aussah, wirkte es heimelig. Ein Quilt lag ordentlich gefaltet auf der Lehne. Bei dessen Anblick wurde Zane stutzig.

»Jamie hat das Häuschen viel bedeutet, nicht wahr?«

Erschrocken fuhr er herum, er hatte gar nicht bemerkt, dass Alexis aus dem Bad gekommen war. Dabei bewegte er seinen Oberkörper schneller als seine Beine, ein heißer Schmerz durchfuhr sein Knie und ließ ihn zischend zu Boden gehen.

»O Gott, Zane!« Sofort war Alexis an seiner Seite und strich ihm über den Rücken. »Es tut mir so leid. Ich vergesse dein Bein immer wieder.«

Hörte er da Tränen? Er sah hoch und tatsächlich schimmerten diese unglaublichen Augen feucht.

»Hey.« Er legte ihr eine Hand an die Wange. »Nicht doch.«

Ihr Nasenrümpfen war schon mehr nach seinem Geschmack.

»Verzeihung, dass ich mir Sorgen mache.«

»Das ist nicht deine Aufgabe, Prinzessin, sondern meine.«

Dieses Mal schnappte sie empört nach Luft. »Willst du mir jetzt etwa schon vorschreiben …? Nein, nein, warte. Darum geht es jetzt nicht. Du bist erschöpft, Zane, wir müssen dir dringend einen Spender besorgen.«

Das war ihm leider nur zu bewusst. »Sobald wir mit Nikolai gesprochen und einen neuen Unterschlupf gefunden haben, werde ich mir einen suchen.«

»Wieso können wir das nicht priorisieren?« Sie stutzte. »Warte, einen neuen Unterschlupf? Können wir nicht hierbleiben?«

Zane schüttelte den Kopf. »Ich weiß, ich klinge verrückt, aber ich werde das Gefühl nicht los, dass jemand Jamies Hütte beobachtet. Und sollte sein Tod die Runde machen, werden einige hier einfallen wie Aasgeier.«

Gequält schloss Alexis ihre Augen, ließ sich zu Boden sinken und schlug die Hände vors Gesicht.

»Gott«, murmelte sie leise, völlig erledigt. »Wann hört das nur auf?«

Schon wieder hatte er das Falsche gesagt, verdammt. »Komm her.«

Er breitete seine Arme aus und wenige Sekunden später lag sie auch schon an seiner Brust und weinte still. »Jamie war damals so stolz, als er diese Hütte erstanden hat«, erzählte er in der Hoffnung, sie dadurch etwas abzulenken. Es wunderte ihn nicht, dass die letzten Tage nun ihren Tribut forderten. »Von seinem ersten Gehalt, als er noch nicht im Palast gearbeitet hat. Es war sein kleines Paradies. Natürlich sah es hier schrecklich aus, jeder normale Mensch hätte das Ding abgerissen, aber Jamie hat nur gelacht und mich jeden Tag hierhergeschleppt, weil ich ihm beim Renovieren helfen durfte.«

»Durftest du, hm?«

Das brachte ihn zum Kichern. »Selbstverständlich habe ich das anders gesehen, aber wir waren seit unserer Kindheit die besten Freunde. Ich war nach dem Tod seiner Eltern für ihn da und er für mich, als …«

»Ist schon okay«, murmelte sie, als er schwieg. »Du musst es mir nicht erzählen.«

Zane schluckte. »Meine Eltern leben noch, glaube ich. Seit Vladimir … mich zu seinem Schützling auserkoren hat, haben wir einander nicht mehr gesehen und ich weine ihnen keine Träne nach.«

»Wie starben Jamies Eltern?«

Dankbar, dass sie das Thema fallen ließ, zog er sie näher an sich und erhob sich mit ihr.

»Hey, was tust du?«

Trotz seines pochenden Beines ging er mit ihr zum Bett und ließ sich mit ihr nieder. Ihre Haare waren noch nass, doch das kümmerte ihn wenig, als er seinen einen Arm unter ihren Kopf schob, um sie näher an sich zu ziehen. Er brauchte diese Nähe gerade, vermutlich genauso sehr wie sie.

»Sie kamen bei einem Raubüberfall um. Man sollte meinen, hier in der Gegend wäre das nichts Ungewöhnliches, jedoch starben sie ausgerechnet in der Innenstadt von Liverpool.«

Das war kurz vor Jamies Amtsantritt bei Hofe gewesen. Seine Eltern hatten ihm ein besonderes Geschenk besorgen wollen und sich, obwohl sie es hassten, aus dem Viertel in die Stadt gewagt.

»Wie schrecklich.«

»Ja.«

Seine Stimme klang rau. Jamie war untröstlich gewesen. Und auch wenn es sich schrecklich anhörte, hatte es Zane geholfen, sich um seinen Freund kümmern zu müssen, da er so einfacher über seinen Wandlungsvertrag hinwegkam.

Und nun musste er den Tod dieses guten Freundes betrauern. Das wollte noch immer nicht in seinen Kopf.

»Es wird alles gut«, murmelte Alexis, als wüsste sie, wo er mit seinen Gedanken war, und rieb mit ihren Händen über seinen Rücken.

»Der Schmerz wird nie vergehen, aber er wird nachlassen, glaube mir. Nur nicht heute. Gib dir Zeit.«

Er nickte nur. »Wir werden den Täter finden«, sagte sie mit Überzeugung.

»Denjenigen, der für Jamies Tod verantwortlich ist. Und ihn zur Rechenschaft ziehen. Ich werde seine Hinrichtung höchstpersönlich einfordern.«

Auch wenn er es sich kaum vorstellen konnte, dass sie vor ihrem Vater stand und den Tod einer Person erbat, war allein das Angebot genug. Sein Herz schwoll an vor lauter Zuneigung.

»Danke.«

Alexis lehnte sich etwas zurück und betrachtete ihn eine Zeit lang.

Es machte ihm nichts aus, hatte er so doch ebenfalls die Möglichkeit, ihr schönes Gesicht zu studieren. Dass sie hübsch war, war ihm immer klar gewesen, nur wurde ihm erst jetzt bewusst, wie stark er dieses Wissen verdrängt hatte. Mal abgesehen davon, dass er sie für eine arrogante Zicke gehalten hatte, wäre er einfach nie in der Lage gewesen, seinen Job vernünftig zu erledigen, hätte er die Anziehung zugelassen. Wie leicht es doch wäre, sie ihrer Kleidung zu entledigen und ihren Körper zu erforschen. Ob ihre Lippen so weich waren, wie sie aussahen? Ihr Körper so warm?

»Seit wann bist du bei Hofe?«, riss Alexis ihn aus seinen – höchst unangebrachten – Gedanken.

Er räusperte sich. »Seitdem ich zwanzig bin. Davor habe ich die meiste Zeit in Vlads Residenz außerhalb des Palastes verbracht und wurde in sämtlichen Kampftechniken ausgebildet.«

»Aber du bist erst später gewandelt worden.«

Das war keine Frage, schließlich war er kein Teenager mehr. Zwar alterten auch gewandelte Vampire weiterhin, aber genauso langsam wie die geborenen.

Die Erinnerung an die Qualen und die darauffolgende Dunkelheit ließ sein Herz schneller schlagen und er konnte dem Blickkontakt nicht standhalten. Er schluckte hart.

»Erst vor zwei Jahren. Mit zweiundzwanzig. Vlad wollte nicht, dass ich wie ein Milchbubi wirke.«

Dieses Mal war Alexis die, die den Blick abwandte, nachdem dieser kurz über sein Gesicht gewandert war. Eine leichte Röte überzog ihre Wangen.

»Nun ja, wie ein Milchbubi siehst du wirklich nicht aus.«

Grinsend betrachtete er die Frau in seinen Armen. Ein Teil von ihm war sich sicher, dass er mit der Anziehung nicht allein war, und das schürte nur die Hoffnung.

»Darf ich das als Kompliment verstehen, Lex?«, fragte er neckend.

Rauchig grüne Augen funkelten ihn böse an. »Pass auf, was du sagst«, sprach sie mit ihrer Prinzessinnenstimme und hob ihr Kinn ein wenig an. »Du vergisst, mit wem du sprichst.«

Leise lachend strich er ihr die nassen Haare zurück und küsste sie zärtlich auf die Stirn. »Natürlich, Königliche Hoheit. Verzeiht den Affront.«

»Na, geht doch«, erwiderte sie und kuschelte sich noch ein wenig näher an ihn.

Eine Weile lauschte er ihren langsamer werdenden Atemzügen. Umso mehr war er überrascht, als sie plötzlich etwas nuschelte. »Ich bin neunzehn. Fast zwanzig.«

Er sah zu ihr hinunter, ihre Augen waren auf halbmast, ihre Haut blass vor Erschöpfung.

»Ich weiß. Du bist ein Neujahrskind.«

»Ja.« Traurig lächelte sie.

»Alexis?«

»Das hat meine Mutter auch immer gesagt. Sie meinte, meine Geburt würde ein neues Zeitalter einläuten.«

Sein Herz zog sich bei der Aussage zusammen, ahnte er doch, dass sie ihre Mutter im Moment sicherlich schmerzlich vermisste. Auch sie hatte in ihrem jungen Leben schon so einige Verluste einstecken müssen. Diese waren nur nicht immer leicht erkennbar.

Erneut küsste er sie auf die Stirn und rieb ihr beruhigend über den Rücken.

»Das wirst du, Prinzessin«, murmelte er, als sie schließlich doch in seinem Arm einschlief. »Das wirst du.«

***

Irgendjemand war hier!

Mit diesem Gefühl schrak Zane aus dem Schlaf, in den er kurz nach Alexis gefallen sein musste.

Sein Herz raste, das Blut rauschte in seinen Ohren, sein Nacken prickelte besorgniserregend und seine Finger sehnten sich nach der Waffe, die er in seinem Schulterholster trug.

Vorsichtig, Zane, hörte er Nathaniels Stimme in seinem Kopf. *Niemals etwas überstürzen. Konzentriere dich, nimm deine Umgebung wahr, sieh genau hin, analysiere jedes Geräusch, jeden Geruch, alles Mögliche um dich herum und lass dir nichts entgehen, bevor du losstürmst. Nur so bist du gewappnet.*

Also zwang sich Zane zur Ruhe. Brachte seine Atmung runter, entschleunigte das Herzklopfen. Nun würde er etwas hören können.

Er öffnete seine Augen einen winzig kleinen Spalt breit und versuchte in der Umgebung etwas zu erkennen.

War das dort ein Schatten oder nur Einbildung? In seinen Armen regte sich Alexis, murmelte leise etwas und drehte sich leicht von ihm weg. Das nutzte Zane, um sich ebenfalls etwas zu drehen, um so mehr sehen zu können.

Vorsichtig lugte er in die Ecke, die er von seinem Platz erblicken konnte, doch dort war definitiv niemand. Nur das Sofa und der Quilt, der ihn erneut irritierte und in seinem Hinterkopf die Alarmglocken schrillen ließ. Doch das musste auch dieses Mal warten. Die Küche konnte er nicht einsehen, das Kallax-Regal stand im Weg, ließ jedoch ein paar Zwischenräume, um zumindest etwas erkennen zu können.

Mit voller Konzentration ging er Lücke für Lücke, Loch für Loch durch, bis er … in ein Paar Augen blickte.

Bevor er überhaupt einen klaren Gedanken gefasst hatte, war er schon aufgesprungen und stürmte auf den Eindringling zu, der sich fast im gleichen Moment in Bewegung setzte – zu dessen Pech eine Sekunde zu langsam.

Zane krachte in den Rücken des Mannes, riss ihn mit einem Schrei zu Boden, drückte sein Knie in dessen Nieren und hielt seinen Kopf mit einer Hand auf den Boden gepresst.

»Wer bist du? Was machst du hier?«, rief er. Seine Fänge waren voll ausgefahren, Wut durchströmte seine Adern und der Drang, seine Prinzessin zu beschützen, benebelte ihm einen Moment lang die Sinne.

»Zane! Was ist los?«

Alexis' erschrockene Stimme erklang hinter ihm, doch er sah sich nicht um.

»Bleib, wo du bist!« Selbstverständlich hörte sie nicht auf ihn, was ihn eigentlich nicht überraschen dürfte, dennoch fuhr er sie aufgebracht an: »Ich sagte: Bleib dort!«

»Wer ist das?«

»Das weiß ich nicht!«

Der Mann unter ihm, der sich bis jetzt nicht gerührt hatte, lachte trocken auf.

»Erkennst nicht mal dein eigen Fleisch und Blut, Junge?«

Die Stimme. *Diese* Stimme. Sie verursachte ihm eine Gänsehaut und gleichzeitig entfachte sie einen solchen Hass in ihm, dass er fast rotsah.

»Junge?«, fragte Alexis irritiert.

»Lex«, zischte Zane warnend und drehte den anderen Mann mit einem Ruck auf den Rücken.

Tatsächlich. Vor ihm lag sein Vater, nein, sein *Erzeuger.* Eine andere Bezeichnung hatte dieser Mann beim besten Willen nicht verdient.

»Duuu«, fauchte Zane und erhob sich mit geballten Fäusten. Er baute sich vor Edmund Vaughn auf und stellte sich schützend vor Alexis. »Was machst du hier?«

Keuchend kam Edmund auf die Beine, seine Bewegungen waren zittrig und unbeholfen – eine klare Nebenwirkung seiner Alkoholsucht.

»Na, ich hörte, mein Sohn sei zurück in seiner alten Heimat. Da wollte ich doch mal gucken, was er so treibt.«

»Red keinen Scheiß!«

Bedrohlich ging er einen Schritt auf ihn zu.

»Zane«, sprach Alexis eindringlich auf ihn ein und packte ihn am Arm. »Beruhige dich. Was soll er schon tun?«

Ihr Einwand ließ ihn stutzen und erst dann betrachtete er sein Gegenüber genauer. Edmund war gealtert. Nicht nur die acht Jahre, die sie einander nicht gesehen hatten, sondern er sah deutlich älter aus, als es unter normalen

Umständen hätte sein sollen. Er war dünner als früher, wirkte nicht mehr so breit und kräftig. Seine braunen Augen waren blutunterlaufen, ein wenig gelblich, seine Wangen eingefallen und seine Lippen spröde.

Vor ihm stand nicht mehr der angsteinflößende Mann aus Zanes Kindertagen, der ihn, ohne mit der Wimper zu zucken, einem Fremden überlassen hatte. Dieser Mann hier war ein Nichts. Kaum der Rede wert.

Als diese Erkenntnis Zanes Hirn durchdrang, atmete er tief durch und entspannte sich ein wenig. Aber nur ein bisschen. Klar war er körperlich überlegen, besonders als Creature, dennoch war der Mann vor ihm nicht dumm. War er nie gewesen. Sonst hätte er einen sehr schlechten Trickbetrüger und Dieb abgegeben.

»Seit wann bist du zurück?«, fragte Zane, immer noch darauf bedacht, Alexis abzuschirmen. »Und wo ist Mutter? Ist sie bei dir?«

Edmund schnalzte mit der Zunge und kämpfte sich zu einem der Stühle beim Esstisch. Dabei hielt er sich leidend den Rücken.

»Deine Mutter ist tot.«

Hinter ihnen schnappte Alexis nach Luft, doch Zane ließen diese Worte erschreckend kalt.

»Na so was. Ist ihr der letzte Drink nicht bekommen?«

»Zane!«

Bei Alexis' Ausruf fing sein Vater an zu lachen, es klang rau und kratzig und tat Zane in den Ohren weh. Das Letzte, was er wollte, war, diesen Mann zu erheitern.

»Daran erkennt man, dass du mein Sohn bist. Der gleiche schwarze Humor.«

Angewidert trat Zane einen Schritt zurück und spürte die Prinzessin deutlich in seinem Rücken.

»Mit dir habe ich nun wirklich nichts gemein, du alter Sack. Ich traure niemandem hinterher, dem es so leicht gefallen ist, mich den Adligen zu übergeben.«

Edmund winkte ab. »Ach, bist du immer noch nicht darüber hinweg? Da ging es ums Geschäft.«

Am liebsten hätte Zane weiter mit ihm diskutiert, wusste allerdings auch, dass das nur der verletzte Junge in ihm war, der einen Grund für den Verrat seiner Eltern suchte. Als Mann, als *Creature,* stand er schon längst drüber.

Jetzt gab es Wichtigeres zu klären.

»Woher wusstest du, wo du mich finden würdest?«

Edmund zog eine Augenbraue hoch. »Du weißt aber schon, mit wem du hier redest? Bei deiner Großmutter scheinst du schon gewesen zu sein, allerdings habe ich dort Kyrills Leute rumlungern sehen.« Er zuckte mit den Schultern. »Bestimmt hast du viele Möglichkeiten, aber mir war klar, dass du hier auftauchen würdest.«

Mist! Zane war das Risiko des Verstecks bekannt gewesen, dennoch hoffte er, Kyrill würde ihn nicht so leicht durchschauen wie sein Vater.

Etwas Hinterhältiges schlich sich in die Augen seines Erzeugers. »Du bist ein gefragter Mann, mein Junge. Ich rechne gerade nach, wie viel du den Leuten da draußen wohl wert bist.«

Dieses Mal war es Zane, der freudlos auflachte. »Ernsthaft? Du willst mich erneut verkaufen?«

Mit einem völlig emotionslosen Blick sah Edmund ihn an. »Das Leben ist ein Geschäft, Junge, das habe ich dir von klein auf beigebracht. Langsam solltest du das doch verstanden haben.«

Zane ballte die Hände und konnte sich nur mit Mühe zurückhalten, diesem Mann eine reinzuhauen. Zu sehr befürchtete er, dass er es nicht bei einem Schlag belassen würde.

»Kann mir mal einer erklären, wovon ihr da redet?«

In diesem Moment tat Alexis etwas Unüberlegtes. Sie trat aus Zanes Schatten heraus und genau in Edmunds Blickfeld.

Waren dessen Augen bis dahin völlig stumpf und kalt gewesen, so wurden sie nun riesig und Gier funkelte in ihnen. »Na, wen haben wir denn da?«

Sofort stand Zane wieder vor Alexis und an ihrem entsetzten Gesichtsausdruck erkannte er, dass sie erst jetzt registriert hatte, dass sie ihre Perücke nicht trug.

»Shit!«

Eilig rannte sie ins Bad, wahrscheinlich, um dort ihre Verkleidung zu suchen. Nur leider war der Schlamassel bereits angerichtet.

»Ha!«, rief Edmund aus und sprang deutlich agiler auf, als er noch vor wenigen Minuten gewirkt hatte. »Wenn das nicht perfekt ist! Ganz Liverpool sucht nach dir, weil die kleine Prinzessin verschwunden ist, und dabei ist sie die ganze Zeit in deiner Obhut!« Lachend hielt sich Edmund den Bauch. »Oh, das ist herrlich. Wie viel Geld ich dafür bekommen kann.«

Solange es nur um ihn persönlich ging, war Zane vor Wut fast durchgedreht, doch da nun das Leben der Frau auf dem Spiel stand, die ihm mehr und mehr bedeutete, wurde sein Verstand kalt wie Eis. Er packte Edmund an der Kehle, hob ihn hoch und donnerte ihn mit voller Wucht auf den Esstisch. Er hörte das Brechen einer Rippe, doch das kümmerte ihn wenig.

Keuchend wand sich der Mensch unter seinem Griff, packte Zanes Hände, versuchte sich zu befreien und kratzte ihm die Haut auf, doch Zane zuckte nicht mal mit der Wimper.

Nur am Rande hörte er Alexis nach ihm rufen.

»Du hast schon mein Leben in Geld aufwiegen lassen. Lass mich dir eins sagen: Ihres wird dich deines kosten.«

Nur eine schnelle Bewegung und sein Genick wäre gebrochen. Es wäre so leicht.

Eine warme Hand legte sich auf seinen mittlerweile zerkratzten Unterarm und eine sanfte Stimme sprach in VampRuss mit ihm. Die hier ungewohnte Sprache ließ ihn aufsehen und in Alexis' erstaunlich ruhige Augen blicken.

»Gib ihm nicht die Genugtuung, dich so weit gebracht zu haben.«

Ein wenig irritierte ihn ihre Aussage, er brauchte einen Moment, um die Bedeutung zu begreifen. Dann sah er auf den langsam erschlaffenden, erbärmlichen Abklatsch eines Mannes hinab und erkannte, dass sie recht hatte. Für diesen Kerl war er immer nur ein Mittel zum Zweck gewesen. Er würde seinetwegen nicht zum Mörder werden.

»Er ist eine Gefahr für dich«, wies er sie scharf drauf hin, ließ seinen Erzeuger allerdings los.

Dieser rang verzweifelt nach Luft, sein Körper zuckte.

»Lass ihn uns doch einfach hier einsperren. Außerdem, wer sollte ihm denn glauben? Einem eindeutigen Alkoholiker, der seinen eigenen Sohn …« Sie hielt inne und schien über das Wort zu stolpern, das ihr fehlte, um das Puzzle um seine Wandlung zusammenzusetzen.

»Verkauft hat«, beendete er leise den Satz und sah das Entsetzen in ihrem Gesicht.

»Verkauft hat«, wiederholte sie fassungslos. »Sie haben dich verkauft? An Vladimir?«

Zane zuckte mit den Schultern, versuchte die schrecklichste Entscheidung über sein Leben mit dieser Geste abzutun. »Meine Eltern waren Alkoholiker und hatten zudem einige Schulden bei einem Kredithai hier. Mich zu opfern war für beide kein großer Akt. Es war eher meine Großmutter, die ihnen im Weg stand, doch letztlich hatten sie das Sagen.«

»Verkauft.« Alexis schien mit der Information nicht gut klarzukommen. »Das ist … ist Sklaverei! Diese Praxis ist seit Langem verboten!«

»Tja, aber leider in diesem Teil der Welt noch verbreitet.«

»Ausgerechnet Vladimir … Er ist Teil des Hofstaats, die rechte Hand meines Vaters.«

Zane tat das Herz weh, als er sie bei der Verarbeitung dieser Information beobachtete. Ihm war klar, dass sie Vlad nicht mochte. Aber sie hätte ihm wohl nie zugetraut, solch barbarische Sitten zu betreiben.

Er wollte sie gerade in seine Arme ziehen, da meldete sich lautstark die Eieruhr und ließ alle Anwesenden zusammenzucken.

»Mist!«

Sie hatten die Zeit aus den Augen verloren. Das hätte nicht passieren dürfen. Aber wer hätte auch schon mit dem Erscheinen seines Vaters rechnen können?

»Wir müssen los, Lex. Pack deine Sachen zusammen, ich kümmere mich um ihn hier.«

»Keine Gewalt, Zane!«

Bei dem befehlenden Tonfall musste er unwillkürlich grinsen. Wieso fand er das plötzlich heiß? O Mann, es hatte ihn echt schwer erwischt. »Jawohl, Prinzessin.«

Während Alexis sich mit ihrer Perücke und ihren Klamotten beschäftigte, packte Zane den anderen Mann, der lautstark über Schmerzen jammerte, und verfrachtete ihn auf einen der Stühle.

»Bleib schön sitzen.«

Da er erst vor wenigen Stunden alles in Jamies Haus durchstöbert hatte, wusste er direkt, wo er noch ein paar Kabelbinder herbekam. Gewissenhaft befestigte er Edmunds Arme und Beine an dem Stuhl, stopfte ihm summend einen Knebel in den Mund und verfrachtete ihn anschließend in die hinterste Ecke der Hütte, sodass er vom Bücherregal gut verdeckt wurde, sollte jemand durch ein Fenster linsen. Anschließend, einfach weil es ihm Befriedigung verschaffte, schlang er noch ein dickes Seil um seinen Vater und knotete es fest.

»Nun«, meinte Alexis erheitert, »der entkommt so schnell nicht mehr.«

Das sah Zane leider völlig anders.

»Freu dich nicht zu früh«, warnte er sie, während er einige der Konserven in den Rucksack stopfte. »Mein Vater ist ein Trickbetrüger und Dieb. Man darf ihn nicht unterschätzen.«

»Dennoch sollte es ihn eine Weile aufhalten«, war sich Alexis sicher.

Nickend stimmte er ihr zu, schloss schließlich die Tasche und schulterte sie. »Wir sollten los. Bist du bereit?«

Er strich ihr eine der falschen blonden Strähnen hinters Ohr und stellte fest, dass er diese Farbe immer mehr hasste.

Sie ergriff seine Hand und verschränkte ihre Finger mit seinen. Leicht lächelnd und mit Schmetterlingen im Bauch hob er ihre Hand an seine Lippen und küsste sie.

»Bereit!«

II

Es hatte sich etwas zwischen ihnen geändert. Das war Alexis schon eine Weile klar, doch seit dieser Nacht war es deutlich. Allein, dass er auf dem ganzen Weg zum Münztelefon ihre Hand hielt, war Beweis genug. Sie brauchte keine bedeutsamen Worte, keine Liebesschwüre – das war Michails bewehrte Methode gewesen. Und was hatte es gebracht? Nur Herzschmerz und tiefe Enttäuschung. Zane bewies ihr auf seine Art, dass sie ihm mehr bedeutete. So wie er ihr. Denn dass sie dabei war, sich in ihren Bodyguard zu verlieben, war unbestreitbar.

Jetzt hatte jedoch ihrer beider Überleben Vorrang.

Im Dunkeln hatte sie sich den Weg schon nicht merken können, doch auch bei Tageslicht erkannte Alexis nichts wieder und bezweifelte stark, dass sie je wieder zu Jamies Hütte finden würde, wäre sie plötzlich auf sich allein gestellt. Bei der Überlegung stellten sich ihre Nackenhaare auf und ein Schauer lief ihr über den Rücken.

Um sich etwas sicherer zu fühlen, drückte sie Zanes Hand, der dies sofort erwiderte.

»Ausgerechnet heute muss sich die Sonne dazu entschließen, sich mal wieder zu zeigen«, grummelte Zane nach einer Weile.

Überrascht sah Alexis in den Himmel. Tatsächlich, es waren kaum Wolken zu sehen und es war sogar recht angenehm, wenn die Strahlen einen trafen. Der Schnee der letzten Nacht war nur an einigen Stellen liegen geblieben und glitzerte in der Sonne; der Großteil war jedoch geschmolzen.

»Tja, die Natur achtet halt nicht darauf, ob man sich verstecken muss.«

Zanes gereizter Seitenblick brachte sie zum Grinsen und wenn sie nicht alles täuschte, zuckte es bei ihm ebenfalls verdächtig an den Mundwinkeln.

Wie schön, dass sie sich trotz der Umstände noch auf die Nerven gehen konnten. Sonst würde definitiv etwas zwischen ihnen fehlen.

Als sie endlich beim Münztelefon ankamen, atmeten sie beide auf. Ein wenig beruhigte es Alexis, dass auch Zane diese Situation belastete. Zwischendurch wirkte er so ruhig, dass sie sich schon Sorgen machte, mit ihr würde etwas nicht stimmen.

»Ob er unseren Anruf schon erwartet?«

Auf ihre Frage hin zückte Zane eine ihr unbekannte Taschenuhr.

»Nein. Wir sind sogar etwas früh dran.«

»Wo hast du die Uhr her?«

Kurz schwieg Zane und betrachtete das goldene Stück mit traurigen Augen.

»Ich habe sie in Jamies Nachtschränkchen gefunden. Sie hat einst seinem Vater gehört.«

»Er hätte sich sicher gefreut, dass du sie nun trägst.«

Dankbar lächelte Zane sie an, zog Alexis etwas näher zu sich und legte seinen Arm um sie. Als sei es das Natürlichste der Welt.

Ihr Herz tat einen Satz und ihr wurde ganz warm im Bauch.

Das Warten machte sie nervös. Obwohl sie sich bei Zane geborgen fühlte, konnte sie ihre Gedanken nicht daran hindern, sich wie verrückt Szenarien auszumalen, wie das Ganze enden würde.

Um sich abzulenken, sah sie zu Zane auf und betrachtete sein attraktives Gesicht. Von den Augen mal abgesehen, hatte er viel Ähnlichkeit mit seinem Vater. Auch wenn Edmund ganz klar sein gutes Aussehen durch den Alkoholmissbrauch verloren hatte.

»Weißt du«, begann Zane unerwartet zu sprechen, »ich habe meine Eltern immer dafür gehasst, dass sie mich verkauft haben.«

»Verständlich.«

Sie konnte immer noch nicht fassen, dass der Adel diesen Handel immer noch betrieb. Und dann noch Vladimir. Sobald die Gefahr gebannt und sie zurück am Hof war, würde sie ein ernstes Wort mit ihrem Vater sprechen. Auch über die Zustände im Ghetto. Er durfte diese nicht länger ignorieren.

»Aber vielleicht hat meine Wandlung doch ein, zwei gute Dinge mit sich gebracht.«

»Nämlich?«

»Nun, zum einen bin ich nicht kriminell geworden. Hätte mich bei meinen Eltern und den Zukunftsperspektiven hier nicht groß gewundert.«

Zwar sah Alexis das anders – immerhin war Zane dafür zu aufrichtig –, doch das wollte sie ihm nicht sagen. Er würde ihr sowieso widersprechen.

»Und zweitens?«

»So wurde *ich* dein Bodyguard und muss deine Sicherheit nicht so einem Vollidioten wie Michail überlassen.«

Bei seinem finsteren Gesichtsausdruck musste sie sich auf die Zunge beißen, um nicht laut aufzulachen.

»Ich bin nicht ganz sicher, ob ich dem zustimmen würde. Michail hat seine Qualitäten. Er hätte den Attentäter mit Sicherheit so lange vollgequatscht, bis dieser schließlich auf ihn, anstatt auf mich gezielt hätte.«

Leise lachend hob Zane mit einem Finger ihr Kinn an und neigte sich ihr entgegen. »Wie aufopferungsvoll von ihm.«

Mit der Zunge befeuchtete sie ihre Lippen, sodass Zanes Augen sofort darauf gelenkt wurden.

»Nicht wahr? Er wäre bestimmt ein Märtyrer geworden.«

»Alexis?«

»Ja?«

Ihr Atem ging schneller, je näher er kam.

»Du redest Unsinn.«

»Wie bitte?«

Gespielt entrüstet wollte sie zurückweichen, entkam jedoch Zanes Griff nicht. Dieser kicherte nur, drückte sie gegen die Wand und küsste sie.

Endlich!

Ihr Herz tat Freudensprünge, in ihrem Bauch tanzten Tausende Schmetterlinge.

Langsam, bedächtig fuhr sein weicher Mund über ihren, kostete sie. Ihre Lippen prickelten bei jeder federleichten Berührung, seufzend lehnte sie sich näher an ihn und schlang ihm die Arme um den Hals. Als er mit seiner Zunge über ihre Mundwinkel strich, keuchte sie auf und sofort eroberte er sie stürmisch. Doch sie wäre nicht sie selbst, wenn sie ihm einfach die Führung überließe. Sie biss ihm in die Unterlippe, krallte die Hände in seinen Nacken und bohrte ihre Nägel in seine Haut. Ein Stöhnen entwich ihm und er presste sich noch kräftiger an sie, nagelte sie förmlich an der Wand fest, während ihre Lippen, ihre Zungen um die Oberhand kämpften und dabei den verführerischsten aller Tänze vollführten. Ihr Unterleib zog sich zusammen und sie musste die Oberschenkel aneinanderpressen, um der Erregung Herr zu werden. Auch Zane blieb von ihrer Leidenschaft nicht verschont, sie spürte seine Härte an ihrem Bauch. Völlig ihren Instinkten erlegen stellte sie sich auf die Zehenspitzen und rieb sich an seinem Glied.

Ruckartig zog Zane sich zurück, trat zwei, drei Schritte von ihr weg und ließ sie mit zitternden Knien an der Wand gelehnt stehen. Genau wie sie rang er nach Atem, seine Wangen waren gerötet, seine Pupillen riesig und seine Fänge ausgefahren.

Mit gerunzelter Stirn fuhr Alexis mit ihrer Zunge über ihre Zähne und musste feststellen, dass es ihr ebenso erging.

»Scheiße«, stieß Zane aus.

Amüsiert hob Alexis eine Augenbraue. »So schlimm, hm?«

Graue Augen bohrten sich in ihre. »Noch so ein frecher Spruch und ich nehme dich hier und jetzt.«

Das sollte sie nicht so anmachen, dennoch wurde es zwischen ihren Beinen noch eine Spur feuchter. An Zanes aufgeblähten Nasenflügeln erkannte sie, dass ihm dies nicht entging.

Stöhnend wandte er ihr den Rücken zu. »Verdammt, Alexis. Wieso jetzt?«

Natürlich war ihr klar, dass sie gerade wichtigere Dinge zu tun hatten. Dennoch ließ sie es sich nicht nehmen, ihn zu necken. »Vor den Augen deines Vaters erschien es mir nicht so passend.«

Lachend ging Zane in die Hocke, scharte etwas vom Schnee zusammen und presste ihn sich ins Gesicht. »Du machst mich fertig, Prinzessin.«

Breit grinsend strich sie sich eine Strähne hinter die Ohren. »Das ist mein Job.«

Schließlich richtete Zane sich wieder auf und zückte die Taschenuhr. An seinem nun ernsten Gesichtsausdruck war klar zu erkennen, dass ihnen keine Zeit mehr blieb. Ihr Bodyguard gesellte sich wieder zu ihr, nahm den Hörer in die Hand und wählte. Dann hielt er die Ohrmuschel so, dass auch Alexis alles mitbekommen konnte.

»Hallo?«, erklang eine leicht verzerrte Stimme.

»Wir sind's«, rief Alexis in den Hörer.

»Oh, hey.« Nikolais Stimme klang aufgesetzt heiter. »Na, wie ist es so im Spieleparadies?«

»Ach, weißt du«, erwiderte Alexis, »es ist wie ein großes Versteckspiel. Hier ein Paar Schurken und da ein möglicher Verräter, das Übliche halt.«

»Verstehe.«

»Habt ihr es dann bald?«, knurrte Zane.

Um ihn zu beschwichtigen, strich Alexis ihm über die Wange. Gleichzeitig rügte sie sich selbst. Es ging hier nicht nur um ihre Sicherheit und das Leben anderer. Sondern auch um Zane. Der dringend Nahrung brauchte. Sobald das Telefonat vorbei wäre, würde sie ihn zur Spendersuche zwingen. Das Versteck musste warten. Ob es ihm passte oder nicht.

»Entschuldigung«, klang es nun ernster aus dem Hörer. »Ich flüchte mich manchmal lieber in Humor, wenn es brenzlig wird.«

Das gefiel Alexis gar nicht, ihre Nackenhaare stellten sich auf. »Was kannst du uns berichten?«

»Der König verschanzt sich weiterhin, niemand kommt an ihn ran. Gilbert hat Vladimir zur Seite gedrängt und übernimmt gerade die Führung. Er hat ein Meeting der Minister einberufen und angeblich sollen sie darüber diskutieren, die Truppen zu mobilisieren.«

»Das wäre fatal«, brummte Zane und Alexis konnte ihm nur zustimmen.

Wenn die Wachen ins Ghetto einfielen, würde es mit Sicherheit zu tödlichen Auseinandersetzungen kommen.

»Sollten wir dann nicht lieber aus dem Viertel abhauen?«, fragte sie und auch Zane schien ähnliche Gedanken gehabt zu haben; anerkennend nickte er ihr zu.

»Ihr seid also wirklich im Ghetto?«, erkundigte sich Nikolai und erschrocken stellte Alexis fest, dass sie sich soeben verraten hatte. »Es gibt Gerüchte, aber keine Bestätigung.«

»Ja, sind wir«, knurrte Zane. »Allerdings nicht mehr lange. Wir werden hier schnellstmöglich verschwinden.«

»Nein!«, rief Nikolai. »Auf gar keinen Fall!«

Irritiert fuhr sich Alexis durch die langen Haare der Perücke.

»Aber wieso nicht? So würden wir die Anwohner nicht länger zur Zielscheibe machen.«

»Und wer soll wissen, dass ihr euch nicht mehr dort aufhaltet?«, erwiderte Niko. »Als ob Gilbert oder jemand von der Regierung dem Glauben schenken würde, selbst wenn ihnen jemand mitteilten sollte, dass Zane geflohen ist.«

Moment!

»Was hat Zane damit zu tun?«

Stille auf der anderen Seite der Leitung.

»Nikolai!«, schlug Alexis nun einen härteren Ton an. »Was weißt du?«

»Möglicherweise habe ich aufgeschnappt ...« Niko zögerte. »Also ich hörte, dass man es für verdächtig hält, dass man keinen Kontakt zu Zane herstellen kann. Der Tod von Jamie Handersson beunruhigt die Minister ebenfalls.«

»Inwiefern beunruhigt es sie?«, fragte Zane, Alexis konnte seinen Kiefer mahlen hören. »Was hat Jamies Tod mit meinem Verschwinden zu tun?«

»Sie glauben, du hättest ihn umgebracht, damit er dir nicht auf die Schliche kommt.«

Ein eiskalter Schauer lief Alexis über den Rücken. »Die gehen wahrhaftig davon aus, dass Zane hinter allem steckt.«

Das war keine Frage, sondern schreckliche Gewissheit. Der Palast wollte es wirklich ihm in die Schuhe schieben.

»Genau so sind die Worte nicht gefallen«, meinte Niko vorsichtig. »Aber ich schätze, ja.«

»Wie kommst du an diese Infos?«, erkundigte sich Zane stirnrunzelnd.

Offensichtlich war sein Vertrauen in Nates Sohn nicht ganz so stark.

»Möglicherweise habe ich mich in das Handy eines Ministers gehackt, das er bei einer Besprechung dabeihatte?«

Erstaunt riss Alexis die Augen auf. »Gilbert erlaubt Handys bei Meetings?«

Das Schweigen sprach Bände.

»O mein Gott. Du hast dich in Gilberts Handy gehackt.« Fassungslos starrte Alexis den Hörer an.

»Vielleicht?«, erwiderte Niko kleinlaut. »Er scheint es versteckt zu halten und das Meeting aufzuzeichnen. Leider kann ich nicht alles verstehen, deshalb kann ich auch noch nichts Konkretes sagen. Aber ihr solltet euch wirklich bedeckt halten und nur mit Leuten sprechen, denen ihr zu hundert Prozent vertraut.«

Zane schnalzte mit der Zunge. »Das ist leichter gesagt als getan. Hier bin ich nicht gerade beliebt.«

Ein leises Geräusch ließ Alexis herumfahren. Mit heftig klopfendem Herzen beobachtete sie die Umgebung genau, konnte jedoch nichts entdecken.

Bestimmt gehen nur die Nerven mit mir durch, dachte sie und wandte sich wieder dem Telefonat zu.

»Wäre es nicht doch klüger, das Ghetto zu verlassen? Bis jetzt scheinen die Minister doch nur zu planen, die Truppen zu mobilisieren, sie jedoch nicht einsetzen zu wollen.«

»Wie gesagt, davon rate ich ab.«

»Wir könnten uns doch auffällig rausschleichen. Sodass wir von Kameras aufgenommen werden.«

»Das wäre viel zu riskant. Dann könnte man auch dich entdecken, Miranda. Und nur weil sie Zane auf den Kameras sehen würden, heißt das nicht, dass sie sich nicht auf die anderen Creatures versteifen. Bleibt lieber dort!«

Dass Niko darauf bestand, konnte Alexis nicht verstehen. Entweder war sie zu ausgelaugt oder nicht clever genug, um diese Logik zu begreifen.

»Das gefällt mir nicht«, murmelte Zane neben ihr.

»Mir auch nicht«, gab Alexis zu.

»So oder so sind die Leute im Ghetto in Gefahr«, warf Nikolai ein.

»Als ob mir die Leute hier auch nur annähernd so wichtig wären wie Miranda«, knurrte Zane.

Alexis' Herz schwoll an, sie lehnte sich an ihn und verbarg ihren Kopf an seiner Brust. Sofort schlang er den Arm um ihre Taille.

»Aber könnte Miranda damit leben, wenn das Ghetto unter dem Verschwinden der Prinzessin leiden müsste?«

Alexis schloss gequält die Augen. Mist. Da hatte er recht. Damit würde sie nie leben können. Ihr Bodyguard schien ihre Gedanken zu erahnen, er drückte sie fester an sich.

»Was tut Vladimir?«, erkundigte sich Zane, seine Stimme klang gepresst.

»Das ...«, Nikolai zögerte, »weiß ich nicht genau. Er hat einige Zeit versucht, beim König vorzusprechen, doch seit Gilbert ihn verdrängt hat, habe ich keine Meldungen mehr über ihn aus dem Palast.«

»Also kannst du uns nichts Neues von dort berichten. Nur aus dem Ministerium.«

»Nicht viel, tut mir leid. Meine Eltern versuchen schon Genaueres zu erfahren, aber da Vlad nicht involviert zu sein scheint und sich die Königin mit ihren engsten Vertrauten zurückgezogen hat, komme ich kaum an Informationen.«

»Verdammt.« Zane rieb sich die Stirn und dachte angestrengt nach.

Alexis konnte förmlich sehen, wie frustriert er war.

»Ich versuche noch Details in Sachen Bombe in Erfahrung zu bringen«, rief Nikolai laut. »Vielleicht kann ich eine Information zum Erbauer finden.«

»Wie willst du denn an diese Infos rankommen?« Zane klang skeptisch. »Als ob Gilbert diese Untersuchungsberichte einfach freigeben wird.«

Ein beleidigtes Schnauben erklang. »Also bitte! Mit wem redest du? Wenn ich mich in sein Handy hacken kann, dann auch problemlos in den Regierungscomputer.«

Alexis und Zane tauschten einen zweifelnden Blick, beide waren nicht überzeugt. Doch was sollten sie tun?

»Na dann«, murmelte Zane. »Halte uns auf dem Laufenden.«

»Mach ich auf jeden Fall. Ich gucke auch, ob ich mehr über Gilberts Pläne herausfinden kann.«

»Gut.« Zane nickte. »Wir rufen dich an, sobald wir ein neues Versteck gefunden haben.«

»Bleibt am Leben«, befahl Nikolai und legte auf, bevor sie etwas erwidern konnten.

»Sehe das nur ich so oder war das etwas seltsam?«, fragte Alexis und sah zu Zane auf.

Dieser schüttelte den Kopf. »Nein, ich fand das auch komisch. Wenn ich Nate nicht so vertrauen würde, würde ich sagen, Nikolai arbeitet gegen uns. Ich kann beim besten Willen nicht erkennen, wieso wir im Ghetto bleiben sollten, wenn sie uns genau hier suchen.«

Seufzend löste sich Alexis von ihrem Bodyguard. »Lass uns später darüber nachdenken. Jetzt müssen wir dir einen Spender organisieren.«

Zane zog eine Augenbraue hoch und Alexis wusste genau, dass sie sich auf einen Streit gefasst machen musste.

***

Zögerlich zog Nikolai sich das Headset vom Kopf und drehte sich zu den Männern hinter ihm um.

»Gut gemacht, mein Sohn.«

Sein Vater mochte noch so unbeschwert klingen, Nikolai erkannte an den Furchen um seinen Mund, wie angespannt der gewandelte Vampir war.

»War das klug?«

»Ja.« Der Mann neben Nathaniel verlagerte sein Gewicht von seinem rechten aufs linke Bein. »Sie sind genau dort, wo sie sein sollen.«

Das bezweifelte Nikolai. »Wenn die Truppen erst dort einfallen …«

»Das haben wir doch schon besprochen, Niko.« Sein Vater kam näher und legte ihm eine Hand auf die Schulter.

»Ich weiß.«

Dennoch blieben die Skepsis und die Ahnung, dass sie das Schicksal herausforderten. Immerhin hatte er Zane und der Prinzessin nicht alles gesagt. Sagen dürfen.

»Trotzdem«, murmelte er. »Ich habe kein gutes Gefühl bei der Sache.«

»Behalte deine Gefühle für dich«, sprach erneut der Mann, der nach wie vor neben der Tür stand. »Es ist alles durchdacht. Mein Plan wird aufgehen.« Pupillenlose Augen bohrten sich in Nikolais. »Oder stellst du meine Entscheidungen infrage?«

Sowohl Nikolai als auch sein Vater neben ihm zuckten bei den harschen Worten zusammen. Niko schluckte und senkte den Blick. »Natürlich nicht. Verzeihung.«

»Das will ich auch hoffen.« Der Adlige wandte sich zum Gehen, blieb aber noch einmal stehen. »Gib mir Bescheid, wenn Vaughn sich wieder meldet.«

Nikolai neigte den Kopf. »Jawohl, Lord Vladimir.«

***

»Erst suchen wir ein neues Versteck«, gab Zane entschlossen zurück.

Alexis verschränkte die Arme vor der Brust. So schnell würde sie nicht klein beigeben. »Auf gar keinen Fall! Du klappst mir hier bald zusammen, Zane. Dann kannst du mich auch nicht beschützen. Und ich kenne dich, sobald wir ein Versteck gefunden haben, würdest du mich dort nicht allein zurücklassen wollen. Also, entweder komme ich jetzt mit und wir suchen gemeinsam einen Spender auf oder du musst von mir trinken.«

Bei dem Gedanken kribbelte ihr Handgelenk. Das hätte sie ihm vermutlich schon längst vorschlagen sollen.

Doch am sich verdüsternden Blick Zanes erkannte sie, dass ihm diese Überlegung überhaupt nicht passte.

»Auf gar keinen Fall.« Sein Tonfall war unnachgiebig, sein Gesichtsausdruck machte deutlich, dass er in diesem Punkt nicht einlenken würde. Ein wenig schmerzte das.

»Fein.« Alexis gab sich Mühe, ihre Stimme hart klingen zu lassen, obwohl die Abweisung ihr einen Kloß im Hals bescherte. »Dann suchen wir einen Spender.«

Erneut setzte Zane zu einer Erwiderung an, doch das Knistern eines anspringenden Monitors in der Nähe ließ ihn innehalten.

»Wo kommt das her?«, fragte Alexis und spitzte die Ohren.

Sofort setzte sich Zane in Bewegung, lief um die nächste Ecke, dann eine schmale Gasse entlang und schließlich auf einen kleinen Platz. Dort befanden sich einige Anwohner, die anscheinend gerade auf dem Weg zur Arbeit oder zum Markt waren und nun mit angespannten Gesichtern auf den Monitor blickten. Auf dessen Screen war der Palast zu erkennen – wenn auch etwas verschwommen, da ständig Störungen das Bild zum Wanken brachten.

Zane packte sie und zog sie zurück in die Gasse, um von den Bewohnern nicht so schnell entdeckt zu werden.

Alexis hatte erneut mit Hatice gerechnet, nicht jedoch mit Gilbert höchstpersönlich. Neben ihm stand ein weiterer Mann, der eine offizielle dunkle Uniform trug.

»Scheiße«, fluchte Zane. »Ist das …?«

»Jonathan. Der Anführer der Wachtruppen.«

Alexis wich alles Blut aus dem Gesicht. Die Entwicklung gefiel ihr überhaupt nicht.

Ruckartig wandte Zane neben ihr den Kopf in die Gasse hinter sich, schnell folgte sie seinem Blick.

»Was ist?«, flüsterte sie.

Nach einem kurzen Zögern richtete Zane seine Augen wieder auf den Bildschirm. »Nichts. Ich dachte nur, ich hätte etwas gehört.«

Das Herz schlug Alexis bis zum Hals und das Bedürfnis, sich am Handgelenk zu kratzen, war übermächtig. Doch bevor ihre Nägel die Haut auch nur berühren konnten, hatte Zane ihre Hand geschnappt und mit seiner umschlossen.

»Alles wird gut«, sprach er ihr beruhigend zu.

Dankbar drückte sie seine Hand und rückte etwas näher. Die Unsicherheit und Nervosität jedoch blieben, Gänsehaut hatte sich auf ihrem ganzen Körper ausgebreitet.

Endlich hatte sich der Bildschirm beruhigt, die Figuren waren deutlich zu erkennen und auch der Ton fing sich.

Wie nicht anders zu erwarten, sprach Gilbert in die Kamera. Bei dem Klang seiner Stimme wurde Alexis ganz bang.

»Meine lieben Mitbürger und Mitbürgerinnen. Wie Ihnen bekannt sein dürfte, gab es vor wenigen Tagen einen Anschlag auf einen Club, das *Tusked*. Bei dem Attentat starben über dreißig Vampire, Creatures und auch Menschen, mindestens fünfzig weitere wurden schwer verletzt. Unter den Opfern befanden sich auch für den Palast wichtige Personen, darunter Jamie Handersson, der Verbindungsmann zwischen den Vampiren und den Spendern.«

Ein Raunen ging durch die Menge, die Leute, fast ausschließlich Menschen, sahen sich beunruhigt an. Neben ihr versteifte sich Zane und auch Alexis runzelte die Stirn. Jamie war zwar ein Mensch gewesen und damit mehr wert als ein Creature, aber für Gilbert nicht wichtig genug, um extra erwähnt zu werden. Was bezweckte er damit?

»Des Weiteren konnten wir nun mit Sicherheit bestätigen, dass sich unsere Thronfolgerin, Alexandrina Crown, unter den Besuchern des Clubs befand. Sie zählt jedoch nicht zu den Todesopfern. Dafür liegt uns nun eine Lösegeldforderung vor. Von einer Gruppe Creatures, die bereits vor dem Attentat mit der Tötung der Prinzessin gedroht hat.«

Entsetzen machte sich breit, die Menschen sprachen wild durcheinander.

»Wer sollte die Prinzessin entführen?«

»Das arme Ding!«

»Was sollen wir nur tun, wenn ihr etwas zustößt?«

Fassungslos starrte Alexis auf den Bildschirm. Das konnte unmöglich sein, sie traute ihren Ohren kaum.

»Lösegeld? Wer sollte denn bitte Lösegeld für mich verlangen, wenn ich nicht mal entführt wurde?«

»Ich denke, dass gar keine tatsächliche Forderung vorliegt«, meinte ihr Bodyguard leise, die Anspannung in seinem Körper ging auf sie über.

Dieses ganze Unterfangen wurde immer verrückter.

»Zurzeit können wir nur mutmaßen«, vernahm sie Gilberts Stimme wie aus der Ferne, ihr Verstand war kaum in der Lage, das Gesprochene zu begreifen. »Da jedoch Zane Vaughn, der Bodyguard der Prinzessin, seit dem Attentat wie vom Erdboden verschluckt ist und wir seine letzten Spuren bis zum *Tusked* zurückverfolgen konnten, gehen wir von seiner Beteiligung aus.«

Der Boden tat sich unter Alexis' Füßen auf, sie wankte. Hätte Zane sie nicht festgehalten, wäre sie zu Boden geglitten. Die aufgeregten und wütenden Ausrufe der Umstehenden vernahm sie mehr wie Hintergrundgeräusche, so sehr rauschte das Blut in ihren Ohren.

»Quellen zufolge hält sich Vaughn zurzeit im Creature-Viertel auf. Um zu verhindern, dass er oder einer seiner möglichen Komplizen fliehen, wird das Viertel in diesem Augenblick von unseren Truppen umstellt.«

Das Tönen der Fanfaren deutete bereits klar das Eintreffen des Militärs an. Beinahe hätte Alexis sich umgedreht, um nach den Männern Ausschau zu halten, obwohl sie nicht nah genug am Rand des Ghettos waren, um die Wächter zu entdecken.

»Es gilt eine absolute Ausgangssperre! Niemand darf das Viertel verlassen. Zudem ist es strengstens untersagt, Zane Vaughn Zuflucht zu gewähren. Jeder Verstoß wird hart bestraft. Hinweise zu seinem Aufenthalt dagegen werden großzügig entlohnt. Die Nummer, an die Sie sich wenden können, wird unten eingeblendet.«

Bildete sie sich das nur ein oder musste Gilbert sich ein siegessicheres Grinsen verkneifen, bevor der Bildschirm ohne Vorwarnung schwarz und nur noch eine Nummer eingeblendet wurde? Dieser Dreckskerl genoss es auch noch, den Creatures das Leben zur Hölle zu machen.

Die Panik der Anwohner war förmlich greifbar und auch Alexis blieb davon nicht verschont. Ihr Atem ging stoßweise, ihr Herz schlug viel zu schnell.

»Lex, du musst ruhig bleiben«, flüsterte Zane ihr direkt ins Ohr und hielt sie fest an sich gepresst.

Wie eine Ertrinkende klammerte sie sich an ihn, ihr Blickfeld verengte sich. Sie wusste, dass sie sich zusammenreißen, wieder klar denken musste.

So war sie Zane nur ein Klotz am Bein, würde ihm nur Kummer bereiten. Also atmete sie tief durch, schloss kurz die Augen und zwang sich zur Ruhe.

Zanes Duft, der ihr in die Nase stieg und ihr mittlerweile so vertraut war, half ihr dabei, sich einigermaßen zu sammeln. Sie schluckte.

»Jetzt kommen wir bestimmt nicht mehr aus dem Ghetto raus«, flüsterte Alexis.

»Dass wir von nun an keine Hilfe mehr bekommen werden, macht mir viel mehr Sorgen«, entgegnete Zane.

Mit ihrer freien Hand, die fürchterlich zitterte, fuhr sich Alexis über den Mund. Einen Spender konnten sie sich so auch abschminken.

»Was tun wir jetzt?«, fragte sie, als sie bemerkte, wie zwei Menschenfrauen in ihre Richtung sahen.

»Erst einmal müssen wir hier weg.« Zane trat einen Schritt zurück, ohne ihre Hand loszulassen, und drehte sich mit gespielter Ruhe um.

»Vaughn?«, erklang es laut hinter ihnen und Alexis zuckte dabei heftig zusammen.

»Lauf«, zischte er ihr zu und rannte los.

So schnell sie konnte, hechtete sie hinter ihm her, froh darüber, dass er sie größtenteils mitzog.

»Das ist er wirklich!«

»Jemand muss ihn schnappen!«

Diese Ausrufe waren die letzten, die sie hinter sich hörte, bevor sie außer Hörweite kamen. Leider reichte das nicht aus.

12

Plötzlich tauchten zwei Creatures vor ihnen auf. Zane verfluchte sich innerlich und zog Alexis hinter sich. Nicht dass die beiden vor ihm eine wirkliche Bedrohung darstellten; keiner von ihnen wirkte auch nur annähernd kräftig genug.

Nur war Zane in diesem Moment leicht im Nachteil. Zum einen waren bestimmt noch weitere Verfolger hinter ihnen, zum anderen ließ seine Kraft gerade extrem nach. Die Prinzessin hatte recht. Er brauchte dringend einen Spender.

»Na, wen haben wir denn da?«, sprach ihn der Größere der beiden an. »Wenn das nicht unser lieber Zane Vaughn ist. Warum hast du es denn so eilig?«

Sein Kumpel ließ doch glatt demonstrativ die Finger knacken, was besser gewirkt hätte, wäre er nicht so dürr wie ein Streichholz.

Wer zum Henker hatte den Hungerhaken denn gewandelt?

Zane konnte sich ein Augenrollen gerade noch verkneifen, bevor er vorwärtsstürzte. Mit voller Wucht rammte er den Dürren gegen die Mauer des nächstgelegenen Gebäudes und schlug seinen Kopf gegen die Backsteine. Alexis' Aufschrei übertönte fast das Knacken des Schädels. Noch bevor der nun bewusstlose Mann zu Boden fiel, drehte sich Zane um und schlug dem anderen Vampir mitten ins Gesicht. Da dieser mit Zanes vorschnellem Angriff nicht gerechnet hatte, stand er immer noch verdattert an Ort und Stelle. Im nächsten Augenblick knockte Zane ihn mit einem gezielten Griff am Nacken aus, dann packte er Alexis und rannte mit ihr weiter durch die Gassen. Leider war er nicht mehr so schnell wie zuvor, seine Gedanken wurden immer träger. Mist, er wusste ja nicht einmal, wo sie jetzt unterkommen sollten.

»Zane!«

Alexis' warnender Ausruf erreichte ihn zwar und er sah auch den Schatten von links auf sich zukommen, doch er konnte nicht rechtzeitig reagieren. Im nächsten Moment wurde er in einen Haufen Mülltonnen geschleudert, der schwere Typ auf ihm ließ ihm keine Chance, sich aufzurichten. Er konnte zwar ein paar Treffer landen, doch sein Angreifer war nicht so ein Amateur wie die beiden zuvor. Zane langte nach seiner Waffe, konnte diese jedoch nicht finden. Sie musste ihm beim Aufprall aus dem Halfter gefallen sein.

Der Mann auf ihm nutzte seine kurze Unaufmerksamkeit aus und schlug zu. Das ließ sich Zane nicht gefallen, den nächsten Hieb konterte er und schlug zurück. Sein Gegner heulte auf, wirkte danach jedoch nur wütender und wurde leider eine Spur besser.

Geschickt wich er Zane aus, steckte die Treffer ansonsten gut weg und verteilte selbst kräftige Hiebe. Besonders die gegen den Kiefer saßen, Zane Kopf wurde nach hinten geschleudert. Zischend wand er sich, blendete den Schmerz aus, schlang seine Beine um die Hüften seines Gegenübers und bekam dessen Hals in die Hände. Es kostete ihn fast seine ganze Kraft, dem Kerl die Luftzufuhr abzudrücken, nur leider reichte das nicht aus. Der andere Mann rollte von ihm runter, entkam seiner Beinklammer und rammte ihm seine Faust in den Magen. Zane rang nach Atem, konnte sich kaum bewegen. Da kniete der Mistkerl auch schon wieder auf ihm, drückte sein Knie auf Zanes Brustkorb und grinste ihn hämisch an.

»So viel dazu, unser Vaughn sei der beste Kämpfer des Ghettos.«

Sein Gegner hob den Arm und seine Faust schnellte auf Zane nieder. Dieser machte sich auf heftige Schmerzen gefasst, doch im nächsten Moment konnte er wieder freier atmen, das Gewicht auf seiner Brust war weg. Irritiert und mit zittrigem Körper richtete er sich auf und entdeckte nicht weit von sich entfernt seinen Schützling. Alexis hatte den Angreifer mit einer schnellen Reihenfolge von Faustschlägen k. o. gesetzt.

Als sie sich zu ihm umdrehte, waren ihre Fänge weit ausgefahren und ihre Augen funkelten wild. Doch waren sie nicht auf Zane gerichtet, sondern auf etwas hinter ihm. Zane folgte dem Blick und entdeckte zu seinem Entsetzen drei weitere Creatures, die gerade um die Ecke gebogen kamen. Sie gehörten zu Kyrills Leuten und schienen es absolut nicht eilig zu haben. Lässig kamen sie auf sie zu, die Hände in den Hosentaschen, ein überhebliches Grinsen auf den Gesichtern.

»Wie lieb von dir, Vaughn, dass du extra auf uns gewartet hast. Kyrill weiß das sicherlich zu schätzen.«

Keine Ahnung, warum die Kerle nicht auf Alexis achteten, doch das wurde ihnen zum Verhängnis. Dass geborene Vampire schneller waren als geschaffene, war eigentlich kein Geheimnis, dennoch war Zane überrascht, wie schnell sich die Tochter des Vampirkönigs tatsächlich bewegen konnte. Sie hatte bereits zwei der Creatures überwältigt, bevor der dritte bemerkte, dass er es nicht nur mit Zane zu tun hatte. Auch wenn es der absolut falsche Zeitpunkt war, musste Zane anerkennen, wie gut Alexis sich verteidigte. Nichtsdestotrotz war sie im Kämpfen nicht ausgebildet und mit dem letzten noch stehenden Creature hatte sie ihre Schwierigkeiten. Zane biss die Zähne zusammen und kam wankend auf die Beine. Es konnte nicht angehen, dass sein Schützling *ihn* verteidigte. Er musste seine schwindenden Kräfte hintanstellen und ihr gefälligst der Bodyguard sein, der er sein wollte. Und wenn er dabei draufging. Ihr Leben war so viel wichtiger als seins.

Zu seinem Pech konnte er Alexis den Angreifer nicht abnehmen, denn es tauchten weitere von Kyrills Männern auf. Wenn Zane ehrlich war, wurde ihm eine Sekunde lang mulmig zumute. Warum hatte er nicht einfach auf Alexis gehört und sich zu Anfang einen Spender besorgt? Er konnte kaum noch aufrecht stehen, sein verletztes Bein zitterte gefährlich.

Verdammt, Zane! Jetzt ist nicht die Zeit für Gejammer.

Also warf er sich ins Getümmel. Schnell verlor er den Überblick, wie viele Gegner er ausschaltete, dennoch kam es ihm so vor, als würden es nicht weniger. Zwischendurch erhaschte er einen Blick auf lange blonde Haare, die sich neben ihm bewegten, was ihn dazu antrieb, nicht aufzugeben. Wie würde er denn dastehen, wenn die Prinzessin länger durchhielt als er? Der Gedanke brachte ihn zum Grinsen und verlieh ihm neue Kräfte.

Der Typ vor ihm war keine Herausforderung, er ging beim ersten Schlag ins Gesicht k. o. – mit gebrochener Nase. Tja, Pech gehabt. Auch die nächsten zwei bekam er schnell in den Griff und schickte sie zu Boden. Doch dann verließ ihn das Glück. Der rothaarige Creature vor ihm, der mit einer Eisenstange nach ihm schlug, erwischte sein verletztes Knie und zwang Zane damit zu Boden. Der nächste Treffer landete an seiner Schläfe. Während er seitlich zu Boden ging und etwas Rotes seine Sicht verschleierte, bevor ihm schwarz vor Augen wurde, vernahm er noch Alexis' verzweifelte Stimme.

***

»Zane!«

Panisch ließ Alexis von ihrem Gegner ab, der eh längst hinüber war, und eilte an Zanes Seite. Ihr Herz schlug so schnell wie noch nie, vor lauter Angst konnte sie kaum atmen. Seit ihr Bodyguard bewusstlos zu Boden gegangen war, hatten die Angreifer das Interesse an ihr verloren. Sie kamen ihr auch nicht in die Quere, als sie Zanes Kopf vorsichtig drehte und ihm das Blut von der Stirn wischte.

»Zane, wach auf. Zane!«

Sie wusste, dass ihr Flehen nichts brachte, aber jetzt gerade durfte sie irrational sein. Vorsichtig strich sie ihm die blutverschmierten Haare aus der Stirn und vergewisserte sich, ob er noch atmete. Zum Glück! Vor lauter Erleichterung liefen ihr Tränen über die Wangen und sie drückte ihre Stirn gegen seine.

Neben sich nahm sie eine Bewegung wahr, mit ausgefahrenen Fängen und laut fauchend sah sie auf. Sofort wichen die beiden sich nähernden Creatures vor ihr zurück, jedoch nicht allzu weit.

»Ruhig Blut, Herzchen!« Derjenige, dessen Lippe sie noch vor wenigen Augenblicken aufgeschlagen hatte, hob beschwichtigend die Hände. »An dir sind wir nicht interessiert.«

»Ihr bekommt ihn nicht!«, fuhr Alexis die Männer an.

Das Adrenalin rauschte weiterhin durch ihre Blutbahn und im Notfall würde sie jeden einzelnen Bewohner des Ghettos k. o. schlagen.

»Tut mir ja leid, Goldlöckchen, aber wir haben unsere Anweisungen.«

Als der Typ Anstalten machte, wieder näher zu kommen, setzte Alexis

Zanes Kopf sanft auf dem Boden ab und richtete sich zu ihrer vollen Größe auf. Zugegeben, das mochte ihre Gegner nicht einschüchtern, immerhin überragten sie sie um gut einen Kopf. Aber immerhin wusste Alexis, dass sie stärker war. Sie war eine geborene Vampirin, eine Adlige, zum Teufel noch mal! Keiner der Kerle hier würde Zane zu nahe kommen.

Sie schoss nach vorn, hielt jedoch im nächsten Moment inne, als sie das Entsichern einer Waffe hinter sich vernahm.

Leicht drehte sie den Kopf und entdeckte den rothaarigen Kerl, den sie vorhin von Zane runtergerissen hatte. Er richtete seine Pistole auf Zanes Kopf. Mist! Der Arsch hatte sich schneller erholt, als sie ihm zugetraut hatte. Sein Gesicht war in Mitleidenschaft gezogen worden, sein Auge und auch seine Wangen schwollen bereits an.

»Eine falsche Bewegung, Süße, und dein Liebster ist tot. Hände hoch!«

Sie tat wie geheißen und drehte sich komplett um.

»Bindet ihre Arme fest«, befahl der Rothaarige und ging neben Zane in die Hocke.

Ohne sich zu wehren, ließ Alexis zu, wie einer der beiden Typen hinter ihr ihre Arme nahm und ihre Handgelenke mit – wie sie vermutete – Kabelbindern fesselte.

»Hm.« Der Rothaarige betrachtete Zanes Wunde und betrachtete kurz dessen Körper. »Der ist hinüber. Kyle, Perry, ihr tragt ihn. Süße, du wirst mitkommen. Wenn du nicht willst, dass ich ihn oder dich erschieße, benimm dich.«

Sie gab sich alle Mühe, ihn mit ihren Blicken zu erdolchen, nickte aber zustimmend. Nachdem Zane von den Kerlen hochgehoben worden war, machten sie sich auf den Weg – ihre ohnmächtigen oder stöhnenden Kameraden ließen sie eiskalt liegen. Dieses Mal achtete Alexis nicht auf den Weg, ihre Augen klebten auf Zane und seinen beiden Trägern.

»Wenn ihr ihn fallen lasst, hat euer letztes Stündlein geschlagen.«

Mit Befriedigung registrierte sie, wie die beiden doch glatt zusammenzuckten. Wer hätte gedacht, dass sie so bedrohlich klingen konnte?

Der Rotschopf hinter ihr kicherte leise. Immerhin einer amüsierte sich hier.

Zu ihrer Überraschung kam ihnen keine Menschenseele entgegen. Es war, als ob die Männer wussten, welche Straßen sie zu vermeiden hatten. Sie hielten schließlich in einer Sackgasse an, was Alexis schon gar nicht mehr verwunderte. Genauso wenig erstaunte es sie, als sich nach einem gezielten Tritt des Rothaarigen eine Öffnung in der Wand auftat. Als Zanes Träger seitlich eintraten, bemerkte sie erst, dass sich eine Wendeltreppe dahinter versteckte, die in den Keller führte. Widerwillig folgte sie ihnen. Solch enge Räumlichkeiten verursachten ihr Unbehagen, doch dies war nicht der Augenblick, davor zurückzuschrecken. Niemals würde sie Zane allein lassen.

Als sie endlich zwei Stockwerke tiefer angekommen waren, atmete sie erleichtert durch. Dass der Typ hinter ihr es genauso hielt, kam dann doch unerwartet.

»Wir haben es nicht mehr weit, Herzchen.«

Sie funkelte ihn böse an, tat aber stillschweigend wie geheißen. Mit jedem Schritt verspannte sie sich mehr. Es gab hier unten eine Menge Creatures, die ihr Eintreffen beobachteten, und es kamen weitere dazu. Keine Ahnung, wo die alle herkamen, doch in dem schlecht beleuchteten Tunnel konnte sie kaum Türen oder weitere Gänge ausmachen. Auch die Beobachter waren mehr dunkle Schemen als klare Personen und das machte es nur noch unheimlicher.

Schließlich öffnete sich eine Tür zu ihrer Linken und sie traten in einen deutlich besser beleuchteten – und auch moderner aussehenden – Raum. Am Ende des großen Tisches in der Mitte saß ein dunkelhaariger Mann wie auf einem Thron und beobachtete die Neuankömmlinge. Dabei war sein Blick starr auf Zane gerichtet, Alexis nahm er gar nicht wahr.

Der Rothaarige schloss die Tür hinter sich und ging an ihr vorbei auf den geheimnisvollen Kerl zu. Keine Sekunde später hatte sie sich der Kabelbinder entledigt. Dennoch hielt sie die Arme weiterhin hinter dem Rücken verschränkt.

»Das ging schnell.«

Der Typ, den sie für den Anführer hielt – vermutlich dieser berüchtigte Kyrill – erhob sich und lief den Tisch entlang, auf dem die Träger Zane abgeladen hatten. Wenig sanft, wie Alexis auffiel. Wütend bleckte sie ihre Fänge, was Zanes Träger erneut zusammenzucken ließ. Immerhin nahmen sie sie weiterhin als Bedrohung zur Kenntnis.

Diese Reaktion sorgte dafür, dass Kyrill sich irritiert umsah und sie entdeckte.

»Habe ich irgendwas davon gesagt, ein Souvenir von eurem Ausflug mitbringen zu dürfen?«

Dieses Mal zuckten alle drei seiner Männer zusammen und sahen betreten zu Boden. Kyrill ignorierte sie und kam auf Alexis zu. Sie hob ihr Kinn und gab sich die größte Mühe, sich von dem Typen nicht einschüchtern zu lassen. Sie kannte gefährlichere Männer, jedoch war seine Größe schon echt beeindruckend. Er maß bestimmt über zwei Meter.

»Und du bist?«

»Sauer«, gab sie zurück. »Ich bin kein Fan davon, einfach angegriffen zu werden.«

Ein Grinsen erschien auf Kyrills Gesicht, während er seinen Blick über sie hinwegschweifen ließ.

»Eine Adlige im Ghetto sieht man auch nicht alle Tage.« Er wandte sich an seine Untergebenen. »Sind deshalb nur drei von euch zurückgekehrt? Weil diese Lady euch aufgemischt hat?« Auf eine Antwort wartete er gar nicht erst, sondern ging zu Zane. »Dass eine Adlige mal meine Männer zusammenschlagen würde, hätte ich nie erwartet. Man erlebt doch immer wieder was Neues.«

»Komm ihm nicht zu nah!«, zischte sie, als er die Hand nach ihrem Bodyguard ausstreckte.

Mitten in der Bewegung hielt er inne. »Ich weiß genau, dass der Kerl mehr drauf hat. Ehrlich gesagt hatte ich erwartet, dass wir ihn erst in einigen Tagen in die Hände bekommen.« Er sah zu Alexis. »War er verletzt?«

Sie sah keinen Grund zu lügen. »Ja. Zudem hat er es verpasst, sich einen Spender zu suchen.«

Augenbrauen gingen skeptisch in die Höhe. »Er hat auch nicht von dir getrunken, Mylady?«

»Was geht dich das an?«

Vermutlich war es nicht sonderlich klug, den Anführer dieser Underground-Creatures zu provozieren, aber das war ihr herzlich egal. Ihr Handgelenk juckte und das Bedürfnis, sich zu kratzen, war allgegenwärtig, doch sie unterdrückte es mit aller Macht. Sie hatte es so satt, immer zu kuschen, das verängstigte Prinzesschen zu sein. Zudem war sie gerade wütend genug, um zu glauben, Kyrill im Notfall überwältigen zu können. Mochte das aufgrund der Menge an Leuten hier unten auch noch so unrealistisch sein.

»Weil ich hier das Sagen habe.« Er richtete sich auf und sah von oben auf sie herab. »Mein Name ist Kyrill.«

»Dein Name ist mir geläufig.«

»Und wie heißt du, Lady?«

»Na holla«, ertönte da eine weibliche Stimme, die ihr verdächtig bekannt vorkam. »Da brat mir doch einer einen Storch. Da suche ich euch überall, nur um euch hier vorzufinden. Wie ätzend!«

Fassungslos sah Alexis Camille auf sich zukommen. »Was hast *du* hier verloren?«

Die Blondine schenkte ihr nur einen verächtlichen Blick – von ihrer Freundlichkeit vom Markt war keine Spur mehr zu sehen – und trat neben Kyrill. Dieser legte sofort seinen Arm um ihre Schulter.

»Nicht aufregen, Honey. Wir haben ihn doch jetzt. Somit ist es auch nicht mehr so schlimm, dass sie dir entkommen sind.«

Dieses Miststück hatte sie also wirklich an Kyrill verraten. Wären sie so dumm gewesen, in dieser Waschküche zu warten, hätten seine Männer sie schon viel früher gefunden.

»Hör auf, mir zu drohen«, zischte Camille Kyrill an, ihre Augen sprühten Funken.

»Na, na.« Kyrill strich ihr über den Arm. »Wer wird denn gleich zickig werden?«

Von der Situation genervt stöhnte Alexis auf. »Wenn ihr eure Beziehungsprobleme später besprechen würdet, wäre ich euch dankbar.«

»Oh, Verzeihung! Ist unsere kleine Adlige sich zu schade, uns niederen Wesen zuzuhören?«, zeterte Camille.

»Vorsicht, Honey.« Kyrill ließ die Menschenfrau los und kam langsam auf

Alexis zu. »Sie hat eine Menge meiner Leute ausgeschaltet. Zumindest macht sie sich selbst die Hände schmutzig. Wie viele Adlige können das schon von sich behaupten?«

An Camilles Gesichtsausdruck war klar abzulesen, dass sie das stark bezweifelte. Doch das ging Alexis am Arsch vorbei.

»Was wollt ihr von uns?«, fragte sie stattdessen.

»Es gibt da ein Gerücht, demnach Vaughn der Entführer der Prinzessin sein soll«, flötete Kyrill und umkreiste sie wie ein Raubtier. »Darüber würde ich mich gern mit ihm unterhalten.«

»Er hat die Prinzessin nicht entführt.«

»Klar, deshalb versteckt er sich auch hier«, meinte Camille ironisch. »Aber sag doch mal, Miranda, du bist doch mit ihm ins Viertel gekommen, nicht wahr?«

»Mir gefällt dein Unterton nicht«, knurrte Alexis. »Wenn du mir was zu sagen hast, spuck es aus.«

Im nächsten Moment packte Kyrill sie an der Kehle und hob sie in die Luft. Keuchend hob Alexis ihre Hände und grub ihre Nägel in seine Haut. Die unerwartete Atemnot versetzte sie in Panik, mit den Beinen zappelte sie verzweifelt herum.

»Du willst, dass ich es ausspreche?« Kyrills bedrohlicher Tonfall verursachte ihr eine Gänsehaut. »Sehr gern. Wo ist die Prinzessin?«

Abrupt ließ er sie los, hart landete sie auf den Knien. Röchelnd hielt sie sich ihren Hals und rang nach Luft. Der Mistkerl hatte sie überrascht.

Wütend funkelte Alexis ihn an, als er vor ihr in die Hocke ging und sie mit seinen dunklen Augen eindringlich beobachtete.

»Meine Männer magst du überrumpelt haben, Mylady, aber ich bin nicht so einfach zu besiegen. Also: Tu uns beiden einen Gefallen und sag mir einfach die Wahrheit. Dann können wir die Prinzessin wohlbehalten zurückbringen und die Belohnung für Zane einsacken. Und was man auch immer für dich bekommt.«

Aufgebracht sah Alexis zu der Blondine. »Ich dachte, du glaubst an Zanes Unschuld.«

Camille verschränkte die Arme vor der Brust. »Tat ich auch. Bis ich sah, was für einen Einfluss du auf ihn hast.«

»Das ist doch Schwachsinn«, murmelte Alexis und wandte sich dann wieder an den großen Mann vor sich. »Wir haben die Prinzessin nicht entführt.«

»Wie enttäuschend.« Kyrill schnalzte mit der Zunge und stand wieder auf. Er ging zu Zane und hielt diesem plötzlich ein Messer an die Kehle. »Möchtest du noch einmal über deine Antwort nachdenken?«

Mit wild klopfendem Herzen wog Alexis ihre Möglichkeiten ab. Zanes Tod kam auf keinen Fall infrage. Sie stand auf und gab sich die größte Mühe, selbstbewusst zu wirken.

»Was kümmert es euch, wo sich Alexis aufhält? Ich dachte, ihr hasst die Adligen.«

»Die Prinzessin ist anders.«

»Inwiefern? Wieso sind die Creatures alle auf ihrer Seite?«

Das hatte sie noch nie kapiert. Und mit ihrem Vater hatte sie darüber nicht sprechen können, er hatte ihre Sorgen noch nie verstanden.

»Weil sie anders ist«, meinte Kyrill, als wäre das selbstverständlich. »Nicht in den hohen Stand hineingeboren.«

Alexis zog ungläubig die Augenbrauen hoch. »Ihr Vater ist buchstäblich der König der Vampire. Viel höher hätte sie nicht geboren werden können.«

Kyrill winkte ungeduldig ab, dabei kratzte sein Messer gefährlich über Zanes Haut. »Aber ihre Mutter nicht. Selbst unter den Adligen gehörte sie zu den Ausgestoßenen, war quasi ohne Rang und Namen. Und dann noch ihre Erziehung ...«

Schluckend wandte Alexis den Blick ab. Die meisten kannten den Hintergrund ihrer Mutter nicht; tatsächlich hatte ihre Familie – und später auch der König – diesen gut verschleiert.

Verdammt, sie selbst kannte ja nicht mal ihre Familie mütterlicherseits.

Nicht der richtige Zeitpunkt, Prinzessin!, hörte sie Zanes mahnende Stimme in ihrem Kopf und musste fast grinsen. Jetzt hörte sie ihn schon, obwohl er bewusstlos war. Immerhin war sie nun ein wenig ruhiger und fasste einen Entschluss.

»Nun«, sagte sie und griff nach ihren blonden Haaren. »Dann dürfte es euch freuen zu hören, dass es der Prinzessin gut geht.«

»Also hast du sie doch!«

Wie ein Berserker kam Camille auf sie zugestürmt, hielt aber unvermittelt an, als sich Alexis die Perücke vom Kopf zog.

»So würde ich das nicht sagen«, gab Alexis mit einem gehässigen Grinsen bekannt. »Immerhin bin ich die Prinzessin.«

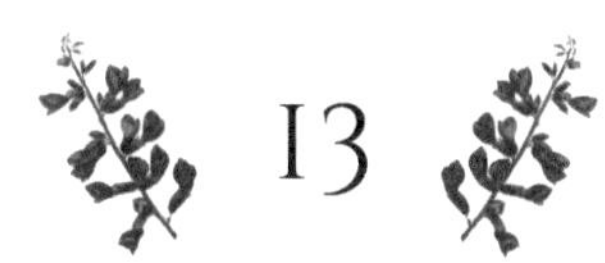

13

Die Stille, die sich über den Raum gelegt hatte, tat körperlich schon fast weh. Alle sahen sie fassungslos an und es war klar zu erkennen, dass sie Schwierigkeiten damit hatten, die Situation zu begreifen.

Alexis rollte mit den Augen, ließ die Perücke zu Boden fallen und ging an Camille vorbei zu Zane hinüber.

Kyrill wich sofort zurück, seine Augen waren riesig und sein Mund stand offen, was amüsant hätte sein können, wäre die Situation eine andere gewesen.

Vorsichtig strich Alexis Zane die Haare aus der Stirn und begutachtete seine Wunde. Immerhin hatte die Blutung aufgehört, trotzdem brauchte er unbedingt Ruhe und einen Spender.

»Habt ihr hier einen Arzt?«, erkundigte sie sich und schaute über die Schulter zu dem immer noch schweigsamen Anführer.

Dieser schien sich endlich zu berappeln. Er räusperte sich, schüttelte kurz den Kopf und nickte dann.

»Camille, hol Ryuji. Jungs, ihr bringt Zane in eins der freien Zimmer im zweiten Gang.«

Die Angesprochenen bewegten sich immer noch nicht, bis Alexis auf den Tisch schlug. »Wird's bald?«

Das half. Alle zuckten zusammen und verbeugten sich dann tief. »Ja, Hoheit!«

Und schon waren sie in Bewegung, die Männer nahmen Zane wieder zwischen sich – dieses Mal deutlich vorsichtiger – und schon waren sie weg, gefolgt von Camille.

Nun waren Alexis und Kyrill allein.

»Königliche Hoheit …«, begann Kyrill krächzend. »Ich möchte mich … Es tut mir …«

»Jaja. Schon gut«, meinte Alexis wenig freundlicher. »Solange ihr euch um Zane kümmert, kann ich über den Mist vorerst hinwegsehen.«

Plötzlich sank der Mann vor ihr auf die Knie und legte seinen Kopf fast auf den Boden. »Bitte verzeiht, dass ich Euch angegriffen habe, Hoheit. Ich bin untröstlich.«

Mit einem Mal überkam sie die blanke Wut. Als wäre es nicht schon schlimm genug, von einigen Adligen bedroht zu sein, nein, sie hatten sich auch im Ghetto nur verstecken müssen. Dieser Mann vor ihr hatte es ihnen alles andere als leicht gemacht, war schuld daran, dass es Zane schlecht ging. Sie hätte nicht übel Lust, ihn gehörig durch den Fleischwolf zu drehen und ihm ein paar zu verpassen.

Nur wusste sie auch, dass dies gerade – mal wieder – der falsche Zeitpunkt war. Zane war vorerst in Sicherheit, wurde behandelt. Und sie konnte durchatmen. Der Mann, der vor ihr kniete, wirkte eher panisch, dass sie ihm die Schuld für alles geben würde. Und immerhin hatte er geglaubt, sie müsse gerettet werden, und hatte sich um ihr Wohlergehen gesorgt. Es brachte also nichts, Kyrill nun für all die schlimmen Dinge zu bestrafen, die in den letzten Tagen passiert waren.

Nach mehreren tiefen Atemzügen trat Alexis ihm leicht gegen den Kopf.

»So. Du wurdest hiermit bestraft. Können wir uns dann wieder wie Erwachsene verhalten?«

Irritiert sah Kyrill zu ihr auf, doch immerhin erhob er sich wieder. »Ihr verzeiht mir?«

»Ich bin nicht glücklich über die Situation«, gab sie ehrlich zu. »Zane zusammenzuschlagen war absolut nicht in Ordnung. Das ging viel zu weit und ich hätte nicht übel Lust, dir wehzutun.«

Mit bleichem Gesicht sah Kyrill zu Boden. »Ihr habt recht. Es tut mir sehr leid.«

»Wie konntet ihr überhaupt glauben, er hätte mich entführt? Nur weil der Palast das gesagt hat?«

»Beim Anschlag sind einige Creatures aus dem Ghetto gestorben und einige Überlebende haben ihn dort gesehen …«

»Nicht nur Leute aus dem Ghetto sind dem Anschlag zum Opfer gefallen«, fiel Alexis ihm barsch ins Wort. »Auch Menschen und Adlige. Ich selbst war mittendrin und wäre Zane nicht gewesen, hätte der Schütze mich sicherlich erwischt.«

Fragend hob Kyrill den Kopf. »Schütze?«

Ungläubig schüttelte sie den Kopf. »Ich verstehe euch nicht. Ihr wisst eigentlich gar nichts und behauptet, die Adligen zu hassen, glaubt aber jeden Mist, den der Palast von sich gibt? Ihr wisst ja nicht einmal, was wirklich geschehen ist.«

»Wie meint Ihr das?« Ihr Gegenüber runzelte irritiert die Stirn. »Der Bombenanschlag hat stattgefunden, den konnte der Palast gar nicht erfinden.«

Seufzend fuhr sich Alexis durch die Haare und erkannte dabei genervt, dass sich immer noch Haarklammern darin befanden. Ohne viel Geschick zog sie sie aus den Strähnen; das Ziepen an der Kopfhaut war ihr gerade egal.

»Der Anschlag hat ja auch stattgefunden, er wurde nur nicht von Creatures ausgeführt. Kurz nach dem Hochgehen der Bombe hat ein weiterer Attentäter im Club wild um sich geschossen. Dabei handelte es sich um einen Adligen.«

Nun sah der andere Vampir ihr doch endlich in die Augen, sein Blick war deutlich verwirrt. »Warum sollte es ein Adliger auf Euch abgesehen haben?«

Alexis konnte nicht sagen, ob er wirklich keinen blassen Schimmer hatte oder sich einfach dumm stellte. Zanes Worte über ihn kamen ihr wieder in den Sinn.

»Der Adel ist kein Fan von mir. Ich denke, ich bin dort mehr Leuten ein Dorn im Auge, als es euch Creatures bewusst ist.«

Langsam schien Kyrill zu begreifen, zumindest nickte er ein wenig. »Und die geschaffenen Vampire sind den Adligen auch schon länger lästig. Warum also nicht zwei Fliegen mit einer Klappe schlagen?«

Ein wenig überrascht, dass er nun doch den Zusammenhang erkannte, bejahte sie. Ob er das Dummstellen so sehr verinnerlicht hatte, dass er es nicht mehr abstellen konnte?

»Und jetzt ist das Militär hier und sucht nach Euch. Wenn sie Euch in die Finger bekommen, werden sie Euch sicherlich nicht lebend in den Palast zurückbringen.«

Alexis zuckte zusammen. So klar formuliert hatte es noch niemand ... Aber er hatte recht. Wer auch immer der Drahtzieher war, er wollte ihren Tod auf Teufel komm raus. Wer wusste schon, wer von den Wachtruppen ihr freundlich und wer feindlich gegenüberstand?

»Das ist richtig. Wir müssen unbedingt herausfinden, wer hinter alledem steckt. Vorher ist mein Leben und auch das jedes Creatures hier keinen Pfifferling mehr wert.«

»Ihr könnt darauf vertrauen, dass meine Männer und ich Euch in jeglicher Hinsicht unterstützen werden.« Kyrills Stimme klang mit einem Mal knallhart. »Ihr steht unter meinem Schutz, niemand wird Euch etwas antun. Lieber sterbe ich.«

Das Klopfen an der Tür ersparte Alexis eine Antwort – sie hätte auch nicht gewusst, was sie darauf hätte erwidern sollen. Zögerlich traten die Männer von vorhin ein. Alle drei fühlten sich sichtlich unbehaglich, der Rothaarige knetete seine Hände unablässig.

»Zane wird soeben von Ryuji versorgt«, berichtete er. »Sollen wir auch einen Spender herholen?«

Es dauerte einen Moment, bis Alexis begriff, dass sowohl der Rotschopf als auch Kyrill auf eine Antwort von ihr warteten.

»Ja«, gab sie schnell zurück. »Unbedingt.«

»Braucht Ihr auch einen?«

Kurz dachte Alexis darüber nach. Klug wäre es mit Sicherheit, doch obwohl es den Anschein hatte, dass die Creatures ihr alle wohlgesonnen waren und Kyrill ihr Schutz versprach, kannte sie sie nicht und würde nur ungern in ihrer Obhut in den zu erwartenden Nahrungsschlaf fallen wollen.

»Später«, antwortete sie. »Wenn Zane wieder wach ist.«

»Ich kümmere mich darum.«

Der Rothaarige verneigte sich und machte sich auf den Weg.

»Ähm.« Unsicher meldete sich einer der anderen Männer – Kyle oder Perry? – zu Wort: »Was sollen wir tun, Mylady?«

Überrascht sah Alexis von den Männern zu Kyrill, doch dieser schien sich nicht einmischen zu wollen.

Na, ganz toll. Sie hofften auf Anweisungen von der Frau, die mit dieser ganzen Situation völlig überfordert war. Ganz große Klasse.

»Nun«, begann sie, um etwas Zeit zu schinden, und dachte angestrengt nach. »Wie wäre es, wenn ihr mal nach euren verwundeten Kameraden schaut? Oh, und prüft die Lage an den Grenzen.«

»Sehr wohl.«

»Zu Befehl.«

Als sie den Raum verließen, gaben sie und Camille sich die Klinke in die Hand. Die Menschenfrau musterte Alexis, schien nicht ganz zu wissen, wie sie nun mit der Situation umgehen sollte. »Ihr seid eine gute Schauspielerin.«

»Camille«, zischte Kyrill warnend. »Sei gefälligst höflich.«

Die Blondine verschränkte ihre Arme und deutete ein Lächeln an. »Natürlich.«

Alexis konnte förmlich spüren, dass der Frau Tausende Fragen unter den Nägeln brannten, doch wusste sie auch, dass sie vor Kyrill nichts sagen würde. Gut, dann würde sie der Dame eben eine Bühne bieten.

»Würdest du mich zu Zane bringen?«

»Aber, Mylady«, begann Kyrill, doch Alexis winkte ab.

»Sobald mein Bodyguard wieder fit und wach ist, können wir alles Weitere besprechen. Aber jetzt muss ich zu ihm.«

»Natürlich, ganz wie es Euch beliebt, Eure Hoheit.«

Das Augenrollen von Camille entging ihr nicht, als sie sich umdrehte und zur Tür lief. Sie schien von Kyrills Verehrung nicht viel zu halten.

»Wenn Ihr mir bitte folgen wollt.«

Schnell eilte sie Camille hinterher, die ein ganz schönes Tempo an den Tag legte. Da war jemand nicht besonders glücklich. Sie sprachen kein Wort, bis sie endlich vor einer Tür anhielten.

»Das ist Zanes Zimmer.«

Ohne zu zögern, drehte Alexis am Türknauf und trat ein. Ihr Bodyguard lag in einem Doppelbett, zwei Schläuche pumpten irgendwelches Zeug in seinen Körper. Zane sah blass aus und wirkte völlig erledigt. Kein Wunder, wenn man bedachte, was er in der letzten Zeit alles geleistet hatte. Für sie.

Mit einem Kloß im Hals trat Alexis an sein Bett und nahm seine Hand in ihre.

»Hey, Vaughn. Das wäre ein guter Zeitpunkt, um wach zu werden. Du willst das bestimmt nicht hören, aber ich habe mich soeben enttarnt.«

Obwohl sie wusste, dass er vorerst nicht aufwachen würde, war sie dennoch enttäuscht, keine Retourkutsche zu bekommen.

»Wer hätte gedacht, dass er Euch so viel bedeutet.« Camille schaffte es, sowohl abfällig als auch überrascht zu klingen.

Darauf ging Alexis gar nicht erst ein. »Was ist dein Problem, Camille? Was stört dich so an mir?«

Ein Schnauben folgte. »Ihr hattet es echt drauf, die arrogante Adlige zu spielen.«

Beinahe hätte Alexis gelacht. Daher wehte also der Wind.

»Wer sich bei Hofe nicht anpasst, überlebt nicht lange«, antwortete sie und drehte sich zu der anderen Frau um. »Was hast du denn erwartet? Dass ich ein unschuldiges kleines Mädchen bin, das brav zu Hause sitzt und sich in der Kunst des Stickens und Nähens ausbilden lässt?«

Camille schnalzte mit der Zunge und wandte den Blick ab. Anscheinend hatte Alexis es auf den Punkt gebracht.

»Ich hatte mir Euch nur ... etwas anders vorgestellt. Hoheitsvoller.«

»Ich bin nicht freiwillig an den Hof gekommen«, erklärte Alexis, ihre Stimme klang aufgebracht. »Ich kann gut und gern auf den Thronanspruch verzichten. Nur leider musste der Blutspender meiner Mutter ja unbedingt Drogen einwerfen und sie so vergiften. Und die Königin war leider nie imstande, meinem Vater den gewünschten Erben zu bescheren. Und was ich wollte, hat nie eine Rolle gespielt.«

Genau. Niemand hatte sie je gefragt, was sie sich wünschte, wie sie sich ihr Leben vorstellte.

»Dass die Creatures mich so verehren, habe ich nie begriffen, immerhin kennen sie mich nicht. Auch du musst das nicht begreifen, sondern es einfach akzeptieren und hinnehmen. Ich muss mich dir gegenüber nicht rechtfertigen, wieso ich so bin, wie ich bin. Ich frage dich ja auch nicht, wieso du so eine verbitterte Ziege bist.«

Das schien zu sitzen, Camille zuckte deutlich zusammen. Eine Weile schwiegen sie, nur das Ticken der Wanduhr war zu hören. Sanft strich Alexis Zane durch die Haare. Seine Wunde war versorgt worden, ein Pflaster hielt die Stelle sauber. Ein leichter Bartschatten war zu erkennen, hatte er doch in den letzten Tagen keine Gelegenheit gehabt, sich um sein Äußeres zu kümmern. Er schwitzte leicht, sein Körper kämpfte gegen die Verletzungen an. Doch ansonsten schien es ihm gut zu gehen.

»Wie kamt Ihr auf den Namen?«, fragte Camille leise.

»Welchen Namen?«

»Miranda. Er kam Euch so leicht über die Lippen.«

Alexis schloss kurz die Augen und umarmte den Schmerz, der jedes Mal bei der Erwähnung in ihrem Herzen aufflammte.

»Das war der Name meiner Mutter.«

Hinter ihr hörte sie Camille nach Luft schnappen. »Das ... Das tut mir sehr leid.«

»Schon gut.«

Aus den Augenwinkeln sah sie, wie Camille etwas näher kam, mit den Händen nestelte sie am Saum ihrer Strickjacke.

»Setzt sich Euer Vater deshalb so dafür ein, die Jugend von Drogen fernzuhalten? Weil Eure Mutter an einer Drogenvergiftung durch einen Spender starb?«

»Ja.«

Nicht viele kannten die Hintergründe für Grigoris Handlungen ... seine vermeintliche Großzügigkeit. Wahrscheinlich erahnten nur wenige Leute den verzweifelten Wunsch, die Zeit zurückzudrehen und die Geschichte zu verändern – oder zumindest die Welt für die gemeinsame Tochter zu verbessern. An sich war das löblich, doch hatte es sich in den letzten Jahren zu einer Art Besessenheit gesteigert, die keinen Raum für anderes ließ, wie Alexis nun klar wurde. Deshalb hatte der König der Creature-Politik weniger und weniger Aufmerksamkeit geschenkt. Und Gilbert hatte daraus seinen Vorteil gezogen ... dieser Dreckskerl.

»Er scheint sie sehr geliebt zu haben.«

Alexis zuckte nur mit den Schultern. »Dazu kann ich nichts sagen. Aber zumindest fühlte er sich genug mit ihr verbunden, um sich dafür einzusetzen.«

»Und um Euch zu sich zu nehmen.«

»Ja.«

Tatsächlich wusste sie nicht, was genau ihr Vater für ihre Mutter empfunden hatte, doch dass er sie, Alexis, liebte, stand außer Frage. Ihm nicht sagen zu können, dass es ihr gut ging, fiel ihr immer schwerer. Ihre Nase kribbelte, als sich Tränen in ihren Augen sammelten. Das Letzte, was sie wollte, war, ihm Kummer zu bereiten. Bei dem Gedanken zog sich ihr Herz schmerzhaft zusammen.

Halt! Jetzt ist nicht die Zeit dafür, Trauer zuzulassen. Du musst stark sein. Nur so kannst du Vater stolz machen.

Während sie sich selbst Mut zusprach, klopfte es an der Tür. Noch bevor sie sich ganz umgedreht hatte, traten auch schon zwei Personen ein. Beide verbeugten sich vor ihr, in ihren Gesichtern spiegelte sich die gleiche Ehrfurcht, die sie schon bei so vielen Creatures erlebt hatte. Wie immer war ihr dabei nicht ganz wohl, doch sie schob das Gefühl vorerst zur Seite.

»Guten Tag.«

Der ältere Herr mit Kittel, den Alexis einfach mal für den Arzt hielt, kam auf sie zu und prüfte Zanes Vitalzeichen.

»Es geht ihm den Umständen entsprechend gut«, gab er mit einem Lächeln an sie bekannt und Alexis atmete vor Erleichterung zittrig aus. Sie hatte nicht mal mitbekommen, dass sie den Atem angehalten hatte.

»Hoheit?«, fragte nun die Menschenfrau, die weiterhin neben der Tür stand. »Ist es Euch recht, wenn ich ihm Blut spende?«

Auch wenn sich leichte Eifersucht in Alexis breitmachte, dass eine andere Frau ihrem Bodyguard die lebenswichtige Nahrung zuführte, konnte sie schlecht Nein sagen. Sie zwang sich zu einem Lächeln und trat vom Bett zurück. »Natürlich.«

Die Spenderin trat näher und bekam bei Zanes Anblick große Augen. »Wow. Ich hätte nie gedacht, dass er wirklich ins Ghetto zurückkehren würde.«

»Mach einfach deine Arbeit, Pauline«, wies Camille sie zurecht und ergriff Alexis' Hand. »Wir warten so lange draußen.«

»Was?« Überrumpelt ließ sich Alexis mitziehen. »Aber wieso?«

Als die Tür hinter ihnen zufiel, wollte sie schon wieder reingehen, doch Camille hielt sie auf. »Glaubt mir, das wollt Ihr nicht sehen.«

Die Hand an der Klinke erstarrte. Verdammt, Camille hatte recht. Sie wollte nicht sehen, wie Zanes Fänge sich in das Handgelenk einer anderen bohrten – selbst im bewusstlosen Zustand würde sein Körper bei dem Geruch von Blut reagieren. Blöde Instinkte. Mit großer Anstrengung ließ Alexis den Knauf los und lehnte sich neben der Tür an die Wand.

»Kann ich dich was fragen?«

»Klar.« Camille hob herausfordernd eine Augenbraue.

»Wieso sind alle so überrascht, ihn hier zu sehen?«

Schon bei ihrem ersten Gang durch die Straßen waren ihr die irritierten Blicke aufgefallen. Damals hatte sie sie noch nicht als so verwirrend empfunden wie nun bei der Reaktion von Pauline.

Mit großen Augen sah Camille sie an. »Nun, wer einmal aus diesem Viertel entkommen ist, kehrt nie wieder zurück.«

»Aber das Ghetto ist doch offen. Es ist nicht mehr wie im Mittelalter, in dem die Creatures diesen Bereich der Stadt nicht verlassen durften.«

Ihr Vater hatte Anfang des 20. Jahrhunderts die Grenzen geöffnet und den Dienern erlaubt, auch außerhalb zu leben.

»Schon. Aber genau davor haben besonders die alten Geschaffenen Angst.

Sie haben diese Zeit bereits mitgemacht. Wer sagt denn, dass der König diese Regelung nicht wieder rückgängig macht?«

Allein der Gedanken war lächerlich. Alexis schnaubte abfällig. »Das würde er nie tun. Und wieso machen sich die Jüngeren darüber Gedanken?«

Wobei, wenn sie es recht bedachte, so viele junge Creatures hatte sie hier schließlich nicht angetroffen. Vermutlich war Kyrill sogar der Jüngste hier, selbst seine Männer wirkten älter.

»Wer behauptet, dass Gefühle rational sind? Außerdem …«

Das Zögern in Camilles Stimme veranlasste Alexis dazu, zu der Blondine zu blicken. Diese sah sehr nachdenklich aus.

»Außerdem?«

»Na ja, vielleicht hätte der König es bis heute nicht in Erwägung gezogen. Aber wer weiß, wie er reagieren würde, wenn seine Tochter offiziell durch einen Creature umkommt?«

»Ich glaube kaum, dass mein Vater sich in dem Fall Gedanken um die Grenzen macht. Da haben die Bewohner hier deutlich mehr von Gilbert zu befürchten.«

Denn ihr Vater würde nach ihrem Tod ein Wrack und sehr leicht zu manipulieren sein. Sie ballte die Fäuste. Das durfte unter gar keinen Umständen passieren. »Wir müssen dringend herausfinden, wer wirklich dahintersteckt.«

»Worauf warten wir dann noch?«, fragte Camille und stieß sich von der Wand ab.

Etwas irritiert sah Alexis die Menschenfrau an.

»Wie meinst du das? Was sollen wir denn schon groß tun? Zane hat viel mehr Ahnung von dem ganzen Kram.«

Lachend schüttelte Camille den Kopf. »Ach bitte, Mylady. Ihr könnt Euch nicht nur auf einen Mann verlassen. Ihr seid doch klug. Lasst uns schon mal Vorbereitungen treffen, etwas brainstormen.«

Unsicher blickte Alexis zur Tür, hinter der sich ein Teil ihres Herzens befand.

»Er wird noch ein paar Stunden weggetreten sein«, warf Camille ein.

Da hatte sie recht. Auch wenn es ihr schwerfiel, trat Alexis an ihre Seite. »Gut, aber nur, wenn du die Höflichkeiten weglässt. Irgendwie passt das nicht zu dir.«

Etwas pikiert rümpfte Camille die Nase. »Wie du willst … Alexandrina. Dann lass uns mal mit Kyrill sprechen.«

***

Mit äußerster Anstrengung schaffte es Zane, seine Augen zu öffnen. Noch nie waren ihm seine Lider so schwer vorgekommen. Gleichzeitig fühlte er sich so fit wie seit Tagen nicht mehr, kein dumpfes Pochen zog sich mehr durch sein Bein. Das konnte nur eins bedeuten: Er hatte Blut zu sich genommen.

Nur leider konnte er sich nicht erinnern, wann das passiert sein sollte. Hatte Alexis ihm doch noch ihren Lebenssaft eingeflößt? Würde ihn bei ihrem Sturkopf nicht wundern. Sekunde mal … Waren sie nicht überfallen worden? Hektisch setzte er sich auf, sah sich um und bekam fast Schnappatmung, als er die Umgebung nicht zuordnen konnte.

»Wo …?«

»Du bist wach.«

Der Klang von Alexis' Stimme erschien ihm in diesem Moment wie die schönste Melodie der Welt.

Vor lauter Erleichterung schloss er die Augen und atmete tief durch. Anschließend sah er auf und entdeckte die Prinzessin, die sich von ihrem Stuhl erhob und zu ihm eilte.

Sie fiel ihm um den Hals und ohne lange zu fackeln, drückte er sie an sich. Sofort fühlte er sich besser.

»Geht es dir gut?«, fragte er. Es musste ihr einfach gut gehen. Etwas anderes würde er sich nie verzeihen können.

»Ja.« Die Tränen, die seine Halsbeuge benetzten, halfen nicht gerade dabei, ihren Worten zu glauben. »Ich hatte eher Angst um dich.«

Lächelnd strich er ihr über den Rücken und drückte ihr einen Kuss auf die Schläfe. »Langsam solltest du mich kennen. So schnell wirst du mich nicht los.«

Sie lehnte sich etwas zurück und verpasste ihm einen leichten Klaps auf die Schulter. »Das ist nicht witzig.«

Mit dem Ärmel ihres Pullis strich sie sich über die Wange und verwischte die Spuren ihrer Tränen. Erst da sah er sie genauer an. Und runzelte die Stirn.

»Wo ist deine Perücke?« Sie sah erfrischt aus, als hätte sie geduscht, und die Kleidung stammte definitiv auch nicht von Hayleys Dienerin. Er schüttelte den Kopf. »Scheiße, wo sind wir?«

Zwei warme, sanfte Hände umfingen sein Gesicht und zwangen ihn dazu, in die schönsten grünen Augen der Welt zu sehen. Alexis wirkte so ruhig, dass es ihn selbst gleich etwas entspannte. Wenn auch nicht vollständig.

»Alexis!« Sein fordernder Ton bescherte ihm einen abfälligen Blick.

»Nur du kannst dich wie ein befehlshabender Idiot aufführen, nachdem du fast erschlagen worden bist.«

O verdammt! Sie waren von Kyrills Männern angegriffen worden. Bedeutete das etwa …?

»Sind wir bei … ihm?«

»Ja. Um dich zu schützen, musste ich meine Tarnung auffliegen lassen.«

Beinahe wäre er aus dem Bett gesprungen, doch sein Körper gehorchte ihm noch nicht gänzlich. Wütend funkelte er sie an. »Scheiße, Alexis! Das war eine ganz miese Idee. Sie hätten doch nur mir etwas getan.«

»Klar. Und den Weihnachtsmann gibt es wirklich. Sie haben uns beide für meine Entführer gehalten, Mr Ich-weiß-es-immer-besser. Ich musste mich zu erkennen geben, um dich *und* mich zu retten.«

Mist. Damit hatte er nicht gerechnet. Natürlich war eine unbekannte Adlige im Ghetto verdächtig, er hatte nur gehofft, dass sie Kyrill nicht in die Hände fielen. Das ganze Versteckspiel der letzten Tage war also völlig umsonst gewesen.

»Was will Kyrill?«

»Mich beschützen.«

Zane musste mehrmals blinzeln, sein Gehör schien bei dem letzten Schlag Schaden genommen zu haben. Das konnte doch nur ein Witz sein. »Was?«

Alexis erhob sich und warf ihm ein paar Klamotten zu. »Glaub es oder glaub es nicht, aber Kyrill und seine Männer haben sich vollkommen meinem Dienst und Schutz verschrieben. Während du dich erholt hast, haben wir eine Kommandozentrale eingerichtet, um die Lage im Ghetto zu überwachen und nach möglichen Drahtziehern zu suchen. Da kommen wir allerdings nicht wirklich weiter. Et voilà – dein Auftritt.«

Immer noch verdattert rutschte Zane an den Rand des Bettes und stellte seine Füße auf den Boden. »Es fühlt sich so an, als sei ich in einer anderen Dimension erwacht«, gab er zu und erhob sich. Ein wenig schwindelig war ihm noch, aber nach dem Nähren erging es ihm häufig so. Mit gerunzelter Stirn sah er Alexis an. »Wer hat mich genährt?«

Bildete er sich das ein oder sah sie wirklich schmollend zur Seite?

»Eine Frau namens Pauline«, murmelte sie, bevor sie ihn mit einem durchdringenden Blick förmlich durchbohrte. »Wehe, ich muss noch einmal erleben, wie eine andere Frau dir Blut gibt. Das war das letzte Mal, haben wir uns verstanden?«

Von ihrem Gefühlsausbruch überrascht wich er glatt bis zur Bettkante zurück. Doch dann besann er sich, trat näher an sie heran und grinste schelmisch.

»Ist hier jemand eifersüchtig?«

»Worauf du Gift nehmen kannst.«

Das sollte ihn nicht so glücklich machen, trotzdem wehrte er sich gegen dieses Gefühl nicht länger. Ein wenig spöttisch deutete er eine Verbeugung an. »Wie Eure Königliche Hoheit wünscht.«

»Leck mich!«, fauchte sie ihn an.

Sein Grinsen wurde breiter, als er sich an ihre Unterhaltung vor einigen Tagen zurückerinnerte. Er packte sie am Kinn und zog ihr Gesicht dem seinen entgegen.

»Verzeihung, Prinzesschen, aber das steht nicht in meinem Arbeitsvertrag.«

Bevor sie ihm eine Erwiderung um die Ohren hauen konnte, verschloss er ihren Mund mit seinem. Erst wollte sie zurückweichen, vermutlich aus Prinzip, doch er schlang seine freie Hand um ihre Taille und zog sie näher an sich.

Im nächsten Moment lagen ihre Hände um seinen Nacken, Fingernägel bohrten sich leicht in seine Haut. Amüsiert über ihre stille Provokation vertiefte er den Kuss, ließ anstelle von Worten ihre Zungen den Kampf austragen. Seine Haut brannte, er verzehrte sich nach ihrer Berührung. In seiner Hose war es deutlich enger geworden und reine Begierde flutete seine Adern. Auch Alexis schien es nicht anders zu gehen, sie stöhnte in ihren Kuss hinein, presste ihre Brüste gegen ihn, fuhr mit ihren Händen über seine Arme. Der Geruch ihrer Erregung erfüllte die Luft, sodass sich sein Inneres zusammenzog. Gerade wollte er sie aufs Bett werfen, da entzog sie sich ihm völlig unerwartet.

Ihr Gesicht war gerötet, ihre Lippen geschwollen, ihre Augen riesig – es war fast kein Weiß mehr in ihnen zu erkennen – und ihre Fänge waren ausgefahren. Das war verdammt heiß. Er schluckte heftig und hob seine Hand, um sie wieder an sich zu ziehen, und kaum berührten sich ihre Lippen erneut, war es um ihn geschehen. Er hob sie hoch, sodass sie ihre Beine um seine Hüften schlingen konnte, und war mit wenigen Schritten beim Bett. Noch bevor er sie absetzte, zog sie sich den Pulli über den Kopf, dem ein Hemdchen folgte, und schon lagen ihre festen, kleinen Brüste frei vor ihm. Beinahe wäre er vor Freude in die Knie gegangen, weil sie keinen BH trug. Er leckte sich über die Lippen, dann nahm er eine der rosigen Brustwarzen in den Mund.

»Zane«, keuchte Alexis, bog ihren Rücken durch, kam ihm entgegen.

Neckend leckte und saugte er an ihrer Brust, biss leicht hinein. Das Kratzen ihrer Nägel bescherte ihm eine Gänsehaut, erschaudernd ließ er von ihr ab und legte sie auf die Matratze.

Mit einer schnellen Bewegung zog er sich das T-Shirt aus, woraufhin Alexis große Augen bekam. Grinsend strich er sich über die Muskeln. »Gefällt dir, was du siehst?«

Provozierend warf sie ihre Haare über die Schulter, lehnte sich zurück und kniff sich mit einer Hand in die Brustwarze. »Und dir so?«, fragte sie ihn.

Vor Verlangen zog sich sein Magen zusammen und sein Schwanz pochte, verlangte danach, freigelassen zu werden.

Dieses kleine gerissene Biest.

Knurrend öffnete er den Knopf seiner Jeans und hatte sich ihrer in Windeseile entledigt. Dann packte er Alexis' Beine und zog sie mit einem Ruck zu sich. Vor Überraschung gab sie ein kleines Quietschen von sich, da hob er schon ihre Hüften an, um ihr die Hose auszuziehen – auch ihr Höschen verschwand irgendwo hinter ihm.

Heftig atmend lag seine Prinzessin nun vor ihm – nackt und wunderschön. Zane nahm sich einen Moment Zeit, um ihren Anblick einzufangen, ihn sich genau einzuprägen.

»Zane.« Auffordernd streckte Alexis ihm eine Hand entgegen, in ihren Augen standen Flammen, die ihn zu verbrennen drohten.

Er kletterte aufs Bett, küsste ihren Bauch, ihre Brüste, arbeitete sich langsam hoch, leckte genüsslich ihre Haut, biss ihr in den Hals, in die Unterlippe, bevor er ihren Mund mit seinem eroberte. Mit den Fingern strich er über ihre Oberschenkel, ließ sie zwischen ihren Beinen verschwinden, bis sie an einer sehr feuchten Stelle ankamen. Er konnte das Zucken ihrer Muskeln an den Kuppen spüren. Alexis hatte ihre Hände in seinen Haaren vergraben, zerrte leicht daran, zog ihn zeitgleich näher, als wüsste sie nicht, was sie tun sollte, was sie mehr brauchte. Sie vertiefte den Kuss, versuchte die Führung zu übernehmen, raubte ihm mit ihrer Zunge fast den Verstand.

Gott, diese Frau machte ihn fertig.

Mit dem Daumen fuhr er über ihre Klitoris, kitzelte einen leichten Schrei aus ihr heraus. Angestachelt machte er weiter, nutzte ihre Nässe, um sie noch mehr anzuheizen.

Er löste seine Lippen von den ihren, widmete sich nun der vernachlässigten Brust, saugte sie ein, fuhr mit der Zunge über ihre Knospe und als er mit dem nächsten Biss gleichzeitig fordernd ihre Klit umkreiste, erreichte Alexis den Höhepunkt, keuchte seinen Namen und schmiss ihren Kopf zurück in die Kissen.

Nun hielt Zane es nicht mehr aus, konnte sich nicht mehr beherrschen. Er schob sich über sie, legte sich ihr linkes Bein über die Hüften und drang langsam in sie ein. Stöhnend biss sich Alexis auf die Lippen. Ihre inneren Muskeln zuckten noch, stießen ihn selbst fast über die Klippe.

»Zane«, flehte Alexis; ihre Wangen waren erhitzt, ihre Lippen glänzten feucht. »Bitte.«

Mit einem einzigen Stoß drang er vollständig in sie ein und schnappte nach Luft.

»Gott. Prinzessin. Verdammt.«

Ein wenig außer Atem lachte die Frau unter ihm und ließ ihre Hände über seinen Rücken wandern, bis sie bei seinem Hintern ankamen und fest zugriffen.

»Beweg dich, Zane.«

Bei ihrem Befehl musste er grinsen, küsste sie und kam ihrer Anordnung nach. Er liebte es zwar, sich mit ihr zu streiten, doch er wusste, wann er besser nachgeben musste.

Wieder und wieder stieß er in sie, spürte, wie sie sich immer mehr um ihn zusammenzog. Schweißperlen liefen ihm über die Stirn, sein Atem wurde unregelmäßiger, während Alexis' Stöhnen lauter wurde. Mit einem Schrei kam sie erneut und ihre Kontraktionen rissen ihn mit sich. Keuchend ergoss er sich in sie und schnappte nach Luft. Er ließ sich auf Alexis sinken, vergrub seinen Kopf zwischen ihren Brüsten, sein ganzer Körper hatte an Kraft verloren und war wackelig wie Pudding.

»Verdammt«, nuschelte er.

»Kannst du laut sagen.«

Zärtlich strich die Vampirin über seine Kopfhaut, rang selbst nach Atem.

Als sein Herzschlag sich langsam beruhigte, hörte er sie schlucken, dann spürte er einen Kuss auf seinem Haupt.

»Ich zerstöre die Stimmung nur ungern«, begann sie und sofort sah er auf. »Aber wir haben leider noch einiges vor uns.«

Sie hatte recht. Dennoch nahm er sich noch einen Moment Zeit, küsste sie ausgiebig, bevor er sich erhob und sie mit sich zog.

»Ich gehe zuerst duschen«, sagte sie, sammelte ihre Kleidung ein und eilte ins angrenzende Bad.

Schnaufend lief er ihr hinterher. »Wir könnten auch einfach gemeinsam ...«

Im Türrahmen drehte sie sich zu ihm um und warf ihm einen besserwisserischen Blick zu. »Wir wissen beide, was wir *gemeinsam* tun würden«, wies sie ihn zurecht. »Also sein ein braver Leibwächter und warte, bis du dran bist.«

Damit knallte sie ihm die Tür vor der Nase zu.

Widerwillig wartete er, hörte das Wasser laufen und kämpfte gegen seine Fantasien an, die sich dabei selbstständig machten.

Reiß dich zusammen. Du bist doch kein Teenager mehr.

Schneller als erwartet tauchte Alexis wieder auf, ihre Haare waren noch feucht, ein einzelner Wassertropfen lief ihren Hals entlang und rüttelte an seiner Selbstbeherrschung; sein Glied wurde wieder hart. Sein Gedankengang entging der grünäugigen Adligen nicht.

»Dafür haben wir jetzt keine Zeit«, erinnerte Alexis. »Auch wenn es schwerfällt.«

Die Entschlossenheit kehrte in ihre Augen zurück und sie streckte ihren Rücken durch. Leider half ihm das nur wenig, denn sein Blick wurde dadurch auf ihren Busen gelenkt.

»Dusch dich, zieh dich an und dann komm zu uns!«

Noch bevor er ihren Befehl verarbeitet hatte, war sie schon aus dem Zimmer verschwunden. Diese Frau war sein Untergang.

Grummelnd schnappte er sich die Kleidung, die sie ihm vorhin entgegengeschleudert hatte, stieg unter die Dusche und stellte das Wasser erst mal eiskalt. Leider half ihm das auch nicht besonders dabei, wieder runterzukommen, dafür war er kalte Duschen viel zu sehr gewöhnt. Mit bösem Blick bedachte er seine Erektion und ballte dabei die Fäuste.

Dafür hast du keine Zeit! Je länger du brauchst, desto länger ist Alexis mit Kyrill allein.

Kaum schlitterten seine Gedanken zu dem Creature, war es mit seiner Erregung vorbei. Dafür erwachte der Drang in ihm, so schnell wie möglich zu seiner Prinzessin zu eilen. In Rekordzeit wusch er sich, vernachlässigte das Abtrocknen und schmiss sich die Klamotten über. Aus Reflex griff er nach seinem Holster und der Waffe und ... langte ins Leere.

Er biss die Zähne zusammen. Da war ja was gewesen. Die Waffe war ihm abhandengekommen. Wie konnte man sich ohne Pistole nur so nackt fühlen?

Nun ja. Daran konnte Zane augenblicklich nichts ändern. Frustriert strich er sich die feuchten Haare zurück und trat dann auf den Flur hinaus.

»Du!«, zischte er beim Anblick des rothaarigen Bastards, der ihm bei der Schlägerei zugesetzt hatte. Reflexartig hob er die Fäuste und war kurz davor, auf den Typen loszugehen.

Der andere Mann, der bis zu Zanes Auftauchen an der gegenüberliegenden Wand gelehnt hatte, sprang hastig zurück und hob sofort abwehrend die Hände.

»Warte! Ich bin hier, um dich zu Kyrill zu bringen.«

Schnaufend hielt Zane inne – hin- und hergerissen. Einerseits wollte er unbedingt zu Alexis, andererseits wollte er sich wirklich revanchieren. Nur hatte er eh schon viel zu viel Zeit verschwendet, also musste er seine Rache hintanstellen.

»Dann bring mich hin«, knurrte er und senkte die Hände.

Die Anspannung in seinen Muskeln ließ dabei nicht einen Deut nach. Rotschopf bemerkte dies auch, er schluckte und wich noch mehr vor ihm zurück, bevor er vorauseilte. Zane nahm dies mit Genugtuung zur Kenntnis und folgte ihm. Mit geschultem Blick merkte er sich den Weg und speicherte die Gesichter jedes Menschen und Vampirs ab, die ihnen begegneten.

»Wir sind unter der Erde, oder?«, fragte er.

Rotschopf nickte. »Hier ist unsere Zentrale.«

Von Kyrills sogenannten Maulwurftunneln hatte Zane bis jetzt gerüchteweise gehört, schließlich war er dem Gangster immer aus dem Weg gegangen. Doch von der Komplexität des Labyrinths war er schwer beeindruckt.

Endlich kamen sie bei einer Tür zum Stehen, sein Begleiter öffnete sie und ließ ihn zuerst eintreten. War es auf dem Flur eher ruhig und still gewesen, so wurde er nun etwas von der Geräuschkulisse überrumpelt. *Kommandozentrale* hatte Alexis gesagt. Einen besseren Begriff hätte sie kaum nutzen können.

Auf einem langen Tisch standen Dutzende Computer, vor denen sich eine Menge Leute tummelten und auf die Tastaturen einhämmerten. Monitore hingen an den Wänden und zeigten teilweise die Straßen des Ghettos. Auch hier standen Menschen und Geschaffene, beobachteten das Geschehen ganz genau, während einige in so etwas wie Walkie-Talkies sprachen. Es gab hier mehr Technik, als Zane jemals im Ghetto gesehen hatte. Das überraschte ihn.

Was ging hier bitte vor?

»Zane, Harry, da seid ihr ja.«

Freudestrahlend kam Alexis auf sie zu und legte ihre Hände auf seine Brust. Erleichterung durchflutete ihn bei ihrem Anblick, sanft bedeckte er ihre Hände mit seinen.

»Alles klar bei dir?«, fragte er auf VampRuss.

»Ja, mach dir keine Sorgen.« Sie ergriff seine Hand und zog ihn weiter. »Los, komm! Du musst uns helfen.«

Wenige Sekunden später stand er Kyrill gegenüber und sofort sank seine Stimmung in den Keller. Misstrauisch beäugte er den Mann, der für unzählige kriminelle Machenschaften im Ghetto verantwortlich war. Dass der Kerl größer war als er, passte ihm so gar nicht. Er hasste es, zu anderen aufsehen zu müssen.

Kyrill schien auch nicht glücklich über seine Anwesenheit, seine dunklen Augen sahen nicht minder skeptisch drein.

Neben ihm klatschte Alexis in die Hände und lenkte Zanes Aufmerksamkeit von dem anderen Creature weg.

»Bevor das hier in ein Wettpinkeln ausartet, schlage ich vor, dass wir uns erst den wichtigeren Dingen widmen.«

Ihr warnender Blick ließ Zane mit der Zunge schnalzen, Kyrill brummte.

Sie hatte ja recht. Leider.

»Von mir aus.« Er sah sich um, ließ seine militärische Erziehung in den Vordergrund treten. »Wie weit seid ihr gekommen?«

»Wir beobachten die Straßen und die Grenzen zum Viertel«, erklärte Kyrill und verschränkte die Arme. »Es kam bereits zu ersten Auseinandersetzungen zwischen den Soldaten und einigen übermütigen Bewohnern. Todesfälle gab es noch keine und die Soldaten scheinen auch vorerst nicht weiter ins Ghetto eindringen zu wollen. Dennoch sind alle angespannt und die Angst geht um.«

»Verständlich.« Zane nickte.

Das war alles andere als eine einfache Situation – für niemanden.

»Gab es seit der letzten Durchsage etwas Neues?«

Alexis schüttelte den Kopf. »Nein, aber wir haben ein paar Monitore angezapft. Sollte etwas reinkommen, werden wir es auf den Bildschirmen hier empfangen können.«

So brauchten sie keine ihrer Leute in Gefahr zu bringen, indem sie sie auf die Straßen schickten.

»Kluger Schachzug«, gab Zane missmutig zu, auch wenn es ihn fast umbrachte, diese Worte an Kyrill zu richten.

Dieser kniff die Lippen zusammen und sah zur Seite. »War nicht meine Idee. Ihre Königliche Hoheit kam darauf.«

Vor lauter Stolz konnte Zane sich das Grinsen nicht verkneifen. Er hätte es wissen müssen. Die Prinzessin war schließlich nicht auf den Kopf gefallen und immer für eine Überraschung gut.

»Kommt«, sagte Kyrill.

Wenig begeistert folgte Zane dem anderen Creature, der eine Tür am hinteren Ende des Raumes öffnete. Dabei wich er Alexis nicht eine Sekunde von der Seite. Im Raum angekommen, schloss Kyrill die Tür und lehnte sich an den kleinen Schreibtisch, der in diesem winzigen Büro stand.

»Hier sind wir ungestört.«

Unbeeindruckt sah Zane sich um. Bis auf den Tisch, einen Drehstuhl und einen weiteren Stuhl für Gäste gab es gerade mal ein halb gefülltes Regal und einen Mülleimer. »Spartanischer ging es wohl nicht.«

»Zane«, wies Alexis ihn zurecht.

Brummend sah Zane zur Seite, blieb aber still.

»Also«, grummelte der Anführer der Underground-Creatures. »Irgendwelche Ideen, wer hinter all dem stecken könnte?«

Fragend sah Zane zu Alexis. »Wie viel hast du ihm erzählt?«

Neben ihm zog die Prinzessin eine Augenbraue hoch und sah ihn mit ihrer königlich-herablassenden Art an.

»Was denkst du denn? Alles natürlich. Wie soll er uns helfen, wenn ich ihm etwas verheimliche?«

Daraufhin biss sich Zane kräftig auf die Zunge und schluckte seinen gehässigen Kommentar hinunter. Dabei wusste er nicht, was ihn mehr störte. Dass sie Kyrill ohne seine Zustimmung eingeweiht hatte oder dass sie jemand anderem als ihm vertraute.

»Da wären einige Möglichkeiten«, zischte er. »Es gibt nicht wenige, die Alexis aus dem Weg haben möchten. Oder den König vom Thron stürzen wollen.«

»Ach ja?« Alexis klang nicht überzeugt. »Zu meiner Wenigkeit kann ich dir nur zustimmen, aber wer würde meinen Vater stürzen wollen? Wir hatten noch nie so lange Frieden, bis er die Herrschaft übernommen hat.«

»Das mag sein. Aber sieh dir doch nur die Lage mit den Creatures an. Dein Vater lässt dies schon seit Ewigkeiten schleifen und das passt den ganzen konservativen Adligen nicht in den Kram.«

»Ja, aber ...«

»Entschuldigt bitte«, fuhr Kyrill dazwischen und sah alles andere als begeistert aus. »Ich störe die Unterhaltung von euch Turteltäubchen ja nur ungern, aber mein VampRuss ist etwas eingerostet. Ich verstehe kein Wort.«

Tatsächlich hatte Zane gar nicht gemerkt, dass er die Sprache gewechselt hatte. Das war in letzter Zeit wohl zur Gewohnheit geworden.

»Entschuldige«, sagte Alexis mit geröteten Wangen, runzelte dann aber die Stirn. »Du hast VampRuss gelernt?«

Dies verwunderte auch Zane, sofort erwachte sein Misstrauen. Soweit er wusste, wurde dies nur den Creatures bei Hofe gelehrt und auch dort nicht jedem x-Beliebigen.

Kyrills Gesicht verhärtete sich und sein rechtes Auge zuckte.

»Nicht direkt.« Er zögerte. »Mein ... Schöpfer verwendete es ständig und ich habe ein gutes Sprachverständnis. Also habe ich mir so einiges selbst beigebracht. Aber das ist schon länger her und ich habe es nie fließend beherrscht.«

»Wer war dein Schöpfer?«, erkundigte sich Zane, überrascht, dass Kyrill doch klüger war, als er immer gedacht hatte. Er legte einen Arm um Alexis' Schultern.

Mochte sein, dass es unnötig war, aber ein ursprünglicher Teil von ihm musste seinen Besitzanspruch demonstrieren. An dem bösen Blick, den er von ihr erntete, erkannte er, dass sie sich seines Motives bewusst war. Gott sei Dank ließ sie es durchgehen.

»Er ist tot.«

Der harte Tonfall machte klar, dass Kyrill nicht weiter darüber reden würde. So wichtig war es aber auch nicht.

»Tot …«, murmelte Alexis nachdenklich und sah dann mit großen Augen zu Zane. »Weißt du, was mir schon bei Gilberts Durchsage seltsam vorkam?«

Daran war alles komisch gewesen, daher konnte Zane ihr nicht ganz folgen. Er schüttelte den Kopf.

»Jamie.«

Der Name seines Freundes ließ ihn schlucken. »Was soll mit ihm sein?«

»Wieso hat er von Jamies Tod erzählt? Er war einer der Verbindungsmänner zwischen den Vampiren und den Spendern im Palast. Keine allgemein bekannte Person, weder politisch noch anderweitig wichtig genug.«

Da war was dran.

Neben ihnen fing Kyrill verächtlich an zu lachen, was Zane so gar nicht gefiel.

»Was ist so lustig?«, fragte er herausfordernd. »Mein bester Freund ist gestorben. Jemand, der sich für das Ghetto eingesetzt und vielen Menschen und Creatures hier geholfen hat. Zeig etwas Respekt!«

Das Lachen erstarb, ungläubig sah der dunkelhaarige Mann ihn an. »Ist das dein Ernst? Bist du denn wirklich so blind ihm gegenüber gewesen?«

Vor Wut sah Zane fast rot. Wenn Alexis ihn nicht am Arm gepackt hätte, hätte er sich auf den anderen Mann gestürzt.

»Diesem Abschaum weine ich keine Träne nach. Sein Tod ist ein wahrer Segen für das Ghetto.«

»Wie bitte?!«

»Gott, Vaughn.« Kyrill schüttelte den Kopf und seufzte schwer. »Jamie Handersson war nicht dein Freund. Er hat dich verraten.«

14

Zane fühlte sich wie betäubt. Wie erstarrt stand er vor dem Anführer einer kriminellen Bande und wusste nicht, was er empfinden sollte. Sagen sollte. Oder … Er wusste einfach gar nichts. Das war doch wohl ein schlechter Scherz.

»Das kann nicht sein«, kam ihm die Prinzessin zuvor.

Sie hatte seine Hand ergriffen und ihre Finger miteinander verschränkt. Dankbar drückte er zu.

»Jamie hat uns geholfen, er war im Club mit Zane auf der Suche nach mir. Er wollte verhindern, dass mir etwas zustößt.«

Kyrill schnaubte. »Seid Ihr sicher, dass er das verhindern wollte? Oder wollte er eher, dass Ihr genau dort bleibt, wo Ihr sein *solltet*?«

Weiterhin brachte Zane kein Wort heraus. Irgendwo in seinem Hinterkopf drehten sich die Rädchen, seine Gedanken waren ein totales Wirrwarr. Jamie sollte ihn hintergangen haben? Der Mann, der ihm immer Mut gemacht, ihn nie aufgegeben hatte? Das konnte er nicht glauben. Kyrill musste sich irren.

»Wie kommst du bitte darauf?«, erkundigte sich Alexis an seiner statt.

»Du meinst, mal abgesehen davon, dass er was mit Zanes Ex hatte?«, meldete sich nun Camille, die, ohne anzuklopfen, ins Büro trat. Sie schloss die Tür und stellte sich neben Kyrill.

»Bitte was?«

»Mit Willow?«, kam es endlich über Zanes Lippen. Mit großen Augen sah er die Blondine an. »Er hatte was mit …?«

Da fiel es ihm wie Schuppen von den Augen. Jamie, der sich nach Willow bei ihm erkundigt hatte, als sie auf dem Weg ins *Tusked* gewesen waren. Jamie, der darauf bestanden hatte, Alexis' Handy mit in den Club zu nehmen, obwohl Zane sie sofort hatte nach Hause zerren wollen. Das Handy mit der Spy-App …

»Der Quilt«, flüsterte er, als er sich an ihren Aufenthalt in Jamies Hütte erinnerte. Sein Herz schlug schmerzhaft gegen seinen Brustkorb, es fühlte sich so an, als wollte es jede einzelne Rippe brechen.

»Der Quilt?« Fragend sah Alexis zu ihm auf.

Gott, wie hatte er das übersehen können? Fassungslos schlug er sich die freie Hand vor den Mund. Die Machart war ihm sofort bekannt vorgekommen, doch er hatte die Verbindung nicht hergestellt. Vielleicht auch nicht herstellen wollen. Seinen hatte er schon vor langer Zeit weggeschmissen.

»Willow hat die Angewohnheit, ihren Geliebten Quilts zu nähen«, berichtete Camille. »So markiert sie quasi ihr Revier.«

»Gut, okay.« Alexis schien Ruhe bewahren zu wollen. »Dann hat er was mit Zanes Ex-Freundin gehabt. Ist nicht cool, aber noch kein Zeichen für Verrat.«

Zane schloss verzweifelt die Augen, drückte Halt suchend die Hand der Prinzessin.

»Zane?«

»Ich habe Willow verlassen, weil sie mich als Trittbrett für den Palast nutzen wollte. Sie wollte unbedingt Spenderin werden und schließlich einen reichen Adligen finden, der sie aushält.«

Eine Bluthure!

Jamie hatte das gewusst. Hatte ihn sogar bei der Trennung unterstützt, nachdem Willow ganz offen kommuniziert hatte, wie ihre Pläne aussahen.

»Wozu hat man einen Freund, der einen so hohen Rang am Hof hat, wenn man seine Beziehungen nicht nutzen kann?«

»Z, sie spielt doch nur mit dir. Du hast Besseres verdient.«

»Und doch hat er was mit ihr angefangen?« Alexis' Stimme klang erschrocken.

»Angefangen?« Camille lachte. »Süße, die beiden hatten da schon längst eine Affäre. Was meinst du, warum Willow sich nach eurer Trennung nie wieder am Hof hat blicken lassen, Vaughn? Obwohl ihr durch ihre Beziehungen der Eintritt zum Palast zu diesem Zeitpunkt schon längst gewährt worden war.«

Zane fuhr sich mit der Hand durch die Haare, sein Atem ging stoßweise. »Jamie hat ihr den erhofften reichen Adligen vorgestellt.«

»Ganz genau.«

»Aber wieso lebt sie dann noch im Ghetto?«, wollte Alexis wissen; sie schien nicht gewillt, dem Ganzen Glauben zu schenken. »Viele Adlige verschaffen ihren Geliebten teure Wohnungen oder Häuser. So hat es mein Vater gehandhabt, so halten es die meisten.«

Verstehend strich Zane mit dem Daumen über Alexis' Handrücken. »Bluthuren sind etwas anderes als Geliebte. Kein Adliger möchte damit in Verbindung gebracht werden und niemand kann es sich leisten, einen Skandal wie diesen loszutreten.«

Doch eine Sache verstand Zane noch nicht, fragend sah er Camille an. »Woher weißt du von Jamie und Willow?«

Die Menschenfrau verzog das Gesicht. »Ich habe sie mehr als einmal miteinander erwischt. Immerhin ist Willow eine bekannte Blutspenderin, ich habe sie ab und zu für Bekannte gebucht. Zumindest, bis sie ihren Sugardaddy fand und sich zu gut für die Ghettobewohner wurde.«

Angewidert rümpfte Zane die Nase. Auf den Anblick hätte er auch gut verzichten können.

»Willow und Jamie hatten es schon immer auf Geld und Prestige abgesehen«, fuhr Camille schulterzuckend fort. »Dafür waren sie auch bereit, etwas länger zu warten.«

»Dennoch verstehe ich immer noch nicht, wieso er ein Verräter sein soll«, fing Alexis erneut an. »Was hätte er davon gehabt? Er hat am Hof gelebt, gutes Geld verdient. Wieso das alles aufs Spiel setzen?«

»Das war doch nicht immer so. Was glaubst du denn bitte, wie er den Job im Palast bekommen hat?«, stellte Kyrill die Gegenfrage. »Oder wie er im Ghetto überleben konnte, ohne selbst Blutspender zu werden, Schutzgeld zu bezahlen, sich einer Gang anzuschließen oder von einer getötet zu werden?«

»Jamie war clever«, gab Zane zurück.

Mehr fiel ihm gerade nicht dazu ein. Allein die Kenntnis darüber, dass sein Freund ihn die ganze Zeit hintergangen hatte, zeigte ihm nur, wie wenig er eigentlich über Jamie wusste. Hatte er ihn überhaupt je richtig gekannt? Wann war ihre Freundschaft zerbrochen?

»O ja, das war er.« Kyrill schüttelte den Kopf. »Das entging auch gewissen Adligen nicht. Was meinst du, wer deinen Eltern geraten hat, dich zu verkaufen?«

Alles Blut wich Zane aus dem Gesicht, seine Beine drohten nachzugeben. »Was redest du da? Er hat mir die ganze Zeit beigestanden. Vor und auch nach meiner Wandlung war er stets an meiner Seite.«

Kyrill zuckte die Schultern. »Was soll ich sagen? Du warst nicht der erste und nicht der letzte Mensch, den er gegen Provision an Vladimir verkauft hat.«

Zane kam die Galle hoch. War hier nicht irgendwo ein Mülleimer? Eilig schoss er nach vorn und schaffte es gerade noch zu seinem Ziel, bevor er sich erbrach. Wie Säure brannte es in seiner Speiseröhre. Wie aus weiter Ferne spürte er Alexis neben sich, die ihm über die Schultern strich, ihm schweigend zur Seite stand.

Als endlich nichts mehr kam, lehnte er sich nach hinten und vergrub den Kopf in seinen Händen.

Das konnte nicht wahr sein. Jamie sollte der berühmt-berüchtigte Vermittler gewesen sein? Von dem man den Kindern des Ghettos in Gruselgeschichten erzählte? Zane hatte das immer für Blödsinn gehalten, hatte mit Jamie darüber gelacht.

»Das passt doch nicht. Gerüchte über den Vermittler gibt es schon seit Jahrzehnten. Jamie war viel zu jung.«

»Die Position wird immer weitervererbt«, berichtete Camille. »Keine Ahnung, wer es vor Jamie war oder wer es jetzt ist, aber er war es bis zu seinem Antritt im Palast.«

»Das kann ich nicht glauben.«

Er hörte nur das Schnauben von Camille, war noch nicht bereit, wieder jemanden anzusehen. »Irgendwo hat er bestimmt noch seine Bücher, vielleicht glaubst du mir dann.«

»Okay, gut«, kam es von Alexis. »Selbst wenn er dieser Vermittler war, hat er doch davon profitiert, dass es weitere Creatures gibt. Wieso also sollte er jemandem helfen, mit meinem Tod einen Krieg gegen die Geschaffenen auszulösen?«

»Dass Jamies Eltern außerhalb des Ghettos ermordet wurden, weißt du ja.«

Bei Kyrills Worten sah Zane ihm direkt in die dunklen Augen. Mit schmerzendem Hals nickte er.

»Wusstest du auch, dass es Creatures waren, die die Handerssons getötet haben?«

Zane schnappte nach Luft. Das war ihm tatsächlich nicht klar gewesen. »Davon hat Jamie nie erzählt.« Wieso klang seine Stimme so krächzend? »Er sagte immer, es seien Menschen gewesen.«

»Weil er gut dafür bezahlt wurde«, erklärte Camille. »Der Schöpfer der Creatures hat es sich einiges kosten lassen, diesen Vorfall unter den Teppich zu kehren. Und hat ihm letztlich den Job am Hof verschafft.«

Das war alles zu viel. Er konnte es einfach nicht fassen. Seine ganze Kindheit, seine ganze Jugend war eine einzige Lüge gewesen.

»Woher weißt du das?«

Wie kann diese Menschenfrau mehr über meinen Freund aus Kindertagen wissen als ich?

Leicht beleidigt schnalzte Camille mit der Zunge. »Schon vergessen, mit wem du sprichst? Ich habe meine Augen und Ohren überall. Und Jamie und Willow waren sich ihrer viel zu sicher, um daran zu denken, dass man sie belauschen könnte. Sie haben mitten auf dem Markt über die Abfindungssumme gesprochen. Ja, sogar über deine Unwissenheit haben sie sich in der Öffentlichkeit lustig gemacht. Natürlich nicht laut, nicht so, dass es jedermann mitbekommt, aber ich arbeite nicht umsonst im Untergrund.«

»Und außerdem hat er nicht nur einmal versucht, Bluthuren für Adlige zu finden«, mischte nun auch Kyrill wieder mit. »Er hat ihnen eine Menge Geld versprochen und immer betont, dass es ihnen außerhalb des Ghettos deutlich besser gehen würde. Es gab keinen hier, der die Creatures mehr gehasst hat als er.«

Seufzend setzte sich Kyrill auf den Tisch und schlug seine Beine übereinander.

»Dass Jamie Menschen an Vladimir vermittelte, um gewandelt zu werden, fand ich schon nicht gut. Darüber hätte ich aber hinweggesehen, immerhin haben diese Leute bei den Adligen noch ein einigermaßen anständiges Leben.«

Widerwillig musste Zane ihm zustimmen. Man konnte über seinen Schöpfer sagen, was man wollte, aber er hatte nicht einen Tag hungern oder frieren müssen.

»Ich mag kein guter Mann sein und schon gar keine weiße Weste haben. Aber ich bin kein Zuhälter«, fuhr Kyrill mit harter Stimme fort. »Seitdem Jamie versucht hat, Menschen aus dem Viertel zu locken, um sie als Bluthuren anzuheuern, haben sich eine Menge Leute an mich gewandt und um Schutz gebeten. Nicht alle konnten Jamies Freundlichkeit und Wortgewandtheit ohne Hilfe entgehen.«

Weil sie verzweifelt waren und das Geld gebrauchen konnten. Und Jamie hatte es schon immer draufgehabt, jemanden zu überreden.

»Fuck!« Aufgebracht stand Zane auf, trat gegen den Stuhl, der neben ihm stand, und schleuderte ihn quer durch den Raum. Er schäumte vor Wut.

Jamie ein Zuhälter. Willow die Bluthure eines Adligen.

»Wer ist Willows Geldgeber?«, fragte er zornig.

Dieser Mistkerl musste etwas mit dem Anschlag zu tun haben, anders konnte es gar nicht sein. Nur jemand mit viel Geld hätte Willow gewinnen können und nur jemand mit viel Macht hätte Jamie davon überzeugen können, dass die Welt ohne Alexis besser dran wäre. Oder besser gesagt, dass ein Krieg zwischen den Creatures und den Adligen nur durch ihren Tod in die Wege geleitet werden konnte.

Kyrill und Camille sahen sich an, zuckten dann mit den Schultern. »Das wissen wir nicht. So weit haben wir nie nachgeforscht.«

»Wer konnte auch ahnen, dass das mal relevant sein würde?«

Obwohl Zane kurz vorm Platzen war, konnte er ihnen keinen Vorwurf machen. Wie hätten sie das ahnen können? Er selbst hatte schließlich nicht mal gewusst, dass sein Freund Creatures hasste. Dass er etwas mit diesem Miststück am Laufen hatte.

Dabei kam ihm ein Gedanke. »Hat Jamie je dein Handy in der Hand gehabt?«, fragte er an Alexis gewandt.

Die bekam große Augen, als die Erkenntnis sie traf. »Du glaubst, *er* hat die Spy-App installiert?«

»Hat er oder hat er nicht, Lex?«

Die Prinzessin kratzte sich die Stirn und dachte angestrengt nach, während Zane vor Ungeduld fast an die Decke ging. Sein Gehirn lief auf Hochtouren, sein Körper vibrierte vor unterdrückter Wut. Er hätte nur zu gern alles kurz und klein geschlagen.

»Ich bin nicht sicher, ich hatte nie viel mit ihm zu tun«, murmelte sie und lief dabei auf und ab.

Auch Zane durchforschte seine Erinnerungen, immerhin war er ihr seit seinem Amtsantritt kaum von der Seite gewichen. Aber ihm fiel nichts ein. Er selbst hatte Jamie ja in den letzten Wochen kaum gesehen. Vermutlich hatte er ihn mit Absicht gemieden, der Dreckskerl.

»Wobei, doch!« Abrupt blieb Alexis stehen und drehte sich zu ihm. »Einmal. Da war ich noch mit Michail zusammen. Die beiden besprachen etwas im Flur und …« Sie kniff die Augen zusammen und versuchte sichtlich sich genau zu erinnern. »Michail hatte einige Unterlagen für mich dabei, doch ich hatte die Hände voll und keine Taschen in meinem Kleid. Da hat Michail mir mein Handy aus der Hand genommen und es kurz Jamie überlassen, während wir die Dokumente durchgegangen sind.«

Entsetzen war auf ihrem Gesicht zu sehen.

»O Gott. Das ist schon über ein Jahr her, Zane. Wenn er wirklich mit dem Attentat zu tun hat, dann laufen die Vorbereitungen schon deutlich länger.«

Das leichte Zittern in ihrer Stimme brach ihm das Herz. Der Schmerz über den Verrat seines Freundes tat nicht halb so weh, wie seine Liebste so aufgewühlt zu sehen. Mit zwei Schritten war er bei ihr und schloss sie fest in die Arme.

»Alles wird gut«, versprach er ihr.

Egal was er tun musste, um dieses Versprechen zu halten, er würde es tun.

»Kann dieser Michail das ausgeheckt haben?«, fragte die Menschenfrau, die anscheinend nicht viel Taktgefühl besaß.

Alexis löste sich von Zane und schüttelte den Kopf. »Nein, dafür ist er nicht durchtrieben, nicht kaltblütig genug. So etwas erfordert Planung, Ausdauer, Macht und Geld. Dafür ist Michails Zündschnur viel zu kurz und das Geld gehört seiner Familie.« Kurz zögerte sie. »Aber ich kann mir schon vorstellen, dass er als Schachfigur benutzt wurde.«

Leider konnte Zane sich das auch gut vorstellen und seine Verachtung für diesen verwöhnten Adligen nahm ungeahnte Ausmaße an. Sollte er wirklich daran beteiligt sein, würde er ihn eigenhändig umbringen. Niemand bedrohte Alexis ungestraft!

»Wir müssen Willow nach ihrem Liebhaber fragen«, sagte die Prinzessin mit nun wieder gefasster Stimme; ihr Blick war hart.

»Das wird sie uns kaum verraten«, hielt Zane dagegen, doch eine Idee formte sich in seinem Hinterkopf.

»Ach, ich denke, mit etwas Nachdruck kann man sie bestimmt überzeugen«, meinet Kyrill. Ein fieses Lächeln huschte über sein Gesicht und mit einem Mal hielt er ein scharf aussehendes Messer in den Händen.

»Wir foltern niemanden!«

Bei Alexis' klarem Befehl zuckte der große Mann zusammen.

»Ja, Mylady. Verzeiht.«

»Wach auf, Alexis.« Camille klang ungehalten. »Wir leben in einer brutalen Welt, da kommt man mit Keksen und netten Bitten nicht weiter.«

»Wenn wir auf die gleichen Methoden zurückgreifen wie die Adligen, wären wir nicht besser als sie.«

Ob sie bemerkte, dass sie sich selbst nicht zu den Adligen zählte?

»Manchmal kommt man aber auch nicht weiter, wenn man sich an die Regeln hält. Manchmal muss man zu harten Bandagen greifen.«

»Vielleicht brauchen wir das gar nicht«, mischte sich Zane ein, sein Plan nahm immer klarere Formen an. »Wir können auch auf andere Weise an die Information kommen.«

»Und wie?«, erkundigte sich Kyrill.

Dieses Mal konnte sich Zane ein diabolisches Grinsen nicht verkneifen. »Indem wir nur so tun, als würden wir Willow unter Druck setzen. Und gleichzeitig finden wir Jamies Unterlagen. Er war sehr penibel, er hat mit Sicherheit alle Verkäufe und Vermittlungen irgendwo notiert.«

»Hm.« Alexis kratzte sich am Hinterkopf. »Nicht, dass ich die Überlegung schlecht finde, aber er hat diese Infos doch bestimmt auf einem Computer gespeichert. Und dieser befindet sich sicherlich in seinem Quartier im Palast.«

»Nein.« Er mochte vieles nicht über Jamie gewusst haben, aber dennoch hatte er ihn gut genug gekannt. »Er dürfte dem Palast nicht getraut haben und PCs waren ihm nie sicher genug. Er hat diese Unterlagen hier im Viertel.«

»Und wo? Du hast sein ganzes Haus durchsucht, als wir dort waren. Da hättest du etwas entdeckt.«

»Bei sich zu Hause hat er das auch nicht versteckt.« Zane sah zu Kyrill, in dessen Augen Begreifen aufflackerte. »Sondern bei seinen Eltern.«

Ehe jemand etwas entgegnen konnte, klopfte es lautstark an der Tür, bevor sie aufgerissen wurde. »Hoheit! Boss!« Harry stürmte hinein, seine Augen waren riesig und sein Gesicht blass. »Kommt schnell, das müsst ihr euch ansehen!«

Sofort eilte Alexis ihm hinterher, Zane folgte ihr auf dem Fuße. Alle Anwesenden im großen Büro standen vor den Monitoren, die Anspannung war förmlich greifbar.

Die Leute machten der Prinzessin augenblicklich Platz und ließen sie durch. Zane nutzte es aus und blieb direkt hinter ihr.

Auf dem größten Monitor war der Haupteingang des Ghettos zu sehen, die Truppen des Königs, die aktuell unter Gilberts Befehl standen, bezogen dort Stellung, einige mit ihren Waffen im Anschlag. Eine einsame Person trat ihnen mit erhobenen Händen entgegen, näherte sich ihnen langsam und blieb schließlich stehen. Die Übertragung war ohne Ton, sodass Zane nicht verstehen konnte, was gesprochen wurde, doch ihm kam dieser Mann seltsam vertraut vor.

War das etwa …?

»Scheiße«, fluchte er. Konnte es eigentlich noch schlimmer werden?

Mit Entsetzen in den Augen fuhr Alexis zu ihm herum. »Dein Vater.«

»Dieser Mistkerl hat sich befreit.« Und war nun dabei, seine Drohung wahrzumachen. Vor Frust mahlte Zane mit dem Kiefer, sein Innerstes war zum Zerreißen gespannt.

Mit zitternden Händen fuhr sich Alexis durch die Haare.

»Er wird ihnen verraten, dass du im Ghetto bist. Und dass ich bei dir bin.«

»Ja.«

Das Kind in ihm heulte auf, konnte nicht fassen, dass der eigene Vater es erneut verkaufte. Doch dieser Teil war so leise, dass Zane ihn problemlos unterdrücken konnte. Ihm war schon lange klar, was für ein Mensch sein Erzeuger war.

Edmund senkte seine Arme, schien zu sprechen und gestikulierte zwischendurch mit den Händen. Die Wachen schienen sich leise zu unterhalten, einige nahmen ihre Waffen runter.

Doch irgendwie hatte Zane ein schlechtes Gefühl bei der Sache.

»Da stimmt etwas nicht«, murmelte Camille und bestätigte sein schlechtes Gefühl.

Im nächsten Augenblick hob einer der Wachen seinen Arm und schoss Edmund eiskalt in den Kopf.

Mit einem Aufschrei schlug sich Alexis die Hände vor den Mund, während sie alle nur tatenlos dabei zusehen konnten, wie sein Vater tot zu Boden fiel.

»So viel zur Belohnung«, hörte er Kyrill irgendwo hinter sich sagen.

Beinahe hätte Zane bei dem Kommentar gelacht. Tatsächlich hätte es kein besseres Ende für Edmund geben können. Dass ihm der Tod seines Vaters nicht näherging, wunderte ihn schon gar nicht mehr.

»Oh, das gibt es doch nicht.«

Sprachlos erkannte er, was Camille meinte. Zwei Wachen packten den Toten und schleiften ihn in eine Gasse. Danach formierten sie sich und marschierten in das Ghetto ein. Jetzt wurde die eh schon brenzlige Situation richtig gefährlich.

***

Einen Augenblick lang wurde es ganz still im Raum, nur das Surren der Computer war zu vernehmen, während sie alle fassungslos dabei zusahen, wie die Armee des Königs ins Ghetto einmarschierte.

Das war nicht gut. Sie würden Menschen und Creatures wehtun und es ihnen erschweren, die wahren Täter zu finden. Dabei mussten sie unbedingt in Jamies Elternhaus gelangen.

»Okay, Leute.« Entschlossen klatschte Kyrill in die Hände. »Versammelt die Kämpfer, gebt ihnen Ausrüstung und Waffen.«

»Moment mal«, rief Alexis und drängte sich durch die in Bewegung gekommene Gruppe hindurch zu dem Anführer. »Ihr könnt da nicht raus und ihnen entgegentreten.«

Das würde deren sicheren Tod bedeuten.

»Boss, Tiger von den *White Fangs* ist in der Leitung.«

Kyrill sah zwischen ihr und Kyle hin und her, unsicher, wem er zuerst antworten sollte. Ungeduldig gab Alexis ihm zu verstehen, dass er sich erst um seinen Mann kümmern sollte.

»Er soll sich ebenfalls bereit machen und es an die anderen Gangs weitergeben.«

»Seit wann arbeiten die Gangs zusammen?«, erkundigte sich Zane; er wirkte ehrlich überrascht.

»Seit ich ihnen dazu geraten habe«, antwortete Alexis anstelle von Kyrill und sah zu ihrem Bodyguard auf. »Du warst einige Stunden lang weggetreten, da hatten wir eine Menge Zeit. Wenn die Gangs, anstatt sich untereinander zu bekriegen, zusammenhalten, kann das für uns nur von Vorteil sein. Dennoch«, wandte sie sich wieder an Kyrill, »war von Waffengewalt oder von gezieltem Ausrücken nie die Rede.«

»Wir können aber auch nicht warten, bis die Truppen Eures Vaters unsere Leute angreifen. Da draußen gibt es eine Menge Unbeteiligter – Kinder und Frauen, ältere Menschen –, die niemals imstande sein werden, sich zu wehren. Wir *müssen* sie beschützen.« Der Ausdruck in seinen Augen änderte sich. »Wir mögen kriminell sein, zu unlauteren Methoden greifen, aber dies hier ist unser Viertel, unsere Heimat. Wir werden es ihnen nicht leicht machen.«

Mit zusammengebissenen Zähnen dachte Alexis nach, musste ihm aber leider zustimmen. »Gut. Aber sag ihnen, dass sie niemanden töten sollen. Sie wollen sicher nicht das Blut von den Soldaten an den Fingern haben, die den Falschen vertrauen.«

Dunkle Augen starrten sie ehrfürchtig an, bevor Kyrill sich verneigte. »Verstanden. Entschuldigt mich, ich muss mich um die Koordination kümmern.«

»Hey.« Zane packte Kyrill am Arm, als dieser vorbeiwollte. »Ich brauche auch eine Waffe. Und eine kugelsichere Weste, wenn ihr so was habt.«

»Du willst allen Ernstes jetzt zu Jamies Elternhaus?«

»Uns läuft die Zeit davon«, mischte sich Alexis ein. »Wir werden schon einen Weg finden.«

»Du wirst nicht mitkommen«, knurrte Zane.

Genervt stemmte Alexis die Hände in die Hüften und funkelte ihren Bodyguard an. »Oh und ob ich mitkomme. Ich mache es mir bestimmt nicht gemütlich hier und warte auf eure heroische Rückkehr.«

»Das ist zu gefährlich, Prinzesschen.«

Alexis schnaubte. »Und wie willst du verhindern, dass ich einfach ausbüxe, hm?«

Mit einem Knurren zuckte Zane zurück und ballte die Fäuste. »Das würdest du nicht wagen.«

»Try me!«

»Macht euch mal keinen Kopf.« Camille gesellte sich zu ihnen und schlang ihren Arm um Alexis' Schulter. »Ich kenne die perfekte Abkürzung. Ich kann die Prinzessin überall hinbringen, wo sie nur hinmöchte.«

Es hatte tatsächlich was Gutes, eine Frau an ihrer Seite zu haben, die nicht viel auf die eigene Sicherheit gab. Das Grinsen auf dem Gesicht der Blondine war herausfordernd und zudem ansteckend. Alexis verschränkte die Arme und sah nicht minder angriffslustig zu den Männern auf.

Sowohl Zane als auch Kyrill wirkten alles andere als begeistert, ihre Kiefer mahlten. Ihr Beschützerinstinkt wurde auf eine harte Probe gestellt.

»Ach Scheiße!«, fluchte der Anführer der Underground-Creatures, packte Camille am Kragen und zog sie nah an sich heran. »Wenn dir was passiert, gnade dir Gott.«

Mit einem schnellen Kuss überraschte sie nicht nur Alexis, auch Kyrill wirkte völlig überrumpelt.

»Mach dir mal lieber um dich Sorgen als um mich.«

»Boss, Ayden von den *Westies* ist ebenfalls bereit«, rief ein Handlanger Kyrills von einem der Computer aus und unterbrach den Moment des Paares.

Kyrill seufzte schwer und ließ Camille los, bevor er sich dem Rufer zuwandte. »Alles klar.«

Er klopfte Zane auf die Schulter und bedeutete ihm, ihm zu folgen.

Zanes sturmgraue Augen waren immer noch auf Alexis gerichtet, doch sie ließ sich nicht unterkriegen. Hierbei würde sie nicht klein beigeben. Endlich nickte ihr Bodyguard und verschwand mit Kyrill in den Flur.

»Danke.«

Camille streckte genüsslich ihre Arme nach oben. »Dominante Männer in den Griff zu bekommen ist eine meiner leichtesten Übungen.«

Leise lachend schüttelte Alexis den Kopf. »Eines Tages erzähle ich dir mal, wie viel mehr Spaß es macht, so einen Mann auf die Palme zu bringen«, versprach Alexis.

»Darauf nagel ich dich fest.«

Wenn die Situation eine andere gewesen wäre, hätte sie bestimmt die eine oder andere Anekdote vom Stapel gelassen, doch auf den Bildschirmen waren immer mehr Tumulte erkennbar, die ersten Kämpfe wurden bereits ausgetragen.

»Verdammt.« Alexis ballte die Fäuste. »Wenn wir nur wüssten, wem wir trauen könnten, dann könnte ich bestimmt einige Soldaten davon abhalten, weiter vorzudringen.«

Neben ihr nickte Camille. »Bist du sicher, dass wir unbemerkt zu Jamies Elternhaus gelangen?«

»Natürlich. Niemand kennt die Tunnel unterhalb der Straßen besser als ich.«

Bei der Aussage bekam Alexis große Augen. »Unterhalb der Straßen? Du meinst, wir werden gar nicht erst nach oben müssen?«

»Clever, nicht wahr?« Die Blondine grinste sie keck an.

Anerkennend musste Alexis ihr zustimmen. Sie mochten nicht die besten Freundinnen sein, aber die Frau hatte so einiges auf dem Kasten.

»Prinzessin«, hörte sie Kyrill rufen und drehte sich in die Richtung seiner Stimme.

Er und Zane waren zurück, beide trugen dunkle Kleidung und enge Westen, die nicht gerade bequem aussahen. Nur waren sie alle nicht in der Position, sich zu beschweren.

Zielstrebig eilten sie auf die Männer zu, die ihnen Kleidung auf einen freien Teil des Tisches gelegt hatten.

»Hier.« Zane hielt Alexis eine enge schwarze Jacke hin. »Zieh die an, danach helfe ich dir in die Schutzweste.«

Ausnahmsweise tat sie, ohne zu meckern, was er befahl. Während er ihr schließlich in die Weste half, die leichter war, als Alexis angenommen hatte, kam er unerwartet auf ein früheres Gespräch zu sprechen.

»Ich glaube, ich weiß, wieso Gilbert Jamie in seiner Durchsage erwähnt hat.«

»Ach ja?« Tatsächlich hatte sie sich seit der Enthüllung um Jamies Verrat nicht mehr groß Gedanken darüber gemacht.

»Ja. Um seine Komplizen zu warnen«, erklärte Zane.

Das leuchtete ihr ein. Aber Moment, das bedeutete ja:

»Gilbert ist involviert!«

Zane stimmte ihr zu. »Tatsächlich überrascht mich das nicht besonders.«

Sie auch nicht, aber war es wirklich so offensichtlich? Vielleicht nur für sie beide.

»Aber er dürfte kaum der Kopf hinter dem Ganzen sein. Er braucht Verbündete im Palast. Wer glaubst du, könnte das sein?«, fragte Alexis.

»Also wenn ihr mich fragt«, kam es von Camille, die mittlerweile ebenfalls ihre Schutzkleidung trug, »mein erster Gedanke wäre Königin Josephina.«

Skeptisch sah Alexis sie an. »Wirklich? Die böse Stiefmutter? Wäre das nicht zu klischeehaft? Das hier ist doch kein Märchen.«

»Hey, in solchen Storys steckt immer ein Körnchen Wahrheit. Sie könnte zumindest mit jemandem zusammenarbeiten.«

»Wenn du jetzt Vladimir sagst, hau ich dich«, erwiderte Alexis abfällig, doch Camille lachte nur.

»Das kann ich mir tatsächlich kaum vorstellen«, meinte Zane, der zum wiederholten Male Alexis' Schutzweste prüfte. »Es sei denn, er spielt ein doppeltes Spiel.«

Die Aussage überraschte Alexis. »Ach ja ... Na, wieso nicht? Er ist von mir nie begeistert gewesen, dich hat er mir ja auch auf den Hals gehetzt.«

»Lex ...«

Bevor er weitersprechen konnte, strich sie ihm über die mittlerweile kratzige Wange. »Ich verurteile dich nicht, Zane, er ist dein Schöpfer. Du hattest keine Wahl.«

Dankbar legte er seine Hand auf ihre und sah ihr liebevoll in die Augen.

»Tatsächlich können Vladimir und die Königin nicht gut miteinander«, kam es erstaunlicherweise von Kyrill. »Immerhin soll sie dafür gesorgt haben, dass Vlad seinen Platz als Vorsitzender im Parlament verliert.«

»Woher weißt du das, Kyrill?«

»Vlad war mal Parlamentsvorsitzender?«, wollte Alexis zeitgleich zu Zanes Frage wissen.

Kyrill legte seinen Kopf schief und sah Zane fragend an.

»Das wusstest du nicht? Hm, du bist anscheinend nicht gut vernetzt. Du müsstest nur mal jeden älteren Creature hier fragen, die haben die Zeiten noch erlebt. Sie alle sagen, dass es unter Vladimirs Leitung sogar deutlich besser war.«

»Aber wieso hat er dann die Position abgegeben?«, erkundigte sich Alexis. Doch kaum ausgesprochen, wusste sie die Antwort: »Weil Josephina meinem Vater empfahl, ihn als rechte Hand einzusetzen.«

So hatte Vlad zwar mehr Einfluss auf den König, konnte jedoch nicht mehr in der Regierung mitwirken.

»Dabei mag sie Gilbert auch nicht«, wunderte sich Alexis.

»Aber Vladimir hat dem König deine Mutter vorgestellt«, fiel Zane ein. »Vermutlich wollte sie sich dafür rächen.«

»Diese Ziege!«

Kichernd schlug Camille ihr auf den Oberarm. »Du hast es erkannt.«

»Autsch.« Alexis rieb sich die Stelle, auf die Camille geboxt hatte. »Das tat weh.«

»Habt Ihr mir nicht gesagt, dass Ihr kein verwöhntes Gör seid?«

Sie war kurz davor, der Menschenfrau das hämische Grinsen aus dem Gesicht zu schlagen.

»Diese Spekulationen sind ja alle gut und schön«, sprach die Blondine weiter, »aber es hilft uns nicht dabei, den Verantwortlichen zu finden. Wir brauchen einen Plan B, sollten wir Jamies Unterlagen nicht finden oder diese uns nicht weiterbringen. Vielleicht auch einen Plan C oder D.«

»Wenn wir nur den Schützen wieder zum Leben erwecken könnten«, murmelte Zane und fuhr sich durch die Haare.

Mittlerweile waren sie getrocknet und standen nun strubbelig in alle Richtungen ab.

Der Schütze ... Den hatte Alexis glatt vergessen. Da fiel ihr ein: »Du meintest doch, du kennst den Schützen.« Vor Aufregung schlug ihr Herz wie wild, als sie Zane ansah. »Und seinen Bruder. Wenn wir diesen finden, kann er uns vielleicht sagen, wer hinter all dem steckt, und wir können die wahren Drahtzieher entlarven.«

»Vorausgesetzt, er weiß über die Machenschaften seines Killer-Bruders Bescheid«, gab Kyrill zu bedenken.

Angestrengt dachte Zane nach, seine Zungenspitze klemmte zwischen seinen Zähnen. »Ich hatte von Anfang an den Verdacht, dass der Bruder der Bombenleger sein könnte. Aber ich kenne ihre Namen nicht.«

»Ging der Schütze nicht mit mir zur Uni? Wenn wir doch nur jemanden kennen würden, der sich in den Uni-Server hacken und dort alle eingetragenen Studenten inklusive Fotos auflisten könnte«, feixte Alexis.

Schmunzelnd kniff Zane ihr in die Nase. »Du freches Genie.« Er wandte sich an den dunkelhaarigen Mann vor sich. »Habt ihr ein Telefon? Eins, das man nicht zurückverfolgen kann?«

Skeptisch sah der andere Mann erst Zane, dann Alexis an.

»Wieso?«

»Es ist wichtig«, mischte sich Alexis ein. Sie war sich darüber im Klaren, dass Kyrill Zane niemals so vertrauen würde wie ihr. Auch wenn das absurd war. »Wir kennen jemanden, der uns helfen kann, an den Attentäter heranzukommen.«

Kyrill verzog den Mund und es brauchte noch drei, vier Herzschläge, bevor er sich umdrehte und zu einem seiner Männer ging. Sie unterhielten sich kurz leise, dann angelte er ein Satellitentelefon aus einer Schublade, das er Zane zögerlich reichte. »Die Leitung ist sicher.«

»Danke.«

Zane war bereits dabei, die Nummer einzutippen. Irgendwann würde Alexis ihn mal bitten, ihr beizubringen, wie man sich so viele Daten merken konnte. Das würde ihr fürs Studium bestimmt von Nutzen sein.

Ein wenig wehmütig dachte sie an ihre Zeit an der Uni. Bis jetzt hatte sie es nicht wirklich genossen, hatte ja nicht mal Freunde dort. Das Studium war nur ein Mittel zum Zweck gewesen, um dem Hofleben zu entfliehen.

Das würde sie ändern, beschloss sie. Sie würde eine Menge ändern, sobald die Gefahr vorbei und die Übeltäter geschnappt waren.

»Seid ihr euch sicher, dass ihr der Person, welche ihr auch immer anruft, trauen könnt?«, erkundigte sich Camille, die genau wie Kyrill eher misstrauisch war.

Zane sah Alexis an und sie nickte ihm zu. Er mochte Nikolai nicht zu hundert Prozent vertrauen, aber sie schon. Genau konnte sie es nicht benennen, aber sie wusste einfach, dass Nates Sohn sie nicht hintergehen würde. »Ja«, erwiderte sie überzeugt.

»Dann ist ja gut.« Kyrill drehte sich um. »Ich muss noch einige Sachen mit den Anführern der Gangs klären, ich bin gleich zurück.«

»Alles klar.« Alexis nickte.

»Hey«, sprach Zane da bereits in den Hörer. »Wir sollten also unbedingt im Ghetto bleiben, ja?«

Schnell gesellte sie sich zu ihrem Bodyguard und stellte sich auf die Zehenspitzen, um Nikolais Antwort zu verstehen. Netterweise kam Zane ihr etwas entgegen.

»Ich wusste nicht, dass Gilbert so schnell den Befehl geben würde«, verteidigte sich Nikolai gerade. »Und das tut mir leid. Ich hoffe, ihr seid in Sicherheit.«

»Ja, sind wir«, gab Zane zähneknirschend zu. »Aber es war alles andere als einfach.«

»Kannst du etwas zum Schützen herausfinden?«, platzte es aus Alexis heraus. »Er ging mit mir zur Uni.«

Kurzes Schweigen auf der anderen Seite des Hörers.

»Offiziell gibt es keinen Schützen, dazu steht nichts im Bericht und Gilbert versteht es meisterlich, die Zeugen zum Schweigen zu bringen. Aber ... wenn ihr ein paar Infos habt, kann ich bestimmt mehr Details sammeln. Kennt ihr den Namen?«

»Leider nein.«

»Warte!«, fuhr Zane dazwischen.

Erwartungsvoll sah Alexis zu dem Mann an ihrer Seite. Dieser hatte die Augen fest zusammengekniffen und dachte nach.

»Der Name des Schützen ist mir nicht bekannt, aber ich meine, mich zu erinnern, dass sein Vater letztens auf der Spendengala war. Du hast ihn gegrüßt ... Wenn mir doch nur der Name einfallen würde ...«

Auf der Spendengala?

»Hast du eine Ahnung, mit wie vielen Leuten ich gesprochen habe? Lord Reagan, Lord Jackson, Lord ...«

»Ich hab's!«, fiel Zane ihr ins Wort. »Nikolai, hat Lord Oleg-Howard Söhne?«

»Sekunde.«

Ein paar Augenblicke war nur sein leises Murmeln zu vernehmen, wahrscheinlich tippte er auf seiner Tastatur herum. Das konnten sie nur nicht hören, da um sie herum zu viel Unruhe herrschte. Es versammelten sich immer mehr Leute im Raum, die in Kampfmontur gekleidet waren.

Die Luft wurde immer dicker, vor Anspannung vibrierte es regelrecht.

»Ja«, meldete sich Nikolai zurück. »Drei sogar. Magnus, Ezra und Eric.«

»Wer geht auf die Crown?«, erkundigte sich Zane aufgeregt.

»Magnus. Er ist drei Jahre über dir, Miranda. Oh, warte. Er wird hier als Opfer des Attentats aufgeführt.«

»Dann war er der Schütze«, mutmaßte Alexis.

»Nicht so vorschnell«, fuhr ihr Bodyguard dazwischen. »Das können wir erst genau sagen, wenn wir wissen, was die anderen machen.«

»Eric dient am Hof, er ist der Jüngste. Und Ezra. Ezra, Ezra, Ezra ... Da ist er ja. Er studiert in den USA. Hat ein Auslandsstipendium erhalten. Nicht schlecht.«

»Bevor du vor Begeisterung aus den Latschen kippst ...«, grummelte Zane, »befindet er sich dort auch noch?«

»Du bist ein Miesepeter, Vaughn«, maulte Nikolai. »Aber ja, ich kann sein Handy in einem Studentenwohnheim ausmachen und es gab auch keine Passagierlisten, auf denen er aufgeführt wird. Er ist seit über zwei Jahren nicht mehr in England gewesen.«

»Also Eric«, murmelte Alexis.

»Zu wissen, wer der Schütze ist, ist ja schön und gut«, meinte Nikolai. »Aber was hilft euch das?«

»Ich denke, dass Eric der Bombenleger war«, erklärte ihm Zane.

»Warte ... Was? O Gott.«

»Nikolai?« Der Tonfall ihres Informanten gefiel Alexis gar nicht, ihr Puls raste.

»Eric gehört zu den Wachen, die vor den Räumlichkeiten des Königs stehen«, stotterte Niko.

Erschrocken schlug sich Alexis die Hände vor den Mund. »Vater.«

Der Mörder so vieler Menschen, Adliger und Creatures war dem König so nah? Das durfte nicht sein. Grigori durfte nicht auch noch in Gefahr schweben.

Zane legte ihr seinen Arm um die Hüften und zog sie näher an sich, spendete ihr Kraft und Trost. Dankbar vergrub sie ihr Gesicht an seiner Schulter, versuchte sich zu sammeln. Noch ging es ihrem Vater gut, noch war nichts passiert. So lange musste sie selbst stark bleiben und ihre Sorge erst einmal beiseitedrängen. Dennoch tat es gut, sich kurz bei ihrem Beschützer anzulehnen.

»Keine Sorge«, hörte sie Nikolais Stimme leise durch den Hörer. »Ich werde meinem Vater Bescheid geben. Ihm wird bestimmt was einfallen.«

»Danke«, hauchte sie, unsicher, ob er sie überhaupt hörte.

In dem Moment kam Kyrill zurück, sein Gesichtsausdruck war angespannt. Alexis krallte sich bei Zane fest. Ihre Zeit war um.

»Nikolai, ich verlasse mich auf dich«, teilte Zane ihm mit. »Wir müssen nun Schluss machen. Sobald wir Hilfe brauchen, melden wir uns.«

Ohne auf eine Antwort zu warten, legte Zane auf und drehte sich zum Anführer der Underground-Creatures um.

»Möglicherweise ist der König in Gefahr«, gab er ihm Bescheid. »Der vermeintliche Bombenleger steht bei ihm Wache.«

»Fuck.« Kyrill kratzte sich am Hinterkopf. »Das heißt, wir müssen schnell handeln.«

»Wir müssen jetzt erst einmal zum Haus der Handerssons. Wir brauchen unbedingt Jamies Aufzeichnungen.«

»Ich habe mit Angus gesprochen«, sagte Kyrill. »Er wird die Koordination der Gangs übernehmen.«

»Wer ist das?«, fragte Alexis, verwundert darüber, wieso Kyrill die Zügel aus der Hand gab. Dass er jemandem so etwas Wichtiges anvertraute, schien nicht zu ihm zu passen.

»Angus ist der Anführer der größten und gefährlichsten Gang des Ghettos«, antworte Zane. »Selbst kleinere Gangs können nichts gegen ihn unternehmen, wenn er es nicht erlaubt.«

Lachend warf Kyrill seinen Kopf zurück. »Du hast echt keine Ahnung, Vaughn. Angus mag die größte Gang haben, aber er ist mir nicht mal ansatzweise gewachsen. Ich hätte ihn schon vor langer Zeit ausschalten können, aber was hätte ich davon? Besser, er hält seine Männer unter Kontrolle und ich kontrolliere ihn, als einen Aufstand seiner Männer niederschlagen zu müssen.«

Zerknirscht wandte Zane den Blick ab. Wenn sich Alexis nicht solche Sorgen um ihren Vater machen würde, wäre das amüsant gewesen. Aber: »Wieso überlässt du Angus die Leitung? Willst du das nicht lieber selbst tun?«

Dunkle Augen bohrten sich in ihre und sie musste sich zwingen, sich nicht unwohl zu winden.

»Jeder Anführer jeder Gang weiß, dass es hierbei um Eure Sicherheit geht, Prinzessin, und um die des Ghettos. Sie werden alles tun, um die Bewohner hier zu beschützen. Währenddessen werde ich Euch begleiten. Zane ist zwar ein guter Bodyguard, aber zwei sind besser, nicht wahr?«

Daraufhin warf Zane ihm einen finsteren Blick zu, doch Alexis musste lächeln. »Danke, Kyrill.«

Der Mann mit den dunklen Haaren verneigte sich tief.

»Ich stehe zu Euren Diensten, Königliche Hoheit.«

»Dann lasst uns endlich losziehen«, rief Camille und wirkte als Einzige begeistert. »Lasst uns auf Schatzsuche gehen!«

Die Frau hatte echt eine Schraube locker.

15

Zane hätte sich am liebsten in den Hintern gebissen. Nicht nur, weil ihm die Geschichte mit dem Schützen komplett entfallen und ihm die Verbindung der Attentäter zu Lord Oleg-Howard nicht gleich eingefallen war, sondern auch, weil er merkte, dass er über das Ghetto nicht einmal ansatzweise so gut Bescheid wusste, wie er immer angenommen hatte.

Natürlich lag das zum größten Teil daran, dass er die meisten Informationen von Jamie erhalten hatte, diesem Arsch. Er konnte es immer noch nicht ganz glauben, dass sein Kamerad aus der Kindheit ihn so hintergangen haben sollte. Nur leider sprach vieles dafür. Auch wenn Kyrill und Camille ihm gegenüber vielleicht nicht besonders freundlich gesinnt waren, was hätten sie davon, ihn anzulügen?

Reiß dich zusammen, Vaughn! Darüber kannst du dir später noch Gedanken machen.

Genau. Erst mal hatten andere Dinge Vorrang.

Obwohl sie unter der Erde unterwegs waren, drangen vereinzelt Kampfgeräusche von der Oberfläche zu ihnen durch – vermutlich durch die Schachtdeckel. Wie gern würde Zane dort mitmischen, die Soldaten des Königs davon überzeugen, dass sie falsch handelten. Nur war das keine Option, die Erfolgsgarantie dabei lag bei null. Schließlich war er aktuell der Staatsfeind Nummer eins.

Ein kalter Luftzug heulte durch die Gänge, strich ihm unangenehm über den Nacken und verursachte eine Gänsehaut. Vor ihm erzitterte Alexis, auch Camille schüttelte sich. Die Tunnel sahen nicht gerade sicher aus und lösten in Zane das unangenehme Gefühl von Klaustrophobie aus. Der Geruch nach Abwasser und Schimmel machte es auch nicht heimeliger. Tatsächlich wunderte es ihn, dass Alexis gar keine Probleme mit der Umgebung zu haben schien. Seit sie im Ghetto angekommen waren, hatte sie sich nicht einmal beschwert oder Ekel gezeigt. Dabei war das Viertel alles andere als ein sauberer Ort und schon gar kein Vergleich zum Palast.

»Wir sind gleich da«, informierte Camille, die hinter dreien von Kyrills Männern herlief.

Gott, hoffentlich stimmt das.

»Seit wann gibt es die Tunnel?«, fragte Zane leise den Mann, der die Nachhut bildete, um sich etwas abzulenken.

Kyrill schnaubte. »Genau kann ich dir das nicht sagen, sie waren schon da, bevor ich die Gang gründete. Als wir sie allerdings entdeckten, haben wir sie erweitert. Wenn man schon unter der Erde ein Hauptquartier hat, muss man sich auch unterirdisch fortbewegen können. Bis heute hat keine andere Gang je einen unserer Gänge gefunden.«

Widerstrebend gab Zane zu, dass das eine gute Idee war. So konnten sie sich besser und schneller vor ihren Feinden verstecken und gleichzeitig überall im Ghetto wie aus dem Nichts auftauchen.

»Allerdings kennt sich hier unten niemand besser aus als Camille.«

Am Zähneknirschen erkannte Zane, dass das Kyrill gegen den Strich ging. Wie konnten die beiden ein Paar sein?

»Hätten wir der Prinzessin nicht ihre Perücke geben sollen?«, wollte der große Mann wissen.

»Nein.« Zane schüttelte den Kopf. »Die hellen Haare würden mehr auffallen. Was meinst du, wieso ich Camille gebeten habe, eine dunkle Mütze über ihre Mähne zu ziehen?«

Wenig überzeugt brummte Kyrill.

»Was?«

»Du bist auch blond, Vaughn.«

Genervt verdrehte Zane die Augen, zog aber eine Mütze aus seiner Tasche. »Ich bin ja nicht blöd, Mann.«

Endlich hielt Camille die Hand hoch und blieb stehen. Mit flinken Handbewegungen öffnete sie eine verborgene Tür, trat zur Seite und ließ einen Blick auf eine Strickleiter frei.

»Wer möchte als Erster?«, fragte die Blondine schmunzelnd.

O Mann. Diese Aktion macht ihr eindeutig zu viel Spaß. Verdammte Schmuggler.

Zane verdrehte die Augen. Bevor sich jemand melden konnte, drängte er sich an Alexis vorbei, packte eine Sprosse und zog leicht daran.

Skeptisch drehte er sich zu Camille. »Bist du sicher, dass die hält?«

Die Frau zuckte mit den Achseln. »Ist eine Weile her, dass ich hier gewesen bin. Du wirst es nur erfahren, wenn du es versuchst.«

Das klang ja vielversprechend. Mit einem Seufzer machte er sich an den Aufstieg. Immerhin würde der Absturz nicht so tief ausfallen, da sie mittlerweile näher an der Oberfläche waren als noch im Hauptquartier.

Schon bald tauchte über ihm ein Gullydeckel auf, den er mit aller Kraft nach oben drückte. Nur ganz wenig, damit er die Umgebung prüfen konnte. Das Licht einer Straßenlaterne zeigte ihm, dass sie wirklich nur wenige Meter von Jamies Elternhaus entfernt waren. Zudem war niemand in der Nähe. Also stemmte er den Deckel komplett auf und kletterte auf die Straße, bevor er den Gully beiseiteschob.

»Sicher«, rief er flüsternd.

Schon bald war auch der Letzte aus ihrer Gruppe die Strickleiter hinaufgestiegen und er setzte den Deckel wieder drauf.

»Gut«, sagte Kyrill und sah zwei seiner Männer an. »Wie besprochen macht ihr euch auf die Suche nach Willow. Sorgt dafür, dass sie ansprechbar ist, wenn ihr sie schnappt. Wir brauchen ihre Aussage.«

Perry und Kyle nickten und verschwanden dann still und leise in der nächsten Gasse.

»Bist du sicher, dass das eine gute Idee ist?«, erkundigte sich Alexis. »Sie dürfte sich doch schon längst zu ihrem Geliebten aufgemacht haben, oder?«

Kyrill schüttelte den Kopf. »Nein. Die Armee des Königs hätte sie bestimmt nicht aus dem Viertel rausgelassen und sie kennt vermutlich keine Geheimwege.«

Dem musste Zane zustimmen: »Willow hat es sich schon immer lieber bequem gemacht. Sie hat sich bestimmt verschanzt und sitzt dieses ganze Fiasko einfach aus.«

Sie schlichen voran, brauchten nur zwei weitere Straßen zu überqueren und schon waren sie bei ihrem Ziel angekommen. Vorsichtig presste sich Zane an die Wand und linste durch die Hintertür. Im Inneren war nicht viel zu erkennen, es mangelte an Licht. Dennoch wartete er ab, wollte sichergehen, dass niemand im Haus war. Wer wusste schon, wer von Jamies Komplizen aus dem Ghetto kam?

Er sah zu den verbliebenen Leuten hinter sich und hob den Daumen. Camille huschte zu ihm, zauberte aus dem Nichts einen Dietrich hervor und brach die Tür mit wenigen Kniffen auf.

An ihr war definitiv eine Einbrecherin verloren gegangen. Selbstgefällig sah sie zu Zane auf und deutete spöttisch eine Verbeugung an. Er biss sich auf die Zunge, um sich von einem dummen Spruch abzuhalten, dann öffnete er die Tür und trat ein.

Wie von Nate erlernt, huschte er gebeugt durch die Räume und prüfte, ob nicht doch jemand hier war. Als er auch den Abstellraum kontrolliert hatte, gab er den anderen erneut ein Zeichen. Kurz darauf waren sie alle im Haus und sahen sich im Dunkeln um.

»Versteht mich nicht falsch«, meinte Camille. »Aber meine Nachtsicht ist nicht so doll. Wie sollen wir hier bitte was erkennen können?«

Gerade wollte Zane ihr antworten, da bemerkte er einen Schatten an der Vordertür.

»Still«, befahl er flüsternd und deutete zur Tür.

Sofort war er bei Alexis und drückte sie sanft, aber mit Nachdruck hinter dem Sofa zu Boden. Auch Kyrill hatte Camille hinter sich geschoben und versteckte sich in der Küchennische, während Harry im Abstellraum verschwand.

Zu Zanes Überraschung wurde die Tür einfach aufgeschlossen und eine schmale Person huschte hinein. Der Eindringling schloss die Vorhänge, zog von Fenster zu Fenster. Wer auch immer das war, er hatte keine Ahnung davon, sich unauffällig zu verhalten. Oder von Gefahren allgemein. Er ging einfach an Kyrill vorbei und auch Zane und Alexis fielen ihm nicht auf.

Ein blumiger Duft stieg Zane in die Nase, der ihm sehr vertraut war. Beinahe hätte er aufgelacht. Da suchten Kyrills Leute nach ihr, dabei kam sie ihnen einfach entgegen. Erst bei der Hintertür wurde Willow stutzig und schien das geknackte Schloss zu bemerken.

Noch bevor sie reagieren konnte, stand Zane schon hinter ihr, verschloss ihren Mund mit der einen Hand und verdrehte ihr den Arm mit der anderen. Willow zuckte zusammen und wand sich in seinem Griff, doch war sie ihm als Mensch nun mal nicht ansatzweise gewachsen.

»Sieh mal einer an, wen haben wir denn da?«

Beim Klang seiner Stimme wurde Willow ganz still und bewegte keinen Muskel mehr. Camille huschte an ihm vorbei, zog den Vorhang der Hintertür zu und knipste dann eine nicht allzu stark leuchtende Stehlampe an.

Erst als sich Kyrill an der Hintertür aufgestellt und Harry an der Haustür Stellung bezogen hatte, ließ Zane die Frau in seinen Armen los. Seine Ex-Freundin seufzte laut, schmiss sich ihre hellen Haare über die Schulter und drehte sich dann mit einem neckischen Lächeln zu ihm um.

»Hey, Baby. Lange nicht gesehen.«

Unter Zanes Auge zuckte ein Muskel und aus Reflex ballte er die Fäuste. Wie gern würde er jetzt auf etwas einschlagen.

»Hier.« Neben ihm tauchte Alexis auf, die ihm mit neutraler Stimme Kabelbinder hinhielt. Ihre Augen waren ruhig, zeigten keinerlei Emotionen. Sie hatte ihre Prinzessinnen-Maske aufgesetzt. Obwohl ihm das einen Stich versetzte, brachte es ihn dazu runterzukommen. Mit einem Nicken nahm er ihr die Kabelbinder ab, drehte Willow wieder um und fesselte ihre Hände.

»Hey«, protestierte sie und zog an den Plastikdingern. »Was soll das? Lass mich los!«

»Sei gefälligst nicht so laut«, schnauzte Camille sie an. »Oder möchtest du die Armee des Königs auf uns aufmerksam machen?«

Willow riss sich los, stolperte dabei und fiel auf ihre Knie. Mit funkelnden Augen sah sie zu Zane auf, Camille schien sie vollkommen zu ignorieren.

»Was habe ich dir bitte schön getan?«

»Klappe zu, wenn du keinen Knebel willst«, gab er zurück. »Wo hat Jamie seine Aufzeichnung über seine Verkäufe und Vermittlungen?«

Willows braune Augen wurden riesig, heuchelten Unwissenheit vor. »Ich kann dir nicht folgen, Babe. Was meinst du?«

Kyrill schnappte sich einen Stuhl aus der Küche, ergriff Willows Arm und zog sie unter lauten Protesten hoch, um sie auf dem Stuhl abzuladen.

»Geht das auch sanfter?« Verzweifelt sah sie in die Runde, Tränen traten in ihre Augen und ihre Stimme zitterte. »Was habe ich euch bitte getan?«

»Genug«, antwortete ihr Zane. »Du und Jamie … Ihr habt mich ganz schön hinters Licht geführt. Gratuliere!«

»Das wollten wir nie«, beteuerte seine Ex, ihr Gesichtsausdruck wirkte voller Pein. Immerhin leugnete sie ihren Verrat nicht. »Glaube mir, dieser Umstand hat uns beiden das Herz gebrochen. Aber du warst zu ehrlich, zu moralisch. Wie hätten wir dich einweihen sollen?«

»Ihr hättet auch einfach auf der richtigen Seite des Gesetzes bleiben können«, schlug Alexis vor und stemmte die Hände in die Hüften.

Beim Anblick der Prinzessin veränderte sich Willows unterwürfige Haltung, sie setzte sich aufrecht hin und Verachtung zeigte sich in ihren Gesichtszügen.

»Na, wenn das mal nicht das Problem aller Dinge ist.« Sie spuckte Alexis vor die Füße. »Wenn du nicht wärst, hätte der König die Ausbreitung der Creatures schon vor langer Zeit eingeschränkt.«

Sprachlos sah Zane die Menschenfrau an. Das ergab so gar keinen Sinn.

»Was habe ich mit der Wandlung der Creatures zu tun?« Fragend legte Alexis den Kopf schief und verlagerte das Gewicht von einem Bein auf das andere. Ansonsten blieb sie äußerlich vollkommen ruhig.

»Wir durchsuchen schon mal das Haus, Vaughn«, warf Kyrill dazwischen und begann damit, die Schränke in der Küche zu öffnen. »Dass sie hier aufgetaucht ist, ist der klare Beweis, dass Jamies Unterlagen hier sein müssen.«

»Alles klar.« Vaughn hörte nur mit halbem Ohr hin, zu sehr kreisten seine Gedanken um die vorige Aussage seiner Ex.

»Es liegt an deiner Mutter!«, zischte Willow, die weiterhin ihre ganze Aufmerksamkeit auf Alexis gerichtet hatte. »Dieses Miststück hat dem König die Flausen in den Kopf gesetzt, dass Creatures das Recht haben zu leben und mehr Rechte haben sollten. Du gibst den Creatures Hoffnung – etwas, was sie nicht verdienen!«

Wieso hätte sich Miranda so für die Creatures einsetzen sollen? Zane dachte nach, kam aber zu keinem Ergebnis.

Doch Alexis ließ sich nicht beeindrucken und zuckte nur mit den Schultern. »Also gibst du mir die Schuld daran, dass die Geschaffenen glauben, *ich* würde die Wende bringen? Warum? Weil meine Mutter bei einer Creature aufgewachsen ist und sie den geschaffenen Vampiren wohlgesonnen war?«

Das hörte Zane zum ersten Mal. Alexis' Mutter war von einer Creature großgezogen worden? Nun, das erklärte zumindest, wieso sie bei dem Adel als Aussätzige galt.

Die Prinzessin schüttelte den Kopf. »Wenn du die Politik der letzten Jahre genau verfolgt hättest, wüsstest du, dass mein Vater sich gar nicht um die Creature-Politik kümmert.«

Dieses Argument schien Willow nicht hören zu wollen, sie wandte sich stattdessen an Zane. »Als Jamie deinem Vater anbot, dich für ihn zu verkaufen, tat ihm das in der Seele weh. Aber er brauchte das Geld. Und nachdem seine Eltern von den Creatures ermordet worden waren, hätte er alles dafür getan, um diesen Handel rückgängig zu machen, doch es war zu spät.«

»Und das soll mich jetzt glücklich stimmen?«, fragte Zane ungläubig. »Ihr beide habt mich die ganze Zeit verarscht und es hat euch leidgetan?«

Unfassbar. Mit was für Menschen hatte er nur sein Leben verbracht? Keinen von ihnen schien er je wirklich gekannt zu haben.

Ein freudiger Pfiff ließ ihn herumfahren. Camille hatte voller Tatendrang den Wohnbereich durchwühlt, der Inhalt sämtlicher Schränke und Kommoden lag auf dem Boden verteilt. Sie kniete vor einem Schrank und kämpfte mit einem Brett.

»Hier ist eine doppelte Rückwand, Leute.«

Zane warf noch einen Blick auf die Frau, die er einst zu lieben geglaubt hatte. Braune Augen sahen ihn flehend an, doch er glaubte dieser Emotion nicht. Willow dachte nur an sich selbst, hatte ihn jahrelang hintergangen und sich nie einen Deut um sein Leben geschert. Er war fertig mit ihr.

Eine warme Hand ergriff seine, fragend drehte er den Kopf zu Alexis.

»Ich achte darauf, dass sie nichts anstellt«, murmelte die Prinzessin, in ihren Augen brannte ein Feuer.

Ein Schauer lief Zane über den Rücken und sein Herz machte einen Satz. Wie hatte er diese Vampirin nur je verachten können?

Zur Antwort beugte er sich vor und stahl ihr einen Kuss. Ihr böser Blick, während sie sich die Lippen leckte, als er sich zurückzog, ließ ihn grinsen.

»Schön vorsichtig sein, Prinzesschen.«

***

Das war also Willow. Alexis versuchte den Funken Eifersucht, der sich jedes Mal bei der Erwähnung ihres Namens in ihr breitgemacht hatte, zu analysieren und kam zu dem Schluss, dass dieses Gefühl völlig unnötig war. Ja, Willow hatte mehr Zeit mit Zane verbracht als sie, kannte ihn noch als Mensch und damit Seiten an ihm, die sie niemals kennenlernen würde. Aber das alles hatte auf Lügen basiert, war nie echt gewesen.

Vermutlich sollte sie eher sauer auf Willow sein, immerhin hatte sie ihrem Bodyguard Leid zugefügt. Doch empfand sie beim Anblick dieser verlogenen Person nichts als Verachtung. Das beruhte wohl auf Gegenseitigkeit. Ihre Gefangene bohrte mit den Blicken förmlich Löcher in Alexis.

»Oho, hat das feine Fräulein sich etwa ein Spielzeug zugelegt?«

Alexis runzelte die Stirn. »Ich kann dir nicht folgen.«

Ruckartig riss Willow ihr Kinn nach vorn und lehnte sich ihr entgegen.

»Wie lange wirst du wohl mit ihm spielen wollen, hä? Bis du einen Adligen findest, der eher deinem Stand entspricht?«

Sprach sie allen Ernstes davon, dass ausgerechnet Alexis Zane ausnutzte? Die Frau hatte ja Nerven. Alexis warf einen Blick über ihre Schulter, da sie feststellen wollte, ob das Objekt ihrer Unterhaltung auch beschäftigt war. Gerade stritt er sich leise mit Camille, die ihm keinen Platz vor dem Regal machen wollte.

Sie wandte sich wieder Zanes Ex-Freundin zu und lehnte sich ebenfalls vor.

»An deiner Stelle würde ich schön den Mund halten. Wer hat Zane denn mit seinem besten Freund betrogen und ihn nur als Trittbrett benutzt?«

»Du hast doch keine Ahnung, wovon du da sprichst.« Gequält blickte Willow zur Seite, ihre Lippen bebten. »Zane war immer der einzige Mann für mich, aber ich wusste, dass er mich für den Palast verlassen würde. Da bin ich in Jamies Arme geflüchtet. Nur so konnte ich ...«

Das verächtliche Schnauben konnte Alexis nicht unterdrücken. Sie rieb sich über den Nacken. »Wow. An dir ist echt eine Schauspielerin verloren gegangen. Glaubst du den Mist, den du erzählst, etwa selbst? Hättest du ihn geliebt, hättest du ihn nicht hintergangen und wärst ... keine Bluthure geworden.«

Sofort änderte sich der Ausdruck in dem bleichen Gesicht; von Schmerz und Kummer war nichts mehr zu sehen. Seufzend richtete sich Willow in ihrem Stuhl wieder auf, schlug die Beine übereinander und wirkte mit einem Mal ganz lässig.

»Nicht jeder ist mit einem goldenen Löffel im Mund zur Welt gekommen, Eure Hoheit. Wir Leute aus dem Ghetto müssen alles tun, um zu überleben. Zane hätte mir nie die Tore zum Palast geöffnet, wieso also nicht auf Jamie zählen? Warum keinen reichen Adligen um den Finger wickeln?«

Alexis konnte sie einfach nicht verstehen.

»Und deshalb hast du Zane einfach so betrogen?«

Willow zuckte mit den Schultern. »Habe ich es denn nicht verdient, ein gutes Leben zu führen? Dann habe ich eben was mit mehreren Männern, was soll's. Irgendwann wird Zane schon zur Besinnung kommen und kehrt zu mir zurück.«

»Jamie und dein Geliebter wollten einen Krieg zwischen den Creatures und den Adligen anzetteln«, erinnerte Alexis. »Zane wäre dabei doch auch getötet worden.«

»Nein. Sie haben mir versprochen ihn zu verschonen. Ich sollte ihn behalten dürfen.«

War die Frau wirklich so von sich überzeugt, dass sie glaubte, alle Männer würden ihr aus der Hand fressen?

»Dir ist schon aufgefallen, dass man Zane den ganzen Mist hier in die Schuhe schieben will, ja?«

Willow schüttelte den Kopf, ihre blonden Locken flogen dabei durch die Gegend. »Es wurde mir versprochen. Man hätte ihn nur gefangen genommen und mir dann zum Geschenk gemacht.«

Sprachlos betrachtete Alexis die andere Frau. Klar, sie war schön, ihre braunen Augen waren perfekt geschminkt, sodass sie erotisch wirkten, die vollen Lippen glänzten verführerisch rosa und sie war bestimmt zehn Zentimeter größer als Alexis, hatte eine größere Oberweite und endlos lange Beine. Aber ihr Charakter war ... furchtbar. So eine egomanische Person hatte Alexis noch nie getroffen – und das sollte bei den ganzen selbstverliebten Adligen im Palast schon etwas heißen. Einfach unglaublich.

»Wer ist dein Geliebter?«

Ein großspuriges Grinsen war die Antwort. »Eine edle Dame genießt und schweigt.«

Diese miese ...

»Lex.«

Bei Zanes Ruf zuckte sie zusammen, sie hatte gar nicht mitbekommen, dass ihr Bodyguard hinter sie getreten war. Mist. Hatte er die Unterhaltung doch noch mitbekommen?

Als sie sich umdrehte, lag sein Fokus jedoch auf einem roten DIN-A4-förmigen Buch. Einen Finger hatte er zwischen die Seiten gesteckt.

»Habt ihr was gefunden?«, fragte sie.

Mit einer Kopfbewegung deutete Zane hinter sich.

»Massenhaft Geld sowie Kontoauszüge von mehreren Auslandskonten. Er scheint es jedes Mal bar eingezahlt zu haben.«

Clever, so konnten die Käufer nicht ermittelt werden.

»Und was hast du da?«

Zane überreichte ihr das Buch, darauf bedacht, dass die von ihm gekennzeichnete Seite nicht verloren ging. Alexis legte ihren Finger auf seinen, nahm ihm das Buch ab und öffnete es an der markierten Stelle.

Mehrere Namen waren darin aufgelistet, daneben standen unterschiedlich hohe Summen sowie Buchstaben.

»Abkürzungen«, murmelte Alexis, die schnell Willows Namen fand. Bei der Summe, die bei der Menschenfrau aufgelistet war, stieß sie einen Pfiff aus. »Wow, nicht schlecht. Aber wer ist nun *M-F-J*?«

»Das werdet ihr nie erfahren«, flötete Willow und sah dabei unfassbar stolz drein.

Da überkam Alexis glatt das Bedürfnis, ihr eine reinzuhauen.

»Hier ist noch ein Handy«, rief Harry.

»Vermutlich für die Deals«, mutmaßte Zane und nahm es dem rothaarigen Creature ab. »Ob Nikolai es wohl knacken kann?«

»Mit Sicherheit«, sagte Alexis und lehnte sich über Zanes Hand.

»Oh?«

Überrascht blinzelte Zane mehrmals und auch Alexis bekam große Augen, als der Bildschirm des Smartphones anging und direkt das Hauptmenü erschien.

»Es ist gar nicht gesperrt?«

Zane schnaubte. »Ganz schön nachlässig.«

Schnell scrollte er durch die Nachrichten, die jedoch alle verschlüsselt waren. Auch im Telefonbuch waren keine richtigen Namen vermerkt, wieder waren es nur Abkürzungen.

»Da, halt an«, bat Alexis, als sie *M-F-J* fand. »Ruf doch mal die Nummer auf.«

»Wieso nicht gleich anrufen?«, fragte Harry irritiert.

»Du Dummkopf«, schimpfte Camille, die immer noch mit dem Kopf im Schrank steckte. »Die Komplizen wissen doch mittlerweile, dass Jamie tot ist. Von denen geht keiner mehr ans Telefon.«

Beim Anblick der Nummernfolge runzelte Alexis die Stirn.

»Die Nummer kenne ich.«

»Ach ja?«

»Ja, aber mir will nicht einfallen, zu wem sie gehört.«

»Wen wundert es, wer kann sich heutzutage noch Nummern merken?«, kam es gedämpft von Camille, die mittlerweile fast im Schrank saß.

Fragend sah Alexis zu dem einzigen Mann auf, von dem sie wusste, dass er es könnte. »Zane?«

»Sorry, Prinzessin. Die Nummer ist mir nicht bekannt.« Nachdenklich legte Zane seinen Kopf schief. »Aber meintest du nicht, du hast kaum Nummern gespeichert?«

Entschuldigend sah Alexis zu ihm auf. »Das stimmt zwar, aber hast du eine Ahnung, wie viele Visitenkarten ich auf jeder Veranstaltung in die Hand gedrückt bekomme? Das kann ich schon gar nicht mehr zählen.«

Ihr Beschützer schnalzte mit der Zunge und starrte die Nummer mit einem finsteren Blick an, als könne er das Handy so dazu zwingen, ihm den Namen des Besitzers mitzuteilen.

»Wieso kommt dir die Nummer dann bekannt vor?«, fragte Kyrill. »Ich kann mir ja schon kaum meine eigene merken.«

»Es ist eine sehr einprägsame Nummer«, erklärte sie, schloss die Augen und versuchte sich an die Visitenkarte und an den Überbringer zu erinnern. »So viele Vieren fand ich sehr amüsant, ich musste damals fast schmunzeln, als ich sie sah. *Wie einfach, sie musste sich sicherlich nicht viel Mühe geben, sich die Zahlen zu merken,* dachte ich damals.«

»Also ist es eine Frau?«

Alexis schlug die Augen auf, selbst überrascht, dass ihr dieser Gedanke fast durchgegangen war. »Ja. Es war eine Adlige und die Visitenkarte war grau, die Schrift weiß.«

Wenn ihr doch nur einfallen würde, zu wem dieser Papierfetzen gehörte. Wieso konnte man nicht einfach die Erinnerungen aufrufen, die man brauchte? Das Leben wäre so viel einfacher. Auch in Klausuren. Frustriert stieß sie einen Fluch aus und bedachte Zanes Ex-Freundin mit einem giftigen Blick.

»Wer ist dein Geldgeber?«

»Wer weiß?«, säuselte Willow.

»Raus mit der Sprache!«, verlangte Zane aufgebracht. »Wem stehst du als Bluthure zu Diensten? An wen hast du dich verkauft?«

»Ach, Baby«, hauchte Willow und sah Zane verträumt an. »Es ist so schade, dass du ein Gewissen hast. Diese rasende Seite an dir ist so unglaublich heiß. Als Mensch hast du mir allerdings besser gefallen.«

»Du hättest Jamie ja einfach davon abhalten können, mich zu vermitteln«, zischte Zane.

Unterstützend legte Alexis eine Hand auf seinen Arm, wurde aber sofort abgeschüttelt. Die Zurückweisung schmerzte ein wenig, aber sie konnte nachvollziehen, dass er gerade keine Berührung ertrug.

»Wieso hätte ich das tun sollen?«, fragte Willow sichtlich verwirrt. »Immerhin hat er mir mit dem Geld massenhaft schicke Kleidung und Schmuck gekauft.«

Neben ihr erstarrte Zane zur Salzsäule, kein Muskel bewegte sich mehr. Alexis könnte schwören, dass er auch nicht mehr atmete. Erneut streckte sie die Hand nach ihm aus, doch bevor sie ihn berühren konnte, stürmte er zur Hintertür hinaus.

»Hm«, machte es plötzlich neben ihr und sie zuckte zusammen.

Wo war Camille denn auf einmal hergekommen?

»Vielleicht sollten wir ihr einen Knebel verpassen, was meinst du?« Grinsend stupste sie Alexis an. »Na, los. Ich regle das hier, du siehst nach unserem Miesepeter.«

Nach kurzem Zögern nickte Alexis und folgte ihrem Bodyguard in die Kälte. Ihr Atem kam in Form von weißen Wölkchen aus ihrem Mund, der scharfe Wind schnitt ihr in die Haut. Zane stand an der gegenüberliegenden Hausmauer, stützte sich auf seinen Armen ab und ließ den Kopf hängen.

Seine ganze Körperhaltung war angespannt und Alexis wusste, dass sie ihn auch jetzt nicht anfassen sollte. Also lehnte sie sich neben ihn an die Wand und sah in den mittlerweile dunklen Himmel. Dank des klaren Wetters waren unzählige Sterne zu sehen. Ein wundervoller Anblick. Nur die Kampfgeräusche, die vom Wind zu ihnen getragen wurden, ließen die ganze Szenerie surreal erscheinen.

»Als Michail und ich noch zusammen waren, hat er immer bestimmt, was wir unternehmen«, sprach sie schließlich leise. Sie hatte in den letzten Stunden so viel über Zane erfahren und wollte ihm etwas zurückgeben. »Es hat mich nicht gestört, immerhin war ich bis auf die Palastmauern kaum an etwas gewöhnt, somit spielte ich mit. Dass er mir auch irgendwann die Kleidung aussuchte und mich zu Geschäftsessen seiner Familie mitnahm, um mich mit wichtigen Leuten bekannt zu machen, war mir zwar unangenehm, aber was wusste ich schon darüber, was normal war?«

Die erste Liebe konnte einem gehörig den Kopf verdrehen, einen Dinge überhören und übersehen lassen, die man sonst niemals hinnehmen würde. Wahrscheinlich verstand Zane das besser als jeder andere.

»Auch wenn du das nicht glaubst, aber er war sehr lieb zu mir. Dass das alles nur gespielt, nur Mittel zum Zweck war, habe ich erst später herausgefunden.«

Sie senkte den Blick und betrachtete ihre Schuhe. Die Stiefel hatten schon bessere Tage gesehen, aber immerhin waren sie bequem und hielten warm. Trotzdem vermisste sie ihre Turnschuhe.

»Und wie?«, erkundigte sich Zane, seine Zähne waren hörbar zusammengepresst.

»Eines Nachmittags, ich kam gerade aus der Schule, rief mich Vladimir zu sich. Es ging um die Fachrichtung für die Uni. Keine Ahnung, wieso ich das noch so genau weiß.« Alles andere von diesem Tag war wie weggeblasen, wie im Nebel. »Natürlich wollte ich nicht hin, hatte aber auch keine Wahl. Doch bevor ich bei ihm ankam, hörte ich Michails Stimme. Er stand vor Vladimirs Büro und unterhielt sich mit ihm.«

»Worüber?«, hakte Zane nach einiger Zeit nach, als sie nicht weitersprach.

»Er wollte mit ihm klären, was seine Stellung wäre, sobald ich die Krone trage und er König sei, und wie man mich dann ruhigstellen könnte.«

Schließlich ist sie nur ein Bastard und der Adel schätzt sie nicht. Mich dagegen werden sie respektieren und mir gehorchen. Zum Glück ist sie hübsch, so kann sie zumindest als mein Anhang zu Veranstaltungen mitkommen.

Ihr war damals nicht nur das Herz gebrochen worden, sondern auch ein Schauer über den Rücken gelaufen. In diesem großspurigen Ton hatte sie Michail bis dahin nie sprechen hören, seine klare Verachtung war ihr nie bewusst gewesen.

»Er hat bitte *was?*« Fassungslos stieß sich Zane von der Wand ab und sah sie mit offenem Mund an.

Der Anblick zauberte immerhin ein kleines Lächeln auf ihr Gesicht. »Danach bin ich in meine Gemächer zurückgerannt und habe sie den restlichen Tag nicht mehr verlassen. So viel geweint habe ich gar nicht, habe eher meine Wut geschürt, auch die Wut auf mich. Weil ich so blind gewesen bin. Am nächsten Morgen habe ich mit ihm Schluss gemacht und die Wachen angewiesen, ihn nicht mehr in meine Räumlichkeiten vorzulassen.«

Dass diese ihrer Bitte tatsächlich entsprochen hatten, wunderte sie erst jetzt. Vielleicht gab es wirklich ein paar Adlige, die ihr nicht ganz so feindlich gesinnt waren. Oder sie hatten Michails Pläne mitbekommen und einfach Mitleid mit ihr gehabt.

»Gott.« Zane fuhr sich durch die Haare. »Ich wünschte, ich wäre damals schon dein Bodyguard gewesen. Dem Arsch hätte ich es so richtig gezeigt.«

Schon witzig. Noch vor wenigen Tagen hatte er es verflucht, ihr Aufpasser zu sein. Wie sehr sich ihre Beziehung, ihre Gefühle doch gewandelt hatten.

»Ich liebe dich.«

In der nächsten Sekunde lagen Zanes Lippen auf ihren, sein Kuss war voller Zärtlichkeit und ließ ihr Herz flattern. Er umfing ihre Wangen mit seinen Händen, streichelte ihre sicherlich eisige Haut.

Viel zu schnell löste er sich von dem Kuss und lehnte seine Stirn gegen ihre. »Ich liebe dich auch, Lex.«

Ehrliche Freude prickelte in ihren Adern, sie strahlte ihn an. Sie wollte ihn gerade erneut küssen, da hörte sie ein Japsen hinter sich.

»Oh, entschuldigt.«

Alexis wurde fast schwindelig, so schnell stand Zane plötzlich vor ihr, schirmte sie vor den Neuankömmlingen ab. Mit kleiner Verzögerung drehte sie sich ebenfalls um und sah an Zanes Rücken vorbei.

»Kyle, Perry«, grüßte sie die Creatures, die verlegen an der Ecke standen und ihre Hände kneteten. »Hat Kyrill euch zurückbeordert?«

»Ja«, bestätigte Kyle zögerlich. »Anscheinend ist euch die Zielperson schon in die Hände gefallen.«

Zane schnaubte, entspannte sich aber endlich etwas. »So kann man das auch ausdrücken.«

Langsam froren Alexis die Finger ein, sie hatte ihre Handschuhe im Haus gelassen. Sie stopfte ihre Hände in ihre Jackentaschen und trat näher zur Hintertür.

»Lasst uns reingehen.«

Drinnen erwartete sie noch mehr Chaos als zuvor. Wie hatte Camille das bitte angestellt? Immerhin war ihre Gefangene mittlerweile geknebelt und auch ihre Beine waren verknotet. Die würde ihnen so schnell nicht entkommen. Es sei denn natürlich, sie war eine ebenso gute Entfesselungskünstlerin wie Zanes Vater.

Gerade war Harry dabei, sämtliche Unterlagen in eine Tasche zu packen, während Kyrill auf einem Stuhl saß und auf einem Zahnstocher herumkaute.

»Da seid ihr ja«, grummelte er, als er seine Lakaien bemerkte. »Was hat so lange gedauert?«

»Tut uns leid, Boss. Aber die Soldaten kommen immer näher. Wir sollten so schnell wie möglich zurück.«

Alexis trat zu Harry. »Brauchst du Hilfe?«

Der Rotschopf fuhr zusammen und sah sie mit entsetztem Blick an. »Aber nein, Eure Hoheit. Ich bin so gut wie fertig.«

Schmollend verzog Alexis den Mund, zuckte dann aber mit den Schultern. Wenn er meinte.

Ein elektrisches Knistern ließ alle innehalten.

»Boss!«

Ein weiteres Knistern, bevor Kyrill reagierte und das Funkgerät von seinem Gürtel nahm.

»Boss, hörst du mich?«, kam eine weibliche Stimme aus dem Hörer.

»Ja, verdammt. Was ist?«

»Ihr müsst sofort zurückkommen!«

Wer auch immer am anderen Ende der Leitung war, sie klang panisch. Augenblicklich schrillten alle Alarmglocken in Alexis' Kopf. Nur dank der stillen Präsenz ihres Bodyguards hinter sich behielt sie die Ruhe.

»Wieso, zum Henker?«

»Wir haben ... Wir haben ungebetene Gäste«, flüsterte die Frau. »Gefährliche Gäste.«

16

Es ging Alexis völlig gegen den Strich, sich von ihrem Bodyguard zu trennen, doch hatte sie sich bei ihrer kurzen Diskussion nicht durchsetzen können. Auch Kyrill, der vor ihr durch die Tunnel flitzte, war deutlich angespannt.

Gerade als sie den Gullydeckel für den Rückweg hatten anheben wollen, waren Soldaten aufgetaucht. Sie hatten die Beine in die Hände genommen und waren geflüchtet. Nicht allzu weit, denn sie hatten sich einen neuen Weg in den Untergrund suchen müssen. Dabei hatten sowohl Perry und Kyle als auch Camille und Zane beschlossen, zurückzubleiben und die Soldaten abzulenken.

»Ich kenne mich hier am besten aus«, hatte Camille erklärt, bevor Kyrill protestieren konnte. »Ich kann uns jederzeit in Sicherheit bringen.«

Eine Entscheidung, die Alexis durchaus für logisch erachtet hatte, auch wenn sie Kyrills Unzufriedenheit nachvollziehen konnte. Zudem hatte Zane beschlossen, Camille zu begleiten und ihren Beschützer zu spielen.

»Sie wollen mich. Ich bin die beste Ablenkung, die wir zurzeit haben. Im Gegenzug dafür, Kyrill, bist du der Schutzschild der Prinzessin!«

Das waren Zanes Worte an den Anführer der Gang gewesen, der dies – im Gegensatz zu ihr – zähneknirschend akzeptiert hatte. Und bevor Alexis wusste, wie ihr geschah, hatte Kyrill sie gepackt und war mit ihr im nächsten Tunnel verschwunden.

»Wenn alle wieder wohlbehalten zurück sind«, warnte sie den großen Mann mit den dunklen Haaren vor, »werde ich euch so was von eine scheuern.«

Kyrill antwortete nicht, war mit seinen Gedanken vermutlich ganz woanders. Immerhin war seine Liebste draußen und in Gefahr, gleichzeitig befand sich ein Eindringling in seinem Quartier und bedrohte seine Leute. Alexis konnte nur hoffen, dass es allen gut ging. Wer mochte sich nur in den Untergrund geschlichen haben, der Kyrills Leuten solche Angst einjagte?

Endlich bogen sie um eine Ecke ab, hinter der sich die Tür befand, die in seinen Unterschlupf führte.

»Ihr bleibt hinter mir«, zischte Kyrill, seine Hand an der Waffe.

Harry, der sich hinter Alexis befand und die sich windende Willow über der Schulter trug, warf diese nun unsanft zu Boden und zog ebenfalls eine Pistole. Dann positionierte er sich ebenfalls vor Alexis, bereit, sie abzuschirmen.

Mit wild schlagendem Herzen beobachtete Alexis, wie die Tür geöffnet wurde und die beiden Männer hindurchtraten. Sie folgte ihnen auf leisen Sohlen, darauf bedacht, immer hinter ihren breiten Rücken zu stehen.

Im Flur war es leer und beunruhigend still. Alarmiert schlichen sie weiter und näherten sich der Tür zum Großraumbüro.

Alexis' Hände begannen zu schwitzen und ihr Puls schien Rekorde brechen zu wollen. Sie schluckte, als sie beim Büro ankamen. Das Ganze gefiel ihr überhaupt nicht. Die Tür stand offen und das Licht erhellte den sonst so schlecht beleuchteten Flur. Bevor Kyrill in den Rahmen trat, warf er ihr einen warnenden Blick zu. Alexis zwang ihre Atmung, ruhiger zu werden. Auch wenn es ihr schwerfiel. Sie wollte ihnen keinen Ärger machen, konnte aber auch nicht einfach zurückbleiben. Das hier war auch *ihr* Kampf, *ihre* Verantwortung. Gerade die Creatures sahen sie als ihre Erlöserin an, da konnte sie sich nicht hinter ihnen verstecken. Entschlossen drückte sie den Rücken durch und nickte Kyrill zu. Sie war bereit.

So schnell, dass sie fast nicht mit den Augen folgen konnte, sprang Kyrill aus dem Schatten hervor und mit erhobener Waffe durch die Tür. Harry machte es ihm nach und Alexis huschte im Schutz der Männer hinterher.

»Nehmt die Waffen runter, ihr Narren.«

Beim Klang der Stimme gefror ihr das Blut in den Adern und sie versteifte. Das konnte doch nicht sein. Wie kam *er* hierher?

Kyrill dagegen ließ sich von dem Sprechenden weniger beeindrucken, nahm aber interessanterweise eine lockere Haltung ein. Doch die Waffe behielt er im Anschlag.

»Lange nicht gesehen.« Kyrill klang nicht sonderlich angetan. »Wie habt Ihr uns gefunden?«

»Ich kann dich sehen, Prinzessin«, sprach der Adlige sie an und ignorierte den Creature vor ihr geflissentlich.

Alexis ballte die Fäuste, trat dann aber neben Kyrill. »Welch Überraschung, Lord Vladimir.«

Doch war der Mann mit den pupillenlosen braunen Augen nicht allein.

»Nate? Nikolai?«

Zwar hatte sie ihren Informanten noch nie gesehen, aber er sah seinem Vater zu ähnlich, um es leugnen zu können. Das Gefühl des Verrats stach wie ein Dolch in ihr Herz, ihre Gesichtszüge entgleisten. »Wie konntest du nur? Wir haben dir – euch – vertraut!«

Der Student hatte immerhin den Anstand, zusammenzuzucken und betreten zu Boden zu sehen, doch Zanes Mentor hob nur beschwichtigend die Hände. »Bitte, hört uns an, Mylady. Es ist nicht so, wie Ihr denkt.«

Fast hätte Alexis bei Nates Worten laut aufgelacht. »Ach nein? Was denke ich denn? Dass ihr Zane und mich zum Bleiben im Ghetto überredet, uns ausfindig gemacht habt, mit Vladimir hier eingedrungen seid und nun Kyrills Leute bedroht?«

Ihre Stimme wurde immer lauter, ihre Wangen brannten vor Wut und ihre Fänge waren zu ihrer vollen Länge ausgefahren. Das Blut rauschte ihr in den Ohren und sie hatte das Bedürfnis, auf ihre Gegenüber einzuschlagen.

»Wir bedrohen hier niemanden«, erwiderte Vlad fast gelangweilt.

Sie wollte schon widersprechen, nahm jedoch die Szenerie im Büro danach zum ersten Mal richtig wahr. Kyrills Leute standen alle an den Wänden versammelt. Einige Männer hielten ihre Waffen zwar in der Hand, doch keiner richtete sie auf Vlad, sondern zu Boden, die Zeigefinger nicht mal in der Nähe des Abzugs. Auch wirkten nur wenige verängstigt, eher eingeschüchtert, und auf den Gesichtern mancher war sogar so etwas wie Ehrfurcht zu erkennen.

Auch Vladimir und sein Gefolge waren unbewaffnet und gaben sich die größte Mühe, unscheinbar zu wirken. Das klappte nur nicht besonders, dafür war Vlad zu mächtig und Nate zu gut trainiert. Nur Nikolai hatte den typischen Körperbau eines Nerds – Brille auf der Nase, schlaksig, zwar groß, aber ohne nennenswerte Muskeln.

Tatsächlich hatten also eher die Eindringlinge Grund zur Sorge, was Alexis ein wenig die Anspannung nahm. Dennoch verstand sie nicht, was diese hier zu suchen, was das Ganze zu bedeuten hatte. »Dann erklärt mir doch mal, was ihr hier wollt!«

»Mich würde ja eher interessieren, wie Ihr unser Versteck gefunden habt, Mylord«, mischte sich Kyrill ein, der mittlerweile seinen Arm mit der Pistole auf seiner Schulter liegen hatte und äußerlich den Anschein gab, als sei er entspannt.

Das kaufte Alexis ihm nur nicht ab.

»Nun.« Nikolai räusperte sich, klang etwas kleinlaut. »Man mag es nicht glauben, aber mit der richtigen Technik ist es möglich, auch Satellitentelefone zu orten.«

»Aber wir haben das GPS ausgeschaltet.«

Der junge Mensch nickte eifrig. »Ja, schon. Aber ich bin durchaus in der Lage, es wieder zu aktivieren.«

»Hm«, machte Kyrill. »Beeindruckend. Nervig, ätzend, aber beeindruckend.«

»Wir sind auf Eurer Seite, Mylady«, sagte nun Nate und sah sie flehend an. »Das müsst Ihr mir glauben.«

Alexis schnaubte und hob ihr Kinn an. »Wie kann ich das? Wenn doch alles hier auf das Gegenteil hinweist.«

Erneut räusperte sich Nikolai, schob seine Brille zurecht und wirkte allgemein sehr nervös. Ob er Probleme damit hatte, unter der Erde zu sein? Ganz konnte sie ihm das nicht verdenken.

»Ich kann Eure Skepsis verstehen, Mylady. Jedoch haben wir Geschenke mitgebracht. Ein Friedensangebot, wenn Ihr so wollt.«

Trotz ihres Ärgers war ihre Neugier geweckt und auch Kyrill schien aufzuhorchen. Er ließ seine Schusshand sinken und verstaute die Waffe im Halfter.

»Ich liebe Geschenke«, meinte er grinsend und zwinkerte Alexis zu.

Sich seiner Absicht, die Situation auflockern zu wollen, durchaus bewusst, schüttelte sie nur den Kopf. Für diesen Blödsinn hatten sie keine Zeit.

»Da oben herrscht Krieg«, wies sie die Anwesenden zurecht. »Zane ist da draußen. Camille ebenso.« Bei ihren Worten zuckte Kyrill leicht zusammen. »Was kann also so wichtig sein, dass ihr extra dafür hierherkommt? Außerdem: Solltet ihr euch nicht lieber um die Rettung meines Vaters kümmern?«

»Nathaniel.«

Bei Vlads Befehl nickte der Creature und eilte zur Tür, die zu Kyrills Privatbüro führte. Er betrat den Raum und nach einigen seltsamen Geräuschen, als würde sich jemand gegen Nate wehren, kam er zurück – mit einem Gefangenen.

Alexis' Augen wurden riesig.

»Ist das ...?«

Der gefesselte und geknebelte Adlige, der sie mit hasserfüllten pupillenlosen Augen, von denen eins allerdings mit einem Veilchen versehen war, ansah, kam ihr nur zu bekannt vor.

»Eric, der Sohn von Lord Oleg-Howard«, stellte Nate vor. »Wie gewünscht, Hoheit.«

Äh, ja. So würde sie es zwar nicht ausdrücken – auf ein privates Treffen hätte sie hier im Unterschlupf verzichten können –, dennoch war sie positiv überrascht. Sie sah zu den Neuankömmlingen auf, ihr Herz schmerzte vor Sorge und Hoffnung.

»Und mein Vater?«

»Ich habe den König mithilfe meiner Vertrauensleute aus seinen Gemächern schmuggeln können«, gab Vladimir zur Antwort.

Auch wenn die Worte sie beruhigen sollten, war ihr größtes Problem der Mann, der sie ausgesprochen hatte. All die Jahre war er ihr Feind gewesen; ihm jetzt zu glauben, zu vertrauen, fiel ihr unsagbar schwer.

»Wieso ist niemandem aufgefallen, dass mein Vater sich zurückgezogen hat und nicht mehr rausgekommen ist?«

Die rechte Hand Grigoris schüttelte den Kopf, sein Gesichtsausdruck sprach Bände.

»Seine Majestät hat sich nicht einfach zurückgezogen. Gilbert hat ihn einsperren lassen, genau wie die Königin.«

Letzteres hätte Alexis überrascht, wenn sie nicht bereits gewusst hätte, dass sich ihre Stiefmutter mit dem Minister nicht gut verstand.

»Mit welcher Begründung konnte er das bitte durchziehen? Hat denn der Ministerrat nichts einzuwenden gehabt?«, wollte Alexis wissen.

»Nun«, Vlad kratzte sich im Nacken und zum ersten Mal erlebte Alexis diesen Mann nicht so souverän wie sonst, »leider hat Gilbert das recht klug geregelt. Er meinte, dass der König durch deine Entführung eine Gefahr für sich selbst darstelle. Immerhin ist jedem bewusst, wie schwer ihn der Tod deiner Mutter getroffen hat.«

Das konnte sie sogar nachvollziehen. Wenn man Grigoris obsessive Rituale, die Räumlichkeiten zu desinfizieren und mit Lavendelduft zu waschen, objektiv betrachtete, konnte man nur zu diesem Schluss gelangen.

»Moment.« Alexis fuhr sich über die Stirn und zwang sich zum Nachdenken. »Heißt das, die Drahtzieher wollen ihn gar nicht zur Abdankung zwingen?«

»Ich vermute, sie wollen ihn aus dem Weg räumen, sobald sie Euch getötet haben«, mischte sich Nate ein, der das Gesicht nachdenklich zur Decke erhoben hatte. »Jeder weiß, wie wichtig Ihr ihm seid. Würde er sich nach Eurem Tod das Leben nehmen, wäre das keine große Überraschung.«

Und da Könige bei den Vampiren durchaus gewählt werden konnten, hätten sie danach auch keine Probleme, einen für Gilbert geeigneten Kandidaten zu krönen.

»Mann«, stöhnte Kyrill und rieb sich die Stirn. »Das ist so kompliziert, davon bekomme ich Kopfschmerzen.«

Das brachte Alexis tatsächlich zum Schmunzeln.

»Wohl wahr. Wobei wir uns nicht sicher sein können, dass sie ihn beseitigen.«

Ihr Blick wanderte zu dem Gefangenen, der aufgehört hatte, gegen seine

Fesseln zu kämpfen, und sie weiterhin voller Verachtung ansah.

Sie ging auf ihn zu und zog ihm den Knebel aus dem Mund. Noch bevor sie ihn befragen konnte, fuhr er sie an.

»Deinetwegen ist mein Bruder tot, du Miststück! Das ist alles deine Schuld!«

Hach, wie herrlich erfrischend so eine offene Anfeindung doch war. »Bloß keine falsche Bescheidenheit«, meinte Alexis zuckersüß und tätschelte dem Jungen die Wange. »Immerhin hast du mit deiner Bombe deutlich mehr Leute erwischt. Mein Bodyguard dagegen hat nur deinen Bruder erledigt.«

Mit einem Schrei riss Eric seinen Kopf zurück, um ihrer Berührung zu entgehen. »Im Krieg sind Kollateralschäden nicht zu vermeiden. Du bist selbst schuld, hättest du es uns einfacher gemacht, hätten wir nur dich getötet.«

Ungläubig lachte Alexis auf. Hörte er sich eigentlich selbst zu? Er war ja genauso bescheuert wie Willow.

»Ich bitte um Verzeihung, dass ich mich nicht einfach in die Schusslinie begeben habe. Wie egoistisch von mir.«

Bevor Eric noch etwas sagen konnte, schnellte sein Kopf zur Seite. Alexis sah auf und entdeckte Kyrill neben ihr, der dem Adligen mit dem Lauf seiner Waffe gegen den Kiefer geschlagen hatte.

»Dein Scheiß interessiert hier keinen«, sagte der dunkelhaarige Creature bedrohlich. »Wie wäre es, wenn du uns einfach sagst, wer dich dazu angestiftet hat?«

Ihr unfreiwilliger Gast – oder ihr Geschenk? – spuckte einen Zahn und etwas Blut aus, sah aber nicht gerade geläutert zu ihnen auf. »Ihr könnt mich foltern, so viel ihr wollt. Aus mir werdet ihr nichts herausbekommen.«

»Das mit dem Foltern können wir gern arrangieren.«

»Kyrill«, fuhr Alexis dazwischen und hob vielsagend eine Augenbraue.

Widerwillig grummelte Kyrill und trat einen Schritt zurück, steckte dem Verdächtigen jedoch den Knebel wieder in den Mund.

»Ähm, Prin... Prinzessin?«, meldete sich Harry zu Wort.

Sie drehte sich zu dem Rotschopf um und sah ihn fragend an.

»Ob er vielleicht gesprächiger wird, wenn er mit der anderen Gefangenen zusammentrifft?«

»Gar keine schlechte Idee«, kam Kyrill ihr zuvor. Er wirkte voller Tatendrang. »Bring sie doch mal her.«

Alexis musste sich ein Grinsen verkneifen, als Harry unsicher zu ihr blickte und erst reagierte, als sie ihm zunickte. Wäre eine Rückkehr in den Palast unmöglich, hätte sie problemlos Kyrills Gang übernehmen können.

Doch bevor Harry sich umdrehte, hielt sie ihn noch zurück. »Hast du Jamies Handy hier?«

Der Creature nickte hastig und kramte es aus der Tasche mit den Beweisen heraus. Als er es ihr überreichte, verneigte er sich und verschwand aus dem Raum.

Hin- und hergerissen wog Alexis das Handy in ihrer Hand, wandte sich dann aber an Nikolai. »Ich will dir gern glauben, dass du auf meiner Seite bist.«

Ihr Zögern ließ den jungen Mann einen Schritt vortreten.

»Ich bin Euch treu ergeben, Hoheit. Gebt mir eine Chance, es zu beweisen.« Er kramte etwas aus seiner Gürteltasche und hielt ihr einen Speicherchip unter die Nase. »Hier drauf befindet sich Gilberts komplette Konservation im Parlament, seitdem er die Führung übernommen hat. Allein für das, was er dort alles von sich gibt, könnten wir ihn locker wegen Hochverrats drankriegen.«

Alexis schluckte. Das wäre zu schön, um wahr zu sein. Konnte sie Nikolai wirklich glauben? Ach, scheiß drauf, was hatten sie schon für eine Wahl? Sie hielt ihm das schmale Gerät entgegen.

»Es ist nicht gesperrt. Aber die Nummern sind nur unter Abkürzungen gespeichert. Finde heraus, wem die Nummer unter *M-F-J* gehört. Der- oder diejenige steckt tief mit drin.«

»Sehr wohl.«

Flink wie ein Wiesel schnappte sich Niko das Mobiltelefon, kramte einen Laptop aus dem Rucksack auf seinem Rücken hervor und machte es sich ungefragt an einem der Arbeitsplätze an dem großen Konferenztisch gemütlich.

Während sich der junge Mensch an die Arbeit machte, atmete Alexis tief durch und sah dann dessen Vater in die Augen. Sie fand nichts als Aufrichtigkeit in dessen Blick. Schließlich wandte sie sich an Vlad. Und schnaubte.

»Es fällt mir schwer, dir zu glauben, dass du auf meiner Seite stehst. Wenn man bedenkt, wie du mich seit jeher behandelt hast.«

Dieser Mann hatte ihr das Leben im Palast alles andere als leicht gemacht, ihr nie so etwas wie Zuneigung oder Freundlichkeit entgegengebracht. Wie konnte sie davon ausgehen, dass er zu ihr stand?

Zu ihrer großen Überraschung ließ sich Vlad nun auf ein Knie nieder und senkte sein Haupt. »Niemand ist Euch treuer ergeben als ich, Eure Königliche Hoheit.«

Ihr blieb der Mund offen stehen. In welcher Parallelwelt war sie denn bitte gelandet? Waren sie auch wirklich durch die richtige Tür gegangen, als sie ins Hauptquartier zurückgekehrt waren?

»Dann hast du eine seltsame Art, das zu zeigen.« Ihre Vorbehalte waren ihr klar anzuhören, sie verschränkte die Arme vor der Brust.

Mit einem leichten Lächeln sah Vlad zu ihr auf und auf seltsame Weise fühlte sie sich an jemanden erinnert, doch weigerte sich ihr Gehirn, diese Verbindung herzustellen. Unwillkürlich trat sie einen Schritt zurück.

»Wer bist du?«, krächzte sie, der Kloß in ihrem Hals machte es ihr fast unmöglich zu sprechen.

»Ich bin dein Onkel. Miranda, deine Mutter ... Sie war meine Schwester.«

Zittrig atmete Alexis ein, Tränen brannten in ihren Augen. Das war unmöglich!

»Die Familie meiner Mutter hat sie verstoßen! Schon als Säugling! Und du willst mir nun weismachen, du wärst ihr Bruder? Verarsch mich nicht, Vladimir!«

Der Zorn, der in Vlads Augen aufblitzte, kam unerwartet. Die rechte Hand des Königs erhob sich, seine Hände zu Fäusten geballt. »Glaube mir, meinen Vater verachte ich für diese Handlung mehr als jeden anderen Vampir auf dieser Welt. Er ...«

Ein lautes Klatschen lenkte ihre Aufmerksamkeit zu Kyrill.

»Okay, Kinder.« Er breitete seine Hände aus und sah in väterlicher Manier gütig drein, was ihm eindeutig nicht stand. »Das ist doch sehr privat, wie wäre es, wenn wir den Leuten aus dem Palast ein wenig Raum geben?«

Seine Mannschaft schien von der Idee nicht gerade begeistert, kaum einer regte auch nur einen Muskel. Da änderte sich Kyrills Gesichtsausdruck, er richtete sich zu seiner vollen Größe auf und ließ seine Muskeln spielen. »Raus!«

Sofort kam Bewegung in die Menge, plötzlich konnte keiner von ihnen schnell genug aus dem Raum verschwinden. Als auch der Letzte gegangen war, schloss Kyrill die Tür und blieb an dieser als Wache stehen.

Dankbar nickte Alexis ihm zu. Zwar hatte sie ihre Zuschauer völlig ausgeblendet, dennoch musste ausgerechnet die Vergangenheit ihrer Mutter nicht vor Fremden breitgetreten werden.

»Meine Mutter hatte erwähnt, dass sie einen Bruder hatte«, hauchte Alexis, ihr Inneres zog sich bei der Erinnerung zusammen und ein Kloß bildete sich in ihrem Hals, »aber mit keinem Wort, dass du es bist.«

Vladimir wich ihrem Blick aus, er wirkte gequält. »Wir haben es nicht an die große Glocke gehängt. Da sie verstoßen worden war, hielten wir es beide für das Beste, es geheim zu halten.«

»Aber wieso? Wieso wurde sie überhaupt ...?« Alexis konnte es nicht aussprechen, Tränen liefen ihr über das Gesicht. Miranda war eine unglaublich liebevolle Mutter gewesen, hatte sich als Journalistin für die Creatures eingesetzt und ihr Bestes gegeben, ihrer Tochter ein gutes Leben zu ermöglichen – fernab des Palastes, fernab der Politik.

»Unsere Mutter war schon über vierhundert, als sie mit Miranda schwanger wurde«, berichtete Vlad, dem anzuhören war, dass auch ihm das Thema schwerfiel. »Das ist selten und zudem sehr risikoreich. Unser Vater wollte sie zu einem Abbruch überreden, doch Mutter hatte sich immer ein zweites Kind gewünscht.« Er holte tief Luft, in der Vergangenheit verloren. »Leider starb sie bei der Geburt. Das hat unser Vater nicht verkraftet und stürzte ihn in tiefe Trauer.« Vlad schnaubte und lachte freudlos auf. »Ironisch, wenn man bedenkt, dass Mirandas Tod deinem Vater ebenfalls so nahe ging. Aber im Gegensatz zu Grigori, der dich ganz nah bei sich behalten wollte, lehnte unser

Vater meine Schwester ab. Er übergab sie einer Angestellten, einer Creature, gab ihr Geld und verlangte nur eines: Miranda niemals wiedersehen zu müssen.«

Überfordert wischte Alexis sich die Tränen aus dem Gesicht, wusste nicht, was sie denken sollte. Wie konnte jemand seinem eigenen Kind so etwas antun?

»Weiß mein Vater davon?«

»Ja.« Vlad nickte. »Ich habe mich immer bemüht, Miranda ein guter Bruder zu sein, eine Beziehung zu ihr aufzubauen. Sie war mir das Liebste auf der Welt. Als ich sie deinem Vater vorstellte, konnte ich nicht ahnen, wozu das führen würde.«

Er hielt inne, kniff die Augen kurz zusammen und als er sie wieder öffnete, schwammen Tränen darin. »Sie wollte dieses Leben nicht für dich. Hat sich immer nur um dein Glück und deine Sicherheit bemüht. Nach ihrem Tod wollte ich es ihr gleichtun.«

Dieses Mal musste Alexis auflachen. *Was für ein Witz, wirklich.* »Kann nicht behaupten, dass du das gut gezeigt hast.«

»Ich weiß, ich habe versagt. Aber nicht nur dein Vater trauert um Miranda. Je älter du wirst, desto ähnlicher siehst du ihr. Es tat mir weh, dich anzusehen. Zudem ist das Leben bei Hofe grausam. Ich habe – wenn auch völlig falsch – versucht, dich darauf vorzubereiten.«

Sie konnte nicht behaupten, ihn zu verstehen, bei Weitem nicht. Dennoch wirkte er aufrichtig und die Trauer in seinen Zügen war nicht gespielt.

Eine Frage schoss ihr durch den Kopf. »Wieso hast du mir Zane an die Seite gestellt?«

Vlad richtete sich auf, von den Tränen war keine Spur mehr zu sehen. Wie gut sich dieser Mann unter Kontrolle hatte, war fast schon unheimlich.

»Als du an den Hof kamst, war mir klar, dass du eines Tages einen guten Beschützer brauchen würdest. Dem Adel habe ich nicht genug getraut, doch Zane konnte ich formen … oder formen lassen«, korrigierte er mit einem Seitenblick auf Nate. »Ich habe ihn nur für dich in meine Dienste geholt. Du solltest das Beste erhalten.«

»Indem du einen mittellosen Jungen seinen Eltern abkauftest?«, schrie sie ihn an.

Vor Überraschung zog Vlad – ihr Onkel, verdammt! – die Augenbrauen hoch. Nur kam er in diesem Moment durch zwei Dinge um eine Antwort herum: Die Tür ging auf und Harry erschien mit Willow. Zeitgleich schnellte Nikolai aus seinem Stuhl hoch und rief: »Ich hab's! Die Nummer, ich weiß, zu wem sie gehört.«

Sofort rannte Alexis zu ihm und schaute ihm über die Schulter. »Wem? Wer steckt dahinter?«

Niko wies auf einen Namen, der auf dem Bildschirm aufblinkte.

»Was?«, fragte sie ungläubig und sah zu Vladimir auf, der auf Nikos anderer Seite stand. »Wieso? Was für ein Motiv könnte …?«

»Das weiß ich nicht. Aber das ist gar nicht gut«, murmelte Vlad.

Bei seinem Tonfall schrillten alle Alarmglocken in ihrem Kopf. »Warum?«

»Weil sich diese Person gerade im Palast aufhält.«

Alexis runzelte die Stirn. »Aber du hast Vater doch in Sicherheit bringen lassen, sagtest du.«

Der Adlige nickte bestätigend, sah aber immer noch nicht glücklich aus. »Mag sein. Aber ich konnte ihn nicht aus dem Palast schmuggeln. Und ausgerechnet die Räumlichkeiten, in die ich ihn bringen ließ, gehören ihr.«

Ihr Herz schlug wie ein Presslufthammer, in ihrem Kopf dröhnte es. Also war ihr Vater alles andere als in Sicherheit.

»Und was machen wir jetzt?«, fragte Kyrill und seine erstaunlich gelassene Art half Alexis, die Panik zu überwinden. »Wir können schlecht den Palast stürmen. Zum einen kommen wir kaum hier raus und zum anderen wissen wir nicht, wie viele Adlige insgeheim in das Ganze verstrickt sind.«

Stille legte sich über den Raum, jeder dachte angestrengt nach. Nur das laute Atmen ihrer Gefangenen schallte durch das Büro.

»Wir müssen in die Offensive gehen«, beschloss Alexis. »Indem wir ihnen keine Wahl geben, als den König freizulassen.«

»Wie stellst du dir das vor?«

Ein diabolisches Lächeln legte sich auf ihre Lippen. »Ganz einfach. Wir befehlen es ihnen.«

Schnell erläuterte sie den Anwesenden den Plan, zumal sie Nikolais Hilfe dabei dringend benötigte.

Vlad und Nate sahen nicht sehr überzeugt aus, doch Kyrill pfiff anerkennend. »Bin dabei. Aber das wird Zane nicht gefallen.«

Leise lachte Alexis. »Glaube mir, er war mit vielen meiner Taten nicht einverstanden. Muss er auch nicht sein. Er ist mein Bodyguard und ich vertraue ihm. Er wird mich trotz des Risikos beschützen.«

Ihr aktueller Leibwächter grinste breit. »Na dann. Worauf warten wir noch?«

***

Mit einem Hechtsprung schaffte Zane es gerade noch, sich vor der Kugel hinter der nächsten Häuserwand in Sicherheit zu bringen, nachdem er seinen vorherigen Gegner entwaffnet und mit einigen gezielten Hieben bewusstlos geschlagen hatte. Die verdammten Soldaten hatten ihn leider viel zu schnell erkannt und eiskalt das Feuer eröffnet. Ohne Vorwarnung, diese Schweinebacken. Nun ja, wenn er ehrlich war, hätte er genauso gehandelt. Was brachte es schon, wenn man sein Ziel vorwarnte?

»Stell dich, Vaughn!«, rief einer der Wachen. »Ergib dich und wir werden dir nichts tun.«

Still lachte Zane in sich hinein. Für wie blöd hielten die ihn eigentlich? Als ob er mit einer Antwort seine Stellung verraten würde. So leise wie möglich erhob er sich und schlich hinter das Häuschen. Er konnte im Inneren leises Getuschel vernehmen, die Bewohner hatten zu Recht Angst vor dem, was vor ihrer Haustür vor sich ging. Eilig huschte er weiter, versuchte hinter die Soldaten zu kommen. Er hatte seiner Prinzessin versprochen, niemanden zu töten, und daran würde er sich halten. War nur leider einfacher gesagt als getan. Schließlich taten seine Widersacher ihm nicht den gleichen Gefallen. Und er hatte nicht vor, heute zu sterben. Alexis würde ihm die Hölle heißmachen, sollte er das wagen.

Ein leiser Pfiff hinter ihm ließ ihn zwar herumfahren, doch wusste er, dass es sich um keinen Feind handelte. Wie aus dem Nichts erschien Camille in der Gasse, lotste ihn weiter. Ohne zu zögern, folgte er ihr. Diese Frau war verrückt, aber sie kannte sich hier aus, das war der Hammer. Von Perry und Kyle hatten sie sich schon vor einer Weile getrennt, sie hatten den Auftrag erhalten, Verletzte aufzuspüren und von den Straßen zu holen. Natürlich hatten auch er und Camille Passanten geholfen, die ins Kreuzfeuer geraten waren, und sie in Sicherheit gebracht. Sei es in Häuser, Geschäfte oder unter der Erde. Zane wollte gar nicht wissen, wie viele Leute in den Tunneln umherirrten und keine Ahnung hatten, wo sie sich befanden. Nun ja. Besser da unten als tot. Bis jetzt waren ihnen noch keine Leichen untergekommen und Zane betete fürs Seelenheil seiner Liebsten, dass dies auch so blieb. Ein wenig gewann er den Eindruck, dass den Wachen nicht besonders wohl dabei war, auf Unschuldige zu schießen.

Die Sorge um Alexis pochte in seinem Hinterkopf, ließ seinen Magen Achterbahn fahren, doch unterdrückte er dies seit ihrer Trennung. Er musste darauf vertrauen, dass Kyrill sie beschützen würde. Und Alexis vertraute darauf, dass er zu ihr zurückkehrte. Also zwang er sich zur Konzentration.

Er folgte Camille, die in einem erstaunlich hohen Tempo durch die Straßen flitzte.

Völlig unerwartet blieb sie an einer Kreuzung stehen, sprang zu ihm zurück, doch zu spät. Der Soldat hatte sie entdeckt und blies in seine Pfeife, um den Rest zu alarmieren. Was ein Arsch! Hatte der etwa kein Vertrauen in seine eigenen Fähigkeiten?

Zane packte Camille an der Taille und warf sie zu Boden. Ihre leisen Flüche ignorierte er, als er hinter einer Mülltonne in die Hocke ging und um die Ecke lugte. Hinter sich vernahm er die Schritte mehrerer Personen; seine Gedanken überschlugen sich. Wenn sie hier nicht wegkamen, saßen sie in der Falle.

Alles um sich herum ausblendend, nahm er einen tiefen Atemzug, hob dann seine Waffe und schoss dem Soldaten vor ihm in die Schulter. Mit einem Aufschrei ließ dieser seine Pistole fallen und hielt sich den verletzten Arm. Um die Ablenkung auszunutzen, schnappte sich Zane Camille und stürmte mit ihr zusammen an dem blutenden Mann vorbei; die Schritte hinter ihnen wurden lauter, Rufe drangen an seine Ohren.

»Warte, Vaughn«, rief Camille, zum ersten Mal seit einer gefühlten Ewigkeit, laut. »Nicht dort entlang!«

Doch zu spät. Schlitternd kamen sie zum Stehen. Sie befanden sich auf einem kleinen Platz mit zwei weiteren Abzweigungen. Nur leider kamen ihnen aus eben diesen Wachen entgegen.

»Shit.«

Als er sich umdrehte, war an Entkommen nicht mehr zu denken. Ihr Fluchtweg war nun ebenfalls abgeschnitten. Sie saßen fest.

»Kommen wir hier weg?«, fragte er seine Führerin leise.

Die Blondine sah sich um, schien sich orientieren zu müssen.

»Ja«, antwortete sie im Flüsterton. »Allerdings müssen wir dafür sehr nah an unsere Freunde vor uns heran.«

»Wohin genau?«

Er brauchte einen Hinweis, sonst würde er ihnen nur Probleme bereiten.
»Siehst du den Container? Dahinter ist ein geheimer Eingang.«

»Dahinter?«

Na ganz toll. Als ob die Soldaten ihnen die Zeit dafür lassen würden, den Behälter zur Seite zu schieben.

Grinsend sah Camille zu ihm auf. »Ach, komm. Eine kleine Herausforderung macht das Ganze doch erst so richtig spannend.«

Ob ein Psychiater herausfinden könnte, was mit dieser Frau nicht stimmte? Wie hatte sie ihm all die Jahre die nette Schmugglerin vorspielen können? Andererseits, wenn er an Willow und Jamie dachte, hatte er einfach nur eine beschissene Menschenkenntnis.

»Na gut. Versuchen wir's.«

Seiner Begleitung folgend tat er etwas Verrücktes. Er hob seine Arme in die Luft. Nate würde ihn für diese Aktion so was von vermöbeln.

»Hey, Freunde«, sprach er die Soldaten an. »Wie denkt ihr über einen kleinen Waffenstillstand? Wir könnten uns ja mal in Ruhe unterhalten.«

»Keine falsche Bewegung, Vaughn.«

Sollte er geschmeichelt sein, weil sie ihn nicht unterschätzten? Er war sich nicht sicher.

»Wo ist die Prinzessin?«

Zane schnaubte. »Wie schön, dass ihr Gilbert auch einfach jeden Mist glaubt. Hat man euch nicht beigebracht, selbstständig zu denken?«

Mit einem angepissten Gesichtsausdruck hob der Anführer dieser Truppe sein Gewehr höher und visierte ihn an. »Schnauze, Mistkerl. Das hier ist kein Spiel. Wo ist sie?«

Ein Teil von Zane wollte glauben, dass sich dieser Mann wirklich um Alexis sorgte, doch konnte er darauf nicht vertrauen. Langsam trat er näher, versuchte unschuldig zu wirken. Es gelang ihm nicht.

»Bleib stehen!«

Um nicht von Kugeln durchlöchert zu werden und auch um Camille nicht zu gefährden, tat er wie ihm geheißen. Frustriert atmete er laut aus. »Verdammt, ich habe der Prinzessin nichts getan. Sie ist mein Schützling, ich werde alles in meiner Macht Stehende tun, um sie zu vor Schaden zu bewahren.«

»Dann hast du sie also doch!«

Langsam reichte es ihm. »Sie ist in Sicherheit!«

»Das wird sie erst sein, wenn sie im Palast ist!«

»Eben nicht!«

Das Flackern des Monitors, den er bis zu diesem Moment kaum registriert hatte, lenkte die Aufmerksamkeit aller auf sich.

Ernsthaft? Will Gilbert mitten in der Nacht noch was loswerden?

Zane riss sich zusammen und beobachtete anstelle des Monitors die Wachen. Stirnrunzelnd hatten die Soldaten ihre Waffen ein ganz kleines Stück sinken lassen, was Zane ausnutzte, um sich näher zur Fluchttür zu schieben.

Er kam nur nicht weit, Camille packte ihn am Ärmel und zog kräftig daran. »Vaughn!«

Beim Anblick von Alexis, die auf dem Bildschirm klar zu sehen war, blieb ihm das Herz stehen. Sie hatte sich frisch gemacht und umgezogen, trug einen blauen Pullover und ihre Haare waren gebürstet und lagen perfekt gestylt um ihr Gesicht. In ihren Ohren waren deutlich die Perlenohrringe ihrer Mutter zu erkennen. Eine Botschaft, auch wenn Zane sie nicht verstand.

Was hast du vor, verdammt?

Auch die Soldaten wirkten unsicher, doch vernachlässigten sie immer mehr ihre Deckung.

Als Alexis dann sprach, mit einem stählernen Blick und erhobenen Kinn, stellten sich Zane die Nackenhaare auf.

»Mein Name ist Alexandrina Victoria Crown und ich bin König Grigoris Tochter. Wie Sie sehen können, bin ich am Leben und unverletzt. Der Anschlag im *Tusked* mag mir gegolten haben, aber er hat nur Unschuldige getroffen. Kein Creature hat mir je auch nur ein Haar gekrümmt. Im Gegenteil, sie haben mir Schutz und Unterschlupf gewährt. Auch wenn es von Lord Gilbert und seiner Partei so dargestellt wird: Der Attentäter ist kein Creature. Es ist *dieser* Mann.«

Jemand schwenkte die Kamera und zeigte den gefesselten Eric, der neben Willow auf einem Stuhl saß und sich wand. Scheiße, wann hatten sie den bitte in die Finger bekommen?

Zane musste grinsen. Die Prinzessin schlug Gilbert mit seinen eigenen Waffen, indem sie die beiden Schachfiguren im Fernsehen zeigte. Es war eine klare Drohung.

Da fiel es ihm wie Schuppen von den Augen. Alexis wusste, wer der wahre Drahtzieher war!

»Ein Adliger des Hofes. Er wurde geschickt, um mich zu töten und es den Geschaffenen in die Schuhe zu schieben, damit ein Krieg ausbricht. Er legte die Bombe und sein Bruder schoss kurz darauf in die Menge. Mein Bodyguard, Zane Vaughn, war gezwungen, ihn umzubringen, um mich zu retten. Ich war nie seine Gefangene, wurde nie entführt«, stellte sie mit fester Stimme klar. »Ich fordere hiermit den sofortigen Rückzug der adligen Truppen und die Aufhebung der Ausgangssperre. Es darf niemand zu Schaden kommen! Zudem erwarte ich einen persönlichen Besuch des Königs im Viertel, ebenso die Festnahme des Täters. Bei Sonnenaufgang werde ich am Eingang des Ghettos auf meinen Vater warten. Erst wenn meine Forderungen erfüllt sind, werde ich in den Palast zurückkehren.«

Dass die Verschwörung noch viel tiefer ging, eine ganze Reihe Adliger involviert waren und sie bereits eine Menge Beweise hatten, ließ Lex wohl absichtlich aus. Sie wollte die Leute vermutlich dazu bringen, unüberlegt und übereilt zu handeln. Die Drahtzieher bekamen gerade bestimmt Panik und würden Fehler machen.

Stolz schwoll in Zanes Brust an, als er Alexis beobachtete.

Ja, diese Frau. Genau diese Frau brauchte das Vampirvolk. Sie würde die Wende bringen, die mit ihrer Geburt versprochen worden war.

»Soll das heißen, Lord Gilbert ist in das Ganze verstrickt?«

Er brauchte einen Moment, um zu begreifen, dass der Truppenführer die Frage an ihn gerichtet hatte. Dem Mann stand der Unglaube ins Gesicht geschrieben.

»Ja«, bestätigte Zane. »Und das können wir beweisen.«

Dass das nicht stimmte und es sich nur um Spekulation handelte, musste der Soldat ja nicht wissen. Und vielleicht hatte Alexis mittlerweile ja sogar neue Informationen.

»Die Prinzessin ist wirklich in Sicherheit?«

Zane nickte, sagte jedoch nichts.

Den Soldaten war deutlich anzusehen, dass sie nicht wussten, was sie glauben sollten. Immerhin waren sie hierhergeschickt worden, um Alexis zu retten, nur um nun festzustellen, dass sie aufgrund falscher Tatsachen in den Kampf gesendet worden waren.

»Ihr habt gehört, was Ihre Königliche Hoheit gefordert hat«, richtete er nach einer Weile die Worte an die Wachen, die immer noch unschlüssig herumstanden. »Zieht euch zurück. Und tut niemandem etwas an. Das ist ihr unglaublich wichtig.«

Der Truppenführer erhob sein Haupt und sah ihm fest in die Augen. »Wir werden ihren Befehl befolgen. Bitte richte ihr aus, dass wir auf ihrer Seite stehen.«

Skeptisch schnalzte Zane mit der Zunge. »Ehrlich gesagt glaube ich kaum, dass sie euch das einfach so glaubt. Schließlich sind Adlige für diesen Mist verantwortlich. Euch zu trauen, dürfte ihr gerade sehr schwerfallen.«

Viele Männer schluckten, auch ihr Befehlshaber war blass geworden.

»Natürlich. Wir werden unser Bestes tun, um es ihr zu beweisen. Wir ziehen uns zurück, Männer.«

Mit einer Handbewegung gab er seinen Leuten einen Befehl, die augenblicklich ihre Waffen senkten und sicherten. Sie wandten sich zum Gehen, ihr Chef blieb jedoch noch einmal kurz stehen und drehte sich zu Zane um. »Pass auf sie auf.«

Etwas beleidigt hob Zane eine Augenbraue. Was glaubte der Witzbold eigentlich, was er die letzten Tage, nein, Wochen getan hatte?

Kaum hatten die Soldaten ihnen die Rücken zugekehrt, huschten er und Camille zum Container und waren kurz darauf im Tunnelsystem verschwunden. In Windeseile rannten sie zurück zum Hauptquartier.

Er musste zu ihr. Sofort!

17

»Seid Ihr sicher, dass das eine gute Idee ist?«, erkundigte sich Nate, während er Kyrills Männer, die auf seinen Befehl hin zurückgekehrt waren, im Flur beobachtete, die sich untereinander austauschten und ihre Waffen prüften.

Einige von ihnen würden Alexis zum Treffen begleiten, würden ihr Schild sein. Schließlich war sie nicht dumm, sie wusste, dass Gilbert und seine Komplizen nicht allein und unbewaffnet kommen würden.

»Es ist unsere einzige Möglichkeit.«

»Da hat sie recht«, pflichtete Kyrill, der auf dem Tisch saß und die Beine baumeln ließ, ihr grummelnd bei.

Seine miese Stimmung war auch der Grund, weshalb seine Leute sich lieber auf dem Flur aufhielten, anstatt bei ihnen im Büro zu verweilen. Alexis konnte seine Unruhe nur zu gut nachvollziehen, denn Zane und Camille waren immer noch nicht wieder hier, dabei erhielten sie immer mehr Berichte, dass sich die Soldaten zurückzogen.

Ihre beiden Geiseln versauerten in Kyrills Büro. Sie hatten kein Wort gesagt, schienen sich auch nicht zu kennen, dennoch durchbohrten sie sich mit Blicken.

Um sich abzulenken, stellte sie sich hinter Niko, der dabei war, die Daten des Handys auszuwerten und mit den Büchern von Jamie zu vergleichen. Zudem waren sie noch auf eine interessante geheime Datei gestoßen, die einem Goldschatz gleichkam.

»Schon was gefunden?«, erkundigte sie sich.

»Oh, so einiges. Manche Namen sind keine Überraschung, andere dagegen richtige Schocker.«

»Da bin ich mir sicher.«

Neben ihr ergriff Vladimir eins der Bücher und blätterte darin herum. Auf seine Stirn legten sich tiefe Falten, sein Kiefer war angespannt.

Nach wie vor wusste Alexis nicht, wie sie mit ihm umgehen sollte. Er mochte ihr Onkel sein, doch ihre Beziehung war alles andere als familiär.

»Dieser kleine Mistkerl.«

Erstaunt zog Alexis eine Augenbraue hoch. »Wusstest du etwa nicht, dass Jamie Menschen als Bluthuren an Adlige verkauft hat?«

Vladimir schüttelte den Kopf. »Nein, woher denn? Im Palast war er mir nicht unterstellt und wir hatten keinerlei Berührungspunkte.«

»Du hast ein riesiges Spionagenetzwerk«, erinnerte sie ihn.

»Aber was interessieren mich denn bitte die Spender?«, fragte er und klang dabei so ehrlich arrogant, dass sie es ihm direkt abkaufte.

In diesem Moment wurde Nate zur Seite gefegt und Zane und Camille stürmten hinein.

Vor Erleichterung aufschreiend ließ Alexis Vlad links liegen, eilte ihrem Bodyguard entgegen und fiel ihm um den Hals. Sofort schlang er seine Arme um sie und drückte sie fest an sich. Sie gestattete sich einen kurzen Moment des Friedens, der Zweisamkeit, dann rückte sie etwas von ihm ab und nahm sein Gesicht in die Hände, um es genau zu inspizieren. »Geht es dir gut? Bist du verletzt?«

Ein schneller, aber liebevoller Kuss nahm ihr etwas von der Angst, die sie um ihn ausgestanden hatte.

»Bei mir ist alles in Ordnung, versprochen. Die Soldaten ziehen sich zurück, sie waren von deiner Aussage sehr erschrocken.«

Ihr entging der leichte Vorwurf in seiner Stimme nicht, herausfordernd sah sie ihn an. »Hast du ein Problem mit meinem Plan?«

Grinsend küsste er sie erneut. »Selbst wenn ich versucht hätte, ihn dir auszureden, du hättest deinen Willen doch eh durchgesetzt.«

Dieses Mal musste *sie* grinsen. Wie gut er sie doch kannte. Doch dann wurde sie ernst.

»Wir wissen, wer der Drahtzieher ist. Zudem besteht das Risiko, dass mein Vater weiterhin in Gefahr ist. Deshalb musste ich handeln.«

Zärtlich fuhr er mit den Händen über ihre Arme, zeigte ihr, dass er bei ihr war.

»Dann hast du richtig entschieden. Und wer ist …?«, begann er, doch ein Räuspern ließ Zane erstarren und dann mit wutverzerrtem Gesicht aufblicken.

»Lord Vladimir.«

Doch bevor er auf ihn losgehen konnte, drückte Alexis mahnend gegen seine Brust. »Warte. Auch wenn es verrückt klingt, er ist auf unserer Seite.«

Die Skepsis war Zane deutlich anzusehen, aber immerhin blieb er bei ihr stehen. Der Blick ihres Bodyguards fiel auf das Buch, das Vlad in den Händen hielt. Vor Zorn wurde sein Kopf ganz rot.

»Hattet Ihr etwa auch was mit Jamies Bluthuren-Handel zu tun?«

Beleidigt verzog Vladimir das Gesicht. »Natürlich nicht! Hätte ich etwas davon gewusst, hätte ich ihn aufgehalten.«

Das ließ Alexis aufhorchen. »Verzeih, aber das kann ich mir nur schwer vorstellen. Immerhin praktizierst du selbst eine verbotene Praxis.«

»Wovon redest du?«, wollte ihr Onkel wissen.

»Davon, dass du mich gekauft hat«, meldete sich Zane, der ihrem Gedankengang problemlos folgen konnte.

Vlad schwieg einen Moment, dann sah er kurz zu Kyrill, seufzte und sah ihr schließlich wieder in die Augen.

»Besser ich kaufte ihn als irgendjemand vom Schwarzmarkt.«

Wäre eine Bombe neben ihnen hochgegangen, es hätte sie nicht minder schockiert.

»Wie bitte?«

Sichtlich gefrustet fuhr sich Vlad mit einer Hand durch sein braunes Haar. »Hast du eine Ahnung, wie viele junge Menschen noch verkauft werden? Nimm nur Kyrill. Sein Schöpfer war ein sadistisches Aas, das es liebte, sich neue Spielzeuge ins Haus zu holen und sie zu foltern.«

»Woah!«, unterbrach Alexis völlig überrumpelt. »Warte, was? Ihr kennt euch? Du hast Kyrill freigekauft?«

Der genannte Creature hatte immerhin den Anstand, verlegen auszusehen, während er sich am Nacken kratzte. »Kennen ist zu viel gesagt. Er hat mich da rausgeholt, aber darüber hinaus hatten wir keine Beziehung.«

»Du bist ebenfalls von deinen Eltern verkauft worden, Kyrill?« Allein bei dem Gedanken wurde ihr schlecht.

»Nein, von dem Waisenhaus, in dem ich aufgewachsen bin.«

Fassungslos starrte sie ihn an. Wie vielen Kindern war es wie ihm ergangen? Wie viele hatten nicht so viel Glück wie Zane gehabt?

»Miranda kam seinem Schöpfer durch ihre Recherchen auf die Spur und berichtete mir«, fuhr Vladimir fort.

»Du kanntest meine Mutter?« Alexis konnte es kaum glauben. Der große Creature kratzte sich am Kopf und nickte dann. »Nur oberflächlich. Sie kam öfter in sein Haus und bemerkte dort die Umstände. Sie versprach uns zu helfen. Damals habe ich nur nicht damit gerechnet, dass sie es wirklich ernst meint.«

Weil sein Vertrauen in die Adligen zu dem Zeitpunkt vermutlich nicht existiert hatte. Bei dem Gedanken wurde Alexis das Herz schwer.

»Als ich davon erfuhr, handelte ich sofort«, sprach Vlad. »Doch für einige war es bereits zu spät. Ich richtete das Arschloch hin und ließ Kyrill frei. Erst danach mischte ich mich mehr unter die Leute, kaufte Eltern ihre Kinder ab und ließ sie für den Hof ausbilden. Besser ich kaufte sie als manch andere Adlige.«

»Deswegen habe ich bei Jamies Aktionen auch ein Auge zugedrückt«, meinte Kyrill. »Die Eltern oder andere Vormünder hätten die Kinder ja so oder so verkauft, es ging ihnen nur ums Geld. Und durch Vladimirs Interesse hatten die Menschenkinder eine bessere Chance, in gute Haushalte zu kommen. Und die zwielichtigen Personen wie mein Schöpfer waren nicht mehr die einzige Option und nicht mehr die mit dem meisten Geld. Zudem mussten diese Adligen besser aufpassen, um nicht erwischt zu werden.«

»Redest du von einem Schwarzmarkt für Creatures?« Zane klang völlig entrüstet.

Alexis ergriff seine Hand, auch um sich selbst an ihm festzuhalten.

»Glaub mir«, sagte Kyrill, sein Blick war in die Ferne gerichtet, während

Camille ihre Arme um seine Hüften schlang und sich an ihn schmiegte. »Von ihnen gibt es nicht viele, aber mehr als genug. Und keiner von ihnen ist besonders freundlich seinen Kreaturen gegenüber.«

Sprachlos sah Alexis abwechselnd von Vlad zu Kyrill und schließlich fiel ihr Gwendolyn ein. Die Dienerin von Hayley, deren Körper nur so von Narben übersät war. Da machte es klick und sie konnte endlich eine Verbindung zu Gwens Hintergrund herstellen.

»O mein Gott.«

Tränen stiegen ihr in die Augen, als sie daran dachte, was das arme Mädchen bereits hatte erleiden müssen. Sie hatte immer geahnt, dass ihr etwas Schreckliches widerfahren war, doch hatte sie Gwen nicht drängen wollen.

»Eins verstehe ich nicht«, sprach Zane mit heiserer Stimme. »Wieso habt Ihr Kyrill nicht an den Hof gebracht? So wie mich.«

Vladimir schüttelte den Kopf. »Das war nicht möglich. Der Tod seines Schöpfers war nicht vom König autorisiert worden und einige von dessen Freunden gingen bei Hofe ein und aus. Sie hätten Kyrill erkannt und sich gefragt, wie er zum Palast gekommen ist. Außerdem hatte er sich die Freiheit nach dieser Tortur verdient.«

»Weiß mein Vater davon?«

Zögernd betrachtete Vladimir sie eine Weile, dann nickte er. »Ja. Allerdings stellt er nicht allzu viele Fragen.«

Alexis musste schlucken. Ein Teil von ihr konnte nachvollziehen, wieso Vlad so handelte, doch das machte es nicht einfacher, dies zu verdauen.

»Wieso gehst du diese Leute nicht direkt an? Wieso nicht jagen und hinrichten?«

»Was glaubst du, wozu ich mein Spionagenetzwerk so ausgebaut habe? Um diese Vampire, die sich Adlige schimpfen, in die Finger zu bekommen. Das darf ich nur nicht in aller Öffentlichkeit tun.«

Und mit einem Mal verstand Alexis, was die rechte Hand des Königs wirklich war: ein Vollstrecker. Jemand, der stillschweigend Ungeziefer vernichtete, um das sich die Regierung nicht scherte.

»Eure Hoheit.« Eine Frau von Kyrills Überwachungsteam steckte ihren

Kopf durch die Tür, die Haare standen ihr buchstäblich zu Berge. »Es ist bald Sonnenaufgang. Und wir nehmen Aktivität am Eingang des Ghettos wahr.«

Auch wenn Alexis noch Hunderte Fragen unter den Nägeln brannten, die mussten warten. Jetzt ging es um alles.

»Moment.« Zane ergriff ihr Handgelenk. »Wer ist denn nun der Drahtzieher?«

***

Alexis hatte mit vielem gerechnet, was sie am Eingang zum Ghetto, der eigentlich nur eine breite Straße war, erwarten würde, doch nicht mit dem, was sie tatsächlich vorfand.

Gefühlt hatte sich das halbe Viertel dort versammelt, beobachtete erwartungsvoll ihr Erscheinen. Während sie durch die Menge lief, gingen die meisten auf die Knie oder verbeugten sich, teilten ihr auf diese Weise ihre Unterstützung mit. Vor lauter Rührung hatte Alexis einen Kloß im Hals, den sie so unauffällig wie möglich loszuwerden versuchte.

Es war erschreckend still, nur die Schritte ihrer kleinen Armee waren zu hören. Die Dunkelheit wich langsam der Dämmerung, tauchte die Szenerie in ein unheilvolles Licht.

Schließlich kamen sie an der unsichtbaren Grenze zum Ghetto zum Stehen, auf deren anderer Seite bis jetzt nur die Soldaten vorzufinden waren, deren Rückzug sie vor wenigen Stunden gefordert hatte.

Waren es überhaupt Stunden? Die letzten Tage hatten ihr Zeitgefühl mächtig durcheinandergebracht.

Während sich Kyrills Leute hinter ihr im Halbkreis aufstellten und ihre Waffen zückten, blieben die Wachen ruhig und schienen unnötige Bewegungen zu vermeiden. Tatsächlich atmeten einige bei ihrem Anblick dankbar auf, andere schenkten ihr ein Lächeln. Allgemein wirkten sie alle erleichtert, was für Alexis doch eher befremdlich war. Mit den Wachen außerhalb des Palastes hatte sie nie viel zu tun gehabt, war aber immer davon ausgegangen, dass sie sie genauso verachteten wie ihre Kollegen innerhalb der Schlossmauern.

Als die Männer Vladimir hinter ihr entdeckten, bekamen sie alle große Augen. Wäre die Situation eine andere gewesen, hätte Alexis vermutlich laut gelacht.

Dennoch blieb es still, niemand sprach ein Wort. Zane und Kyrill hatten sich neben sie gestellt – ihre stummen Beschützer –, während Nate und Vlad genau hinter ihr standen. Niko war zurückgeblieben, er hatte seine eigene Aufgabe. Die kalte Luft zerrte an Alexis' Kleidung und wehte ihr die Haare ins Gesicht. Ihr Herz pochte so laut, dass sie sicher war, alle könnten es hören. Mit jeder Minute, die verstrich, nahm ihre Nervosität zu. Wo zum Henker blieben sie nur?

Ihre Unruhe bemerkend, ergriff Zane ihre Hand, verschränkte ihre Finger miteinander und drückte sanft zu. Dankbar schenkte sie ihm ein schnelles Lächeln.

»Mylady«, wisperte Kyrill und kaum hatte er es ausgesprochen, entdeckte sie die sich nähernden Silhouetten und Zane ließ ihre Hand los.

Als sie ihren Vater erkannte, gaben ihre Knie beinahe nach, so erleichtert war sie. Ihr Lächeln fiel etwas zittrig aus, Tränen bildeten sich in ihren Augen, die sie mit aller Kraft zurückdrängte. Dafür war später Zeit.

»Alexandrina!« Auch dem König war anzuhören, wie ihm ein Stein vom Herzen fiel, doch beide kamen nicht aufeinander zu.

Als Grigori einen wütenden Blick hinter sich warf, erkannte sie auch wieso: Gilbert war in Begleitung mehrerer Adliger, einige hielten warnend Waffen in den Händen.

»Mist«, fluchte Vlad leise und sie konnte ihm nur zustimmen.

Sie schienen Vlads Leute ausgeschaltet zu haben und konnten den König nun problemlos bedrohen.

Zu Alexis' Erstaunen hatten die Adligen zudem Josephina dabei, die in ihrer mittelalterlichen Kluft wie immer fehl am Platz wirkte und selbst nicht glücklich aussah. Was sollte das? Als ob der König als Geisel nicht ausreichend wäre.

»Lasst mich los!«, schimpfte ihre Stiefmutter, doch der Griff ihres Bewachers war stärker.

Verächtlich schnaubte Alexis. Diese Mistkerle.

»Prinzessin«, begann der Minister kühl. »Es freut mich sehr, Euch wohlauf vorzufinden.«

»Ich glaube kaum, dass Freude die Emotion ist, die Ihr dabei empfindet.«

Sein Blick sprach Bände, Zorn und Hass flackerten darin und sie konnte ihm deutlich ansehen, wie sehr er um Beherrschung rang.

»Aber nicht doch. Der Anschlag und Eure Entführung haben uns schwer getroffen. Der gesamte Rat war krank vor Sorge.«

»Ach, deshalb habt Ihr die Armee ins Viertel geschickt, um Eurer Sorge mit Gewalt Ausdruck zu verleihen? Und nun habt Ihr auch noch Geiseln dabei. Wie lieb von Euch.«

Gilberts Wangen röteten sich – ob vor Ärger oder Scham konnte sie nicht sagen. Dann zuckten seine Augen zu der erwähnten Truppe.

»Wieso sind eure Waffen im Holster? Dort stehen die Übeltäter!«, rief Gilbert erzürnt.

Doch die Soldaten taten nichts, reagierten mit keiner Regung auf den indirekten Befehl. Stattdessen wandte sich der Truppenführer – William, glaubte Alexis sich an seinen Namen zu erinnern – direkt an sie.

»Euer Hoheit.« Er schluckte hörbar. »Welche Beweise habt Ihr?«

Eine nähere Erläuterung war nicht nötig, Alexis hatte ihn verstanden. Sie hielt ihre Hand nach hinten, in die Camille ihr Jamies Handy hineinlegte, und hielt dieses in die Luft. »In diesem Telefon befinden sich sämtliche Kontakte von Adligen, die durch Jamie Handersson Bluthuren vermittelt bekommen haben. Außerdem sind dort Aufnahmen von Telefonaten sowie E-Mails gespeichert, die belegen, wer alles an dem Anschlag gegen mich beteiligt war. Unter anderem unser lieber Herr Minister. Von dem wir übrigens auch Aufnahmen aus dem Ministerium besitzen, aus denen klar hervorgeht, dass er ohne Rücksicht auf Verluste jeden Bewohner des Viertels auslöschen wollte. Ob man mich hier nun findet oder nicht.«

Wutentbrannt ballte Gilbert seine Hände zu Fäusten, während sie das Handy wieder abgab.

»Alles Lügen! Das wollen diese Creatures mir doch nur in die Schuhe schieben! Wachen, eröffnet sofort das Feuer!«

Sofort hoben Kyrills, nein, *ihre* Leute ihre Pistolen hoch und zeigten somit deutlich, dass sie hinter ihr standen und sich nicht einschüchtern ließen.

»Seht Ihr?«, machte Gilbert weiter. »Sie bedrohen uns. Unnütze Kreaturen haben sich nicht gegen den Adel zu stellen. Das ist gegen das Gesetz und ein klarer …«

»Haltet den Mund!«, rief Alexis und ihr Tonfall ließ selbst die Adligen hinter Gilbert zusammenzucken. »Wir Adligen sind es, die die Creatures erschaffen. Wir schenken den Menschen ein langes, gefühlt unsterbliches Leben, damit sie uns dienen und niedere Arbeiten verrichten. Und wie danken wir es ihnen? Indem wir sie verachten? Das ist falsch!« Sie breitete ihre Arme aus, schloss alle mit der Geste ein. »Seht euch doch nur um! Im Ghetto leben fast ausschließlich ältere Creatures – ausrangiert, weil sie den Adligen nicht mehr jung genug waren, um hübsch im Haushalt zu wirken. Als ob sie ein Verfallsdatum hätten. Es sind aber keine Möbelstücke, sondern lebende Wesen. Wie wir! Wir müssen für unser Handeln die Verantwortung übernehmen, nicht den geschaffenen Vampiren die Schuld für ihre Existenz geben!«

»Was versteht Ihr schon davon?«, zischte Gilbert. »Ihr seid nichts weiter als ein Bastard, unehelich geboren. Eure Meinung interessiert keinen. Ihr hättet mit Eurer Mutter sterben sollen, dieser abscheulichen Hure!«

»Gilbert, du Scheißkerl!« Grigori wollte auf den Minister losgehen, doch augenblicklich richteten sich mehrere Waffen auf ihn und er blieb abrupt stehen.

Zeitgleich griffen die Soldaten nach ihren Pistolen, bedrohten damit die Adligen und befahlen ihnen, sich zu ergeben, was diese sich natürlich nicht gefallen ließen. Sie schrien zurück und auch die Creatures hinter Alexis meldeten sich nun zu Wort.

Chaos drohte auszubrechen.

»Waffen runter! Und zwar sofort!«

Es war Alexis schleierhaft, wie sie es schaffte, lauter als der Tumult zu sein, doch es gelang ihr. Ihr Brustkorb hob und senkte sich heftig. Alle verstummten, bewegten sich nicht.

»Habt ihr was mit den Ohren? Runter mit den Waffen!« Sie sah über ihre Schulter. »Das gilt auch für euch!«

Widerwillig gehorchten ihr die gewandelten Vampire, auch die Soldaten taten zögerlich wie geheißen. Nur Gilberts Leute taten nichts; ihre Aufmerksamkeit hatte sich zwischen den Soldaten, den Creatures und dem König aufgeteilt.

»Haben wir nicht schon genug Opfer durch den Bombenanschlag zu beklagen?« So sachlich wie möglich versuchte sie die Anwesenden zu erreichen. »Dieses unsinnige Töten muss aufhören. Es hilft niemandem weiter, es bedeutet nur mehr Leid. Und das fühlt sich für jeden gleich an, ob für Menschen, Creatures oder Adlige.« Sie holte tief Luft. »Meine Mutter zu verlieren war das Schlimmste, das mir je passiert ist.« Sie sah ihren Vater an, der angespannt, aber mit gequältem Ausdruck ihren Blick erwiderte. »Ich habe mir meine Herkunft nicht ausgesucht, ich wollte nie an den Hof, aber mich hat man nicht gefragt. Ich war doch nur ein Kind.«

Langsam senkten einige Adlige ihre Arme, wirkten etwas verunsichert. Selbst die Königin verzog betreten das Gesicht.

»Viele von euch haben ebenfalls Angehörige verloren, egal ob durch Alter, Unfälle, diesen Anschlag oder Vergiftung durch drogensüchtige Spender. Ihr wisst, was das mit einem macht. Aber einen Krieg mit den Creatures zu führen, wird dies nicht ändern. Das zieht doch nur einen Rattenschwanz nach sich. Vater …«, richtete sie ihre Worte direkt an den König, »auch du hast Fehler gemacht. Mutters Tod hat dir einen Tunnelblick beschert, der der Regierung nicht guttat und einem Mann Tür und Tor öffnete, der eine ganz andere Schiene fährt. Es ist ehrenwert, die Menschen vor Drogen und Alkohol zu schützen, doch das sollte nur ein Teil deiner Aufgabe ein. Sieh dich hier um! Seit Jahren wurde hier kein Geld mehr investiert, im Viertel herrschen Kriminalität und Armut, weil jemand regiert, der die Creatures wie Vampire zweiter Klasse behandelt und sie für ihre Existenz verachtet.« Sie tauschte einen Blick mit Vladimir, der ihr ermutigend zunickte. »Mutter hat sich für die Bewohner hier eingesetzt, wollte daran etwas ändern. Sie entdeckte den Creature-Schwarzmarkt, hat Vladimir und dich eingeweiht und auf eure Beihilfe gehofft. Auch sie hat sich nicht ausgesucht, von ihrer Familie verstoßen zu werden. Der Adel hat sie nicht anerkannt, wen wundert es da, dass sie sich für die stark gemacht hat, die sie großgezogen haben?«

»Rede keinen Unsinn!« Mit knallrotem Gesicht drängte sich Lord Oleg-Howard nach vorn, seine Waffe ganz eindeutig auf Alexis gerichtet. Neben ihr spannten sich ihre Bodyguards an, hielten sich aber zurück. »Deinetwegen ist mein Sohn tot! Und nun habt ihr meinen zweiten gefangen genommen. Rückt ihn sofort raus oder ich schieße.«

»Dein Sohn hat die Bombe gebaut und gezündet«, erwiderte Alexis kalt. »Das hat er selbst zugegeben.«

»Wen jucken die Toten? Es hätte Euch treffen sollen.«

»Sekunde mal«, meldete sich nun eine Frau zu Wort, die Lord Oleg-Howard fassungslos ansah. »Meine Tochter starb bei diesem Anschlag. Wie kannst du fragen, wen das juckt?«

»Lady Sandrine, reiß dich zusammen«, zischte der Vater des Attentäters.

»Du sagtest, Creatures seien für ihren Tod verantwortlich und würden deinen Sohn als Buhmann hinstellen wollen. Stimmt das auch wirklich? Was für Beweise liegen der Prinzessin also bitte vor?« Tränen liefen der Frau über die Wangen, ihre Trauer war ihr deutlich anzusehen.

»Dazu ist jetzt keine Zeit!«

»Wann denn dann, Mylord?«, fragte Alexis. »Eure Söhne waren genau wie Ihr selbst an dem Attentat beteiligt. Uns liegt die schriftliche Korrespondenz vor. Ihr wart so besessen davon, mich auszulöschen und den König abzusetzen, dass Euch die Kinder der anderen egal waren.«

Nun ließen auch die letzten Adligen ihre Waffen sinken und schienen endlich zu begreifen, was dieser ganze Feldzug für Konsequenzen hatte.

»Wir hätten den König einfach töten sollen«, spie Oleg-Howard in Gilberts Richtung. »Dann hätten wir dieses Theater nicht.«

»Sei still!«, fuhr der Minister ihn an, sichtlich verärgert, dass sein Komplize ihn gerade öffentlich bloßstellte. »Das können wir immer noch machen.«

»Würde ich Euch nicht raten«, hielt Alexis dagegen und spielte ihren letzten Trumpf auf. »Schließlich wird dieses Treffen gerade live auf sämtlichen Kanälen ausgestrahlt.«

Den Adligen wich alles Blut aus dem Gesicht, als Alexis mit einem zuckersüßen Lächeln auf die von Nikolais und Kyrills Technikern angebrachten Kameras hinwies. Was dieser Idiot Gilbert konnte, konnte sie schon lange.

»Du Miststück!«

»Ich hätte da mal eine Frage«, fiel Alexis ihm ins Wort, »wie kommt Ihr eigentlich darauf, ausgerechnet sie auf den Thron setzen zu wollen?« Sie sah an Gilbert vorbei und verschränkte ihren Blick mit der Person, die hinter alledem steckte. »Oder möchtet Ihr uns das selbst erklären, Lady Justine?«

Ein Raunen ging durch die Reihen der Adligen, was ihr deutlich machte, dass diese nicht einmal gewusst hatten, wem sie eigentlich folgten.

»Justine?«, erklang die fassungslose Stimme der Königin. »*Du* steckst dahinter?«

»Krieg dich wieder ein, Josephina«, seufzte Michails Mutter, ehe sie sich neben Gilbert stellte. »Ist ja nicht so, als hättest du nicht geahnt, dass ich etwas plane.«

»Aber doch nicht so etwas wie Mord!« Alexis' Stiefmutter war völlig erbleicht.

»Werd erwachsen.« Justine verdrehte die Augen, ignorierte ihre Cousine dann jedoch und sah zu Alexis.

»Da habe ich Jamie wohl falsch eingeschätzt«, sagte sie; ihr Blick war eiskalt, zeigte keinerlei Reue. »Hätte nie gedacht, dass er sich mit einer Beweissammlung gegen mich absichert.«

Alexis schnaubte. »Ihr habt Eurem Sohn und Eurem Gatten Willow als Bluthure geschenkt, um mit ihrer Hilfe den Austausch mit Jamie inner- und außerhalb des Palastes zu perfektionieren und mehr Leute zu rekrutieren. Durch die Bluthuren, die Jamie vermittelte, hattet Ihr einige mächtige Adlige in der Hand, wart Euch deren Unterstützung sicher.«

»Ihr seid nicht auf den Kopf gefallen, Prinzessin. Jamie war so voller Hass auf die Creatures, es war ein Leichtes, ihn für meine Sache zu gewinnen.

Dass er mich hintergangen hat, überrascht mich. Er war von unserer Mission so sehr überzeugt. Wie enttäuschend.«

»Ich würde eher sagen, dass Ihr Euch verkalkuliert habt«, mischte sich nun Zane ein, seine Stimme klang gepresst. »Was versteht Ihr schon davon, wie es ist, im Ghetto aufzuwachsen? Vertrauen ist ein solch seltenes, kostbares Gut, dass man es hier kaum findet. Adligen wie Euch gegenüber ist man vorsichtig und misstrauisch. Da können die Ziele noch so sehr übereinstimmen. Das Risiko des Verrats ist viel zu groß.«

Dass er gerade auch davon sprach, selbst den falschen Leuten vertraut zu haben, tat Alexis in der Seele weh. Sie trat näher an ihn heran, legte ihre Hand unterstützend auf seinen ausgestreckten Unterarm, an dessen Ende er immer noch die Waffe im Anschlag hielt.

Er warf ihr einen kurzen Blick zu, in dem so viel Wärme lag, dass ihr Magen kurz anfing zu flattern. Leider entging Justine diese kurze Zuneigungsbekundung nicht, ihre ganze Haltung änderte sich innerhalb von Sekunden. War sie gerade noch gespielt locker gewesen, war sie nun bis in die Fingerspitzen angespannt, ihr Blick fuchsteufelswild und ihr Fänge waren ausgefahren.

»Das soll doch wohl ein Witz sein!«, schrie sie. »Du verlässt meinen Sohn, um dann mit dieser niederen Kreatur etwas anzufangen? So jemand wie du hat auf dem Thron nichts zu suchen!«

»Aber Ihr, ja?«, gab Alexis zurück. »Jemand, der nicht davor zurückschreckt, die Kinder anderer Adliger zu töten, hat es verdient, auf dem Thron zu sitzen und die Vampire anzuführen?«

»Allerdings!« Speichel flog Justine aus dem Mund. »Ich hätte von Anfang an die rechtmäßige Königin sein sollen. Mehr als du, Josephina! Was verstehst du schon von Macht und Verantwortung? Du warst ja nicht mal in der Lage, einen Thronfolger hervorzubringen.«

Bei den harschen Worten zuckte Josephina zusammen, als hätte man ihr in die Rippen geboxt.

Michails Mutter warf einen hasserfüllten Blick auf den König. »Ich war Eurem Bruder versprochen. Und Ihr wart nur der Zweitgeborene, der einfach

Glück hatte. Mein Sohn hat den Titel verdient, mehr als Eure Bastardtochter!« Ihr Kopf schnellte zu Alexis zurück, vor Zorn sprühte sie beinahe Funken. »Du hast ihm seinen Anspruch weggenommen, musstest dich ja unbedingt von ihm trennen. Du hast kein Recht auf die Krone, nicht im Geringsten. Ich und auch mein Sohn, wir haben sie mehr als verdient!«

Sprachlos starrte Alexis sie an. Sie brauchte einen Moment, um das Gesagte zu verarbeiten. Dann räusperte sie sich. »Damit ich das richtig verstehe, Ihr habt gemeinsame Sache mit einem bekennenden Creature-Hasser gemacht, wolltet einen Krieg zwischen den geborenen und den geschaffenen Vampiren auslösen, nur weil ich mich von Michail getrennt habe? Der mich als notwendiges Übel betrachtete, um an die Macht zu kommen?«

»Hättest du meinen Sohn geheiratet, hätte ich es noch akzeptiert. Doch durch dich wurden Michail und meine Familie erneut gedemütigt. Das konnte ich nicht hinnehmen.«

Hat die Frau noch alle Latten am Zaun? Das ist doch lächerlich.

»Die Vertreibung durch das Zarentum ist so lange her«, erwiderte Alexis. »Wie könnt Ihr immer noch an der Vergangenheit festhalten?«

»Es geht um mein Recht!«

Das schrille Lachen ihres Vaters überraschte alle und ließ Alexis kurz an Grigoris Verstand zweifeln. Was war denn bitte an dieser Situation so lustig?

Der König bekam sich fast nicht mehr ein, strich sich mit der Hand über das Gesicht, gluckste weiter. »Weißt du, was so amüsant ist, Justine? Du wärst nie Königin geworden. Mein Bruder war dabei, die Verlobung mit dir zu lösen, als wir vertrieben wurden. Er wollte Josephina, die Frau, die er liebte, heiraten. Nicht dich.«

»Das ist eine Lüge!« Justines Augen wurden riesig, das Weiß verschwand fast vollkommen.

»Oh, ich kann dir die Aufzeichnungen dazu gern vorlegen. Genadij war von dir alles andere als angetan, und da Josephina und du aus derselben Familie stammt, war es dem damaligen Rat egal, ob er dich oder Josephina zur Frau nahm.«

Mit einem Schrei stürzte sich Justine auf den König, zeitgleich hob Gilbert die Waffe, richtete sie auf Alexis und schoss. Bevor sie reagieren konnte, riss Zane sie zu Boden. Schreie wurden laut, Schüsse erklangen und Chaos brach aus.

»Nein«, rief sie, als sie Blut roch und Panik in ihr aufwallte. »Lass mich los, Zane! Du bist verletzt!«

Ihre Mühen blieben erfolglos, ihr Bodyguard hielt sie unter sich gefangen.

»Bleib liegen!«, fuhr ihr Bodyguard sie an.

»Ich denk nicht dran!«

»Prinzessin!«

Um ihre Freiheit kämpfend, rang sie erneut mit Zane, dem es blendend zu gehen schien, und verlor kläglich. Wieso musste der Idiot auch stärker sein als sie?

»Alexandrina? Geht es dir gut?«, vernahm sie die Stimme ihres Vaters, als sich der Tumult gelegt hatte. Vor Erleichterung schluchzte sie auf.

»Lass mich los, du Neandertaler«, verlangte sie und stieß gegen Zanes Brust.

»Ich liebe dich auch«, brummte er, tat aber dieses Mal wie geheißen.

Versöhnlich drückte sie ihm einen Kuss auf die Wange. Als sie sah, dass es sich bei seiner Verletzung nur um einen Streifschuss handelte, fiel ihr ein Stein vom Herzen. Schnell rappelte sie sich auf und verschaffte sich einen Überblick über die Lage.

Kyrill und Camille richteten sich ebenfalls gerade auf, offensichtlich hatte sich der Anführer der Underground-Creatures schützend über seine Freundin geworfen.

Auf ihrer Seite schien niemand verletzt zu sein, was sie aufatmen ließ. Doch auf der anderen Seite der Grenze tat sich Erstaunliches. Die Adligen knieten – fast jeder mit einer mehr oder weniger schlimmen Schusswunde – gefesselt am Boden, die Soldaten standen eng um sie herum, die Waffen auf ihre Gefangenen gerichtet.

Gilbert lag auf dem Asphalt, schien förmlich von Kugeln durchlöchert zu sein; seine Augen nahmen nichts mehr von der Szenerie wahr. Justine blutete ebenfalls, aber es waren klare Kratz- und Bisswunden, die sie erlitten hatte. Sie saß neben ihrem toten Komplizen und presste die Hand auf ihre verletzte

Schulter, während Blut aus ihrem Oberschenkel floss. Währenddessen hielt Grigori ausgerechnet eine furios aussehende Josephina fest, die sich mit aller Kraft gegen den Griff wehrte, um auf ihre Cousine loszugehen.

Ihr Zopf hatte sich gelöst, die Haare standen wild zu Berge, ihr Gesicht war mit roten Wutflecken übersät und ihr Kleid hatte ein paar Risse.

»Du Miststück!«, keifte die Königin. »Ich prügle dich windelweich, warte es nur ab! Für wen hältst du dich, hä? Was mischt du dich in mein Leben ein, was geht dich meine Stieftochter an? Du und dein verkommener Sohn könnt zur Hölle fahren! Lass mich los, Grigori, ich kümmere mich um sie!«

»Du Schlange«, zischte Justine. »Du bist so unnütz wie eh und je. Hättest du dich seiner Tochter entledigt, als sie noch klein war, wäre deine Existenz wenigstens zu etwas gut!«

Bei diesen Worten schaffte Josephina es, sich loszureißen, und verpasste ihrer Cousine im nächsten Augenblick einen Faustschlag ins Gesicht, der sich gewaschen hatte. Die Adlige ging besinnungslos zu Boden.

Perplex über diesen Ausbruch konnte Alexis ihre Stiefmutter nur anstarren. Wer war diese Frau?

»Was genau ist passiert?«, fragte sie niemand Besonderen, doch ihr Onkel antwortete ihr trotzdem.

»Die Königin hat Justine eine deftige Abreibung verpasst, während sämtliche Soldaten Gilbert ins Visier nahmen. Der König konnte seine Gattin nur mit Mühe und Not von Justine losreißen.«

Alexis warf einen fragenden Blick auf den brünetten Mann.

»Und du wolltest dich nicht ins Getümmel stürzen?«

»Ich kämpfe nicht«, erwiderte er trocken.

Hätte sie sich denken können.

»Geht es dir gut?«, erkundigte sich Zane und strich zärtlich über ihre Wange.

Es zwickte etwas, wahrscheinlich hatte sie sich beim Sturz eine Schramme zugezogen, doch das war nicht weiter wild.

»Mir geht es gut, aber was ist mit dir?« Sie begutachtete seinen Arm, der immer noch blutete.

»Um mich musst du dich nicht sorgen.«

Nickend sah Alexis zu den Creatures um sich herum, die alle noch in Alarmbereitschaft waren. Sie konnte es ihnen nicht verübeln, immerhin befanden sich genug feindliche Adelige an ihrer Grenze.

Nicht zum ersten Mal schien Zane ihre Gedanken zu lesen und wandte sich an die einzige Person, die dem Ganzen ein Ende bereiten konnte. »Eure Majestät?«

Mit großen, leicht trüben Augen sah Grigori zu dem Creature.

»Vielleicht solltet Ihr, Ihr wisst schon, die Leute abführen lassen?«, schlug Zane vor.

Alexis' Vater nickte leicht, riss sich dann aber sichtlich zusammen. »Genau. Gute Idee. Männer! Führt die Verräter ab. Bringt sie in den Kerker.«

Es kam augenblicklich Bewegung in die Soldaten, sie packten die Adligen und führten einen nach dem anderen ab.

Als endlich alle aus ihrem Blickfeld verschwunden waren, senkten auch die letzten Kämpfer ihre Waffen und der Wind, der ihnen durch die Haare fuhr, schien die Anspannung wegzupusten.

»Alexandrina.«

Kaum hörte sie ihren Namen, ließ sie von Zane ab, rannte ihrem Vater entgegen und warf sich in seine Arme. Mit einem festen Griff, der ihr beinahe das Atmen unmöglich machte, hielt Grigori sie fest an sich gedrückt. Doch wer brauchte schon zu atmen? In ihrem Kopf war so viel los, so viele Emotionen wirbelten in ihr durcheinander, dass sie gar nicht genau wusste, weshalb sie weinte.

Erleichterung, Angst, Freude, Frustration, Trauer.

»Geht es dir gut?«, fragte Grigori leise an ihrem Ohr.

Sie nickte, lehnte sich leicht zurück und sah in liebevolle grüne Augen, die den ihren so ähnlich waren. »Dir auch?«

Ihr Vater nickte, Tränen bildeten sich in seinen Augenwinkeln, während er ihr sanft über das Haar strich.

»Ich hatte solche Angst um dich.«

Sie schluckte. »Es tut mir entsetzlich leid. Ich hätte dich so gern wissen lassen, dass es mir gut ging, aber wir konnten niemandem trauen.«

Grigori schüttelte den Kopf. »Es ist meine Schuld, nicht deine. Hätte ich mehr auf meine Umgebung, auf die Leute um mich herum geachtet, hätte ich dich besser schützen können.«

»Du kannst nichts dafür«, widersprach sie. »Justine und Gilbert sind verantwortlich, sonst niemand.« Sie warf einen Blick über ihre Schulter. »Und ich hatte jemanden, der mich beschützt.«

Langsam ließ ihr Vater von ihr ab und trat Zane entgegen, der hinter ihr stand, wie der stille Wächter, der er war. Der König hielt ihm die Hand entgegen, die Zane nach kurzem Zögern ergriff.

»Vermutlich kann ich dir gar nicht genug danken, was du für meine Tochter getan hast. Aber ich werde mein Möglichstes tun.«

»Ich habe nur meinen Job getan, Hoheit.« Zanes Blick verschränkte sich mit ihrem und wurde sanfter. »Und es wird mir eine Ehre sein, dies auch in Zukunft zu tun.«

Alexis' Herz absolvierte einen Sprung und sie musste lächeln. Sie gesellte sich zu ihnen und ergriff Zanes Hand, die ihr Vater bei ihrer Ankunft losgelassen hatte.

»Da wäre noch eine Sache, Vater.«

Grummelnd winkte Grigori ab. »Bin ja nicht blind. Weiß noch nicht, was ich davon halten soll. Allerdings ist vermutlich jeder besser als dieser Michail.« Nachdenklich wiegte er seinen Kopf hin und her. »Darüber reden wir noch mal in Ruhe, wenn wir zu Hause sind.«

»Ist vermutlich besser so. Allerdings«, begann sie und wandte sich dann den Bewohnern des Ghettos zu, die alle auf die Knie gingen, als sie ihren Blick bemerkten, »gibt es vieles, über das wir sprechen müssen. Wir haben einiges zu tun.«

Nie wieder sollten die Creatures so leben müssen, wie sie es unter Gilberts Herrschaft getan hatten. Es wurde Zeit für Veränderungen. Und dieses Mal würde sie ihren Kopf nicht in den Sand stecken und sich im Palast vergraben.

Sie schaute sich um. All diese Menschen und geschaffenen Vampire hatten ihr in den letzten Tagen Schutz, Verehrung und Vertrauen entgegengebracht.

Und sie würde alles daransetzen, dieses Vertrauen nicht zu enttäuschen. Jemand musste sich für sie einsetzen und wenn nicht sie, wer dann? Ein möglicher Krieg war abgewendet, doch der Kampf gegen die Unterdrückung und Ungerechtigkeit war noch nicht vorbei.

Als Zane ihre Hand drückte, sah sie in seine sturmgrauen Augen, die sie mittlerweile so sehr liebte, und ihr wurde eines klar: Diesen wohl wichtigsten aller Kämpfe musste sie nicht allein führen.

Ihr Bodyguard war an ihrer Seite.

EPILOG

Keuchend schmiss Alexis ihren Kopf zurück, krallte sich mit ihren Fingern in Zanes nassen Haaren fest. Ihr Knie zitterte, hielt sie nur mit letzter Kraft aufrecht, während das andere Bein über Zanes Schulter lag. Er hatte es sich zwischen ihren Beinen gemütlich gemacht und saugte mit seinem heißen Mund wieder und wieder an ihrer Klitoris.

Ihr Innerstes zog sich zusammen, ihr Höhepunkt war zum Greifen nah.

»O Gott«, stöhnte sie, als sich zu seiner Zunge ein Finger gesellte, den Zane langsam in sie einführte.

Unruhig, nach mehr bettelnd ließ sie ihre Hüften kreisen, doch Zane ließ sich nicht erweichen. Ein zweiter Finger folgte und fand zielsicher ihren G-Punkt. »Zane!«

Beim nächsten Zungenschlag war es um sie geschehen, ein leiser Schrei kam über ihre Lippen, Sterne tanzten vor ihren Augen, als der Höhepunkt sie übermannte.

Nach Luft schnappend klammerte sie sich an ihrem Bodyguard fest, als dieser sich erhob und dabei jeden Zentimeter ihres Körpers küsste, an den er herankam. Als er endlich ihre Lippen erreichte, seufzte sie ergeben und schmolz dahin.

»So viel dazu, was so alles *nicht* in deinem Vertrag steht«, murmelte sie amüsiert und küsste ihn erneut.

Ihr Liebster grinste. »Was soll ich sagen? Ich war schon immer eher der Regelbrecher.«

Lachend vergrub sie ihr Gesicht in seiner Halsbeuge.

»Ist das so witzig?«, fragte er.

Klang Zane da vielleicht ein bisschen beleidigt? Wie süß.

»Ein wenig schon«, gab sie zu und strich sich die nassen Haare aus der Stirn; das Wasser der Dusche wurde allmählich kälter.

»Wir sollten langsam fertig werden«, meinte Zane und griff nach dem Shampoo.

Alexis schnalzte mit der Zunge, als er ihre Haare einschäumte. »Wer konnte sich denn bitte nicht zurückhalten, obwohl wir es schon zweimal nach dem Aufwachen getan haben?«

»Hey, was kann ich dafür, wenn du nass so sexy aussiehst?«

»Jetzt ist es meine Schuld?«

Das Klopfen an der Badezimmertür ließ sie zusammenzucken.

»Werdet ihr heute noch fertig?«, hörten sie Camille rufen. »Der Termin ist bald.«

»Verpiss dich!«, rief Zane, was ihm nur ein teuflisches Lachen einbrachte, während Alexis errötete und einen Schritt zurücktrat.

»Ich komme gleich«, sagte sie und wusch sich in Windeseile.

Auch Zane gab Gas, trat noch vor ihr aus der Dusche und schlang sich ein Handtuch um die Hüften.

»Wieso musstest du ausgerechnet sie mit an den Hof holen?«, grummelte er und rubbelte sich die Haare trocken.

Kichernd spülte sie das Shampoo aus und drehte den Wasserhahn ab. »Die beiden sind eine gute Ergänzung, wie ich finde. Und so hast du auch noch etwas Unterstützung.«

Ui, wenn Blicke töten könnten.

»Ich kann auch allein auf dich aufpassen!«

Wenig beeindruckt zuckte sie mit den Schultern. »Aber du bist jetzt nicht nur mehr mein Bodyguard, falls ich dich daran erinnern dürfte. Du bist der Freund der Prinzessin. Deine Verpflichtungen haben sich etwas geändert. Außerdem«, sie griff nach dem Handtuch, bevor er etwas Unbedachtes erwidern konnte, und wickelte ihre Haare ein, »hat Kyrill es sich verdient, mehr zu sein als nur ein Gangsterboss aus dem Ghetto.«

Zanes Gemurmel verstand sie nicht, doch wusste sie genau, was er meinte. Er konnte gegen ihre Argumentation nicht viel vorbringen, dennoch ging es ihm gegen den Strich, nicht mehr ihr einziger Beschützer zu sein.

Hach ja! Männlicher Stolz war so fragil.

»Und Camille ist nur in Teilzeit hier«, erinnerte sie ihn, um ihn etwas zu besänftigen.

»Toll, als Spionin für Vlad. Und mit deutlich zu viel Freizeit.«

Alexis verdrehte die Augen und gab auf. Zane würde sich schon mit der Zeit daran gewöhnen, daran bestand kein Zweifel. Jetzt wollte er einfach nur meckern.

Während sie noch dabei war, sich einzucremen, hatte ihr Liebster sich bereits angezogen.

»Ich geh schon mal vor«, teilte er ihr mit und öffnete die Tür. »Kyrill und ich müssen noch mit den Wachen den Ablauf klären.«

Er schien gar nicht zu bemerken, wie selbstverständlich es für ihn bereits geworden war, Kyrill immer in seine Pläne mit einzubeziehen. Grinsend verkniff sie sich einen Kommentar und küsste ihn stattdessen.

»Viel Erfolg.«

Mit einem Blick auf die Uhr quietschte sie und beeilte sich, ebenfalls fertig zu werden. Ihr blieb nicht mal mehr eine Stunde!

***

Als ihr neues Smartphone – von Nikolai höchstpersönlich auf Herz und Nieren geprüft – klingelte, schlüpfte sie gerade in ihre Pumps.

Ohne nachzusehen, wer dran war, nahm sie den Anruf entgegen.

»Hey, Girl.« Hayleys schrille Stimme zauberte Alexis ein Lächeln ins Gesicht.

»Hi. Bist du schon auf dem Weg?«

»So gut wie. Es ist so unglaublich spannend! Dass ich auserkoren wurde, das Ghetto auf Vordermann zu bringen, ist einfach krass. Es tut mir nur so leid, dass ich bei deiner Sache nicht dabei sein kann.«

»Das macht doch nichts. Ich könnte mir niemand Besseren für diese Aufgabe vorstellen. Du bist stellvertretend für mich unterwegs, das bedeutet mir unglaublich viel.«

Nach ihrer Rückkehr an den Hof hatte sie sich mit ihrem Vater, Vladimir und einigen hochrangigen Ministern, die felsenfest hinter ihr standen, hingesetzt und die Zustände des Viertels und der Creatures im Allgemeinen diskutiert. Der König hatte auch Hayleys Eltern zurück in den Palast geholt, die zur Creature-Politik deutlich mehr zu sagen hatten als der Rest des Parlaments. Einstimmig waren sie zu dem Entschluss gekommen, dass es so nicht weitergehen konnte. Erstaunlicherweise erhielt Alexis die größte Unterstützung von der Königin, die im letzten halben Jahr eine erstaunliche Entwicklung durchgemacht hatte.

Als der Beschluss, das Viertel zu sanieren, zu modernisieren und den Einwohnern dort finanzielle Unterstützung zukommen zu lassen, abgesegnet worden war, hatte Alexis dies den Bewohnern des Ghettos persönlich mitgeteilt. Jubelnd hatten diese sie hochleben lassen und sie dann darum gebeten, sich persönlich um das Projekt zu kümmern.

Selbstverständlich war sie geschmeichelt gewesen und hätte es wirklich gern getan, aber sie hatte noch so viele Dinge auf der Agenda, dass sie es zeitlich einfach nicht schaffen konnte. Also hatte sie eine der wenigen Personen als Schirmherrin vorgeschlagen, denen sie am allermeisten vertraute – Hayley.

Allein die Tatsachen, dass ihre beste Freundin eine öffentliche Beziehung zu einem Menschen führte und ihre Eltern Verfechter der Gleichberechtigung der Gewandelten waren, hatten die Bewohner überzeugt. Zudem trauten sie Alexis' Urteilsvermögen.

»Dinesh und ich haben bereits mit mehreren Architekten, Bauunternehmern und Anwohnern gesprochen«, berichtete Hayley. »Wir werden alles gemeinsam entscheiden. Nie wieder sollen die Leute dort nicht Herren und Frauen ihres eigenen Lebens sein.«

Es hatte sich gezeigt, dass viele der Jüngeren zwar das Angebot, auch in der Stadt und auch sonst überall im Land zu leben, gern annahmen, aber die Mehrheit in ihrer Gegend bleiben wollte. Allein deshalb mussten sie ihnen helfen.

»Du bist die beste Kandidatin für diesen Job. Die Leute lieben dich jetzt schon.«

Ihre Freundin kicherte aufgeregt, als es an Alexis' Zimmertür klopfte.

»Mist. Süße, ich muss los. Wir treffen uns heute Abend, ja?«

»Klar. Und mach dir keine Gedanken. Du rockst das.«

Alexis grinste. »Du auch. Tschau.«

»Bye.«

Auf dem Weg zur Tür blieb sie noch kurz vor dem Spiegel stehen und strich den magentafarbenen Blazer glatt. Der Hosenanzug war ihre neueste Errungenschaft und im Gegensatz zu ihrer vorherigen Garderobe von ihr selbst gewählt und nicht in Schwarz gehalten. Na ja, zumindest nicht ganz. Unter ihrem Blazer trug sie ein schwarzes Spitzenhemd, das leicht hervorblitzte.

Stolz darüber, wie erwachsen sie mit diesem Outfit aussah und was sie alles im letzten halben Jahr geschafft hatte, strich sie sich ihre Haare hinter die Ohren, in denen nach wie vor die Ohrringe ihrer Mutter steckten.

Dann öffnete sie endlich die Tür. Dahinter traf sie Josephina, die ein für sie völlig untypisches modernes Kostüm trug. Mit großen Augen sah Alexis an ihr auf und ab und konnte nicht einmal so tun, als wäre sie nicht überrascht.

Leicht beschämt strich ihre Stiefmutter das Kleid glatt und wich ihrem Blick aus.

»Du bist spät dran. Wir sollten langsam los.«

»Entschuldige.« Alexis schnappte sich noch schnell ihre Tasche und eilte an die Seite der Königin. »Das steht dir gut.«

Erneut fuhr Josephina über den Stoff, sie schien sich sichtlich unwohl zu fühlen.

»Danke. Es ist … gewöhnungsbedürftig.« Sie holte tief Luft. »Aber nötig. Die Zeit hat sich geändert und wir müssen das auch tun.«

Lächelnd stimmt Alexis ihr zu, dann wurde sie ernst. »Wie laufen die Prozesse?«

Durch Jamies Unterlagen und auch letztlich mit Nikolais Hackerkünsten hatten sie fast alle Beteiligten ausfindig machen können. Einige hatten sich sogar freiwillig gestellt. Nachdem sie Gilberts und Justines Intrigen live im

Fernsehen veröffentlicht hatten, waren viele gezwungen gewesen, sich selbst zu stellen – in der Hoffnung auf Gnade. Zumindest hatte der König einigen ein faires Gerichtsverfahren versprochen, weshalb der Oberste Gerichtshof aktuell alle Hände voll zu tun hatte.

Nur die Beteiligten, die zudem keinerlei Reue zeigten, wurden ohne großes Gehabe hingerichtet. Justine und Ferdinand sowie Oleg-Howard und sein Sohn Eric hatten schon vor Wochen ihren Kopf verloren.

»Schleppend«, antwortete Josephina, die den meisten Verfahren beiwohnte. »Viele versuchen sich rauszureden oder weisen die Schuld von sich. Es ist ermüdend. Aber auch notwendig. Es gibt genug Angeklagte, die von den Taten ihrer Verwandten nichts wussten.«

»Kann ich mir denken.«

Allein Gilberts Frau war völlig entsetzt gewesen zu hören, was ihr Mann alles getan hatte. Sie selbst hatte nichts mit seinen Machenschaften zu tun gehabt und war von ihm völlig im Dunkeln gelassen worden. So erging es vielen.

»Gibt es schon ein Urteil Michail betreffend?«

Bei ihrem Ex-Freund war nicht klar, wie genau er in das Ganze verstrickt war. Zwar hatte er seiner Mutter durch Jamie und Willow oft in die Hände gespielt, doch ob er wirklich von den Plänen Justines gewusst hatte, mussten sie erst noch feststellen.

»Nein. Ich werde dich aber sofort informieren, wenn es fällt.«

Einen Moment lang dachte Alexis darüber nach, ob es sie traurig stimmte, sollte ihr Ex möglicherweise hingerichtet werden, doch sie kam letztlich zu dem Schluss, dass es ihr gleichgültig war. Ob Michail lebte oder starb, machte für sie keinen Unterschied.

Bevor sie durch die nächste Tür traten, blieb Josephina stehen und wirkte so, als würde sie nach Worten suchen.

»Alexandrina.« Sie verstummte, streckte dann aber ihren Rücken durch und sah sie direkt an. »All die Jahre war ich gefangen in einer lieblosen Ehe. Dein Vater mag ein netter Mann sein, doch wir waren nie auf einer Wellenlänge.«

Alexis schwieg, hörte nur zu. Sie hätte auch nicht gewusst, was sie hätte sagen sollen.

»Ich wollte immer Kinder haben«, fuhr Josephina fort. »Nur war mir dieses Glück nicht vergönnt und als du dann aufgetaucht bist, habe ich meinen Frust darüber an dir ausgelassen. Das war falsch. Und es tut mir leid.«

Jetzt war Alexis baff. Damit hatte sie nicht gerechnet. Sie waren sich zwar in der letzten Zeit auf eigenartige Weise nähergekommen, doch hatten sie den Elefanten im Raum geschickt ignoriert.

»Wie du sagtest, du hast dir deine Herkunft nicht ausgesucht, wolltest dieses Leben nicht. Ich hätte mehr Verständnis für das Kind haben sollen, das du einst warst. Stattdessen habe ich dir das Hofleben nur schwerer gemacht. Bitte verzeih.«

Verständnisvoll lächelte Alexis ihre Stiefmutter an. »Du hast dir dein Leben auch anders vorgestellt. Auch du wurdest nicht gefragt, was du möchtest. Lassen wir doch das Vergangene hinter uns und beginnen einfach noch mal von vorn, was meinst du?«

Dankbar nickte Josephina. »Hört sich gut an.« Sie öffnete die Tür zum Vorplatz des Schlosses. »Wollen wir? Immerhin ist das dein großer Tag.«

Nun kam doch die Nervosität durch, ihr wurde etwas mulmig.

»Hayleys Vater wird heute als Vorsitzender des Parlaments vereidigt«, versuchte sie das Ganze runterzuspielen. »Es ist eher sein Tag.«

»Da muss ich widersprechen«, erklang Zanes Stimme, der bereits mit ihrem Vater und Vladimir auf sie wartete und nun auf sie zukam. »Nicht jeden Tag hält die Prinzessin der Vampire vor dem Parlament eine Rede, die live im Fernsehen ausgestrahlt wird.«

Der Anblick ihres geliebten Leibwächters beruhigte sofort ihre Nerven. Sie ergriff seine Hand, die er ihr hingehalten hatte, und trat an seine Seite.

Josephina ging an ihnen vorbei und gesellte sich zu ihren Begleitern, die in die parkenden Autos stiegen.

»Du packst das«, flüsterte er ihr zu und küsste ihren Handrücken. »Du wirst sie alle umhauen.«

Dankbar drückte sie seine Finger und hielt dann ihren Kopf hoch. »Dann lass uns mal die Welt verändern.«

ENDE von Band 1

DANKSAGUNG

Als ich mit der Geschichte von Alexis und Zane anfing, hätte ich mir nie träumen lassen, eines Tages eine Danksagung für sie schreiben zu dürfen. Ehrlich gesagt kann ich es immer noch kaum fassen. Einfach unglaublich!

Besonders möchte ich mich beim Impress-Team dafür bedanken, dass ihr *Crown & Creature* diese Chance ermöglicht. Allen voran Pia und Nola. Danke, dass ihr euch in mein Buchbaby verliebt habt! Das freut mich außerordentlich. Auch meiner Lektorin Julia möchte ich danken. Du hast mir geholfen, meine Story abzurunden und zu verfeinern. Thank you so much!

Ein großes Dankeschön geht natürlich an meine Testleserinnen Ina, Vika und Esther. Ihr habt mich immer unterstützt und die Bretter vor meinem Kopf entfernt, wenn ich mal wieder nicht weiterkam. Ich kann euch gar nicht genug danken!

Auch meinen Schreibbuddys gebührt ein besonderer Dank. Catha, Sonja, Claudia – ohne euch hätte ich die Geschichte vermutlich nie beendet. Unsere gemeinsamen Stunden waren eine wahre Bereicherung für mich und motivierten mich jedes Mal. Ich hoffe auf viele weitere Stunden mit euch!

Es mag ein Klischee sein, aber ein weiterer Dank geht an meine Deutschlehrer, Herrn Gelhaus und Frau Johanning, vom St. Antonius-Gymnasium. Durch Ihre besonderen Buchauswahlen für den Unterricht – und dass wir dafür stets selbst Kapitel schreiben sollten – habe ich die Liebe zum Lesen und Schreiben entdeckt. Sie haben meine Leidenschaft erkannt und mich ermutigt weiterzuschreiben – auch wenn mich meine Mitschüler dafür gehasst haben, dass meine Storys immer so lang waren. Ohne Sie wäre ich nicht da, wo ich jetzt bin. Vielen Dank!

Natürlich danke ich auch meiner Familie und meinen Freunden, die mich immer ermutigt und meine Liebe zum Schreiben mit Begeisterung verfolgt haben. Vielen Dank Mama, Papa, Laura. Danke, meine Mädels!

Und danke, Oma, dass ich mir deinen Mädchennamen für mein Pseudonym leihen darf – so bist du weiterhin bei uns!

Weiterhin danke ich natürlich auch dir, liebe Leserin, lieber Leser, dass du dich für *Crown & Creature* entschieden hast. Ich hoffe, du hast mit Alexis und Zane jede Menge Spaß und fieberst mit ihnen mit. Hoffentlich lesen wir uns bald wieder.

Knisternde Spannung
und dunkle Geheimnisse

Anna Lukas
HADES & BONES: TOCHTER DER UNTERWELT
ISBN 978-3-551-30556-5
Softcover
Auch als E-Book erhältlich

Malison Hades ist die beste Kopfgeldjägerin der Unterwelt. Doch als sie auf den mysteriösen Wandler Ethan Bones angesetzt wird, kommen ihr erstmals Zweifel an den Aufträgen ihres Vaters, dem Gott des Todes. Zwischen ihrer menschlichen und dämonischen Seite hin- und hergerissen, spürt sie eine magische Verbindung zu Ethan …

Cosima Lang
FAUNENFLUCH 1: HEART OF LILAC
ISBN 978-3-551-30550-3
Softcover
Auch als E-Book erhältlich

Jede Frau in Ophelias Blutlinie ist dazu verdammt, an ihrem 21. Geburtstag zu Stein zu erstarren. Um dem zu entgehen, sucht Ophelia nach dem Erschaffer des Fluchs, dem Faun Andros. Als sie ihn schließlich findet, spürt sie sofort eine unwiderstehliche Anziehung. Doch da ist noch der geheimnisvolle Kyros, der sie vor Andros warnt …

P.J. Ried
DISTANT HORIZONS 1: A DARK BETRAYAL
ISBN 978-3-551-30492-6
Softcover
Auch als E-Book erhältlich

Um ihre totgeglaubte Mutter zu finden, ist Alizea jedes Mittel recht. Auch wenn sie dafür ein Schiff stehlen, eine Crew anheuern und sich als Piratin beweisen muss. Doch ausgerechnet Kian, der ihr Herz schon früher zum Stolpern gebracht hatte, ist jetzt ein berüchtigter Piratenjäger und wird von ihrer Crew gefangen genommen …

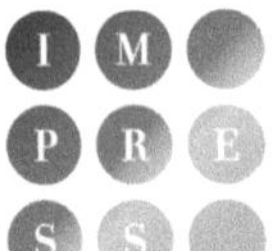

KÖNIGLICHE VAMPIRE

Alexandra Lehnert
PRINZESSIN DER SCHATTEN (ROYAL LEGACY 1)
ISBN 978-3-551-30437-7
Softcover
Auch als E-Book erhältlich

Als Kronprinzessin der Kiye muss sich Melody vor der Öffentlichkeit verborgen halten, denn auf ihren Schultern lastet die Verantwortung einer ganzen Blutlinie. Als Melody den geheimnisvollen Nikolaj kennenlernt, lässt sie ihre Verpflichtungen hinter sich und brennt mit ihm durch. Doch Nikolaj scheint noch andere Motive zu verfolgen …

Carina Mueller
NOCTURNES. DRESSED IN DARKNESS
ISBN 978-3-551-30538-1
Softcover
Auch als E-Book erhältlich

Als zukünftige Königin des größten Vampirclan in LA soll Valea sich möglichst nie in Gefahr bringen. Doch immer mehr Vampire verschwinden und Valea hat einen Verdacht, wer dahintersteckt: Werwölfe. Nachdem der attraktive Alpha Lykan ihr für diesen Vorwurf beinahe den Kopf abreißt, beschließen sie, gemeinsam zu ermitteln …

Impress
Die Macht der Gefühle

Impress
Ein Imprint der Carlsen Verlag GmbH,
Völckersstraße 14–20, 22765 Hamburg
Mai 2024

Lektorat: Julia Feldbaum
Umschlagbild: shutterstock.com / © Roman Kosolapov / stock.adobe.com / © vitaly tiagunov / creativemarket.com / © Eclectic Anthology
Umschlaggestaltung: Jaqueline Kropmanns, Formlabor
ISBN 978-3-551-30590-9
www.impressbooks.de